U0477389

中国社会科学院文学研究所当代重点学科资助项目

激情的样式

——20世纪80年代女性写作

田　泥　◎　著

中国社会科学出版社

图书在版编目（CIP）数据

激情的样式：20世纪80年代女性写作/田泥著．—北京：中国社会科学出版社，2018.4

ISBN 978-7-5203-2399-4

Ⅰ．①激…　Ⅱ．①田…　Ⅲ．①中国文学—当代文学—妇女文学—文学研究　Ⅳ．①I206.7

中国版本图书馆CIP数据核字（2018）第085247号

出 版 人　赵剑英
选题策划　郭晓鸿
责任编辑　陈肖静
责任校对　周　昊
责任印制　戴　宽

出　　版　中国社会科学出版社
社　　址　北京鼓楼西大街甲158号
邮　　编　100720
网　　址　http://www.csspw.cn
发 行 部　010-84083685
门 市 部　010-84029450
经　　销　新华书店及其他书店

印　　刷　北京明恒达印务有限公司
装　　订　廊坊市广阳区广增装订厂
版　　次　2018年4月第1版
印　　次　2018年4月第1次印刷

开　　本　710×1000　1/16
印　　张　21.25
插　　页　2
字　　数　308千字
定　　价　96.00元

目　　录

引言　直抵女性经验的探寻

一个时代有一个时代的文化气象，一个时代有一个时代的精神气质，如果沿着时间的线索，似乎回首向来萧瑟行，而回到 80 年代女性空间与社会空间场域，寻找女作家独特的生命姿态、激情与意志样式，却是一个深有意义的思想与行动。

透过中国的文学镜像与图式，可以发现，从新时期到新时代的中国文学发展进程中，20 世纪 80 年代无疑是留下过浓重的一笔；而在当代文学诸多门类及流向中，80 年代的女性文学又无疑闪射不灭的光芒。可以说，和其他多种创作相比，中国的女性文学在保持其神秘性、独异性的同时，像磁石一样迄今仍然吸附和激发着人们的想象力，让我们继续思索 80 年代的女作家们何以对文学的追求带有超俗的感性迷狂；继续验视燃烧的夏娃一经点火为何就有致命的飞翔；继续考量那些堪称“女典”的作品如何折射了一个大时代主题的变迁及其在不同作家灵台的投影；自然，女作家们以激情、混沌的精神赋格为主要样式又有何意义、价值和不可避免的局限。

可以确然地说，没有 20 世纪 80 年代的文学崛起，就没有新时代特色的新文学的成长。而对于女性文学经验而言，不仅参与了铸就中国大文化的精神，也是一种自我生命形态与精神轨迹的展示。而 80 年代女性书写是一种女性本体与主体的载体，蕴藏着一个时代发展的秘密与社会变革的密码，也留存了女性对历史与现实的记忆表述。

回到 80 年代的历史、现实的场景，回到女性自我语境，呈现女作家激情混沌的样式。在中西、传统与现代文化交汇的框架下，对女性书写模式、姿态、形态、轨迹、价值，乃至文本所呈现的女性意识形态等，进行重新审视与考量。作为批评与研究视角之一种，聚焦 80 年代审美女性意识形态及书写，探索新时期以来女性的生命形态与精神追索，其价值不仅仅是一种洞见，是探索女性文学发展的一种路径，也是女性文学/女性主义文学批评的一个崭新的起点。而进入女性文学研究，不同于一般意义上的解析，也非简单的文学批评史，要面对具体文本，真正地把握文本事实一历史现实的对接；还要将文学史实与现象相结合，理性地寻找其内在规律，解析其重要历时性与共时性的文学现象。同时受制于历史、社会环境，以及顾及自身的特点与规律的动态过程，更加侧重以审美与新的文学观念，在特定社会背景下考察、辨识作家的创作意图与社会效应等。

在中西交汇的核心点上，在当代女性文学思潮的荡涤与动态的文学图景中，80 年代西方现代性理论包括女权或女性主义理论进入，为中国女性文学研究与世界前沿对话提供了广阔的契机。对形成中国本土女性文学思潮起到了很大的作用。而本土女性主义及女性并不是被动地接纳，而是与西方女性主义有一个彼此消长、抗衡、渗融等的交汇过程。中国本土精神资源、思想资源、民间资源等，也促动了女性审美意识形态的生成，相应的，民族、民间话语、西方女权话语、男性话语与女性话语之交织成为一个动态、复杂的表意系统，影响、制约了女作家审美意识形态及其表达。也导致了当代女性文学思潮的整个发展流变，延续至 21 世纪女性的书写。一个重要线索就是女作家从表现宏大主题，转向了民族叙事与个人叙事，滋生有众多有个性的女作家；另一个重要的线索就是与世界女性主义的接轨，却更加导致了女作家向本土的复归。因此，现代性促进了女性文学主题、形式的表达，而本土审美文化心理、女性心理结构与民间话语等都参与了女性文学思潮的同构。并且彰显了主体自身的以及不同主体之间的差异、分歧所在，以及对策处理。还有一点也不可忽视，虽然 80 年代女性书写还没有受制于市场的引导，进入经济的怪圈，但与正统主流意识形态的纠葛与暧昧，始终缠绕到女作家的表达与认知中，生存与精神处境的边缘以及自我拯救，成为女性审美意识形态的一种常态表达。

事实上，80 年代的女性写作不仅是文学创作的一个领域，也是一个时代的文化图景的呈现。因此，以全新的理论视角与学术眼光，思考这一文化现象与文本书写呈现，通过大量、具体、细致的文本解读和评论，以理性击穿混沌，审视女性的生存与意义本身，强调审美主体的参与性与主体对社会环境的依存关系，体现审美境界的主客同一与物我交融，体现对人的生命的现实关注与终极关怀。要将女性与历史、女性与伦理、女性与自然等联系起来，尽可能地以全新的宏大的视角看待女性文学现象。从女性审美视角，而不只是拘泥本学科领域的理论视角，采用多种批评方法，这是本书女性批评与研究的出发点。既立足本土，也要突破本土的视野走向世界，以前卫的立场反思女性生存处境。同时，也要有大文化移动的视域，回到女性书写的场所、场域，解释女性文学的发展脉络与内在轨迹，发现女作家文本回应当代中国社会的变迁的先验性，记录时代的变迁、社会秩序及文化结构的变化，并且在这种变动与移动中，展现出女性作为生命主体的精神生态与价值。进而梳理 80 年代中国女性写作的特点，揭示其发展原动力，解读别样的价值，并展开与世界女性文学发展前沿对话，使中国本土女性主义文学理论的构建更具方向性和时代色彩，为女性文学史重写逐渐丰富完善进行学术储备，探寻和揭示导致女性精神危机的思想与文化根源，以及寻找女性精神生态发展的积极因子。如此，不仅具有文化现实意义，也深有社会价值与学术价值，对女性文学自身发展、女性现实生活与实践，乃至寻找民族文化、精神生态资源的生长点，以及对中华民族文化发展具有实践意义。但依照现有的资料来看，对 80 年代女性文学的研究，针对作家、文本的微观研究多于整体的考察，而就宏观研究主要集中在几个层面，具体如下。其一，女性意识呈现的特征及其衍进做了分散的描述，这基本上是 80 年代初期对女性文学研究的侧重。其二，集中在以男女对抗的女性文化现实与历史，做出了比较客观的梳理，以 1986 年为标志，之后研究界强调完整介入女性文学书写，不要过分拘泥于“女性意识”。其三，90 年代研究界把 80 年代女性文学中的性别问题放置在与意识形态相左的语境中，它所起到的作用，仅仅是使本来混乱的局面更加混乱；同时开始强调从性别差异介入，并对女性文学与西方女权理论的纠葛进行了辨析，并围绕中国女作家所持的女性主义立场进行热点讨论。其四，21 世纪以来对 80 年代女性文学的研究重视从性别、主体性、启蒙等关键词进入，并将与女性生存发展联结起来进行考察。其五，对 80 年代女性文学的价值评估标准不一，造就了对 80 年代女性文学存在有误读，过高或过低的审视，都偏离了其自在轨道。但在女性书写本土实践的视域下，以超越时间与空间的场域意识，在审美思想与哲学层面，从女性意识形态角度介入，揭示女性意识形态的混沌与含混性及美学建构等，梳理 80 年代女性文学呈现出的形态、特质与发展逻辑，乃至女性文学的蜕变与视点的移动等，应该还是未曾触及的领域，这也是笔者要深究的缘由所在。

这就需要在具体操作中，不仅要从全球界面去定位，重点着眼于中国女性写作的本土化实践，具体而言：其一，以女性文本为对象，反思传统主流意识形态、社会文化秩序、男权文化心理结构等对女性精神处境的影响，从而重新审视女性人类本体、人类生存本体以及本体意义上人类进化与自然关系中的自我实现的智慧；在研究文学与社会文化环境的关系中，具有视域的整体性与方法的开放性原则，聚焦作者、文本、读者与世界之间的联系，在联系中认知女性自我、社会与男性的关系。把女性文学置于整个人类发展史和文化发展史的大背景中，在多元异质文化的比较中，克服抽象的对西方女性主义理论的阐释，要结合中国女性写作实践，超越性别视角，充分认识传统与现代的男权中心文化里生成的女性文化自身的陷阱与弊端，寻找女性主体精神和美学价值所在。其二，力求将 80 年代女性写作的逻辑关系梳理与厘清，归纳女性文学的特点与历史构成，辩证地解释女性书写的出发点、女性写作美学的建构与悖论，并做出有效的自我反思，从科学角度去重新阐释性别生态平衡与两性和谐关系。其三，合理地剖析现代性对女性写作双重影响存在，客观分析女性意识形态及逻辑衍进，还有女性主题内在切换及发展轨迹等。辩证地看待在中国社会现代化进程中，各种现代性思潮包括西方女性主义理论，对女性产生的积极影响，以及对女性原生态本质与心理环境构成的威胁，同时，较为客观地辨析了本土传统文化对女性生存及女性书写的影响与制约。

这里有一点特别要提及的是，笔者进入80年代女性文学的研究，对于女性文学发展的现实，以及寻找生长点，本意不是从去意识形态化的视角出发，去考察女性文学的内在转换，而是重在从艺术感受出发，细致地缕析、判断了80年代文学的各种不同样式，从中来肯定其文学的多元价值所在，进而对当代文学、文化，乃至中华民族文化的脉动，做出别一种的文化勘探。尽管笔者无意从女性意识形态切入，但在具体的文本细读与后期研究发现，女性审美意识形态成为一个核心关键词，是一个绕不过去的关隘，从女性意识聚合到女性意识形态，是一个内蕴反抗能量的聚集，也是女性自身审美意识形态的体现，同时反过来深化女性社会认知与女性自我认知，直接关切到女性主体的建构及文学主题的衍进，以及更多。因此，先行不得不对其混沌的动态过程做出梳理，文中有详细论及，这里不做赘述。这也为对80年代女性文学的深度研究与发现，体现研究的主体性，提供了物质基础与精神准备。更何况探索女性书写的原初动力、原始性与时代性，本来是女性学术研究的要义，这触及的不仅是80年代的女性文学的本身，也是考察当代文学的走向与选择性，以及中国人精神变迁的发展脉络。80年代女性写作具有“五四”“十七年”的某些政治文化体制的某些特征，也有文化、历史延续的一面。只有在具体的历史语境中，才能比较贴近文学本身的真相。同时，明晰其意义与价值所在：20世纪80年代女性书写，从学理与发展现实来看，不仅承继承接“五四”精神，接轨西方现代性的导引，也受制于“文革”乃至“十七年文学”的牵制，存在有自身的局限与暧昧性。但仍然具有“桥头堡”式的源头价值，触动了之后90年代的女性写作，也导引了新世纪女性文学的发展轨迹。

女性文学研究的角度，在于在文化传承与传播的两个视野，进行拓展。关于80年代女性文学的文化传承，本著有所摄入，尤其是对代际书写的揭示，反映了女性文学对政治的逐渐疏离，以及文化上表现出悖论性的靠近与偏离。因此，在社会的变化与流动中展示了80年代女作家的创作与主流文学状态的共生、嫌隙与间离。笔者在研究的开始阶段，警惕二元对立式的思维方式，既不是附和也不持反对研究姿态，尽可能地回到文本的历史事实与本来逻辑中。

处理文本与史实的关联问题，有一个现实的问题：是把这些作品当作文学来读，还是当作社会学资料来看？如何对待文本生产的精神图解与指向？问题其实就是一个以什么标准来判定文本与认同其价值所在。显然，不能简单地用政治标准、历史标准、艺术标准与审美来解决这个问题，因为艺术标准本身还是有争议的。笔者主要依照艺术感觉寻找文学判断的标准时，但无意地碰撞了一些问题的实质。而在具体的操作中，所坚持的研究原则如下。其一，在细读文本的基础上，回到80年代文化、文学逻辑的脉动上，同时在整个文学流动的大潮中，展示80年代女性写作的品相与姿态。如对刘索拉的先锋认识，如果放在80年代孤立来看，文本具有现代文化元素，但是从整个刘索拉的创作来看，她在80年代间歇地趋同西方的现代文化元素，骨子里却是本土的乡土中国的叙事。作为先锋作家对生命的独特理解和艺术表现，分明蕴含的是对中国传统文化因子的精神迷恋。其二是反思与质疑批判精神贯穿整个研究体例与内容的构成上，同时也对反思与质疑所持的标准进行审视，对已经定论或认为过去式的文学想象与现象研究的纠偏。铁凝的《玫瑰门》《麦秸垛》及其他，表达了女性自我拯救。如《麦秸垛》大芝娘遭受丈夫的抛弃，却把自己沉浸在生命的创造上，她的认知世界告诉她，繁衍生息是最大的要义，如此，找到了生命自救的可能，有了精神自救的喜悦，也获得了公共社会的认同与赞美。铁凝探讨的是女性生命意识问题，还有精神存在的问题。其三，从女性文本从历史语境，以及当下学术眼光，发现被历史掩盖的文学生命，展示出历史的复杂真相与文本本性。本著在行文过程中，前期储备与收集了大量资料，在拥有大量资料和接触大量原始史料时，从中发现了历史细节与蛛丝马迹，就要让资料潜在地发挥功能作用，根据研究的主线及逻辑梳理，成为一种活的佐证，尤其是涉及一些文学现象的甄别，沿用推理、举证的方式，进行取舍。同时，顾及女性写作的整体性原则，将海外女性文学、台湾、香港地区等女作家纳入视野，坚持求全大美的学术研究理念。

正是基于如此的哲思，确认了深度探寻 80 年代女性文学的发展动力与形态，也确认了女性审美意识形态的生成与逻辑衍进，在梳理了西方女权理论在中国的接受和传播，阐明了本土女性写作研究的意义、视角与途径的基础上，力求从多个视角、视域、立场来看待 80 年代女性文学，从中国女性写作的背景与资源做出了阐释，到解析女性写作呈现的图像形态，进行深度梳理。认为从 20 世纪 80 年代，随着中国现代性的演进，女性文学参与到社会秩序的构建，再到逐渐挣脱主流话语的束缚，逐渐回到女性本体与主体的自在逻辑上，而这是契合中国社会秩序发展的逻辑。审视女性文学现象、文本内涵、主题表达、文学特质以及整个逻辑走向，从跟踪女性写作的形态与发展趋势，指出女性文学的悄然转变，有中西跨国别、跨文化、跨城乡的移动叙事，以及挣脱母体之后，试图有两个节点的蜕变：一个是回到女性本体，一个是回到女性主体。而这正好对接着女性的双重意识。到揭示这背后的深刻动因，认定来自主流意识形态的牵制，直接导致了早期女性意识形态价值观的形成。随之，揭示女性书写即由激进走向了缓和，由个体走向了群体，由西化走向了本土，同时由于女作家认知不同、价值立场、话语方式与叙事的不同，80 年代女性书写呈现多姿与多重书写模式。最后，指出 80 年代女性写作及其女性意识形态美学探寻的激进意义、价值与局限，并对其承接女性写作的代际中的作用，进行归纳与定位。旨在探寻女性精神思想与文化构建根源、特质，以及中国女性文学乃至中国本体文化的生长点。

但由于 80 年代的女性写作整体上还没有形成一种大的气势与潮流，大多是具有一种女性激进情绪的表达与意志倾向，还有一点就是，80 年代女性文学的表述，还受多种意识形态的制约，导致女性书写存在有尴尬的一面。所以在宏观考察的时候，存在有固有的矛盾性，也就是说女作家的女性写作本身是一个混沌与含混的语词，一些女作家具有激进的女性意识形态，但是作品表述上存在有概念化、模式化、教条化现象，缺失艺术的锤炼；一些女作家具有温和的女性意识形态，但在揭示深刻的生存危机背后的思想与文化根源方面，并没有在哲学、美学高度进行纵深处的挖掘。因此，在表述的时候，难以深度挖掘，从而带来了缺憾。但这并不影响80年代女性书写作为一个时代情绪的表达，所体现的激情、意志与自律，以及为女性精神赋格所提供的文化智识。

第一章　混沌的女性意识形态

当20世纪80年代女性文学在中西文化交汇中，在中国本土现代性的衍进中，女性有选择地接受西方女权主义理论的导引，以一种强劲的激进姿态，参与了当代中国现代性社会秩序的重建，同时，承担了女性主义新启蒙，挑战了整个当代文学秩序。在社会更迭的现代性的浪潮中，女性写作承接“五四”女性思想解放的指令性的脉动，一方面在主流话语系统中表达人性、本性之上的所有精神诉求，另一方面也逐渐从本源性的母体剥离，这是一个艰难的阵痛过程。“艺术的根本潜力就在于它具有意识形态性质”，这种意识形态性，不是“虚假意识”，而是“以抽象形式表现出的对真理的意识和表象”①。女性文学审美之维具有艺术的自律，其审美形式所体现的女性意识形态：一方面与社会的主流意识形态密不可分，另一方面对正统或主流意识形态又提出了强有力的挑战，这是不能也不应回避的现实。“女性意识形态”与“女性文学生产”这两者之间，具有“同一性”，即关注女性生态现实，并指向审美高度。女性文学既是审美意识形态的一部分，又反映了其他形式的意识形态，所表现的意识形态既是女性认知的提升，也是社会整体转型发展的伴随。女作家从展示社会意识形态中男女传统文化秩序，对女性造成性别压抑，到对女性性别需求的自觉表达，不仅是一种激情的样式，也是女性意识形态的衍进体现。但就女性意识

① ［德］霍克海默、阿多诺：《批判理论》，李小兵等译，重庆出版社1989年版，第216页。

形态而言既是文学的，又是美学的，同时也是具有主体性意义的，其主旨内涵体现，不仅仅指涉的是和上层建筑相联系的社会意识，泛指固化的意识、观念，以及人的感知方式。是一个作为哲学意义上的所指，“意识形态（ideology）是一个诸种观念和表象（representation）的系统，它支配着一个人或一个社会群体的精神”。① 这里的意识形态再现了个体与其存在的真实状态的想象性关系，是与一定社会的经济和政治直接相关联的观念、观点、概念、思想、价值观等要素的总和，也是一种源于社会的存在。在笔者看来，女性审美意识形态则以女性视角，指称为女性对社会、文化、性别、政治、宗教、自然、道德、女性、男性等“共生系统”的判定与观念所在，是系统化与整体化整理的女性经验的模具或模式，旨在社会秩序限制与自我实现之间，建构理想的女性心理图式与想象，而不同时代不同作家具有不一样的要求；同时是一种渗透在日常生活之中的汇聚，蕴含着女性现实精神与女性主义美学的诉求，重在持一种智性对女性世界及生存空间的体认，并借助于日常生活中的权力关系生产出来的话语体系。

20 世纪 80 年代中国文学中的女性书写，回到女性本体与女性主体，恰是一个处于蕴含着混沌的美学形态中，意味着女性意识形态的混沌与含混，其内涵主要体现为女性解放、性别觉醒意识与解构女性、母性三个层次的精神诉求，关涉到社会、家庭与自我等。而与男权文化构成的男性意识形态的强烈对峙，为回到女性自我埋下的伏笔，更使女性需要用时间来置换空间，进行消化女性自我秩序建构的乌托邦。但同时女性文学在调性变动过程中，又勾勒出其拓展的边界，女作家所有的激情与意志的情绪化较大，成就了女性书写的姿态、图像与逻辑，并定格了 80 年代女性文学的独特性，使之成为一种“桥头堡”动力源，直接牵动了 90 年代的女性文学发展，也导致了 21 世纪乃至当下女性文学的审美走向。回望 80 年代的语境与场所，我们清晰地看到，80 年代女性文学的策动力量与动能里，蕴涵的时代氛围、印迹与文化精神，还有女

① Louis Althusser, Ideology and Ideological State Apparatuses, in Slavoj Zizek, ed., *Mapping Ideology*, Iondon: Verso, 1994, p. 120.

性自足的本土文化实践性，不仅是时代的文化驱动，也是一种女性精神指向。但显然，还并不如此。作家将女性文化精神的探索和揭示作为出发点，是符合女性自身发展逻辑，也是符合整个社会秩序的文化发展逻辑的，同时也表征着女性书写的视域拓宽，在女性与社会、文化、历史、现实、民族、宗教等构成的大文化系统界面，表述女性在其中的游弋沉浮。女性文本情绪里所有蕴涵的意指效果体现了女性审美意识形态的物化，当然也隐秘地蕴涵有非意识形态化。文本之女性意识形态抵制的不仅仅是男权意识形态，以此来表达对立的意识形态困境，女性意识形态活动渴望成为美学意义上的自然意识形态的构架，既是一种激情的样式，也是一种文化精神凝聚，更是一种现实主义精神的体现，指向了女性理性主义的构建。

一　动态混沌的文化心理图式

女性文学作为女性意识形态的载体，体现了哪些特质，以及又以何种方式呈现，是值得探索的。聚焦 80 年代女性文学实践领域的文本主题，清晰地捕捉到文本所体现的意识形态的多义与混沌，也就是说女性审美意识形态空间是漂浮的，未绑定或固化的存在。而按照生态学的解释，“‘混沌’是指一个时间或空间上的不规则且可能非常复杂，但又严格确定的系统行为。尽管混沌可能会表现出无周期性且难以预测，但与随机或随机行为是不同的。混沌的一个特性是总体行为对微小的条件变化非常敏感”①。而中国古代哲学的解释中，“混沌”是属于美学资源范畴，一个带有玄机的语词。“‘变化’本身什么都不是，无所谓过去、现在和未来，但它能够创生一切。它存在于宇宙中，也存在于人们的心里。老子把它叫作‘玄牝’，庄子把它叫作‘混沌’，西方学者把它叫作‘黑洞’。在庄子看来，人假如不愿使自己的身心僵化而勇敢地与变化结为一体，他就彻底地摆脱了祸福、寿夭的两端困惑，他的生命就会

① ［加］Marie-Josee Fortin、Mark Dale：《空间分析——生态学指南》，杨晓晖、时忠杰、朱建刚译，高等教育出版社 2014 年版，第 241 页。

成为日新又新的不朽的存在。”[①] 庄子的“混沌”意指变化之意，蕴涵有秩序之变、形态之变。

混沌引申的生命最高态度，据（尚书）记载，周武王伐殷，师渡孟津，作《泰誓》三篇。誓词的开头两句真是金声玉振：“惟天地万物父母，惟人万物之灵!”强调的是万物（包括人）与天地的亲和关系，天人合一的生态原则，同时肯定人是万物中的最高价值存在。《礼记·中庸》：“中者，天下之大本也；和者，天下之达道也。致中和，天地位焉，万物育焉。”《淮南子·说山训》：“是故不同于和而可以成事者，天下无之矣。求美则不得美，不求美则美矣；求丑则不得丑，求不丑则有丑矣。不求美又不求丑，则无美无丑矣—是谓玄同”。《管子·水地篇》:“人与天调，然后天地之美生”。天与人是一种圆融和谐，才是大全其美。而栾勋指出了混沌的最高境界：《庄子·应帝王》中的“中央之帝混沌”，就是一种具象化的“至善”。而《庄子·天下篇》中：“独与天地精神往来，而不敖脱于万物。不遣是非，以与世俗处。”所谓“道”或“大美”，实际上就是脱俗而不离群的混沌。而个体与群体之关注点，成为中西方本质差异，西方强调个体欲求的满足，中国人着眼于群体生活的安然。“大全为美”是华夏文明的核心文化精神——中和亦是一种文化聚合之美。

显然，混沌就其本意强调的是变化，而就20世纪80年代中国女性文学而言，混沌意味着在一个大文学生态系统中，在中西、传统与现代的交汇中，从集体到个体、从外审到内审、从公共空间到女性空间，女性文学存在内在切换与迁移。同时也意味着女作家从女性审美意识到女性意识形态化的转向与汇聚。而就女性审美意识形态而言，是抽象的语词，是女性占主导地位的观念学，涉及性别意识、审美规范、道德理性，关乎女性与社会、环境、他者乃至自我的想象空间的架构，蕴涵着性别的质素，具有女性的自觉主体意识。同时具有批判性，作家的审美艺术，可以不顾社会价值取向，摆脱束缚，成为批判的主体，其最高境

① 栾勋：《说“环中”——“中国古代混沌论”之一》，《淮阴师专学报》1994年第2期。

界即女性表达要体现女性自我主体精神自由，女性精神自由是发挥女性最大创造力的内在条件。“这里的确突出了主体性，但这种主体性并不导向个人主义，因为它是双向的：既要保持自己的主体性，又要尊重别人的主体性。”[①] 当然，女性自主的主体性是自我精神、意志的体现。

事实上，整个80年代女性文学以革命性的艺术姿态，介入社会空间与女性空间，完全从女性自我经验、个体价值判断来发出女声，女作家的立场不代表任何集团的利益，强调艺术从内部而不是从外部进行体验，从自我本体从内心发出时代强音。中国主流文化及文化意识形态向世界传递，而作为女作家，是否已经拥有足够的对话能力与机制，在世界文化语境中，反映人类生命的高度与困境。从延伸的眼光来看，80年代的女性写作所呈现出的一种过渡性或是秩序的变化，在现实性与本源性上，具有感性与理性、人性与女性、肉身与灵魂兼顾的理想健全意识，呈现出的是一种相对和谐的变动形态及女性文化精神空间的架构，昭示了女作家已然展开了与世界女性文学/文化前沿发展问题的对话。

相应的，20世纪80年代女性文学浪潮，呈现出了混沌的女性审美意识形态，也体现了女性主体性的建构。具体而言，在中与西、传统与现代的交汇中，诸如张洁、张抗抗、谌容、铁凝、王安忆、查建英等，呈现出了混沌的女性审美意识形态，意味着作家是在变化中进行意识形态美学意义上的构建，既要体现女性自我意识形态化，也要符合社会文化发展逻辑；同时还能够积极融入世界潮流，体现出中华民族中和的文化精神，具体而言，将女性空间整体和女性时间整体联结起来，体现整体性与立体性思维，作为审视80年代女性生存价值的心理与逻辑的基础。此外，还需带有本土女性主义建构的特质，体现的是中国女性独特的审美感知与辨识力。

80年代女作家以自觉不自觉的文化精神承担了女性文学文化的重构，也就是说女性写作以建构主体性为己任，延续“五四”文化女性思想解放精神，并在两种脉象上开始了女性写作的伸展，即女性层面与

① 栾勋：《道与真善美中国古代混沌论之三》，《江西社会科学》1995年第5期。

社会层面或两个世界的深度挖掘，进行双重笔墨的书写（两者有交叉、分离与叠合）[①]，并展开了对接西方女性主义理论的本土实践，呈现出了多姿的形态与美学追求。尽管西方现代理论包括女权理论就其根本，是生长在西方土壤的精神话语，有其自身的历史、现实、文化等构成因素，并不能够完全符合中国女性现实的实际与美学期待，甚至有大的偏差，加之它的思维深度远远不及中国传统美学思想，但也激发了中国女性书写的想象。而女性意识在两种脉象上的移动：导入的现代性与本土女性现实的纠缠，成为了一种显在的存在，波及女性书写，也改变了社会思想文化秩序，从而彰显了80年代女性文学的独特性。

80年代存在一个文化事实：现代性使中西方逐渐融合到一体，导入的现代性与本土文化现实的冲撞是一个彼此消长过程。女性置身其中，为改变自身的处境，做出了积极的努力，开始了种种的反抗与斗争，也为整个人类的发展进步做出了种种的勘正。马克思指出："每个了解一点历史的人也知道，没有妇女的酵素就不可能有伟大的社会变革。社会的进步可以有女性（丑的也包括在内）的社会地位来精确地衡量。"[②] 于是，伴随社会的变革与发展，向往、追求自由成为女性精神的图腾，而"女性的自由，是作为人的女性——她的主体意识在女性精神存在中的显现，她的主体精神对女性社会存在的占有，她的创造活动对女性的精神必然性的改造。女性精神的必然性既包含着人类精神存在的一般必然性，也包含着女性精神存在的特殊必然性。因此，女性要获得精神的自由，就必须改造这两种必然性。她不仅要和一般人类一样，改造精神的一般被动性与一般异己性，而且，她还必须改造自身精神所特有的被动性与特有的异己性。而要改造这种被动性与异己性，就必须要首先改造女性精神素质中的种种非良好的品质。只有这样，女性才有可能改造自身精神的必然性，并最终获得精神存在的自由"。[③] 但

① 这里所指的双重笔墨，是指80年代女性写作承担了对女性意识与社会意识的探索与伸张，两者有交锋、叠和，也有冲突，共同构成了女性的现代性诉求。

② 《马克思恩格斯全集》第32卷，第571页。

③ 禹燕：《女性人类学》，东方出版社1988年版，第44—45页。

女性毕竟是弱势群体，女性的每一次挣脱，都以丧失自我为代价，女性于是在妥协与抗衡中，开始了女性命运的真实书写。而有一点也是不容忽视的，那就是中国女性命运的真正改写，是建立在这样的前提下，即在现代性的维度上开始了女性的觉醒与向自我本体回归，也可以说，“现代性”在中国的进入直接为女性觉醒准备了客观的条件，而“现代性”的本质就是追求自由精神，这也是契合于自“五四”以来的女性文化精神的，与混沌的女性审美意识形态有着直接的关联。但随着觉醒者成为现代女性，一系列现代性的新问题出现，也带来了“变”与“不变”的纠缠与困惑。唯其如此，有论者这样表述：“作为一个补充，我倒没有说现代性失败了。我会觉得是一个发生的现代性，不完美的现代性，而且有各种可能性。我觉得在中国的语境里，我们对现代性的描述可能多半时候局限在两大论述里，一个是启蒙论述，一个是革命论述。我觉得这两个论述是重要的，形成了现代中国的思想资源以及行动、生活的形态与形式。”① “现代性”在女性文学的发展中扮演的角色以及其本身所属的局限，是有目共睹的，但现代性仍然为中国当代女性文学乃至艺术发展提供了一定的镜鉴。而反过来，女性现代性是中国现代性的重要构成，女性文学也是一直参与中国现代性建设的一个重要媒介与载体。

就“现代性”（modernity）本身而言，一般是指从文艺复兴——特别是启蒙运动以来的西方历史和文化。“现代性”不仅是一个具体的历史阶段，也体现了一种精神，具有“解构”（deconstruction）与“重建”（reconstruction）的双向趋向，关注的是“当前”（The present）。而随着社会的发展，“现代性”的概念也越来越宽泛，在全球化的语境中，逐渐被改写着其内涵。就中国的情况而言，现代主义思潮曾在20世纪20年代就进入中国并在30年代受挫，但尽管如此，在80年代现代主义的再度进入中国几乎和后现代主义的到来同时发生，出现了前现代性、现代性与后现代性共同存在的复杂局面，但中国式的后现代性却

① 艾江涛：《召唤虚构的力量》，《三联生活周刊》2017年6月23日。

作为一种变体糅合了西方的影响和本土的文化发展之内在逻辑。中国的现代性，便是在与世界的接轨中生成，为80年代“走向世界”，重建自我文化认同的精神象征体系，提供了一个具有意义的内在空间。应该说现代性不仅与女性关联，现代性冲击所带来的女性文化与女性的自我认同危机也是一种事实存在。可以确认，现代性之于中国女性，其内涵表现在以下几个方面。

第一，现代性对于女性来说是一种向自我本体欲望回归的激励的机制，但又受制于所处的社会文化环境，女性对原有的价值形态拒绝接受，而全部的“西化”又因固有的意识形态而变得不可能，于是现代性带来的是欲望与压抑的双重性。“现在”的欲望在冲动，同时，理性又会在“过去”的阴影中被激起反弹、压制自身。因此，女性既有对历史图腾的依存，又有对变动的现实产生恐惧。第二，现代性对女性存在有诱发与限制。从社会层面来讲，现代性导致女性自主权力意识的提高，从文化层面来看，现代性并没有阻止其对民族文化的认同，只是出现了现代性洗礼后的新型的审美意识倾向。现代性对女性自身来说是一种诱导，但女性试图寻找到发展的路径时，又不得不在既存的环境中接受原有文化的浸染。第三，中国的现代性基础是宗法制社会，而女性“现代性”的革命性转向经历了几个节点：五四时期女性向“人性”靠近，30—40年代女性向“民族性”靠近，50年代女性向“阶级性”接近，60—70年代向“政治性”接近，导致了女性“雄化”问题。因而，女性“现代性”在中国出现了断裂，也就是说，女性“革命性”（权威的意识形态）造成了“现代性”的断裂。女性对中国传统“革命”话语的改造和吸收，以及在此基础之上向自我本体回归的路径上，与女性本身、历史与民族形成隔阂。因此，尽管现代性的导入激发了女性的自主意识——女性以自己的方式进行着自我拯救，追求精神个性自由，但也存在着曲折性。女性在男权文化的发展中，已经逐渐浸染了男性文化质素，在自我的回归与超越中存在着回复性、无序性，女性肆意挣脱男权文化的束缚，同时又在用男性的审美观照来塑造、规约自己。

因此，80年代的女性文学是一个具有象征意义的时代表述，意味着在整个社会语境中，传统的秩序逐渐被现代性改写，同时，主流意识形态价值也开始被进一步地质疑与修正。80 年代的女性文学、现象，乃至作品，几乎都与社会问题有关。女性社会问题小说，关涉到整个当代文学重要的流脉，也直接影响到女性生存与发展。刘思谦认为中国女性文学是，“以‘五四’新文化运动为开端的具有现代人文精神内涵的以女性言说主体、经验主体、思维主体、审美主体的文学”。[①] 中国女性文学受到西方女权主义文学思潮的影响，融合了西方女性主义理论的主流思想，具有激进的、批判性和颠覆性的特点。尤其是 80 年代以来，西方女权理论直接指导着女性写作，对更新中国女性固有的意识起到了积极的作用。当然，这种影响是渐次深入的，在中国本土对女性文学研究产生了三次“冲击波”：1986 年前后、1989 年前后和 1995 年至今。“我们都是在欧美求学和供职的中国学者。在我们的学习、教学、研究过程中，我们对西方妇女学和女权主义在各个学术领域中的发展有所了解。更确切地说，我们都在不同程度上得益于女权主义繁花似锦的学术成果和不断推陈出新的理论方法。尽管它们没有直接解答我们中国妇女面对的问题，但是它们开拓了我们的思路，使我们能从不同的角度思考分析问题，甚至改变了我们的思维方式”。[②] 同时这里蕴涵了一个女权理论导入中国的梳理以及中国本土女性主义建构的过程。但确切地说，真正具有一定规模效应的，应该是从 1986 年开始。80 年代中后期对西方女权/女性主义论的译介，如西蒙娜·德·波伏娃《第二性——女人》、伍尔夫《一间女人自己的屋子》（1989）、贝蒂·弗里丹《女性的奥秘》（1986），1989 年玛丽·伊格尔顿编的《女权主义文学理论》译著在大陆出版，1992 年挪威的陶丽·莫依《性与文本政治》翻译出版，这是一本试图建立女权主义理论体系的著作。加之 1992 年张京媛主编的《当代女性主义文学批评》中较多地收入了法国的埃莱娜·西苏、朱莉亚·克里斯多娃和露丝·依利格瑞的文章，以及 80 年代以后英美“受到欧洲文学理论的影响”的“后结构主义的女性主义批评”如佳·

① 刘思谦：《中国女性文学的现代性》，《文艺研究》1998 年第 3 期。

② 王政：《社会性别研究选译》，生活·读书·新知三联书店 1998 年版，第 2 页。

查·斯皮瓦克等的文章，以及1999年凯特·米利特《性政治》等这些女权理论著作的译介。它们作为一种女性主义理论资源参照，促动了中国本土女性主义生存与发展的空间，使中国女性文学的创作实践与研究，有了进一步的改观。一般认为，朱虹最早介绍女权主义文学批评到中国，于1981年《〈美国女作家作品〉序》一文中，介绍了美国具有女性主义色彩的妇女文学，但这种理论导入并没有引起反响，原因在于传统文化积淀和正统的主流意识形态对女性的规范，遮蔽了女性自主意识、性别意识。直到1986年，这种局面才开始扭转，如关于女性文学的界定，女性文学与女性主义的联系与区别，女性文学的文化内涵、价值目标的认识与厘清等方面，具有深远的影响。80年代将西方女性主义理论应用于中国文学研究实践，代表性的有孙绍先的《女性主义文学》(1987）著作，把“女性文学”推广为“女性主义文学”，并提出“双性人格”的文学世界的走向。孟悦、戴锦华的《浮出历史地表——现代妇女文学研究》（1989）有关中国现代女性文学研究重要的理论成果。到1995年前后出现了女性文学批评的第二次高潮，刘思谦的《“娜拉”言说》(1993)、乔以纲的《中国女性的文学世界》(1993)、李小江的《性别与中国》（1994)、刘慧英的《走出男权传统的樊篱》(1995)、林丹娅的《当代中国女性文学史论》（1995)、荒林的《新潮女性文学导引》、陈惠芬的《神话的窥破》(1996)、王绯的《画在沙滩上的面孔》（1999）以及徐坤的《双调夜行船》（1999）等著作使中国的女性文学批评又上了一个新台阶。这些作品的文字主体集中在，从挖掘女性意识到寻找女性文学本土传统，以及勾勒女性书写史等方面，将女性主义文学批评视域打开，投注到女性文学里重新看待自然环境、社会环境与自身内在的精神环境层面，将是女性文学/女性主义文学批评的一个崭新的起点。相应的，具有政治化色彩和意识形态化意味的女性主义理论，也促动了80年代中国女作家的女性话语意识、颠覆男权意识。可以看出，“除却自五四起酝酿积郁已久的‘新女性’文化和文学传统的遥远背景外，自七十年代末女性主义思想、创作的吸纳与消化，更是一剂极其强劲的催化药。可以断言，若无域外女性主义思想的传播，若无域外女性主义小说文本的直接启迪，中国目前的女性小说创作‘高潮’就无从升起。这层关系，在中国一些有代表性的女性作家言论里表露极其明显——她们的立场、她们的说法、她们的语词、她们文本中常用的意象，大量来自域外女性主义文学理论……”①

尽管现代性、本土性的冲撞促动了女性书写走向多层次、多元性，走向混沌的女性审美意识形态，却也存在有边界的轮廓。80年代初期女性文学加入了宏大的叙事，为人性、人本的复位进行诉求，之后便逐渐调试自我，由外部社会的审视转向了对女性自我的审视，伸张女性的权利。1985年成为一个转折点，标识本土女性主义的升级。随着80年代中期的狂飙突进，掀起了高昂激进的话语姿态——颠覆男权主流意识形态。但80年代后期女性文学出现了分化：一些先知的女作家进行深度勘探，而一些却在女性主流调性的奏响中，陡转直下，退缩到新历史主义的书写，开始了原生态书写的变异，放弃理想主义，高蹈的理性伸张减弱，平添了俗世的情怀与小景致的叙写，在一种粗鄙的原生态的日常生活场景展示生命形态，表征了女性意识的“逆回流”，也颠覆了女性文学介入女性现实的发展路向。

以至90年代直接导入了一种女性个体狂热的身体欲望的书写，以肉体欲望的释放来建构非理性的极端女性时代，结果女性堕为商业消费的物质符号。但与主流文化形态分离的激进的女性审美意识形态及女性主义书写，并没有回到自身本体。在一定程度上，彰显了女性彻底的感性化，以及女性思想解放的自我限度。延至21世纪，女性文学主潮已经逐渐地放弃了女性本体意义上的摇旗呐喊，从个体到群体、从集体介入整体的社会层面，以生态为中心进行生态学转向，审视有关人与自然、性别关系、信仰、伦理及审美生存的诗学等，进入了宏大的社会叙事，与单纯的女性身体表达渐行渐远，或者可以说，女作家已经无心在女性河流中沉醉、徘徊，而是选择了弃舟上岸，在女性与自然、男性、社会、文化等共置的生态系统中考量和谐的存在，以及精神生长点与资

① 李洁非：《“她们的小说”》，《当代作家评论》1997年第5期。

源，开始了女性文学与生态之间的博弈。

无疑，80 年代女性文学的自塑、塑形与重构，以一种鲜活为女性文学的生长注入了精神质，也搅动了女性浪潮的翻滚水流，具有此在的精神性、现代性与先锋性，甚或是新女性文学的滥觞，为女性主体性的重构提供了理论与实践指导，为之后的女性文学发展提供了经验与借鉴。李小江在《新时期妇女运动和妇女研究》一文中就指出："妇女与国家的关系，在西方女权运动中是一个弱点，因此长期以来是西方女权主义理论中的一个盲点。今天已有所弥补，这个弥补恰恰是借鉴了第三世界国家妇女运动的经验而实现的。在这方面，我们的实际经验和理论探索在今后国际妇女运动和妇女研究中具有重要的意义。"[①] "作为视角的考察，不单纯地服务于'男权'或'女权的'现实目的，而是有助于我们对人自身的全面认识。它也是人类在寻求'自由而全面地发展'的道路上不可逾越的阶段"。[②] 而之所以这样，是因为"我们的社会和我们的生活中，的确有很多问题远在女性/性别问题之上，是全民、全社会必须共同承受和分担的。包括今天，人们知道我做妇女研究，就想当然地以为我也会把'性别'问题放在首位。不是这样的……所谓'性别研究'就是清醒地认识到性别因素的存在（几乎无所不在），但同时也要这样清醒地看清它的位置：它是重要的，却不是唯一重要的"。[③] 80 年代女性文学，从汇入主流叙事，到从主流话语中挣脱，建构主旨性的话语，成为了表征女性自我觉醒的意识，承担起新启蒙时代任务，是审美精神的感性释放，从家国情怀逐渐回到女性主体。但女性想象是合乎道德规范的，而非本能的想象。因此，也造就了 80 年代女性文学的过渡性：从道德理想到欲望本能的过渡，兼顾公共秩序到私人性过渡，以及从社会性到人性、女性的过渡三个层面。

可以说，自 20 世纪 80 年代以来，女性主义文化启蒙使女作家从整

---

① 李小江等主编：《新时期妇女运动和妇女研究》，生活·读书·新知三联书店 1997 年版，第 157 页。

② 李小江：《妇女研究在中国》，载杜芳琴、王政主编《妇女与性别研究在中国》，天津人民出版社 2003 年版，第 11 页。

③ 同上。

体上表现出一种叙事的文化觉醒，同时，中国女性文学开启了符合女性自我发展逻辑的女性叙事。诸如张洁、张抗抗、张辛欣、铁凝、霍达、刘索拉、王安忆、李昂、迟子建等的创作，承续了本土性的实践，也蕴含了现代性的拓进，探索女性与传统的疏离与贴近，开始了对女性本体的关注与精神的追索。如果说80年代的中国女性叙事还在寻找着具有中国特色的表达方式的同时，尽力趋同于世界上的女性主义主张，还显得生涩与内敛外，那么90年代一些女作家亦步亦趋地将自己的写作紧紧地与之贴合，从直接或间接的女权立场出发，以女性为欲望主体的“性话语”、“欲望叙事”、“私人叙事”及“躯体写作”几乎成为突破女性叙事的最为有效的方式。“可以说，20世纪80年代以前的中国的女性解放一直是作为武器或者工具，被各种社会思潮所塑形、所利用。进入80年代以后，中国的女性主义逐渐向西方女性主义靠拢，更加强调女性主义的独立性，注重女性主义作为一种边缘话语的激进立场，发挥女性主义对于主流文化的断裂、颠覆与解构作用。中国的女性主义在定位上、在形态上、在功用上，前后形成了明显差异。这种差异与其说女性主义在发展过程中自身产生的分歧，还不如说是传统的‘妇女解放’思想与西方女性主义的注入所形成的差异。”① 在经历了女性主义写作的三次高潮后，中国女性文化受到现代西方女权思想与女性主义思潮三次大的冲击和洗礼，即20世纪初的“五四”以“人的觉醒”为标志的新文学时期、80年代的“文艺复兴”时期和20世纪末的90年代三次浪潮。这三次写作高潮女性文学呈现出各个时段的不同色泽，但女作家无论在创作视域与叙事方式上，还是理性思索本身，在整个社会的现代性进程中，在文化、秩序、道德以及伦理价值体系的重新确立的过程中，80年代以来女性书写承担了导入、接洽与创新的洗礼，并试图在人、自然、社会和生命的意义构成，体现自我的审美与社会价值。随后，女作家逐渐挣脱理论的导引，女性叙事发生着内在的悄然转变，即回到中国本土现实与历史叙事中，在大历史的背景下理性地审视，将目

① 董丽敏：《女性主义：本土化及其维度》，《南开学报》（哲学社会科学版）2005年第2期。

光由对男性文化的批判与剥离转向了对整个生存状态与生命形态的考察，将女性置放在自然环境、社会环境与自身内在的精神环境层面。女作家以自己的方式为女性文学的发展另辟蹊径，开始了本土化的女性书写实践与探索。

综上，80年代的女性文学主潮，在于女性在现代性与本土性之间游离、挣扎，体现在以下两个维度。其一，本土维度上，寻找女性与传统文化秩序之间的勾连，浸润在传统文化脉络中，一方面有反思、质疑与批判，触碰中国传统文化秩序中对女性造成的伤害，如李昂的《杀夫》（1983），就是一把指向父权、夫权的利刃，戳破了中国传统的宗法家族的大文化的面纱，是冲向男权秩序的指认；而铁凝式的《玫瑰门》应该是具有理性的思索，铁凝的视域是立足于本土的近乎缜密的梳理，女性的场域以及女性自身的文化痼疾，是她要着力表达的，面对着女性本体的文化心理结构进行审视。另外一些女作家并没有深入基底，依然对父权文化有深刻的迷恋，如王安忆的《小鲍庄》、张洁的《方舟》等。其二，文本中蕴含了现代性的理性伸张，在现代性的维度上，显示出了极端的质疑与批判精神，决绝地站在西方文化价值标准一边，审视着现存的社会环境与心理环境，“意味着以前卫的姿态探索存在的可能性以及与之相关的艺术的可能性，它以不避极端的态度对文学的共名状态形成强烈的冲击”。[①] 但重回本土逻辑体现在形式上的探索，更多地体现在形式意义上的先锋，但精神内核依然是本土，甚至是一种“伪先锋”式样的探索，比如刘索拉、蒋子丹等的诉求，其实就是以一种先锋姿态进入本土的叙事，在驳杂、散乱的叙事节奏里，指向现存的文化秩序与生活秩序，但传达出的仍然是内心的无序与慌乱，没有触及深层次的文化界面上，去发掘影响现存人们理性的文化心理结构与社会结构等。

从广泛意义上来看，80年代女性文学在空间上与西方女权理论保持审慎的距离，与其说女作家接受西方女权理论的导向，不如说是更热

① 陈思和：《中国当代文学史教程》，复旦大学出版社1999年版，第291页。

衷于参与社会现代性的建构。具体而言，几乎所有女作家对女性主义作家的称谓有本能的拒斥，隐含着本土主体文化思维、主张的承继，同时也在于中国法令赋予女性的社会地位已经是前置的，而忽视真正的社会精神文化结构中的女性定位。当代中国女性，已获得了女性崇高的法律地位与人权保障，但是作为整体的女性却缺乏真正意义上的“人”的意识，缺乏对自身奴性的深刻反思。女作家伴随伤痕文学、反思文学，承担国家政治需要拨乱反正的意图。因此，女作家本身就是一个分裂的矛盾体，存在有诸多的裂变与聚合现象，现代意识、传统本土意识纠缠在一起，牵制着作家的表达。这也就意味着女作家要接受时代的挑战，要蕴含表达女性在社会转型期的现代性与先锋性、社会性与女性性别意义等，这些又有交锋冲突，并产生混合作用。即便以先锋性的套路与姿式也难以规避另一种悲剧命运，正如比格尔在其代表作《先锋派理论》（或译《前卫理论》）中，显示出了艺术的自律，已将触角伸张到艺术的核心界面，阐明了“历史上的前卫”对“艺术体制”进行的“自我批判”，以“求新”为内在诉求的前卫艺术，但又难以避免落入自我体制化、自我重复的窠臼。女作家所显示的决心与理性，与实际产生的效果是一种辩证的关系，但是并不意味着先锋性与现代性就成为一种决绝的方式。其间的调和与妥协，清晰地体现在女性意识形态与文本的主题表达中。

二　女性意识形态的本土精神资源与逻辑衍进

80 年代女性文本中女性意识的呈现，表达了女性自觉的性别差异意识与性别认同等问题。而女性审美意识形态作为一种心理或是精神现象，是具有女性特质的主导性、强制性与系统性的女性意识的凝聚核，既对抗于男权意识形态，同时是指向女性在美学意义上的建构的。而 80 年代女性审美意识形态，跟社会文化环境发展关联，这无疑是 80 年代现代性的植入，使其发展获得了契机，但是其真正发展动因，源自女性自身的性别需求，以及对现代性的理性主义资源的吸纳，包括女权主义理论；而社会秩序的转型与变调，也促动了女性的激情萌动，加之本土女作家的书写根脉、精神资源与民间资源等强大动力的助推。而混沌女性意识形态的本土精神资源及逻辑衍进，具体为三个节点：第一次妇女运动（秋瑾年代、五四前后）；新中国成立后法令制度的推进；“第二次妇女运动”（80年代）促动了真正的女性审美意识形态构建。阎纯德曾经这样探讨、概述女性意识的本源，“女性意识有两个源泉。一是源于性别。二是源于所处的文化背景。这两种‘源’对作家产生不同的作用，前者是天性，是作家自然拥有的生理因素，由于天性的影响，其性格往往趋于母性的温柔、善良、作风细腻和具有更多的同情心，这一‘源’所酿成的性格，使她们更关心‘女人’的命运；后者属于后天形成，这一‘源’是社会现实赋予的，于是她们便具有同男人一样的社会性，对人生、社会、历史和宇宙便有了同样的责任感和使命感，这一‘源’，使她们关心‘人’的命运。女作家的女性意识中的这两种不同之‘源’，对作家的创作，对于不同的人和不同的时期，作用于作家创作中的表现形态是不同的，前者是指女性化，后者趋向雄性化。这种情况，可以涵盖20世纪中国女性文学的全部创作”。①

女作家的本土精神资源与根脉，以及“女权意识”和“女性文学”的思想资源应该从古代开始，尽管在中国传统伦理文化秩序中的“三从四德”“三纲五常”等禁锢了女人的生存与精神。在《周易》、《礼记》、《谷梁传》和《左传》等书中均有解释，即“幼从父，嫁从夫，老从子”。而“四德”，在《礼记·昏仪篇》中是指“言慎、行敬、工端、整容”，这四个方面是专为丈夫和夫家所设的对妇女的规范，对女性不合理的压制与规约。《周易·象传》云：“女人贞吉，从一而终也。”②汉朝著名的女史学家班昭曾作《女诫》，分“卑弱”、“夫妇”、“敬慎”、“妇行”、“专心”、“曲从”和“叔妹”等七篇，分章论述女子行为的规范。在《女诫·敬慎第三》中告诫女子谨守夫妻关系的界限：“房室周旋，遂生媟黩。媟黩既生，语言过矣。”唐朝宋若莘、宋若昭姐妹所著《女论语》，则从“立身、学作、学礼、早起、事夫、训男

① 阎纯德：《论女性文学在中国的发展》，《中国文化研究》2002年夏之卷。

② 黄寿祺、张善文：《周易译注》，上海古籍出版社1989年版，第270页。

女、营家、待客”等几个方面教训女子。明代以降，把女人视为“女祸”“女性亡国论”等，充满了对女性的歧视与压制。明朝仁孝文皇后又作《内训》二十篇：“德性、修身、慎言、谨行、勤励……”对女性进行规范，后来，这本《内训》又和班昭的《女诫》、宋若莘、宋若昭姐妹所著《女论语》以及王相女范捷录合刻为《闺阁女四书》，为中国主要的女子教训书。此外《女教篇》《女诫论》《女儿经》等女子教训书相继问世，体现了传统本土伦理文化的人伦秩序对女性的“驯化”。相应的，中国历史上也一直存在着如女对封建传统的反抗与自我申诉。

中国女性书写的根脉，散见在《诗经》里，从先秦到清季，女性歌吟里有哀怨有反叛。而散落在历史和文学史以及民间的文化资源里也有女性的发声。从西汉到清朝涌现出了诸多杰出的女性书写，卓文君、王嫱、班婕妤、班昭、蔡琰、谢道韫、刘令娴、上官婉儿、薛涛、鱼玄机、李清照、朱淑真、唐婉、管道升、朱仲娴、端淑卿、秋瑾、徐自华等，传达的是对女性及生命经验的慨叹。南宋唐婉在《钗头凤》中：“世情薄，人情恶，雨送黄昏花易落……”被迫与陆游离异，发出了对封建礼教摧残人性的血泪控诉。五代后蜀妃子花蕊夫人在《述亡国诗》中道：“君王城上竖降旗，妾在宫中哪得知？十四万人齐解甲，更无一个是男儿！”李清照在《乌江》中：“生当作人杰，死亦为鬼雄，至今思项羽，不肯过江东。”显然，传统文化秩序中隐含了女性伦理，制约了女性意识的发展。而受儒教文化秩序的影响，古代女性的书写仍然局限在哀怨、忿怒之中，还不足以显示有清晰的女性意识。

学界认为中国女性文学意识的真正滥觞，应该是在清末的时候，以秋瑾所代表的女界革命意识的呈现。在《满江红》中：“身不得，男儿列，心却比，男儿烈。算平生肝胆，因人常热。俗子胸襟谁识我？英雄末路当磨折。”秋瑾不仅反抗封建礼教对女性肉体和精神残害，还兴办女学。并于1904年在东京创办《白话报》，以“鉴湖女侠秋瑾”署名，发表《致告中国二万万女同胞》《警告我同胞》等文章，宣传反清革命，提倡男女平权。在1907年在上海创刊《中国女报》（1907），以

“开通风气，提倡女学，联感情，结团体，并为他日创设中国妇人协会之基础为宗旨”。秋瑾的女声，从女性空间，伸展到社会空间中，是具有先锋意义的，她是中国女性文学的拓荒者、真正鼻祖。而同时代的徐自华、张默君、吕碧成、张汉英、徐宗汉等过渡性的女性群体，也促动了中国女性真正意义上的“女权”运动，其所蕴含的男女平权等思想，甚至成为1949年中华人民共和国成立后关于妇女解放和男女平等之“宪法”条文的蓝本。这种被称为女性的“旧启蒙”，一直伴随在19世纪末至20世纪初的历史文化过渡中。

事实上，秋瑾代言的中国妇女，遭受着政权、族权、神权与夫权的几重压制。1840年鸦片战争撼动了整个旧中国的闭关锁国的状态，引起了巨大的骚动，这时西方妇女运动已经开始，世界进入资本主义历史时期，欧洲出现了女性争取个性解放，爱情自由与婚姻自主，而后是争取经济和政治的要求。这种女性争取自身解放的社会思潮，在20世纪初从西方进入中国，因此，也有一些学者认为：“中国真正的女权主义运动开始于1912年资产阶级革命的最初阶段。这一运动深受西方主张妇女有投票权的参政言论的影响，但也蒙上了反封建社会斗争的色彩，它自称为‘女权运动’或者‘抗争运动’。”① 陈独秀的《孔子之道与现代生活》（1916）、胡适的《文学改良刍议》（1917）中的“八事”和陈独秀的《文学革命论》（1917）中的“三大主义”，以及当时其他先驱者关于科学与民主的思想，启动了对女性的社会现实思考。吴虞以妻吴曾兰之名发表《女权评议》（1917），鲁迅的《我之节烈观》（1918）、胡适的《贞操问题》（1918）等文章，对妇女解放的问题加以讨论，并融入当时思想解放、文化革命的主流中。他们还大量介绍了欧美妇女运动的学术与著作。而1919年“五四”运动的巨大裂变，中国全面掀起反对“旧文化，旧礼教”的新文化运动，提倡“科学、民主、自由、平等”，同时，关于女性的独立意义也很重要，让女性参与到社会活动中，发挥作用。妇女解放问题成了当时的一个重要内容。

① ［法］朱丽娅·克里斯蒂娃：《中国妇女》，赵靓译，同济大学出版社2010年版，第96页。

可以说，在20世纪20年代和30年代，女界接受了“五四”革命的洗礼，声势汇聚成为一种革命的力量。恩格斯在《反杜林论》中说：“在每一个社会中，妇女解放的程度，是衡量总的社会解放的天然尺度。”① 中国女性写作真正体现女性自我意识，自“五四”时期开始，受“五四”新文化、新文学运动以及欧美妇女解放运动的影响，标示现代意义上的女性文学终于从男性文化的压迫下觉醒过来。“五四”时期是女性意识最初觉醒时期，争取人格的独立是此时女性意识觉醒的主要标志。此外，在一些妇女刊物，如1920年《新妇女》在上海创刊，中国共产党于1921年12月10日在上海创办了《妇女声》（半月刊），是党领导创办的第一个妇女刊物。1922年2月，叶绍钧的《女子人格问题》一文在《新潮》杂志第一卷第二号上发表，从理论上阐述了男权文化对女性人格的毁灭：“男子对于女子，只有两种主义，一种是设为种种美名，叫女子去上当，自己废弃他（她）的人格，叫做‘诱惑主义’。一种是看了女子较自己庸懦一些，就看不起她……不承认她的人格，叫做‘势力主义’”。这股清新空气唤起了女性的觉醒，使被动、沉寂的女性生态发生变动，对所处非人处境发起了反抗，集中在女性对爱情的大胆追求和讴歌上，从而结束了“女人无史”的命运。周恩来在1926年就提出：“妇女运动解放的对象，是制度不是人物或性别，不是因我是男子，才来说这种话。事实却是如此。要是将来一切妨碍解放的制度打破了，解放革命马上就成功，故妇女运动是制度的革命，非‘阶级的’或性别的革命。”② 毛泽东在1927年《湖南农民运动考察报告》中提出，“家族主义、迷信观念和不正确的男女关系之破坏，乃是政治斗争和经济斗争胜利后自然而然的结果”③。女性是处在各种封建压制的最底层，妇女解放依赖于政治斗争和经济斗争胜利。这基本上代表了当时妇女解放的主流思想。这一时期，女性文学的裂变意识来自觉醒的个人与整个社会的

---

① 《马克思恩格斯选集》第3卷，人民出版社1995年版，第610页。

② 周恩来：《1926年3月在广东潮汕纪念三八国际妇女节上的讲话》，《毛泽东、周恩来、刘少奇、朱德论妇女解放》，人民出版社1988年版，第69页。

③ 毛泽东：《湖南农民运动考察报告》，《毛泽东选集》第1卷，人民出版社1991年版，第17页。

对立与冲突。抗日战争的爆发，由于民族矛盾上升，女性文学呈现出将个人意识融入集体意识、女性解放汇入民族解放斗争的趋势。

这期间，陈衡哲、冰心、庐隐、冯沅君、凌叔华、苏雪林、萧红、林徽因、谢冰莹、丁玲、白薇、石评梅等，从“铁屋子”里率先觉醒，这些从旧的传统文化体系中肆意分离出来的女性，都在进行着女性精神的探索。以“娜拉出走”为表征进行探讨，以反抗封建礼教、婚姻自主、争取妇女解放为目标，具有强烈批判性和颠覆性的作品，但女作家仍在沿用传统的男性话语写作，而不是真正的女性话语写作。如陈衡哲《小刘》《绮霞》等作品探讨了家庭对知识女性的束缚。冰心的小说《斯人独憔悴》《超人》等触及爱的哲学与真谛。庐隐的《海滨故人》等小说充满了悲哀、苦闷。凌叔华短篇集《花之寺》《女人》写旧时代的堕落。淦女士（冯沅君）的小说《隔绝》《隔绝之后》等，充满了对旧传统旧礼教的撞击。苏雪林的自传体散文《绿天》与长篇小说《棘心》，具有女性解放意识。丁玲的《梦珂》《莎菲女士的日记》等，更是率先指向了女性的本体欲望。白薇的自传体小说《悲剧生涯》、诗剧《琳丽》与长篇小说《炸弹与征鸟》，具有强烈的反叛意识。谢冰莹的《一个女兵的日记》《女兵自传》等具有女性色彩浓烈。萧红的《生死场》《呼兰河传》揭示的是北中国的女性生存困境。张爱玲的《金锁记》、梅娘的《鱼》、苏青的《结婚十年》等，还有袁昌英的戏剧、石评梅的散文诗歌等，以新的视角探讨了女性的生存环境。应该说，从秋瑾到“五四”时期女界的革命就在于，将女性拉回到人本身，与男人一样享有做人的权利。

中国女性文学在20世纪50—70年代，新中国成立后直至“文化大革命”结束的近30年，妇女与男子平等，在政治经济和思想意识形态方面都得到肯定和承认，女性似乎不存在需要进一步解放与拓展自己的任务，将眼光转向歌颂革命战争与建设时期的女性英雄人物，女性意识被冷落，这一时期可称为女性文学的“冰川期”，其直接的原因在于政治意识形态与阶级意识形态对女性的压制。妇女解放的旗帜纳入了政治的界面与社会秩序中，诸如婚姻自由、男女平等、同工同酬等，随之，政治意义上的“解放”和两性“平等”替代了日常经验中的平权思想。除了去了台湾和香港的苏雪林、谢冰莹、张秀亚、张爱玲等人，白薇和梅娘开始沉寂，丁玲、草明、罗洪、白朗、冰心等，还在探讨着人性的伸张。茹志鹃、刘真、菡子、宗璞的创作尚葆有生命力。茹志鹃的《静静的产院》《百合花》、刘真的《长长的流水》《英雄的乐章》、菡子的《万妞》《妈妈的故事》、宗璞的《红豆》等，与同一时期男性作家们宏大的革命历史题材作品相比，女作家表达了人性温暖，显示出了不俗，但因“人性论”被一些人批判。其实“人性”是女性意识中一个重要标识。丁玲的《太阳照在桑干河上》和杨沫的《青春之歌》阐释女性与政治与革命的关联，反响褒贬不一。而此时，张爱玲的《秧歌》等，赫然有着“反共”倾向。事实上，30 年高蹈的政治意识，弱化与湮没了女性意识的书写。严格意义上说，整个 30—70 年代是女性意识弱化、断裂或隐藏的时代，但在“男女平等”口号下，女性作为与男性平等地位和价值的人格意识却得以强化，但所呈现的仍然是非女性意识形态化过程的女性意识。

1978 年中国的改革开放，对女性的觉醒起到了关键性的作用，在恢复“五四”精神的同时超越了历史，不仅从外部世界来进行剖析和观照，还对女性自身的内部审视和认同。与此同时，西方的各种文化思潮大量涌进。在这历史转型时期，女性文学正与社会同步，经历着旧的裂变与新的生长，并奇妙地回复着“五四”新文学以来的种种文化命题。从 1979 年张洁的小说《爱，是不能忘记的》开始，当代文坛才逐渐打破女性“缺席”的历史，女性自身的悲苦、困惑、恐惧、欲望、挣扎等全方位暴露出来，充满了喧哗与骚动。70 年代末 80 年代初，伴随着思想解放的潮流，西方女权理论的介入，中国女性的自我意识真正觉醒。女性话语权力的呼唤清晰而大胆、急切而焦灼。20 世纪 80 年代，受西方“第二次女权主义运动”思潮的影响，随着对“人性”回归的呼唤，女性文学再一次迎来了自己的发展高潮。全方面地表达、申诉女性的本体性、主体性。20 世纪 80 年代时期女作家的构成：由老一代女作家冰心、丁玲，还有杨沫、茹志鹃、刘真、宗璞等中年的女作家，把女性文学创作的主题引入深化。从不成熟逐步走向成熟。同时，20世纪80年代涌现了一批女作家群，如张洁、张抗抗、张辛欣、谌容、方方、残雪、王安忆、铁凝、迟子建等，对传统性别角色进行质疑与抗争，呼唤自我律动的生命形态与价值。

从80年代到90年代中国文学女性话语发生了转变。在《方舟》中张洁用女性的眼光，揭示了女性的生存困境，借梁倩、荆华、柳泉之口对现实进行了抨击。可以说，以张洁为代表的女性写作，张抗抗的《北极光》、谌容的《人到中年》、张辛欣的《我在哪儿错过了你》，应该是中国女性主义写作的第一个阶段，申诉女性被剥离的性别需求与性别感受，积蕴着内心情感的爆发与对现存社会的抗议。而到了1985年前后，是女性躯体写作和运用知性的阶段，可视为女性主义的第二阶段。[①] 这一时期主要有翟永明的《女人》、伊雷的《独身女人的卧室》、唐亚平的《黑色沙漠》为代表的诗作。伊蕾的《独身女人的卧室》、翟永明的《黑房间》等都以一种激越的姿态书写自己的紧张与反抗。80年代中后期，王安忆的“三恋”（《荒山之恋》《小城之恋》《锦绣谷之恋》），以及《岗上的世纪》等一批性爱小说开始了女性本体欲望的叙事。刘索拉的《你别无选择》、残雪的《山上的小屋》的发表才真正标志着女性文学叙事从新时期文学初期向后期的转变。池莉的《烦恼人生》、方方的《风景》、铁凝的“三垛一门”，对于女性潜意识的勘探，彰显了女性自我欲望对传统文化的偏离与暗合。预示着女作家书写呈现多元化姿态与分化。这种气势延展到90年代中期，女作家开始转向女性自我内在空间，掀起以陈染的《私人生活》和林白的《一个人的战争》为代表的“个人化”写作热潮，身体成为表述与抗争的媒介，标志着女性文学主体意识的觉醒，与对以男性为中心的社会进行反抗与颠覆，这应该是女性主义的第三阶段。

80年代女性审美意识形态中的一个重要诉求特质，是承载着“五四”精神的重塑，对女性的“人性”进行呼唤，是承接女性历史的重

① 关于女性主义阶段的划分，本文采用了王光明《女性文学：告别1995——中国第三阶段的女性主义文学》一文的说法，《天津社会科学》1996年第6期。

复呼喊；更重要的是以女性的意识、女性的视角，完成了将“女人”拉回到“女性”的轨道。80年代女作家在中西文化大潮的冲击下，在女性主义思想兴起的影响下，在寻求自我，正如伊蕾所说：“我落地生根，即被八方围困”，女性自我要去打破“没有栏栅的囚所”①，寻找女性本体所在，进行激情意志的表达。这也表征了80年代始真正女性意识形态的生成，一种对抗于男性意识形态的真正力量。当不无沉重的历史反思和民族重塑的文化运动，随着80年代的终结而逐渐淡出的时候，女性文学却在这背景的映衬下凸显出来，不期然间成为一个闪光的亮点。这固然是因为理想主义失落之后的年代里，这一领域成为注意力转移的一个依托之地；更重要的是，由于主流话语的裂变，原本对统一的价值标准和理想诉求分解成多种歧异的趋向；就在这布满缝隙和裂痕的文化板块上，女性文学获得了一次类似于飞升的时机：试图挣脱“宏大叙事”的束缚，而去触及过去从未接近的崭新的自我领域。

可见，20世纪80年代女性审美意识形态生成及逻辑演进，不单合乎女性文学的自在逻辑，也合乎社会秩序的逻辑。从女性置身的社会语境与文化秩序的切入，到对女性生命与意识本体的关注，逐渐走向自醒自审的轨迹，对女性与环境、男性、自我构成的系统加以审视，寻找自身与社会文化的痼疾，以及对与体现现代女性主体性相左的传统女性文化符号的审视，都具有积极的意义与价值。但就其80年代叙述主体来说，从主流意识形态话语秩序中“解放”出来的女作家，挣脱之后并未向更深处探及，作为女性本体欲望的群体，并未有效自如地构筑女性自我美学意义上的审美意识形态。以致滑落到90年代个体极端的女性主义意识形态的建构，乃至21世纪女性集体淡化女性意识形态的产生。

① 伊蕾：《流浪的恒星》，《当代》1988年第4期。

第二章　女性创作的视点转移

20世纪80年代以来，中国女性文学伴随着主流意识形态生成，也在西方文学思潮及理论的导入中，获取了精神资源及生长元素，逐渐生成具有女性意识的表达。因此，女性写作既有激越先锋意义上的探索脉动，也有传统意义上的保守律动。女作家在社会意识与女性意识两个界面展开了叙述，一方面承担着与主流文学的协同发展，呼唤“人性”的复归，另一方面，也在建构女性意识形态与话语为主旨的文学拓展中，开始构建自我话语体系，有了明显的叙事转向与审美流变，并呈现出多种书写姿态及发展轨迹。可以说，自20世纪80年代以来中国女性写作，不仅承继承接“五四”时期女性解放精神，接轨西方女权理论等现代性思想的导引，也受制于“文革”乃至“十七年文学”的牵制，存在有自身的局限与暧昧性。但女性写作在重构女性自我主体性的同时，也将目光投向社会、文化、历史、政治等层面，进行全方位的探索。在本土传统文化脉络上开始掘进，在大文化、大文学的移动中，进行本土性的书写实践。

一　叠合：作为人/女性意识的双重自觉性

女性文学概念最早是由英国女作家维吉尼亚·伍尔芙在1929年的一次演说中提出，尽管之后有不少反对的声音，但女性文学的提法却已被全世界范围普遍接受了。但对于80年代初的中国，批评家界认为，女作家并不以“女性”群体的面目出现，女作家的创作与男作家并无明显差别，她们同样参与了对“伤痕”“反思”“寻根”等文学潮流的营造，并没有刻意追求与“女性”身份相适应的独特性。而真正将女作家的性别身份与其创作联结起来，寻求两者的内在关联，进而提出“女作家创作”甚而“女性文学”的概念，则是在80年代中期，李子云、吴黛英与乐黛云等一些评论家对其进行的厘定。如李子云的《净化人的心灵》一书，率先从“女作家”角度提出创作问题，并专门讨论“新时期”女作家的小说创作①，随后，吴黛英在《新时期“女性文学”漫谈》《女性世界与女性文学》中提出“女性文学”②。至此，理论界和创作界对“女性文学”的理解达成了共识。

随着中国文学逐渐回复到人的文学，女性文学的创造力找到了最佳的爆发点，所释放出来的美学能量是巨大的。事实上，随着现代西方哲学思潮如叔本华、尼采、弗洛伊德、萨特、荣格等关于人的种种学说和弗吉尼亚·伍尔芙、西尔维亚·普拉斯等欧美女作家的引入，女性生命意识和生存状态成了80年代女性文学的一个新视点，不仅女性本能冲动和世俗的欲望引起了女性作家的关注，男女平权意识与作为女性自然性别的人的价值，也同样是关注的焦点。可以说，20世纪80年代，在真正意义上生发、开创、发展了中国女性文学。学术界把80年代女性文学视为继“五四”后女性创作的另一个制高点，认为：“80年代女作家的大量涌现，在创作的数量和艺术质量上，都是引人注目的现象。不同年龄、阅历的女作家在各个阶段和各种文学思潮中都有不同凡响的作品问世，使女作家的创作成为80年代文学的重要构成。性别（‘女作家’）被作为描述这一时期文学现象的一种方式，与文学创作的历史状况有关。如有的批评家指出的，本世纪中国文坛出现了女作家创作的两次‘高潮’；一次是‘五四’时期，另一次就是80年代。”③

也有论者认定，80年代唤起了女性生命的觉醒，是具有双重意义的，即人的觉醒与女性的觉醒是一种叠合的存在。“从80年代初开始，

① 李子云：《净化人的心灵》，生活·读书·新知三联书店1984年版。

② 吴黛英提出“女性文学”，见《新时期“女性文学”漫谈》，《当代文艺思潮》1983年第4期；《女性世界与女性文学》，《文学评论》1986年第1期。

③ 参见李子云《女作家在当代文学史所起的先锋作用》，《当代作家评论》1987年第6期。

20 世纪中国女性文学终于迎来了繁荣与发展的黄金时代。随着西方文化、哲学思潮的涌入以及西方女权主义文化浪潮的波及，当代女作家们的主体意识空前觉醒和高涨。女性文学从‘人的自觉’转向‘女人的自觉’，同时注入了更多的女权色彩，‘女性的解放’成了女性文学的重要关怀，出现了以张洁、张辛欣为代表的富有鲜明的女性意识的创作。……80 年代中后期女性更注重性之于人生、之于女人的重要意义。王安忆、铁凝扩展了张洁、张辛欣的书写领域，把女性肉体的觉醒带入文本”①。而 80 年代的女作家基于各自独特的经历和文化背景，形成了不同主题内容的审美追求。这既是女作家对主流意识形态潜在影响和操控的积极回应，也展示了女性自我空间和公共空间之间的对冲力。如果从 1979 年算起，基于女作家对于女性问题关注的偏重和写作的主题的不同，80 年代的女性书写大致可分为以下三类。

第一类是在呼唤人性的声浪中，展示失落的女性。这类主题出现于 70 年代末 80 年代早期，杨绛散文《干校六记》《将饮茶》、梅娘散文《长春忆旧》等，小说有戴厚英《人啊，人!》、张抗抗的《爱的权利》《北极光》、谌容的《人到中年》、陆星儿的《啊，青鸟》等，揭示人性的伸张，在社会层面申诉作为人的尊严与权利。这些文本仍然有“伤痕文学”“反思文学”“寻根文学”浪潮的痕迹，如杨绛的小说《洗澡》体现了知识分子对个人空间和公共空间的文化配置的审视与反思，带有 20 世纪 80 年代中后期文化语境的特点，是知识阶层的精神革命或精神探险这一母题的体现。而一些女作家依旧赋予妇女解放以简单化的理解，即“男女平等”，男同志能做到的事女同志也能做到。这种模糊性别差异的“平等”不仅使女性失落了自己，而且使女性陷入了极为尴尬的境地，不得不在社会认同和女性自我认同的困境中辗转。张辛欣的《我在哪儿错过了你》《在同一地平线上》和张洁的《方舟》是典型文本。这些文本中的女性一方面要学会一整套打拼天下的本领以取得社会认同，一方面要兼顾女性坚守了几千年的妻子和母亲的传统角色以取

① 邝金丽：《性爱意识与我国现当代女性文学创作》，《河南师范大学学报》2001 年第 3 期。

得自我认同。于是，在痛苦中挣扎，在破碎中前行成为这一类文本中女性形象的典型。如此的书写意味着女作家，肆意要将女性空间与公共空间分隔，但固化的男女性别秩序却是难以撼动。“妇女压迫的矫枉过正，是在恢复女性本来面目的必经阶段”，“一方面是女性对真正男子汉的心理呼唤，……另一方面则是社会对女子及女子自身形象的扭曲所产生的疑惑”①，这与张辛欣的表达如出一辙。“路呢！先前认定有一根必然的链条，被什么东西打散了，再来看，似乎原本也只是一些偶然的碎片。……设身在纷乱的退潮中，茫然地被冲来冲去，把握不住别人，也把握不住自己。”这样的迷惘情绪传达出了女性个人主义者所掌握的历史力量的单薄——虽然确信有一种崭新的价值在，可是“通向它的道路为什么这样长”！（张辛欣《我们这个年纪的梦》）

80 年代中期，女性写作的第二类主题开始出现，主要表现为寻求女性在社会生活中的新定位。这类主题随着社会的迅猛发展一直延续至今。80 年代中期以后，随着正常社会秩序的巩固，女作家对女性的关注扩展到社会生活的方方面面，女性写作也开始追求如何使女人更像女人。有代表性的女作家是舒婷、王安忆、张欣等。王安忆擅长把女性放置在女性与男性的情爱、性爱关系和女性对婚姻家庭感悟的各种具体场景中进行展示。她的一系列作品清晰地显示出作家对女人的精明和局限的深入体察。王安忆的小说《小城之恋》《荒山之恋》《锦绣谷之恋》《岗上世纪》，以及伊蕾、翟永明、唐亚男等的诗歌，开始了关于爱、性、自由、人性等的多样化审美表达。

80 年代后期，女性写作的第三类主题出现，表现为女性对自我的审视或自省。可以说，80 年代铁凝的小说《玫瑰门》问世，意味着走出了张洁小说《方舟》中男女性别对抗的模式，增强了对女性缺陷的自我审视和批判意识。铁凝的《玫瑰门》反映了在政治扭曲人的革命年代里，一个有着富家少奶奶身份的女性，如何渴望介入无产阶级立场的荒诞行径。在“文革”中，司猗纹丧失了生活的主动权。于是摆脱

① 吴黛英：《女性世界和女性文学》，《文艺评论》1988 年第 2 期。

街道主任罗大妈一家的监视和欺凌、取得罗大妈的彻底认同成了她的生活目标。在交房子、交家具，对罗大妈百般讨好仍无济于事之后，司猗纹故意暴露寡居儿媳竹西同罗家大儿子的奸情以威胁罗大妈，终于成了革命群众的一员。显然渴望获得政治、阶级身份认同的司猗纹，以丧失一个女人立场为代价。独特的女性视角使《玫瑰门》呈现出女性世界的复杂和女性人性的本相。与张洁相比，铁凝《玫瑰门》意义在于她表现了女性肉体的觉醒，以及女性涉入政治空间的渴望。铁凝以空前的胆识切入女性的原欲世界，展示女性空间与公共空间的切换。铁凝在对女性在人性上的拓展，对女性宿命的沉思以及对女性解放的呼唤推动了女性文学的发展，铁凝以“性”为视点的新的观照方式和女人味极浓的叙事口吻无疑极大地影响了以陈染、林白为代表的个人化女性写作。此外《玫瑰门》中没有提出直接建设性的意见，但司猗纹的变态人生和苏眉的精神自觉传达出的却正是妇女必须寻求自我获救的意味。苏眉在沉睡状态的女性世界里，虽然对女性生命现实的抗争在作品中显示出亮色，但还不足以与整个女性宿命抗衡。苏眉在突破女性宿命的过程中，有时显得疲惫和无助，也曾幻想回到母亲的子宫来逃避。具有讽刺意味的是，苏眉的女儿狗狗额上居然有“产钳”留下的如司猗纹般的新月形疤痕，这似乎也在昭示一种历史文化的启示：女性脱不去传统性别秩序的塑造，尽管为此已经做出了种种努力。

大体上来说，80 年代女性文学存在这样的内在发生轨迹：女性写作从最初依托在主流文学叙事的基础上，与中国新时期社会文化思潮共振，到逐渐寻找女性意识的一个文学过程，即从揭露极“左”路线酿成的“伤痕”“反思”文学中，或者从广义的“问题意识”开始对女性自我生存开始了探询，随着阶级斗争意识逐渐淡化，女性文学开始关注女性自身的处境，并开始有了女性意识的觉醒，不仅意识到女人作为人的价值问题，还必然包含着性别意识，即意识到女性的角色、地位与价值问题。对此，金燕玉是这样归结的：“从女性文学的历史走向来看，与本世纪初从挣脱封建礼教的桎梏为己任的女性文学的第一个高峰相比，八十年代女性文学的审美理想显然带着新时期的人文精神，从而开辟出一条新的文学轨道——探索女性全面实现自我的文学轨道。”① 而就艺术本身而言，“艺术是一种产生于启蒙时代的观念，无论各种艺术产品有多么不同，启蒙运动时代判给艺术一种不受时代影响的普遍的有效性”②。女作家多元主题表达的是对主流意识形态的物化体现，展示了女性从公共空间到女性空间的渐变姿态。但现实的女性文学存在是，作为人和女性意识的双重自觉性是一种叠合：当女性写作被意识形态化和政治化，这是来自外界的干涉，但作为书写主体的女作家，一方面存在有自我内部的趋同，意味着作家接受意识形态价值的认同，终极意义上的女性意识形态化的叙述，就成为一种乌托邦的存在；另一方面反现存秩序的文化界、反文化立场，但还不具备反抗的勇气与储备。因此，决定了双重、双向的彼此的互逆共生存在。

二　女性文学动态图像与多维界面

可以说，80 年代女作家们在探寻着女性全面实现的轨道上，倾情书写，成就了女性文学日趋多元风格的并陈，也涌现出众多女作家，而女性小说率先发出了对人的呼唤。当女作家谌容在《人到中年》、戴厚英在《人啊，人!》中率先发出了对人的呼唤揭开了女性文学的写作，也便揭开了女性自我意识的序幕，叩问生存和选择的人生命题；铁凝《没有纽扣的红衬衫》、张抗抗《夏》《北极光》呼唤女性的个性；乔雪竹《荨麻崖》等，为知青岁月里女性生命青春唱挽歌。向彬《心祭》写出了女性自我悲剧命运的宿命与代际的承接；张洁《沉重的翅膀》、宗璞《三生石》体现出了憧憬理想爱情的女性在追求自由的路径上身心分裂；当女作家们开始了对社会与男性的现实审视后，也开始了对自我的观照，张洁的《方舟》、张辛欣的《站在同一地平线上》写出了女性在寻找独立自我的同时将自我雄化，暴露了“解放了的妇女”中存在的问题，对“男女都一样”“男女平等”提出挑战。王安忆的“三

① 金燕玉：《从龙船到飞鸟——世纪之交女性文学断想》，《小说评论》1996 年第 5 期。

② ［德］汉斯·贝尔廷：《现代主义之后的艺术史》，洪天富译，南京大学出版社 2014 年版，第 201 页。

恋”（《荒山之恋》《小城之恋》《锦绣谷之恋》），到《岗上的世纪》，审视性爱，将女性自身的欲望作现代性的阐释，从而把性的生命本能和现实之间的矛盾进行展示，对两性在社会、情感、伦理方面关系的探究，并就女性遮蔽的性别予以审视。铁凝的《麦秸垛》对女性命运、女性关系的阐释越来越深入且冷静。马瑞芳（回族）的《蓝眼睛·黑眼睛》以审美与审丑的姿态指出现代女性在面对金钱与权力的清醒与迷茫。迟子建从80年代初追忆童年故事，叙写故乡花朵与山河，将北中国“北极村”漠河的风土人情尽情展露，如《北极村童话》《没有夏天了》《左面是篱笆右边是玫瑰》《沉睡的大固其固》《北国一片苍茫》等，尤以《北极村童话》为典型，小说并没有完整的小说结构，童年生活的片段和个人化的感触，是精神情绪的流动。而清新明净的诗意的表达里，蕴涵着作家独特的精神追求。

1985年新潮前后的一些女性作品，以先锋姿态反抗现存的文化秩序环境。刘索拉以《你别无选择》写出了中国女性的精神症状，这种文本对传统的文学观念的颠覆性，实质上就是女性书写对于父权制文化的颠覆力量所在。刘西鸿的《你不可改变我》，有着女性自我意识的萌动，对于女性潜意识的勘探可视为女性自我欲望对传统文化背离与贴合。残雪的《黄泥街》和《苍老的浮云》将女性的精神扭曲展现给世人，以此获得对现存环境的重新看待。残雪的《山上的小屋》则展现了女性被异化的精神病态与恐惧，进而展现了人在乖戾的生存环境中的人性自由和尊严的丧失。

80年代后期以降，女作家较早觉醒的生命意识又使她们去打开女性生命之门，探索女性生命的奥秘，挖掘女性生命的潜质潜能，开始站在人性的立场上，从历史、文化的根源中解读女性的命运；同时，对女性传统审美意识亦进行了反叛。张抗抗的《隐形伴侣》不仅审视社会对人的压抑，也将目光转向了女性内在自我进行审视。在80年代后期，以池莉、方方为代表的“新写实小说”，挑开了现实主义、新现实主义的框架，拒绝宏大叙事，凸显个人生活的意义。不论是池莉的《烦恼人生》还是方方的《风景》，其主旨都在以日常生活经验来书写平民化的庸常与羁绊，是对个人主体命运的呼唤。而铁凝1989年的《玫瑰门》则开始了对女性自我痼疾的审视，并对女性最原始、最自然的生命力——母性作了现代的阐述，以另一种眼光来对女性进行自我审视，对于女性自身的痼疾予以深究，从性的角度考察女性本体，从而对女性的探究也就上升到了性心理层次和潜意识层次，这是女性寻找真正出路的标志。

在这里，需要补充一点，80年代是海外华文女作家创作的低潮，但有意思的是，80年代中国大陆也出国成风。特别在1989年夏季之后，大批留学生、文化人留在国外，堪称当代中国一大奇景的是二十多万留学生一起留在国外。其中有女作家查建英、刘索拉、蒋濮等。中国大陆所指的留学生文学便是指这个时期一批出国留学者所写的有关留学生题材的文学作品。上海文学杂志《小说家》从1984年开始发表了一些留学生文学作品。几年之后，上海、北京、广州、天津、深圳等城市好几个刊物相继发表这方面的作品。1988年北京十月文艺出版社出版第一部留学生小说集《远行人》（苏炜著）。同年查建英的《丛林下的冰河》、蒋濮的《不要问我从哪里来》问世，20世纪80年代中国大陆留学生女性文学大多叙述留学生在两种社会文化冲突下的种种遭遇和艰难尴尬的生存状态，体悟到文化背景的差异，族别的不一，带给人们心灵的冲击与茫然，现实生活如同一张紧缩的网络一样控制着人的生息，字里行间渗透了因果之说的教化与挣脱。

进入80年代后，港台女性意识呈现出了与大陆殊途同归的发展趋势，一起完成了多姿多彩的书写时代表达，共同建构了中国女性文学的美丽天空。香港女作家林燕妮的《爱的追寻》、陈娟的《绿萍的青春》、亦舒的《喜宝》、施叔青的《愫细怨》等从婚姻、爱情、金钱等多角度地探寻女性的生存。80年代中期以后，台湾政治发生了很大变化，社会也处在一个整合转轨时期，相应的体现在文学上，则是任何一种流派、风格都不能再像以前那样独领风骚，文坛越来越趋向众声喧哗，一个多元化、多样化文学景观越来越鲜明地呈现出来。创作上互相渗透、兼容并蓄。在日益国际化、资讯化的台湾，任何时髦的、尖端的理论或作品，较新的文学理论像新批评、结构主义、解构主义、新女性主义文学，等等，都能以最快的速度进入台湾，对其创作形成极大影响。台湾文学与世界文艺同步接轨，感应着时代的潮流。伴随着台湾社会工商化、都市化的步伐，出现许多都市化的作品，同时，也开始了对本土化的思考。

台湾女性文学就是在这种背景下生成的。它不像西方女性文学那样经历了三个阶段，而是直接跳跃了妇女文学阶段（奉行了男权意志的女作家创作），把女性文学（表现妇女追求、命运的文学）和女性主义文学（反抗男权、父权，唤醒女性自主意识的文学）两个阶段同时重合起来发展，伴随妇女地位的进一步提高，直至介入政治（如女性主义代表吕秀莲的当选“副总统”），女性文学得到日新月异的发展，成为极引人注目的一道风景。从一些作品来看，已能反映出女性追求解放的理想人生，小说全方位地介入知识女性的生活，关注女性在新的历史时期的命运。自80年代以来台湾文坛涌现出一大批卓有影响的女性作家，如李昂、萧丽红、吕秀莲、竹修卷、廖辉英、荻宜、萧飒等。她们的作品显示了女性意识的自觉和对事业、经济独立的追求，这是摆脱男权压迫的最重要的一步。曾心仪的成名作《彩凤的心愿》开启了女性主义潮流先河。荻宜在《米粉嫂》中塑造了云凤这一形象，她以前是靠丈夫养活的，在与丈夫离婚以后，她独自开办米粉摊，艰难地支撑着一家三口的生计。袁琼琼的小说《自己的天空》表达了女性只有强大，才能够摆脱在婚姻中常常沦为男性的附庸的悲剧。廖辉英《爱与寂寞散步》也写了一个叫李海萍的女子由摆地摊到当上服务员，直至最后做上某报纸的妇女版主编。萧飒《走过从前》写何立平努力想摆脱上一代的悲惨命运与宿命。丈夫有外遇，就毅然和他分手，全身心投入事业，开辟属于自己的一片天空。很显然，现代女性在提升女性自强自立品格、追求个人人格尊严上迈出了重要的一步。作家创造的女性形象承载着作家本人的美学理想和现代伦理道德观念。女性主义的写作不代表所有人，不代表中性，只代表自己的性别经验和观察角度，力图把自己的位置确认出来。从文风上来看，女性文学已经摆脱了传统的婉约柔美之风，是以自我张扬的凌厉尖锐撕扯着男作家都不曾触动过的人性遮饰物。而伴随着女性意识的进一步加强，女性心理健康的重建和走出怪圈，台湾女性文学彰显出深度的批判性。台湾李昂的《杀夫》、廖辉英的《油麻菜籽》《盲点》《红尘劫》、袁琼琼的《自己的天空》、朱秀娟的《女强人》、萧飒的《如梦令》、孟瑶的《一心大厦》等具有较强的现代女性意识和批判性，敢于冲破传统的家庭结构模式的禁锢，对传统的女性角色进行反省，旨在实现女性角色的价值转换。夏行的《奔赴落日而显现狼》、洪祖玉的《剖》等小说具有强大的个体意志力量。吕秀莲在狱中写的小说《这三个女人》，塑造了理想型的高秀如、家妇型的汪云和矛盾型的许玉芝三位台湾新女性，对新女性主义做了更进一步的诠释。

80 年代女性散文更多的作品都集中在描写女性自身，表现出了强烈的女性主体意识。她们更加真诚地表露女性自我身心的体验，以显见的性别意识，观照女性生命，思考和探寻女性在社会中的主体位置。大陆有杨绛、张洁、叶梦、唐敏、王英琦、斯妤、梅洁、赵玫、冯秋子、韩小蕙、苏叶、丹娅、陈慧英、李佩之等人以女性独有的对生命本体的感悟，创作了一大批独具女性风情的女性散文。杨绛的《干校六记》展现了“文革”时代知识分子在特殊年代中的生存状态和心理轨迹。写的都是“文革”中的亲身经历，人生参悟深透精辟，艺术表现娴熟精湛，可称为“伤痕散文”；杨绛的散文《乌云和金边》可以视为知识分子的正气歌，那是对荒诞时代的沉重批判，是裹挟在描写社会、人生的重大主题里的伴音。张洁的《拣麦穗》、丁玲的《我所认识的瞿秋白同志》有了个性的复苏，改变了散文的主题意向；韩小蕙的《愿我们的生活不再苦涩》《不喜欢做女人》等有着自觉的女性意识，表层的绝望之下沸腾着炽烈的主体精神；叶梦的《不能破译的密码》《不要碰我》等，大胆地书写神秘的生命体验；斯妤的《等待》《心灵速写》《蓦然回首》等，对人的“内宇宙”进行了洞察和探幽；唐敏的《女孩子的花》以一种叫“百叶”的水仙花生长过程，暗示女性命运；梅洁的《爱的履历》、丹娅的《女人的星》，传达了女性的宿命；海男的《女人圣经》将一个母亲在怀孕中每一时刻的变化和感受进行了诗意的描绘；艾云在《欲望之年》中展示女性身体隐秘的重要符码，自有其意义；赵玫在《往事终究迷茫》《做了失败的女人》中承受女性生活的迷茫与失败；冯秋子散文集《寸断柔肠》传达了一个女性作家内心多少沉重生命的承担；苏叶的《受伤的芦苇》、斯妤的《我因为什么而孤独》等同样表达了女性的孤寂与忧伤。可以说，叶梦自1983年开始创作的《羞女山》，开创了女性言说自己身体经验的先河，从叶梦的《羞女山》深入女性意识的心灵深处反思社会、历史层面对女性的逼迫，到王英琦《我遗失了什么》因“自我”与“真我”迷失在社会和男性对女性的规定中发出抗议。李林荣做出了这样的概括：“80年代中后期的一些散文作品当中，清晰地呈现出了一种中国当代散文创作史上前所未有的女性意识。”①

而港台的女性散文创作以写女性生活和心理情感为主，香港有谢雨凝、方娥真、何锦玲、农妇等，都具有强烈的女性意识，如谢雨凝散文集《小城的回忆》《春寒集》，方娥真散文集《人间烟火》《重楼飞雪》；台湾苏雪林、琦君、林海音、张晓风、张秀亚有对性别的深思，如琦君的《髻》、张晓风的《也是水湄》，对于体制给予女性的各种规范表现出厌烦的心理；龙应台的《查某人的情书》等，则对于父权中心文化观念下女性的困惑做了深入的剖解，具有全新的现代意识。

80年代的女性诗歌也以自己的方式，对女性意识进行了思索。如翟永明、郑敏、王小妮、伊蕾、唐亚平等。80年代的诗歌因文化氛围而曾经繁荣一时，获得了自我表达的机会，1985年翟永明在《女人》组诗序言《黑夜的意识》里宣称：女人的真正力量就在于既对抗自身命运的无常和乖戾，又服从内心召唤的真实，并在充满矛盾的二者之间建立黑夜意识。翟永明的《女人·世界》、唐亚平的《黑色沙漠》直接描绘女人深奥的世界；翟永明的《黑夜的意识》中对女性意识的思索，《母亲》里对于母女关系的描述：“你是我的母亲，我甚至是你的血液在黎明流出的/血泊中使你惊讶地看到你自己，你使我醒来//听到这世

---

① 李林荣：《从“女性”到“新生代”：散文话语在社会转型时期的主题变奏》，《文艺评论》2001年第5期。

界的声音，你让我生下来，你让我与不幸构成/这世界的可怕的双胞胎。多年来，我已记不得今夜的哭声//那使你受孕的光芒，来得多么遥远，多么可疑，站在生与死/之间，你的眼睛拥有黑暗而进入脚底的阴影何等沉重”。诗人不去表现母女之间的脉脉温情，而是试图揭示出血脉相连的两代女性命运深处共同的黑暗。“《女人》那一阶段的狂热激情也带给了我诗中某些雕饰和粗糙的成分，我在写完它之后认识到这一点”。[①] 翟永明在《女人》组诗的序言里写道：“作为人类的一半，女性从诞生起就面对着一个完全不同的世界，她对这世界最初的一瞥必然带着自己的情绪和知觉，……她是否竭尽全力地投射生命去创造一个黑夜？并在各种危机中把世界变形为一颗巨大的灵魂？事实上，每个女人都面对着自己的深渊——不断泯灭和不断认可的私心痛楚与经验——并非每一个人都能抗拒这均衡的磨难直到毁灭。这是最初的黑夜，它升起时带领我们进入全新的、一个有着特殊布局和角度的、只属于女性的世界。这不是拯救的过程，而是彻悟的过程。”[②] 正如她后来在一次访谈中所言，“差不多写《女人》组诗的时候，最早出现女性主义诗歌概念，我觉得我的写作在那段时间里，确实是从女性主义角度出发。那时，对女性主义其实也没有那么清楚的了解，完全是潜意识里有女性主义的成分”，[③] 这里所谓“潜意识”，其实就是各种最原始的女性生命感性经验的潜移默化式的积淀。而与之迥异的舒婷，也在现代派的脉络中拓展，舒婷 1979 年的《致橡树》不仅对独立平等的人际关系，也对新型的爱情进行了崭新的诠释。舒婷一方面在《四月的黄昏》《路遇》《雨别》《无题》《神女峰》等诗中着力表现了女性精神上的归依与情感的依靠。在《神女峰》中：“沿着江岸/金光菊和女贞子的洪流/正煽动新的背叛/与其在悬崖上展览千年/不如在爱人的肩头痛哭一晚”，在

---

① 翟永明：《面对词语本身》，见现代汉诗百年演变课题组编《现代汉诗：反思与求索》，作家出版社 1998 年版，第 254 页。

② 翟永明：《黑夜的意识》，转引自崔卫平《编选者序》，载《苹果上的豹——女性诗卷》，北京师范大学出版社 1993 年版，第 3—4 页。

③ 翟永明：《因为诗在那里——答〈南方都市报〉记者问》，引自翟永明博客（http：//blog. sina. com. cn/zhaiyongming）。

《呵，母亲》中，传达得却是女性母性的力量："你苍白的指尖理着我的双鬓/我禁不住像儿时一样/紧紧拉住你的衣襟/呵，母亲/为了留住你渐渐隐去的身影/虽然晨曦已把梦剪成烟缕/我还是久久不敢睁开眼睛"。触摸女性的内心世界，并寻找把女性、母性带入人性的叠合中，思索女性的生命价值与存在方式，孙绍振认为，是舒婷对母亲的意象的渲染，"忠于自我的内心真实和忠于生活的真实的创作原则"①。而舒婷另一方面，运用象征、隐喻等西方现代主义手法，体现着表达女性主体意识的多种可能性。谢冕指出，"人们已经习惯了详尽说明的'明白'的诗，他们把这视为诗的必然的和仅有的属性。人们也已经习惯了用诗来配合生活中的这个或那个重大的政治性行动，他们把这视为诗的唯一的职能和目的。一旦新诗潮中涌现出不同于此的作品，他们便在那些扑朔迷离的意象迷宫中茫然失措，他们为'读不懂'而焦躁气闷。于是他们进而责备这些诗人对社会不负责任……他们难以理解如今这种诗歌结构上连续性和直线性的终止和以大跨度跳跃为主要标志的分割完整形象的间断突变型的尝试。他们尤其不能容忍诗人有意隐匿自己的意图，尽量让别的东西说话，而不是如同往日那样，诗人是作为全知的存在"。② 舒婷的《思念》中："一幅色彩缤纷但却缺少线条的挂图/一题清纯然而无解的代数/一具独弦琴，拨动檐雨的念珠/一双达不到彼岸的桨橹/蓓蕾一般默默地等待/夕阳一般遥遥地注目/也许藏有一个重洋/但流出来的，只是两颗泪彩呵/在心的远景里/在灵魂的深处"。诗中出现了挂图、代数、独弦琴等九个毫无干系的意象，则强调了女性意识与主流文化之间的间离与接近。王小妮、张真、唐亚平、海南等，一直保持着对于个人性与日常性的关注，她们书写个人的精神成长、青春的残酷记忆与日常的经验，但又与时代紧密相连，从个人性的经验中触摸到一种普遍性的现实意义。诗人郑敏的《心象组诗》渴望挣脱束缚；伊蕾

① 孙绍振：《恢复新诗根本的艺术传统——舒婷的创作给我们的启示》，《福建文艺》1980年第4期。

② 谢冕：《历史将证明价值——〈朦胧诗选〉序》，载阎月君等编《朦胧诗选》，春风文艺出版社1988年版，第2页。

的《独身女人的卧室》对追寻自我具有强烈的意识。“从 80 年代中后期以后，女性诗歌‘写女性’的特质则已鲜明形成，并逐步在发展中走向多样化。此时的创作与前一时期的最大区别在于：前期的女性诗歌创作更多的表现的是来自生活本身遭受压抑的呼声，作者（如郑敏、舒婷等）并不特别在意自己的女性性别；而此时一部分女诗人在接受了西方女性主义思潮的洗礼之后，已自觉亮出‘女性写作’或‘女性主义’文学的身份”。① 而本时期的台港诗坛也涌现出了独特的创作与艺术表现方式，具有代表意义的台湾的女诗人冯青融现代感思与女性传统于一体，藉隐喻以折射女性的生存现实，诗集《天河的水声》《雪原奔火》等蕴含了女性独特的生命体验与情感表达方式，在色彩纷呈饱胀的意象间，贯注着女性的生命波动、精神血脉，同时具有原始生命的心灵感应力。正可谓：“文温以丽，意悲而远。”值得注意的是蓉子的长诗《我的妆镜是一只弓背的猫》在表达中国女性自觉这一主题上有突破意义。

80 年代女性文学揭示了这样的事实，即女性作为特殊的性别所受到的歧视与迫害，所承受的压力和痛苦一直是是这时期所关注的问题。阎纯德依据“性”、“人”、“女性”与“女人”等关键词归结了女作家的创作类型：

> 女性作家的文学创作包括三种类型：一是有“性”的，即女性意识强烈的一类，作家以女性立场、女性视角、女性意识、女性话语看待历史、社会、生活和人生；二是无“性”的，即女性意识较少或者根本没有的那种文学创作，追求“人”和社会的主体价值；三是作家追求作为“人”和作为“女性”价值的双重自觉，即“人”的自觉和“女人”的自觉的统一，就是说作家在创作中既不偏重于“为人”的社会意识，也不偏重“为女人”的性别意识，而是从以上两个视角来考量社会历史，塑造人物形象，描述人生。②

① 乔以钢：《中国当代女性文学的文化探析》，北京大学出版社 2006 年版，第 168 页。

② 阎纯德：《论女性文学在中国的发展》，《中国文化研究》2002 年夏季卷。

但从80年代女性书写的本质诉求趋向，可以对80年代的女性文学特点予以勾勒，从而认定：80年代的女性写作，与主流意识形态反抗与和解中完成了自己的使命，主要产生为两种写作姿态。一种是属于道德宣言与情绪发泄，在对传统文化的反抗中又错位地胶合在一起，向现实妥协。如王安忆的《小鲍庄》、向彬的《心祭》等为代表；一种是极度的反抗中，伴有的女性的雄化的偏激，使艺术魅力黯然失色。如张洁的《方舟》、张辛欣的《在同一地平线上》等为代表。这期间女性写作的意义体现在，它开辟了文学想象与表现的空间，开始解构、颠覆男权社会的铁壁，表现出强大的抗争姿态。但并未曾涉及女性本体意义上对自我的认知，传统文化心理积淀以及男权主流话语的掣肘，仍然在起着作用。

研究界也普遍认定了80年代女性文学的社会与文学价值，指出了其贡献所在。谢望新认为，80年代女性写作为妇女展拓了空间，也关系到整个中国和民族的命运："女性作家对新时期文学有两个重大的贡献。第一个重大的贡献即在于探索爱情的历史道路及现实所提供的可能性上，合理地而不无强硬地反映了社会的一种普遍的情绪、要求和愿望。在这个领域内，新时期的女性作家，无论在扩大题材的领地与层次，还是探索的气度与质感方面，除了极个别的男性作家如张弦外，是无可匹敌的。第二个重大的贡献是：五四时期女性作家在文学上最重要的贡献，是竖起了妇女个性和人性解放的旗帜，给千百年来践踏妇女权益的封建法制和封建传统观念有力的一击。新时期的女性作家，不仅为妇女的解放拓展了崇高的境界，而且将自己的创作事业与整个国家和民族的命运联系了起来。爱情、婚姻、家庭伦理道德，仍是她们关注的一个重要命题，但已不是唯一的命题。她们日益创造和完善新时期妇女文学的形象：鸟瞰社会变动，开辟人生之路。较之她们为妇女解放的鼓与呼，她们在这方面建树更大，影响更广。她们之中的优秀作家和优秀作品，可以毫无愧色地与最优秀的男性作家媲美。"① 乐黛云则从更深远

① 谢望新：《女性小说家论》，《黄河》1985年第3期。

的意义上阐述了这一时期女性文学在人类学上的贡献："关于作为女性归宿的'安乐家庭'的揭露，关于母亲形象和母女关系的透视，对男性中心意识的颠覆都标志着中国女性意识觉醒的进程。女性意识觉醒之所以重要不仅因为妇女占人类总人口的一半，更重要的是因为人类过去的精神文化都是以对女性的压制为基础，建构于将女性囚禁于'内室'的体制之上。如今，消解这种压制和囚禁，从女性观点来重估并纠正这一切，就有可能在新的男女互补的基础上来重建人类崭新的文明。"①

三　与西方女性主义的审慎距离

中国女性写作从文学的边缘处向中心逼近，尽管如此，中国传统文学没有为现代性的女性文学发展提供有效的审美空间。其间，西方女权理论的乘虚而入，似乎为中国当代的女性创作提供了一个审美空间。"除却自五四起酝酿积郁已久的'新女性'文化和文学传统的遥远背景外，自七十年代末女性主义思想、创作的吸纳与消化，更是一剂极其强劲的催化药。可以断言，若无域外女性主义思想的传播，若无域外女性主义小说文本的直接启迪，中国目前的女性小说创作'高潮'就无从升起。这层关系，在中国一些有代表性的女性作家言论里表露极其明显——她们的立场、她们的说法、她们的语词、她们文本中常用的意象，大量来自域外女性主义文学理论……"② "性别意识的觉醒应该是新时期以后的事。随着思想解放运动的发展，人的问题的重新被提出，人道主义的声浪日高，性别意识也随之苏醒了。八十年代初期，张洁和张辛欣的一些作品率先表现出这样的倾向。张洁的《方舟》已经被公认为是女性主义写作的典型的文本，三个同病相怜的女性在'诺亚方舟'里的境遇，喻示着当代女性生存的困境，以及她们对男性的失望和排弃。张辛欣的《在同一地平线上》在展现女性的焦灼和生存困境的同时，还表现了女性与男性在同一地平线上的竞争，女性企图从'诺亚方舟'突围出去的愿望，也具有鲜明的女性主义倾向。到了八十年代中后期，在

① 乐黛云：《中国女性意识的觉醒》，《文学自由谈》1991年第3期。

② 李洁非：《"她们的小说"》，《当代作家评论》1997年第5期。

王安忆的‘三恋’、《岗上的世纪》和铁凝的《麦秸垛》《玫瑰门》等作品中，也表现出鲜明的女性主义意识，但却没有张洁式的偏执。至此，中国的女性作家作品中所表现的女性主义倾向，其资源背景主要是中国七八十年代以来的思想和文化变革。”①

然而，研究界普遍认为，20世纪80年代的女性文学创作，只是“具有朴素的女性主义文学的一些内核，但还不能说它们是女性主义文本。这是因为她们的话语还是主流意识形态话语的体现，是企望于对主流话语的修正。因此，她们亦应包含在女性文学的范畴内。……80年代女性书写社会理想和社会问题背景下女性的生存境遇。90年代女性写作强调书写自身，强调书写的女性话语”。② 陈晓明也认为中国80年代并没有真正的女权主义文学，他指出：

> 直到八十年代后期——我们称之为“后新时期”，父权制确认的中心化价值体系陷入危机，那种个人化的女性话语才逐渐出现。当然，中国到现在为止还没有成气候的女权主义运动，也就不可能有西方理论家设想的那种女权主义文学。因此，我设想用比较中性的“女性主义”和更加弱化的“女性意识”，来描述那些以女性为主角并且注重审视女性的心理特征和生存境遇的女性写作。③

翟永明显示出对男性世界的拒斥，“在秘而不宣的野蛮空气中/冬天起伏着残酷的雄性意识”（《预感》）。在《黑夜的意识》里，透过诗歌中表现出的豪放不羁的节奏，时而深沉时而欢快的吟唱，粗犷刺耳的呐喊，读者很容易体验到诗人全力表现出的女性性格的刚劲，精神的生动丰富，文化的久远浩繁，体验到女性生活的艰辛和窘困，抗起而争的精神魅力；真正理解诗人力图表现的“女性意识”。她的诗歌形式无不

---

① 陈骏涛：《关于女性写作悖论的话题》，《山花》1999年第4期。

② 任一鸣：《解构与建构——中国女性文学与美学衍论》，九州出版社2004年版，第94页。

③ 张清华主编：《中国新时期女性文学研究资料》，山东文艺出版社2006年版，第75页。

洋溢着对女性的了解、同情、持久的热爱和为之奔走呼号的热情。“我目睹了世界/因此，我创造黑夜使人类幸免于难”（《世界》）；“整个宇宙充满我的眼睛”（《臆想》），“海浪拍打我/好像产婆在拍打我的脊背，就这样/世界闯进了我的身体/使我惊慌，使我迷惑，使我感到某种程度的狂喜”（《世界》）；“我是这样小，这样依赖于你/但在某一天，我的尺度/将与天上的阴影重合，使你惊讶不已”（《憧憬》），“从此我举起一个沉重的天空/把背朝向太阳”（《七月》），“身体波澜起伏/仿佛抵抗整个世界的侵入”（《生命》）。

从内、外两个向度阐述了宇宙、世界与女性“我”之间的错综复杂关系。很明显，是否站在女性立场观察世界，成为80年代女性写作区别于90年代女性写作的本质要素。“如果从美学意蕴上考察，20世纪80年代，女性意识觉醒阶段的女性文学，是典型的女性美学阶段；20世纪90年代以来，女性主义文学浮出历史地表以来，在美学上则是建构女性主义诗学的阶段。”① “在社会法权平等的条件下，当代中国妇女究竟要求什么权利呢？……与西方女权运动的要求不同，它几乎不涉及任何社会权利；与历代（包括现代）中国妇女的权利要求不同，它似乎在有意回避‘男女平等’问题。它于无声中极为迅速地超越了第一阶段，在‘觉醒’的同时就开始了对‘觉醒’的批判：因为她们所要求的权利，恰恰是前一代女人在走向觉醒的过程中主动放弃了的。它因此也反抗她们自己”。②

因此，80年代女作家与西方女权理论保持审慎的距离，但也不能回避这样的事实：女作家在最为激进的女权理论的引导下，试图建构与男权合谋的女性文化，同时意识到西方女权理论对其自身发展的制约性与偏颇的存在。其原因如下。其一，西方女权理论本身的缺陷。“女权主义表面似乎是在人类文明的现存权力结构之内，彻底颠倒男权与女权这一实质上的不平等的对立项，以压迫者之道，还治压迫之身，即以女

① 张清华主编：《中国新时期女性文学研究资料》，山东文艺出版社2006年版，第32页。

② 李小江：《背负着传统的反抗——新时期妇女文学创作中的权利要求》，《浙江学刊》1996年第3期。

权战胜男权，实行权力再分配。但是，这一文化批评的真正含义不在于以女性的经验取代男性的经验，以女性文化的边缘性夺取男性文化价值秩序中的中心性，使之成为人类文化的价值新规范，而在于它的潜在力量，即通过对两性文化传统的解读与解构，来颠覆人类文明的不平等基石，理由是女性同样作为历史文化创造的主体，竟始终被压迫性的男权文化所吞噬。自八十年代末以来，女权运动开始出现某种程度的转向，这可以看成是对男权回潮的反应，由于女权主义者不愿面对可能激起的男性力量反抗和男性文化复兴，只是呼吁重新建立一种伙伴关系，因而又使女权运动陷入纠缠不清、矛盾恍惚的状态之中”。[①] 这就使得以此为准则的女性及女性写作有不确定性。其二，历史文化的差异存在。西方的女权理论是西方女性基于在西方的土壤上的抗争与努力获得的经验，它包含了西方的信仰、习俗、历史、文化与制度等可变量，尽管人类发展有着超越地域的文化生成，但是又因地域性造就了文化与历史的差异，再加上在中国本土来不及转换，就用之于女性书写实践。尽管女作家自发的女性意识与一些西方女权理论有叠合的部分存在，但在接受西方女权理论的认知上存在模糊的盲点与粗放，女作家对西方女权理论的摹写中有不符合实际的操作。因此，它与中国女性自身发展的逻辑轨道有着偏离。尽管中国女作家，“面对男性中心社会和男性话语，我们有和西方妇女同样的问题：你不得不使用男性中心话语面对（仍然是由男性主导的）社会说话；同时，面对日益增多的国际交往和学界交流，我们不得不使用已在世界范围被广泛使用的女权主义理论和话语，尽管我们的解放和我们的现实生活并不直接受惠于女权主义。……我们的困境在于：现成的女权主义话语和理论体系中，并没有因为它的‘全球化’而必然包括我们曾经的历史经验，它的现有的内涵中其实非常缺乏社会主义体制下妇女解放（和妇女生活）的宝贵资源——而这种资源不仅已经构成了历史的存在，还仍然结构着生活在这片土地上的我们的现实状态；在‘拿来’的时候，不仅确有隔膜和‘断层’问题，

① 郭洪纪：《颠覆爱欲与文明》，中国社会出版社 2000 年版，第 337 页。

也有‘后殖民’问题和‘被殖民’的困窘”。[①]

但是80年代女性文学的创作也受到了西方女权主义的影响。80年代中期，西方女权主义文学理论和论著、文章开始被译介过来。西蒙·波伏娃的《第二性——女人》、贝蒂·弗里丹的《女性的奥秘》及有关论著《西方女性主义研究评介》《当代女性主义文学批评》等在国内相继面世。这些译介过来的西方女权主义理论给中国当代女性写作带来了话语参照。与西方女权/女性主义理论的引入相伴随，女性文学批评中出现了“女性主义”一词。90年代之前，“feminism”主要被译成“女权主义”。1992年张京媛在《当代女性主义文学批评》中把它翻译成“女性主义”，并提出理由：“女权主义”和“女性主义”反映的是妇女争取解放运动的两个时期，前者是“妇女为取平等权力而进行的斗争”，后者则标志着“进入了后结构主义的性别理论时代”。[②]“女性主义挑战传统的有关身份和自我性状、妇女性状的男性定义，这就打开了新的可能性，而后现代批判质疑固定不变的认同主体，遂使这些可能性本身也成了问题。对本质主义的否定、对任何形式的决定论的建构主义的种种批判，给妇女研究和女性主义运动留下的是一个消失的主体”。[③]

应该说，80年代初期的女性写作一开始试图以自己的方式表现女性自身的激情、意志与情感，但是父权话语给定的意义改变了女性初始的意向，即女性非常个人化的情感记忆，主流意识话语强势的时期，就不可能有所谓的女性叙事。从80年代中期，中国女性文学浮出水面之后，在女权与女性主义理论的引导下，以激越的姿势进行探索，但女性文学的隐患也在潜滋暗长。但同时，激进的书写从80年代到90年代有了走板、滑落：一方面西方女权理论导向，激活了中国当代女性文学创作，使中国女性写作从传统意识形态走出，从女性解放的男性传统中分离出来；另一方面，存在着对女权理论的误读，西方女权理论作为窠臼，致

① 李小江：《游离于边缘与主流之间》，载荒林、王红旗主编《中国女性文化》，中国文联出版社2000年版，第45—46页。

② 参见贺桂梅《当代女性文学批评的三种资源》，《文艺研究》2003年第6期。

③ 萌萌：《后现代主义和女性问题》，引自叶舒宪主编《性别诗学》，社会科学文献出版社1999年版，第56页。

使女性性别的表述与写作成为一种简单化的模式。结果是女作家存在有割裂感，具体为：其一，与社会主义解放妇女的意识形态相分离；其二，与国家和男人解放妇女的传统的政治意识形态相对分离；其三，与在国际社会占统治地位的西方女权主义意识形态保持相当距离。深陷在意识形态桎梏和女权主义话语的相互排斥、纠缠的混生空间中：为迎合主流社会与话语，日渐偏离边缘化；为迎合现代国际社会女界主流，远离女性本土性。这也标志着女性文学及书写单一化的结束，导致了主流话语时代的结束和多元时代的到来，当然这里也有男性作家的参与。

而事实上，主流分裂多元化与女权理论两种相互对抗的趋势交织在一起，成为当今女性文学纷繁复杂的主要原因。正如陈思和所说："这些女性写作大多数并没有真正反抗男性菲勒斯。在关于女性与男性关系方面，简单化地将男性处理成一些恶棍、性欲狂，要么一味地逃避到女性内心世界。"① 这种女性文学中的两性极端对抗与逃避显示出当代女性文学叙事的单一与粗浅，缺乏大美求全的审美意识。这是女性主义文本的悲剧，尽情解构和击穿男权社会的神话面具后，却无法建构一种两性协作模式。"在我们足以断拒一切两性协作形式之前，男人和女人都将是半人类的，畸形的"②。而退避到单一性别联盟中的男人和女人又何尝不是半人类的，畸形的？但在另一方面，女性文学始终没有摆脱自身对男权话语优势地位的迷恋，女性文学中依旧存在着男权意识。这种现象是以一种异化的方式存在的，女性为了摆脱"第二性"的屈辱地位，不惜全盘接受男性对世界的思维和行为方式。她们同样要通过对异性经济、思想、行为甚至生理上的控制去占据优势地位，这只不过是男权思想在另一种形式下的改头换面。这是一种无奈的存在，如果女性文学的最终目的，只是为了与男性抢夺话语空间的霸权地位，而不在于实现女性自身心灵与身体的解放，那么这本身就是一个悲剧。

---

① 陈思和：《女性文学笔谈二十一家》，《百花洲》2000 年第 4 期。

② ［美］芭芭拉·约翰逊：《我的怪物/我的自我》，引自张京媛主编《当代女性主义文学批评》，北京大学出版社 1992 年版，第 88 页。

第三章 女性主体意识与主流话语间离

80 年代女性文学，从汇入主流话语叙事，到从主流话语中挣脱，试图建构女性主旨性的话语，表征了女性自我觉醒的意识，正逐渐向女性主体推进。事实上，女作家将女性形象从原来的从属地位逐渐移向主体地位，并对女性人身解放、社会地位、精神追求、民主平等方面进行了深入的探讨，显示出了一种激进的态势。张洁在她的中篇小说《方舟》中塑造了荆华、梁倩、柳泉三位知识女性，她们成为中国当代文学中第一个“女性性别群体”①，同时张洁也是在《方舟》中第一次鲜明地亮出了妇女解放的底牌。张洁借小说梁倩之口，针对社会将女人仅仅看作“性”的符号，指出了在社会中“女人不是性，而是人”② 的生存现实，并提出了“女人要面对的是两个世界”的主张。这也预示着中国女性开始将目光由社会与社会中的男性，转向女性自我的性别。“人的性别意识是一种固有的创伤”，在大多令人不安的矛盾里，性别差异是导致暴力的原始动力。乔以钢指出：“在 80 年代由现代性启蒙话语所叙述的爱情故事中，矛盾的构成主要并不是女性价值与男权传统的对立，而更多的是性别糊模现代人群与传统人群的冲突。”③ 而性别的伤害也成为一种女性反抗动力。乔以钢认为在 80 年代两性的冲突，其实让位于传统与现代观念的冲突。而 80 年代女性文学依照对女性的自

---

① 荒林：《花朵的勇气——中国当代文学文化的女性主义批评》，九州出版社 2004 年版，第 98 页。

② 张洁：《方舟》，《收获》1982 年第 2 期。

③ 乔以钢：《新时期女性文学的爱情书写与现代启蒙叙述》，《长江学术》2006 年第 1 期。

觉意识，可划分为两个阶段：第一阶段为1980—1985年，剥离主流意识形态对女性的框定，呼唤妇女女性主体意识觉醒，因为新中国成立后，“男女平权”赋予女性一定的社会地位，经济权利发生了根本变化，但女性对自我性别认知却是模糊的；第二阶段为1985—1989年，戳破男女平权，开始自我认同与申诉女人权利的阶段，相应的，主题集中于在“觉醒”的基础上全面伸张“女人的权利”，出现性别自觉、性别差异以及性别隐喻，但这两个阶段整体上共同具有两个特点。

其一，女性本体、主体性的激进建构与整体社会发展脉络的混同。在世界文化秩序谱系中，女性的发展意识已经会同西方女权理论的节奏，这是国内外政治、经济、文化与社会力量博弈的结果，但本土的女性主体建构是在彷徨的行进与激进的思维中，展开调试自己的，而激进表象潜藏下的根深蒂固的滞长文化依然留存。是“要将一切已经过去的事件都保持在它们特有的散布状态上；它将标识出那些偶然事件，那些微不足道的背离，或者，完全颠倒过来，标识那些错误，拙劣的评价，以及糟糕的计算，而这一切曾导致那些继续存在并对我们有价值的事物的诞生；它要发现，真理或存在并不位于我们所知和我们所是的根源，而是位于诸多偶然事件的外部”。[①] 女性主体性本身，并不仅仅是关乎女性自我认知，还要检视其在社会空间中的境遇。乔以钢认为，“从女性的主体的角度来说，女性意识可以理解为包含两个层面：一是以女性眼光洞悉自我、确定自身本质、生命意义及其在社会中的地位。二是从女性的角度审视外部世界，并对其加以富于女性生命特色的理解和把握”。[②] 事实上，女性所置身的中国本土的现实是：80年代初期中国的整体处境，正是一个动荡转型时期。按照霍布斯鲍姆（E. J. Hobsbawn）的说法，“除了中国而外，当世界由70年代步入80年代时，凡世上自称为社会主义的制度，显然都出了极大的毛病”。[③] “而曾经在60年代作为

① ［法］米歇尔·福柯：《尼采·谱系学·历史学》，苏力译，收入汪民安、陈永国编《尼采的幽灵——西方后现代语境中的尼采》，社会科学文献出版社2001年版，第121页。

② 乔以钢：《中国女性与文学》，南开大学出版社2004年版，第140页。

③ ［英］霍布斯鲍姆：《极端的年代：短暂的20世纪（1914—1991）》，郑明萱译，江苏人民出版社1999年版，第699页。

世界革命希望的‘第三世界’，在70—80年代的转折中，不仅陷入债台高筑的境地，而且在50—60年代独立建国浪潮中涌现的民族—国家形态本身，也受到全球资本主义的冲击与挤压，从而与社会动荡以及不断扩大的全球两极分化联系在一起。总之，如果说在70年代后期，中国社会遭遇到深刻的危机而步入转折年代的话，那么这也正是因共同的危机而导致的全球性转折的时期”。[①] 在这里，指涉的是中国人在世界空间的危机所在，但并没有触及到中国本土产生内生危机的真正源头。

而如果要厘清80年代中国国内的文化语境，最为不可忽视的，就是中国“文革”的思维惯性，造成的绝对意义上的文化自信与激进以及近乎保守性的蜕变，成为了一种隐形力量来左右文化发展走向。汪晖道：“我的一个基本的看法是：‘80年代’是以社会主义自我改造的形式展开的革命世纪的尾声，它的灵感源泉主要来自它所批判的时代”，而“‘90年代’却是以革命世纪的终结为前提展开的新的戏剧，经济、政治、文化以至军事的含义在这个时代发生了根本性的转变”[②]。一些论者将80年代视为“告别革命”的现代化时期，认为它构成了21世纪中国崛起的历史前提。这事实上也是“新时期”意识与“新启蒙”思潮关于80年代的基本判断，但80年代中国的激进发展，不仅仅是具有现代性意义的西方启蒙产物，理性地讲，80年代具有自觉经济移动、文化移动的历史转折的性质，但中国仍然是乡土气质的，只是以激进的方式拉开了现代化帷幕。社会依然是一个具有传统文化秩序统摄的伦理道德体系。而女性之于现代性，仍然是处于一个懵懂期。刘思谦说过：“我身为女人，就从来不知道女人是什么，先是陶醉在半是真实半是虚妄的‘男女平等’的神话之中，后来又学会了‘我是人’这样一个空洞的抽象聊以自慰。只有当各种名目的‘角色’以它那实实在在的重

① 贺桂梅：《“新启蒙”知识档案——80年代中国文化研究》，北京大学出版社2010年版，第24—25页。

② 汪晖：《去政治的政治：短20世纪的终结与90年代》，生活·读书·新知三联书店2008年版，第1页。

量向我纷纷挤压而来，我才深深意识到了我那和男人不一样的性别。然而，此时的‘女人’之于我，也不过是一些‘角色’的碎片而已。碎片下面，依然是一片混沌莫名，难以言说。”① 一些作家开始揭开了这种“男女平权”神话的现实背后。“时代不同了，男女都一样”“妇女能顶半边天”诸如此类的口号，意味着中国的妇女享有了西方妇女争取的“男女都一样”的“平等”意识，实际上中国本土的社会文化结构仍是以男性为主导。1986 年张洁《他有什么病》以讽刺、调侃的笔法写出了一个丈夫内心的“处女情结”，作为医生的丈夫要求自己的新婚妻子丁小丽反复去医院检查处女膜，以消除自己的疑虑。丁小丽（女性）的价值等于“那个巨大的、飘飘乎乎的、异化的处女膜”，“他究竟是想娶丁小丽，还是想娶丁小丽的处女膜？他爱的是丁小丽，还是丁小丽的处女膜？”张洁以嘲弄与反问：他有什么病？小说凸显了男性社会对女性自然性征的塑造与极度异化。在政治导向、外围舆论与媒介环境中，女性是激进被解放的主体，但事实上，女性的心理文化结构与男性文化心理结构是属于同构性质的，而这与整个社会秩序又是贴合的。这也决定了女性在这种尴尬处境中，自我主体建构乃至生成女性意识形态的艰难与复杂性。

其二，在整个内在调试的过程中，“文革”政治意识形态权力、西方女权理论意识形态等，以及主流话语的导引与女性自我本体意识的冲突存在通过语言、文化、宗教而传播并影响着人的观念。意识形态权力渗透到女性意识与理性中，成了女性自主的意识形态形成的短板。而建构女性主体话语却成为 80 年代女性写作的必然。“‘女性’这个符号之所以成为‘空白’和‘不确定’的，是因为它触及有关所有权的文本暴政，即政治权力、经济权力以及意识形态权力”。② 而意识形态本身的多义性与主体空间，也为女性意识形态的构成提供了复杂的外延与内涵。比如张抗抗的小说《北极光》中，对“文革”意识形态的“盲目

① 刘思谦：《女性文学研究教学参考资料·序》，载谢玉娥编《女性文学研究参考资料》，河南大学出版社 1990 年版。

② 王岳川：《后殖民主义与新历史主义》，山东教育出版社 1999 年版，第 60 页。

的理想主义”的反思，女主人公陆芩芩拒绝平庸，发出了这样的感叹：“人活着到底是为什么呢？人生的意义到底是什么？……也学永远也找不到。但是我不愿意象现在这样活着，我想得更有意义些。”①张洁的小说《沉重的翅膀》中，女记者叶知秋四十多岁还是孤身一人，这不仅与她的怪异的性格和外貌有关，更与历史现实关联。养子莫征出生于一个书香门第，因为“文革”之乱而父母惨死，自己也沦落街头，成为乞丐和小偷。叶知秋与养子莫征命运的遭际，不是偶然的，他们的灾难是非常时代的必然伴随。

如果以此来看，“文革”的意识形态权力具有革命暴力倾向，带有一种精神文化上的强制性，即马克思所说的所有意识形态都是统治阶级的思想。而在《现代政治分析》中，达尔则把意识形态视为一种操纵性权力，即政治支配者知道让被支配者该知道的东西，掩去被支配者“不该知道”的东西。80 年代社会变革的意识形态及动力，是国家以主流开放意识与经济为基点的促动，甚至以西方核心价值观的政治、文化为“观念镜像”为参照，是一种“弥散性权力”（the diffused power）。弥散性就意味着意识形态权力以一种本能的、无意识的方式渗透到整个人口之中，从而构成“互动的制度化网络”之魂。

应该说，80 年代女性文学的转型与历史处境有关，中国内部的政治、社会与经济因素，已促动了对频繁的政治运动与国家暴力机器的强控制的反抗而处在沉闷、紧张与酝酿中，这些基本上都属于“文革”后期的社会现实，被视为“历史的必然”。这是因为在 80 年代中国政治变革、文化变革的演进是一个文化移动与融合的过程——社会生产、经济模式开始发生转变，相应地，文化在裂变中重新整合。中国的内动处在整个世界文化的大格局中，形成文化的共振。贺桂梅在《启蒙知识分子的档案》中认为，不能够以单一思维去思考社会的变化，还要考察其复杂性。也就是说在特定历史情境中不同社会因素与社会力量之间的冲突与耦合关系，并非在单一的民族—国家内部来讨论问题，把

① 张抗抗：《北极光》，《收获》1981 年第 3 期。

70—80 年代的历史转折仅仅解释为对“文革”暴虐历史的合理反抗也显得简单。应该注意到，70 年代末期中国社会的变迁，是与全球性的历史转折同时发生的。从 1973—1974 年开始，二战以来在全球形成的稳定的冷战结构和地缘政治空间格局，从资本主义体系、社会主义阵营到第三世界国家，此时都发生了剧烈的变迁。如果说在 70 年代后期，中国社会遭遇到深刻的危机而步入转折年代的话，那么这也正是因共同的危机而导致的全球性转折的时期。

确切地说，正是在传统/现代、中国/西方这一同构的意识形态框架中，生成了女性文学的文化空间。但一个事实的存在，即就女性主体而言，采取了试图挣脱主流意识形态控制并建构自我意识形态价值的诉求。从而，形成了女性独特的时代申诉。80 年代女性文学在中国/西方的交汇中切换，感应时代赋予自己的文化使命，并以自己的行动，标示 80 年代文化与“五四”新文化之间的差异与先锋意义。与单纯的个性解放、女性解放不同，更多倾向于对自身处境与精神层面的求变与安放。如 1979 年张洁《爱，是不能忘记的》中，柏拉图式的爱，建构了平等、互应、纯粹、持久的精神之恋。女作家钟雨死了，留下一叠厚厚的笔记本子，题为“爱，是不能忘记的”。钟雨和老干部之间可望而不可及的爱情，刻骨铭心、生死相许。她对老干部的深情在精神上达到了声息相通、日夜相守，但是“把他们这一辈子接触过的时间累计起来计算，也不会超过二十四小时”他们“连手也没有握过一次更不要说到其他”。这时期的小说传达的仍然是对男性的崇拜。“从一个女孩到一个女人，张洁所代表的这一代女性，都是特定时代按照集体意志的模子加以塑造的，她们的女性经验是背离着女人的天性而形成的，所以在整体上她们无疑是爱情体验相对匮乏的一代。”① 而至 80 年代初期，谌容的《人到中年》、戴厚英的《人啊，人!》参与到了主流话语叙事，发出了对人的呼唤，还没有对女性的自我意识引起足够重视。但逐渐开放的文化语境使女性情感得以自由舒张，张洁、张辛欣、张抗抗等文本，

① 李有亮：《给男人命名：20 世纪女性文学中男权批判意识的流变》，社会科学文献出版社 2005 年版，第 173 页。

主要体现在情感的纠葛上，对两性在社会、情感、伦理、历史、环境等方面关系的探究，并就遮蔽的女性性别予以审视，意味着女性的人生观、价值观与爱情观发生了巨大转变。张洁的《方舟》、张辛欣的《站在同一地平线上》《我在哪儿错过了你》《最后的停泊地》写出了女性在寻找独立自我却将自我“雄化”；张抗抗《北极光》凸显了城市女性与男性在情感上的差异与冲突，以及她们无法摆脱的人生枷锁和新的困境。

而另一方面，80 年代的意识形态权力仍然控制着整个社会思维，这种困境，决定了 80 年代女性文学的处境，当先觉的女作家开始抛弃主流意识形态的捆绑，立志要回到女性生活的自身逻辑来，但现实逻辑依然在制约着女性自我意识，女性回到主体的同时，势必又要妥协在社会主体心态的构造中，出现了不可回避的尴尬与矛盾。张洁《方舟》里的荆华、柳泉、梁倩，选择了离婚和分居，离开了家庭，共同组成一个“寡妇俱乐部”，她们试图构建理想的女性空间，渴望能够自主地生活，展现了对爱情的主体意识和对传统爱情的叛离，但小说更为强调的是女性撤退男性阵营之后其主体性的不确定与飘忽性。1985 年王安忆的《小鲍庄》过度的对生命本体意义的舍弃，采取了对传统仁义文化的膜拜。事实上，这时期意识形态权力与经济权力、文化的互动，影响带动了中国本土的文化生产发展与美学领域所代表的无意识蔓延。这一切都波及女性自我主体意识的构建。而女性意识“回旋”到主流意识形态价值的轨道上，也从另一个角度说明了女性自我意识的构建需要一个渐进时间来完成。

而事实上，指向造成男女不平等的社会文化制度，意味着女性的主体意识与主流话语的剥离，是一个矛盾的过程，女性自身必然要置换积存已久的思维惯性与对社会秩序文化的认知。苏珊·桑塔格（Susan Sontag）在《反对阐释》中曾表达如是观点：“一件伟大的艺术作品从来就不只是（或甚至主要不是）某些思想或道德情感的表达。它首要地是一个更新我们的意识和感受力、改变（无论这种改变如何轻微）滋养一切特定的思想和情感的那种腐殖质的构成的物品。”“当代艺术的基本单元不是思想，而是对感觉的分析和对感觉的拓展（或者，即便是“思想”，也是关于感受力形式的思想）”。[①] 谌容小说《懒得离婚》的出现，意味着由承担宏大崇高的叙事，转而进入了日常生活的琐碎与无感的麻木中。新感受力意味着作家需在顺从抑或抵抗主流意识形态之间做出选择。在两难的语境中，“叛离”主流话语，回到女性自我逻辑点上，具有深层的现代敏感性，确实不仅仅需要勇气，还需要有一定的文化识力。

80年代文学语境中文学与意志、人性与精神成为时代关键词，而女性意识形态与主体审美的悖论，却是80年代女性写作的核心所在。女性陷入了混沌之境：去政治化的女性意识与社会意识，并不存在逻辑性，也就是说政治意识、女性意识、主体意识等是彼此渗透、穿插的。某种意义上说，去政治化其实就是去主流意识形态权力，但去之后的暧昧与惯性仍然存在。不是理性是现实：抽离出世俗的一面，扩展为较大夸张性的体现主流意识形态价值的书写，这是“十七年文学”的女性特质，而80年代初期高扬着崇高的人道主义大旗，之后1985年分化，主体阵容渐渐回归到女性世俗与日常的逻辑表达中。诸如王安忆“三恋”、霍达《穆斯林葬礼》等，寻找与表达的是女性的世俗经验。延续到方方《风景》、池莉《不谈爱情》、谌容《懒得离婚》，已经是回到庸常的现实。而女性主体性，容纳着自我实现的实践，简言之，女性主体具有普遍理性，意味着现实日常生活是融合生存理性的，但同时也有非理性。而女性个体非理性与主体理性之间存在对抗性与一致性。王安忆的“三恋”，试图建构干预性的文化和性道德，其目的是建构新形式的女性主体性。理性不只是一种思考能力，而且是主体重建主导权与话语权的全面构想。但事实上，80年代并没有获得纯粹的女性秩序建构，女性主体的感情与情感以及理性的诉求，仍然处于一种懵懂的状态。而美学意义上的主体意味着是一种自律与总体性法则的统一体。

另外，不可忽视的是，一方面女性文学主体敏感、充满激情，详尽地阐述女性本体精神，并向性别秩序提出了意识形态挑战。审美主体扮

① ［美］苏珊·桑塔格：《反对阐释》，程巍译，上海译文出版社2011年版，第329页。

演着真正的解放力量的角色、统一的角色，在达成社会和谐的同时又保持独特的个性。但寻找绝对的理性与主体本身的感性，显然是有着不合时宜的乌托邦观照与性质，加之，女性文学的主体性建构还是模糊的存在。另一方面，审美主体预示了马克斯·霍克海默所称的“内化的压抑”，把主导主流意识形态价值更深地置于被征服者的境地，并因此作为一种最有效的主导模式而发挥作用。作为女性主体的激情、意志与情感，可以跟审美协调起来，但令人尴尬的是，这些现象却难以与主流意识形态混合起来。

在80年代社会语境中，女性意识形态与主流意识形态在社会层面，是并行不悖的。如果说新的社会秩序必须建立在美德、风俗和舆论的基础上，那么激进的女性主义意识形态必然是超越主流意识形态之上的，米歇尔（Juliet Mitchell）认为，“女性意识是一种被压抑的状态，只能用一种扭曲的形式间接获得”[①]。当然，理想的激进的理性主义渴望能够建立在包括政治权力的基础之上。那么，这就意味着书写主体的意志，必然以一种激进的样式呈现。女性审美主体触碰、违背男性话语权力的禁令意味着走向决绝的对立面，对主流意识形态而言，最严重的威胁在于它意识到现实极端地漠视其价值。对现存世界的部分这种持续的反抗必然会把意识形态的局限转化为粗俗的信仰；出于使自己内在化和普遍化的冲动，出于把自己表现为自我镜像的完满，而有意遮蔽女性自身的扭曲、自我的缺失与自我的文化痼疾。如同雅克·拉康所描述的“镜像阶段”的婴儿面对自己的镜像，发现镜像活动与自身活动之间的关系，并为之高兴，随之成长，他逐渐发现镜中的形象与自身的同一性，进而发现作为主体的自我存在。因此他把事实上归属于表象的完满完全归属于自己。当康德的审美主体面对美的客体时，该主体在自身内发现了统一与和谐，事实上这种统一与和谐只不过是主体自由游戏的结果。在这两种情况中，都产生了想象的错误认识，虽然从拉康的镜子到康德的镜子发生了主体和客体的反转。康德的审美判断主体把事实上只

① 转引自刘岩《西方现代戏剧中的母亲身份研究》，中国书籍出版社2004年版，第14页。

是自身力量之令人愉快的协调误解为客体的属性，在机械的世界里塑造出一个理想化的统一的形象来。

在社会转型期，多种意识形态同时交织在一起，诸如政治的意识形态和消费意识形态之间存在着难以消解的张力，还有男权意识形态与女性意识形态之间的纠葛，以及女性主体本身所持有的主流意识形态与非女性意识形态之间的张力。因此，女性主体以母体崇拜代替了阳物法则崇拜，以一种绝对的自我同一性换取另一种绝对的自我同一性；女性主体屈从于阉割的痛苦所得到的补偿是一种在更高水平上的想象的重建，因为女性主体此时开始意识到，它所恐惧的、存在于崇高的表象中的无限性实际上是其自身的无穷想象。

而女性写作成了反叛主流意识形态的审美方式，对社会秩序进行强有力的挑战，同时又弱化在其中。80 年代女性文学的意义也许不是我们常提的艺术史的承前启后的地位，但它更多的是在唤起人们对人类精神世界的单纯思考。在此意义上，女性文学的使命，以及女性文学何处去？这些问题应该是 80 年代女作家首先要解答的，但是她们选择了集体回避追问。

一　戳破“男女平权”神话

新中国成立后的“十七年”，以及 70 年代末 80 年代初期的女性写作，延续“五四”主题，参与到人的解放浪潮中，女性书写基本上仍然持主流话语，属于“无性别话语”时代。如戴厚英的《人啊，人!》、遇罗锦的《一个冬天的童话》、张洁的《爱，是不能忘记的》等，都是从人道主义切入历史与现实的语境的。但同时，在 80 年代初期，在意识形态环境逐渐宽松的氛围中，随着“人”的发现，女性的生存处境也同时成为女作家们关注的对象。虽然部分女性创作仍表现出对“民族寓言”或宏大叙事的继续认同，但从总体上看，女性创作开始有意识地疏离“社会政治”话语，表现出对“女性性别”话语的自觉追求。张洁的系列小说中对女性婚姻与情感的聚焦，逐渐体现了女性自觉意识。在《爱，是不能忘记的》里，张洁呈现了小说主人公钟雨对纯真爱情的呼喊。当1982年张洁以《方舟》展示梁倩等三个知识女性，组织了女人单人俱乐部，以女性主义的态度，对传统文化秩序进行挑战，标志着张洁开始脱离女性的集体无意识，有了自觉的女性意识，能够以女性视角介入男女两性情感状态进行考量。

张洁凭自己女性的敏感，直觉到了中国妇女所处的压抑的地位，以女性人物为主人公，揭示女性感伤、细腻而富于利他精神的恋爱心理以及单身女性所面临的社会问题。其主题鲜明地触及了极为敏感的社会问题，即社会进步和妇女解放。而这两大问题与现实生活中的每个人都有着极为密切的关系，在当时引起注意和争论也就不足为奇了。《方舟》指向了传统文化秩序中的崇拜男性创造的神祇，反叛不合理的角色与性别给定，甚至是直捣男性文化心理结构，对现存秩序进行尖锐地批判，彰显了女性被边缘的处境，呈现出一种对抗的姿态。

80年代后期，张洁以《他有什么病》《鱼饵》《横过马路》《只有一个太阳》，呈现出文本的内质超现实化和文学情绪化，如果说《方舟》是申诉男女平权，进而开始了真正意义上的审他（父），那么这些作品检视的却是两性互动中的人性深度与偏差存在。这正是延伸了对女性本体探究的深度。

如果在生态文化视域下来看待张洁的书写，可以认定她以两性关系在爱情、婚姻之上的纠葛，看待了在约定俗成的社会生态环境下，女性的抗争与超越、选择与困惑。张洁以自己的实践对接了生态文化现实，也以自己的文本实践，戳破了“男女平权”的神话，揭示了男女平等的表象下潜藏着不平等的情感、社会与精神地位等，甚至在女性文化心理中有对自我本体认知的偏离。

1. 反抗男权的“怨妇”情结的存在

张洁的《方舟》被一些评论家认为是女性主义写作的典型的文本，三个同病相怜的女性因为不能忍受没有爱情的婚姻，先后放弃了正常的婚姻家庭生活。但有意味的是，在作家的叙述空间中，三位女性确认以感情作为唯一基础的时候，才能获得精神上的解放和自由，同时男性作为被反抗的对象却是空缺的，女性彻底放逐了男性和对异性爱的执守，并与同性形成了精神同盟。

在“诺亚方舟”里的境遇，喻示着当代女性生存的困境，以及她们对男性的失望和排弃。这与同样是表现女性寻找自主地位与价值的张辛欣有异曲同工之妙，但也有人提出不同的见解：“张洁小说中的女性意识比张辛欣更深入，她不再愿意为了所谓的爱情去迁就男性，而是以更为强烈的反抗来表现她的女性意识。她发表了一系列具有女性意识的小说，如《方舟》《祖母绿》等。张洁对女性的处境看得更加清楚，她的反抗也比张辛欣更为激烈。”[①]《方舟》的叙述声音是“激忿的、撕破的、外扬的、反叛的、犀利的也是凄厉的，是发自心底的也是与自身生命处境紧密相连的”。[②] 与《爱，是不能忘记的》对男性崇拜形成强烈的反差，甚至是逆转了之前对男性存在的精神迷恋态度。一如张洁在《方舟》中借人物之口而喊出的：“妇女并不是性，而是人!”[③] 其背后是对性别秩序中，女性被压抑的精神存在的一种指认与呼喊。

《方舟》中的她们把对男人的失望表达得淋漓尽致，共同反抗着男性对她们的刁难、报复、嘲弄甚至性骚扰。作品中的男性几乎无一不是目光短浅、玩弄权术、冷酷自私，又无法对社会和家庭承担责任的。女性在寻找精神自我的出路时候，把男性当作敌对的阵营，加以批判、指责。“似乎为了和传统观念相对抗，张洁有时甚至还故意夸大这些奋斗女性外表的丑和‘雄性化’的一系列特征。可以说，张洁较多强调了男女之间的对抗与隔膜，而漠视了二者的和谐与理解；过分强调了一些男人的丑陋，而忽略了另一些男人的优秀；过分强调了生活的理想色彩，而忘记了再美好的生活也难免会有雨雪冰霜，阴晴圆缺。这是张洁的偏颇，也是张洁作品引起争论的重要原因”。[④] 其实，这种“雄化”摒弃女性特质，与男性对抗，仍然持以一种“男性传统形象符号”的精神想象，进一步说，在反抗“男尊女卑”的过程中，女性逐渐发现

① 杨彬：《新时期女性主义小说的困惑与出路》，《当代文坛》2005 年第 5 期。

② 徐坤：《重重帘幕密遮灯——九十年代的中国女性文学写作》，《作家》1997 年第 8 期。

③ 张洁：《方舟》，《收获》1982 年第 2 期。

④ 翟传增：《妇女解放的漫漫征途——张洁的女性文学创作》，《当代文坛》2001 年第 3 期。

自己的能力和优点，发现自己不比男性差，甚至在很多方面还比男性强。“比起男人，女人也许是一个更健全、更优秀的人种？”导致她们感觉与思维上时常不由自主地出现矫枉过正的倾向，即下意识地过分抬高女性并贬低男性。并把男性排除在她的视野之外，着重对女性生活进行单性的展示。对此，丁帆/齐红却持有不同的见解，理性地指出：“只要人（男人和女人）仍然没有实现彻底的解放，以一种全面的方式‘占有自己全面的本质’（马克思语），两性的完美合作便不可能实现。张洁很清楚这一点，所以她的早期作品中有很多‘无家可归’的知识女性，钟雨如是，荆华、柳泉、梁倩如是，曾令儿也如是。她们或是不能与所爱的人共建家庭（钟雨、曾令儿），或是根本找不到一个可以与之共建家庭的爱人（荆华、柳泉、梁倩），只有孤独一生，漂泊一生。但张洁似乎不甘心（或许是不忍心）让她的知识女性们在灵魂的孤独无依中流浪终生而一无所获，所以她总是无法自制地为她们（其实也是为自己）安排一个精神的归宿，这归宿就是女性自身的完善人格。《方舟》中张洁曾强调女性的解放不仅仅要靠政治地位和经济地位的解决，更重要的是要靠‘对自身存在价值的自信和实现’。这一观念无疑具相当程度的真理性，但当她把女性自身的‘自信’与‘自尊’强调到近乎偏激的程度时，她所提供的“解放”途径便稍稍偏正轨。张洁对女性人格的韧性与完美表现出特殊的青睐。”① 而陈晓明认为女性的迷失，具有不可规避性：“当代女性在寻求‘自我’的道路上注定要迷失是理所当然的，因为作为个体的男性已经给先验地阉割了，女性试图战胜男性来实现自我，她除了在那个已经被阉割的‘空缺’中再手刃一刀，什么也不会得到。”②

但同时，在彻底地反抗，与男性世界决裂的她们，对男人乌托邦式的爱情的想象坠落，对自己生命的价值和生活的意义也产生疑惑，从而

① 丁帆：《齐红永远的流浪——知识女性形象的基本心态之一》，《山东师大学报》1994 年第 6 期。

② 陈晓明：《反抗与逃避：女性意识及其对女性的意识》，《文化月刊》（石家庄）1991 年 11 月 11 日。

产生哀怨甚至怨愤的情绪。梁倩是“苍白，干瘪，披头散发，精疲力竭，横眉立目”；柳泉是“想得太多，活得太拘谨”。荆华的外表是“趿着拖鞋，穿着睡衣，蓬头垢面”。梁倩则认为，“就算保持住自己美丽的容貌又有什么意义？总得为着一个心爱的人”。

> 就是半夜三更，把她们扔到大马路上，也不必担心有人拣了去。一个个像块风干牛肉，包括梁倩在内。除非有人闲得实在难受，想找点什么东西磨牙。①

在经济不能够独立的古时的妇女的确是应该哀怨的，失去男人，她不仅是失去了爱，而且失去了生活的物质来源。而梁倩们走出了男人的“屋子”，却又回过头到男人那里寻找定位，当然只有惨淡了。荆华们感受到的现实压力，是弥漫在生活空间将女人视为异物的旧势力。张洁笔下的女性以决绝的方式，拒绝了“妻性”，却也失去了“社会性”，因为家庭与社会本身就是一个以男性为主导的场域，女性自我超越后的尴尬，就在于她们是在传统与现代的夹缝中存活，而不可避免的女性的自身弱点也在困境中暴露无遗。《方舟》里的女主人公尴尬的症结所在：“荆华她们虽然事业小有成就，却得不到相应的社会承认，反而因其女性身份招致猜疑和嫉妒。造成她们这种艰难处境的原因，既不在于她们的性格，因为她们中既有强悍如梁倩，亦有柔弱如柳泉，还有坚韧如曹荆华，也不在于社会制度，因为社会制度不仅为她们事业有成提供了保障，而且创造了条件。她们面对的是看不见的敌人，那就是几千年源远流长的男尊女卑的传统观念。这种观念认为，男人是女人的主宰，女人只能依附于男人，做男人的玩物和传宗接代的工具。这种观念在新中国成立后虽然受到了批判，丧失了公开的市场，却远远没有肃清，还有不同程度地隐藏在很多人——其中也包括女人在内——的头脑里。……在这样一个社会文化环境中，像荆华她们那样受过高等教育

---

① 张洁：《方舟》，《收获》1982 年第 2 期。

的职业女性既享受着社会进步的成果，也承受着传统文化的压力。然而无论如何，她们认定自身价值的实现，是她们安身立命的根本，是不能放弃、不可交换的原则。这也是张洁妇女观的最基本的观点。”①

女性主义小说的出发点是反抗“男尊女卑”的社会、文化现实，因此女性主义作家们首先是反抗男权霸权，展示女性在现实生活中被男性压抑的现实。但反抗者们在精神上并没有做好绝对的准备，并且反抗之后的终极诉求所在，存在盲点，更没有设想要建构女性自我文化心理结构。其实，女性唯有重新寻求自身人格的定位，重新衡定婚姻在女性人生中所占的比重，才能走出“怨妇”的历史阴影，成为真正意义上的具有经济、情感与精神独立的现代女性。

2. “男女平权”的悖论与尴尬

毋庸置疑，新中国成立后，为女性的基本生存权利提供了有力的保障。也就是说，新中国以法令的形式赋予女性与男性平等的权利，但是，男女平等的法律权益，没有也不可能从根本上消除男女两性的社会差异与心理认知的差异。“男女平权”的悖论在于：女性在传统与现代杂糅的时代，存在有现代女性角色与传统女性模式的冲突，以及这样的现实对女性形成的新的生活压力和精神压力。《方舟》不仅通过荆华、柳泉、梁倩的前夫和领导们表现了这种无所不在的压迫和压抑，而且通过街道贾主任一类的“解放脚”的窥视和流言表现了男性中心文化对离经叛道女性的全景式监控。而小说里的男人们却将曹荆华、柳泉和梁倩她们或当作生孩子的机器，或是当作性的对象，或是当花瓶。女性对自身权利的声张和女性生存的困境形成了极大的反差。“对于传统女性来说，家庭往往是囚禁她们的牢笼，是衡量其价值的永恒标准和出发点，同时她们也往往沦为丈夫淫欲的奴隶和生孩子的简单工具。因而，在世界范围内，妇女解放的首要一步总是‘打出幽灵塔’，女性自我意识觉醒的标志也总是对父权、夫权的否定与反叛”。②

面对传统文化主导文化思想与中国的现实社会环境的压制，女性内

① 牛玉秋：《对妇女解放问题的痛苦思考——张洁小说论之一》，《小说评论》1995 年第 4 期。

② 张兵娟：《论新时期女性文学创作中女性意识的演变》，《中州学刊》1996 年第 6 期。

化于心理深处成为一种极端的反叛意识。这些文本一方面表现了她们为自身价值的实现，独立人格的确立，面对现代社会的各种挑战自强不息的精神；另一方面描写了奋斗途中所付出的沉重代价，事业与生活相矛盾所带来的烦恼和痛苦。这也是张洁女性意识的不彻底性表现所在，她小说中的许多女主人公在内心深处总还幻想着一个可以依赖的男人。荆华她们和一切女人一样，需要男人的保护和爱惜。柳泉“仿佛一张没人精心保管的，被虫蛀损了的，被温度、湿度、酸碱度都不合适的空气剥蚀得褪了颜色的好画”，荆华们在骨子里却透着种种的渴望。“她多么愿意做一个女人，做一个被人疼爱，也疼爱别人的女人”。“她现在多么需要一双有力的胳膊。可是，在那儿呢？也许今生今世那个人也不会出现，荆华将永远不会知道被男人疼是一种什么滋味儿”。当钱秀瑛“浑身上下，每个毛孔里，都流露出一种对享受丈夫疼爱的满足，对被丈夫娇纵的炫耀”时，“柳泉明明知道这是女人的浅薄，然而，她心里却强烈地渴望着这种浅薄的满足”。荆华们的内心彷徨，也引来了一些论者对此的批评。有的论者认为女性的周遭一切，是整个社会意识的落后，也在于女性自我意识存在有退避性。“张洁的创作以两性关系为重，反对女性在历史中被书写的处境，再现了女性于现实中丧失话语权力的遭遇，直接延续和发展了‘五四’新文学史上丁玲们对女性解放道路探寻的主题。当然，女性意识发展到这里并不是一种完成态。因为女性解放的本质，除了使女性在政治、经济、文化等方面享有同男性平等的权利外，还应具有开发自身性别潜力、擦亮自身性别魅力的特征。而这也正是张洁作品中女性意识的最主要欠缺”。[①]

牛玉秋就指出《方舟》无疑是张洁最深刻的作品之一，也是她全面表现自己的妇女观的作品之一，其妇女观本身已经向世俗观念提出了挑战，但其妇女观却有着不彻底性：“荆华等人对男性既失望又渴望的复杂心理，实际上反映了张洁妇女观的不彻底性。张洁妇女观的不彻底性还表现在，她小说中的许多女主人公在内心深处总还幻想着一个可以

① 胡玉伟：《激进与犹疑——张洁小说女性意识评估》，《沈阳师范学院学报》2001年第1期。

依赖的男人。……可惜指责《方舟》的人并没有重视这篇小说既渴望男人保护又对男人失望的复杂心理，更不可能认识到这是张洁妇女观的又一内在矛盾。而是在更低一层的水平上为男性辩护。作家当然不可能从这些批评中得到多少有益的收获。”① 还有一种代表性的意见是：“张洁未能注意保持和发扬自己以往创作中的那种优雅而端庄的文风和对于艺术美的追求。她让梁倩对客观环境中的丑恶的人和事，采取粗野的‘以牙还牙，以眼还眼’的报复主义，同时自己也借人物之嘴乃至直接地大发牢骚，这都在一定程度上影响了《方舟》的思想性和艺术性，是令人遗憾的。”② 原因在于80年代，女性之于文学的想象，仍然是一个传统女性形象，温婉与贤惠，而不是一个《方舟》中的颠覆性的现代女性形象。“温柔的和尖刻的、纤细的和豪放的、简约的和絮叨的、优美的和丑陋的、古典主义式的和现代主义式的、写实的和象征的、崇高的和荒诞的、理想的和冷峻的、洒脱的和拘谨的、超越的宁静和偏激的宣泄、理性的剖析和非理性的堆叠……”③ 张洁以另一种方式在疏离中心话语和主流话语之后，但精神上还没有完全叛离。恰如谢冕在当时就指出的：“她并非异端，但却是一个挑战。”④ 以1986年《他有什么病》的发表为标志，张洁的创作有了一次较大的转型，“从对‘诗意’的追求转向反‘诗意’，从浪漫抒情转向粗鄙化”。⑤ 王蒙直接指认：“她掩饰不住她的一种上了男人的当、上了正人君子的当，也上了自身的‘古典’式‘生的门脱’（sentimental）的‘小资产’温情主义当的心情。她急于揭露使她上了当的这一切，恶心它们和剥光它们。”⑥ 其实，这一切显示出张洁作为创作主体，所体认的对男性秩序文化的逻辑演变，既从崇拜、依恋、反抗、颠覆到叛离男性的渐进过程。《只有一

---

① 牛玉秋：《对妇女解放问题的痛苦思考——张洁小说论之一》，《小说评论》1995年第4期。

② 杨桂欣：《论张洁的创作》，载《当代作家评论》1984年第3期。

③ 王又平：《顺应·冲突·分野——论新女性小说的背景与传统》，《荆州师范学院学报》（社会科学版）2000年第3期。

④ 谢冕、陈素琰：《她给我们带来了什么——评张洁的创作》，《十月》1981年第2期。

⑤ 洪子诚：《中国当代文学史》（修订版），北京大学出版社2007年版，第309页。

⑥ 王蒙：《清新·穿透与“永恒的单纯”》，《读书》1992年第7期。

个太阳》以性别的宣言，终结了对男性企及的拯救梦想。“宣告了所谓来自男性拯救之虚妄”。①

从女性主义的角度看，男性中心社会男女性别的不平等，主要体现为男女性别之间形成了事实上的“男尊女卑”的差序格局，女性在社会地位、经济收入、文化权利等方面均低男性一等，生理的需要、安全的需要、爱的需要、尊重的需要、自我实现的需要得不到正常的满足，男性中心文化对女性形成了全方位的无所不在的压迫和压抑。而另外的一些评论却认为：“张洁采用了清醒的女性意识指导之下的全新视点——女性审美视点。它体现了女性作为人的主体意识的觉醒，更体现出她们作为人类一半的女性的自觉。这一视点以女性的自审意识为基础，用自觉的女性眼光，以女性的立场和姿态，描写女性的生活，揭示其生存的困境，展示其奋斗的风采。”② 王光明、荒林认为《方舟》确立了女性的自信，妇女解放问题也成为了作家要探索的命题：“随着社会转型与写作推进，社会理想表达偏位向两性关系思考，妇女解放问题从人的解放问题中抽离出来，张洁的《方舟》成为中国女性写作真正起点。女性写作以两性关系为重心，反对妇女在历史中被书写的处境，和现实中丧失话语权力的遭遇。张洁在她的小说中借人物之口喊出了‘为了女人，干杯！’这是女性写作自觉的信号。妇女解放问题在女性写作中从此成为探索重点。”③

张洁的《方舟》戳穿了以往笼罩在现实生活中“男女平等”的神话，小说对于女性生存困境的揭示令人深思。注重表现现代女性与传统的男性中心观念、封建意识的决绝，因而作品的锋芒所向显得异常明晰、果敢而尖锐。张洁的写作实践表明，女性写作进入一个新阶段，女作家不再局限于比较狭窄的女性生活范围，而是将目光伸向更广阔的世界，旨在说明女性若要战胜这些现实、雾障和痼疾，必得付

① 张颐武：《后新时期文学：新的文化空间》，《文艺争鸣》1992 年第 6 期。

② 贺萍：《困惑与寻求：知识女性的精神探索——兼谈女性文学女性意识的历史发展轨迹》，《社会科学战线》1999 年第 3 期。

③ 王光明、荒林：《两性对话：中国女性文学十五年》，《文艺争鸣》1997 年第 5 期。

出沉重的代价。“对觉醒中的女性来说，要争取自身的独立摆脱对男人的依附，就必须承担起所有的后果。女性作为一种独立的个体既向往着独立，又难以承受独立而带来的严重后果。在打破整个男权社会秩序的过程中，女性也是与男性一样丢失了以往种种责任、义务和某些角色内容，在男权社会中女人也享有一些既得利益，随着推倒男权主义的压迫，女人也不能再坐享其成地在物质和精神上要求男人的‘关照’和‘庇护’了”。[①] 但在这个反抗男性意识形态的过程中，女性并没有能够完成提升自我精神诉求，也在丧失自己作为精神主体的进一步构建，形成了新的悖论。

其实，女性写作终极目标不是制造与男性群体的对立，而是对社会现实中性、权、钱的合谋进行颠覆，获得美学与文化意义上的解放，体现出反思与批判精神。“建立女性意识的真实意义应该是纠正和超越人类以往的狭隘和偏见，扩大人类的价值和感知视野，获得人际关系真正的公平和均衡，而不是一方对另一方的随意贬低，不是仅仅将自己性属的视点，因为这样做的结果不过是延续了一种狭隘，重蹈了男性中心的旧辙，不同点仅仅是将自我中心的具体内涵由男性变换为女性而已”。[②] 基于此，女性文学的发展理性，应该是基于人性的全方面，对女性与社会、历史、自我等之间的关系进行形而上与形而下的思索，而非独归于女性的自在伸张。“女性文学最直接的目的不在于单纯地创造女性性别文化，而是唤醒全民注意历史和现实性别文化的残缺，参与全人类合理化生存的文化实践。人类的生存需要是第一位的，也是最基本的，女性文学既为文学，它首先面对的是女性自身的生存文化场景，而女性自身生存文化场景是与大千世界有着千丝万缕的联系的。事实上，女性文学及其批评一旦以倡导女性文化为出发点，为价值目标，就很容易在操作中导致性别意识的片面性和偏激情绪”。[③]

应该说，80 年代以来，女作家经历了创作上从断裂到重建的变化，

① 刘慧英：《走出男权传统的樊篱》，生活·读书·新知三联书店 1995 年版，第 118—119 页。

② 李振声：《季节轮换》，学林出版社 1996 年版，第 226 页。

③ 万莲子：《20 世纪中国女性文学发展的误区》，《湘潭大学社会科学学报》2001 年第 1 期。

这种状态一直延续到20世纪末。80年代中期一些女作家揭露传统理想的虚伪性时，也即对与意识形态的合谋的知识分子的启蒙给以嘲讽，而到90年代权力与传媒合谋逐渐形成的商业意识形态，又在捆绑女性，尽管女性写作的历史语境制约着其本身的书写，但可以说，对于女性文学而言，90年代似乎意味着一次契机。当不无沉重的历史反思和民族重塑的文化运动随着80年代的终结而逐渐淡出的时候，女性文学却在这背景的映衬下凸显出来，不期然间成为一个亮点。这固然是因为理想主义失落之后的年代里，这一领域成为注意力转移的一个依托之地；更重要的是，由于主流话语的裂变，原本相对统一的价值标准和理想诉求分解成多种歧异的趋向；就在这布满缝隙和裂痕的文化板块上，女性文学获得了一次类似于飞升的时机：挣脱“宏大叙事”的束缚，而去触及过去从未接近的崭新的自我领域。因此，尽管80年代以来的女性作家基于各自独特的经历和文化背景，形成了不同主题内容的审美追求，但从总体加以考察，不难发现构成女性文学有割裂的女性意识。而《方舟》等文本中所呈现的女性分裂意识，是受所处该时代政治、经济、文化、精神生活诸方面的影响和制约，并随着各种文化思潮的兴起，思想解放运动的推进，不断演进、深化女性自觉意识的内涵。

3. 以男性为镜或叛离：建构女性神话的误区

《方舟》以对抗的姿态，进入两性既定的生态模板里，并上升到更高的要求，产生对男权社会世界进行支配的欲望，形成“大女子主义”。即男女平等（平衡）—女性极致（更高权力）—大女子主义（地位）。可以说，从以上这个渐进的层次能够看出，女性依然没有摆脱二元对立的模式。应该说，这是张洁无意识的女性反抗逻辑起点与终点。而女性写作以男性为镜进行叛离，致使建构女性神话存在有误区。“女性已经被书写了两千年，她们在历史中以物的样态出现，不肯诉说，也无由诉说自己的痛苦与体验，即使拿起笔，也多半是遵循男性给她们提供的文学和人生规范，重复着男性教给他的话语。伴随着历史的发展，女性意识到了自己的存在，开始书写自己了，然而这时，她们却又面临被故意误读的命运。女权主义文论的出现，使这些女性的书写开始以本真的面目真正地浮出历史地表。与此同时，曾经骄傲无比的男性文化也在这种严厉的女性目光审视下将它的性别歧视的真面目暴露无遗。这种审视，使长期处于对性别歧熟视无睹的社会竦然，人们不得不对如何改变这个不合理的社会的问题"。[①] 但女性在批判男性文化的同时，还存在有精神的依恋性。精神分析学家海伦·多依奇在《妇女心理学》中认为：女性人格中最显著的三个特征是被动性、自我虐待和自恋。可是她并没有拿出充足的理由向人们解释为什么女性一定是被动的，为什么会出现自虐和自恋，更无法理解普遍存在于女性中的"神经症"。实际上，这种"生物决定论"学说，只是为男性社会提供了一个对女性实施压迫的合理性佐证。在这一"科学"论断中，他们将女性弱势地位等归结于生态，认为都是大自然的产物。这样就使人们相信，男人世界造就的女人只不过是大自然早已造就了的，而女性得到的也只是支持她们承认自己作为弱者、他者而存在的证据，于是"生物决定论"等男性学说就成为这个父权制的代言和巩固男性霸权的有力工具。[②] 比尔·普克（Bill Puka）在《关怀的解放》中所说："女人懂得（在男性权利结构之内）她在哪里可以发挥自己的长处、兴趣以及承诺，在哪里她又可以更好地顺从这个男性权利结构，必须方方面面精巧地平衡，以求能在这里生效。"鲁宾·摩根（Rubin Morgan）在《姐妹情谊跨全球》一书中则认为："生理性别和社会性别制度（sex/gender system）是一个控制性的文化机制，它把生理学意义上的男性和女性转化为分离的、阶层化的社会性别。"由于男性意识形态的钳制，女性仍然被禁锢在男性给定的女性意义的范围内，是一种被控制。男性凌驾于女性之上，女性无法分享男性界面的话语与思维方式等，性别有了阶层之隔。正如存在主义女性主义者西蒙娜·德·波伏娃所强调的："如果人的意识中没有包括这种渴望……控制'他者'的原始渴望，那么即使发明了青铜工具，这也不会导致对妇女的压迫。"[③] 朱迪斯

① 张岩冰：《女权主义文论》，山东教育出版社1998年版，第217页。

② 王虹：《女性意识的奴化、异化与超越》，《社会科学研究》2004年第4期。

③ ［法］西蒙娜·德·波伏娃：《第二性》（全译），陶铁柱译，中国书籍出版社1998年版，第5页。

·巴特勒（Judith Butler）在《性别烦恼：女性主义和身份的颠覆》一书中所指出的：作为一种身份，社会性别并没有本体论意义上的实体，而是通过表演和模仿不断建构出来的。因此它实际上是不一贯的（incoherenent）、不连续的（discontinuous），“社会性别是一种持续不断的模仿，这种模仿被当成是真实的事物”。[①] 性别结构中男性主体与女性客体，其内在本质就是男人以思维、价值观、话语等控制着女性的精神。亚里士多德认为男性是主动的，是生命的提供者，女人只是生命的载体。西蒙娜·德·波伏娃指出，“社会根据男人制定的法典宣判女人是低人一等的，所以她只有摧毁男性的优越地位才能消除这种劣等性”。[②] 但这又充满艰辛。

所以，张洁塑造的现代性女性始终逃不出男性的魔掌。当1982年张洁以《方舟》解读女性的精神生态的时候，众多的女性还处于懵懂状态，即便是《方舟》后来被认为是新时期最具有原始的女性主义意识的文本，小说揭示了现代女性的生存处境。在《方舟》中，张洁强调女性的解放不仅仅要靠政治地位和经济地位的解决，更重要的是要靠“对自身存在价值的自信和实现”。事实上，张洁塑造了三个个性刚硬、独立自强的女性，内心却充满游移。曹荆华从事理论研究工作，梁倩是电影导演，柳泉精通外语，是一家外贸公司的翻译。柳泉渴望能够去爱，但她腾不出时间和精力去弥补情感上的缺憾；梁倩既没时间照顾儿子澄澄，也没心思修饰与保养自己的容颜；至于曹荆华，就连生孩子、睡觉、居家过日子都不在行。而她们聚在一起，抽烟、喝酒、骂人，似乎比男人更像男人。她们的行为本身隐含着向非常男权主义倾斜：要平等，就要像个男人，因为女人不像男人；但同时她们不惜采取与男人决裂，也不屑来自社会带给她们的压力，一心想追寻女性真实完整的自我，走向女性自我生态，但事实上，就连曹荆华这个让很多“男子汉”都佩服的“非常女人”，也陷入了困境。张辛欣《在同一地平线上》中

① 李银河：《西方性学名著提要》，江西人民出版社2002年版，第521页。

② ［法］西蒙娜·德·波伏娃：《第二性》（全译），陶铁柱译，中国书籍出版社1998年版，第155页。

的“女导演”走出家门时所需要克服的就不仅仅是外部的压力，还有来自内心深处的依附意识。几千年的文化传统使得两性关系的固定模式（女性依附男性）已经成为一种深层的心理积淀，对这一模式的反叛无疑意味着心灵深处的一次巨大变革。走出家庭的“女导演”们固然成为“自我”的主宰，但传统依附意识却往往使她们在生存的艰难之中，重新向往与迷恋那种古老的被动然而轻松的生活状态，她们内心依然有着对男人的向往与崇拜。所以张辛欣早期小说中的知识女性们常常在返归家庭与走出家庭的临界点上久久地徘徊。

《无字》是张洁倾心的一本小说，她从 1989 年便开始了书写，张洁究竟想说什么，显然她要说的太多，是对于一个世纪甚至几千年女性人生的经典描述。故事里的吴为的母亲叶莲子一生所期待、守望的，就是那个婚姻中的具体的男人，那个叫顾秋水的男人，除了在结婚一两年中给过叶莲子一些共处人生的经验之外，给予她们母女的只有抛弃和虐待。然而叶莲子一辈子没有走出过这个男人一步，即便是在影子里存活。吴为也希望能够超越母亲，却一生在精神上期待、守望着一个叫胡秉宸的男人，吴为把胡秉宸想象为“他们这个阶级里的精品”，最终得到了对方的爱情并有情人终成眷属，可是胡秉宸并没有满足她的愿望却带给她致命的打击，因为他只是想换一个女人而已，为此，吴为几近疯狂至死。女人把自己的生命耗散在对男人的爱情守望中，而这个男人却是不负责任、疲软、苟且和无能的。张洁展露出了女性对男性的极度崇拜，而在这种对男性崇拜里又充满了滑稽与嘲讽。可以说，张洁之后的《世界上最疼我的那个人去了》《无字》等，再度标示了张洁回到女性本体——母体表达，正如荒林所论，“跨越中国女性写作两阶段的张洁，恰好浓缩地反映出民族国家话语对女性话语的制约，到女性话语从民族国家话语中独立出来的过程”。[①] 张洁《爱，是不可忘记的》《方舟》《无字》的书写逻辑，一直在与男性秩序、主流意识形态暧昧的间离与依存中，获得复杂矛盾的体验，并将这种体验释放在自己的文本中。

---

① 荒林、王光明：《两性对话》，中国文联出版社 2001 年版，第 144 页。

张洁用审视的目光打量着千百年来令女性仰视的男性，同时鲜明地擎起了确立女性独立人格的现代旗帜。“但张洁并未停留在女性是‘人’而不是‘性’的简单取舍上。张洁在她全部创作中，确乎是回避了具体的‘性’描写的，她也许放弃了从‘性’的深度寻找男女本质，但她对于‘人’的深度把握，却达到了一个前所未有的高度，不是一般地肯定女性首先是‘人’，而是具体地展现，女性首先作为人，在社会中能做什么和怎么做。这里不但存在女性自我定位的问题，更涉及能否到位的问题”。[①] 张洁作为当代文坛上女性作家的先锋，《方舟》虽也被人视为中国第一部女权主义小说，但张洁予以否认，声称自己不是一位女权主义者，是“炽热的马克思主义者和爱国主义者”。戴锦华曾经这样认定：“如果说，70—80 年代之交，中国当代文学在英雄与流放者同时归来的时刻，张扬地以悲剧或准悲剧写作来修订着记忆，以新的乌托邦话语来完成一种意识形态实践，那么张洁的作品序列则在一次有效的改写过程中，将她的艺术世界定位于契诃夫和安徒生之间，定位在现实主义者的直面、人道主义者的悲悯、启蒙主义文化的俯瞰与忧伤而盈溢着爱/最后救赎的童话世界之间。一次直面中的规避、进取中的隐遁、暴露中的遮掩。”[②] 与宗璞《三生石》、戴厚英别具深义的《人啊，人!》、舒婷《会唱歌的鸢尾花》等小说，所散发的自然“人性”的渴望不同的是，张洁是在人、人性、人道主义的普世价值体系中重申对女性爱的申诉，比如《爱，是不能忘记的》等。但“显而易见，张洁并非一个女性主义者，她的作品也并非自觉的女性写作——不是一个所谓‘写我的自我——我的身体’的自白式表述”。[③] 而在王绯的评析中，她认为张洁艺术意志，“张扬一种‘对光明的渴望，对真理的追求，对生活的热爱’的信奉，以美的灵魂对美的灵魂的培养昭示，一种淋撒着宗教情绪的永恒。”[④] 同时，也指向了更大的历史现实场景，“《沉重的

① 荒林：《女性的自觉与局限——张洁小说知识女性形象》，《福建师范大学学报》1995 年第 2 期。

② 戴锦华：《“世纪”的终结：重读张洁》，《文艺争鸣》1994 年第 4 期。

③ 同上。

④ 王绯：《张洁：转型与世界感——一种文学年龄的断想》，《文学评论》1989 年第 5 期。

翅膀》紧紧追随改革，其政治意识和对现实的珍视力亦没有局限于女作家狭窄的视野和纯个人的生活与情感，体验中，人情人性的贯穿又相应地使硬性大题材得以软化，避免了同类题材的弊病”。[①] 到了《方舟》，张洁道出的是身处男性宇宙格局里的现代妇女幽怨，“你将格外地不幸，因为你是女人……”“她以一种严刻而冷峻的老练苛责世间的不平，特别是处在男性宇宙格局里坚持‘反宇宙’态度的现代妇女的不幸。或许，只有张洁这样的女作家才有资格说明女人的处境，才能从骨子里理解荆华、柳泉、梁倩们为什么身在男性为中心的宇宙里偏偏以反叛和受挫的态度来对付这个世界”。[②]

应该说，张洁是80年代的“这一个”。其书写所体现的拯救欲望，也是显而易见的。女作家以理性来思索着女性的存在环境与女性的内心世界。可以说，女性救赎意识在对外部探索之后转向了对内在世界的审视与反思。在80年代初，在“人”的问题为主潮的背景下，张洁采用了清醒的女性意识指导之下的全新视点——女性审美视点，发掘女性作为人的主体意识的觉醒。在《方舟》中，张洁对女性的角色困境有了更加深切的体察，女性的社会地位不是用职业等外在形式来衡量，而是以观念意识的认识程度来确定的。当整个社会意识尚在变革之时，对女性的社会认同也不会奢求先行得到进化；当女性意识先于整个社会意识的文明之时，便衍生出女性意识与整个社会意识的错位，事业与生活矛盾的痛苦。女性若要战胜这些现实、雾障和痼疾，必得付出沉重的代价。张洁在《方舟》中写道：“妇女，要争得真正的解放还需要从充分的自信和自强不息的奋斗来实现自身存在的价值。”“她自有治疗悲哀的法儿，那就是对自身存在的价值的认识——对人类、对社会、对朋友，你是有用的”。有论者认为：“对于研究新时期文学和女性文学，张洁都是无法忽略的作家个案。作家的敏锐与勇气使她在这两种文学史段落中都获得了先导性的地位。如果说，张洁的社会责任感，她的关于‘民族寓言’的写作，帮助她在新时期文学占有重要位置，那么她于其

① 王绯：《张洁：转型与世界感——一种文学年龄的断想》，《文学评论》1989年第5期。

② 同上。

中间或浮现的独特的个人（性别）经验，则无意中帮她开启了另一片领域。尽管不久她就从新时期文学的主流序列中滑落，但随着她越来越将眼光收回聚拢到个人的生命经验，她却成了中国当代女性文学最重要的实践者之一。”① 的确，在“男女平权”的社会氛围与意识形态中，女性的主体与女性特质的申诉，依然是一个现实问题存在。

在80年代女性文学里，张洁或许并非一个女性主义者，她的作品也并非自觉的女性写作，张洁却是最早在创作中表现出强烈女性意识的作家。我们可以从她与德国记者的对话中，体悟一些她的内心：“我不认为这个世界仅属于男性，也不认为它仅属于女性，世界是属于我们大家的。……在妇女中有这么一类人，在她们看来，如果男人离开了她们，世界就完了；要是男人不爱她们了，她就会丢掉自己的尊严，千方百计地围住他，不让他走。也有的妇女对自己的能力缺乏信心，她们不懂得，只要锲而不舍为之斗争，并投身于实践，自己的价值也能得到社会的承认，她们总以为男人终究要比女人强。”② 不管张洁有什么样的理性认同与主张，但是我们的确看到了她为女性生存现实的尴尬做出了自己的呼喊与努力，这在80年代是难能可贵的。

而《方舟》无疑是一个典型的女性主义倾向的文案。而小说所倡导的对于男性反抗、批判，以及基于男性模板的女性主义的建构的标准本身，应该值得批判与反思。或许《方舟》的文本意义在于此。

二　女性的困惑与现实

谌容小说《人到中年》的日常生活叙事是对生活细节构成的生活现实展示，她将小说的空间放置在家庭、工作环境等日常生活场域，透过日常经验的表达，体悟到知识女性现代化的生存状态和内在心理，充满紧张与压抑、无奈与艰辛。而日常经验里又包含了诸多的政治、历史与文化内涵，甚至是传统的家庭文化秩序，无疑这是导致女性知识分子尴尬的直接根由。谌容《人到中年》体现了真正知识分子日常生活与

① 饶翔：《变与不变：一个女作家的形象学》，《南方文坛》2015年第1期。

② 转引自《张洁接受联邦记者访谈录》，《文学报》1986年2月13日。

社会环境的冲突存在。

本·海默尔在其《日常生活与文化理论导论》中认为："日常现代性的日常状态就是建立在分分秒秒的基础之上的同步化……时刻表在时间上已经精确到分钟的水平。"[①] 这种建立在现代时刻表中的日常生活，对女性本体的主体性存在而言，就是一个不折不扣的扼杀。谌容的《人到中年》表达女性自我的无奈，同时也是一个在笼罩在主流意识形态政治生态下的缺失女性话语的文本。从60年代开始，阶级斗争扩大化把妇女解放导入了斗争哲学的范畴，到"文革"时期发展到极点，"铁娘子"形象被树立为中国女性的统一榜样。在这种畸形的社会中，女作家的创作受到了毁灭性的打击，面对高压政治，许多女作家被迫中断了创作。女性文学在"文革"十年浩劫中受到了毁灭性的摧残，在当时的特殊写作环境下，女作家的书写完全停留于女性对政治生活的臣服上，如谌容写出《万年青》，流露出一个女性作家对当时意识形态话语的完全服从与尊重。70年代初，一位著名的西方女权主义者来到中国，她发现中国的妇女外在解放程度在当时属于世界最高水平，超过西方和其他发展中国家，因为中国在当时已经实现了"男女平等"，同工同酬。然而，她忽略了我国妇女的社会存在形式与妇女的自我意识之间的巨大反差。说到底，中国妇女并未真正解放，"解放"不过表现在外在的社会组织形式方面，而没有落实在女性意识的深处。而"解放的"妇女竟然没有自己的文学话语，只是跟随于主流的政治话语。所谓的女性写作，无论在主题思想上，还是在话语形态上，都极力逃避所有的女性特征，甚至比男性写作还"雄性化"。女性自传体小说的创作根本无从谈起，表现或流露一已生活经历或是心灵体验的自传体小说可以说是彻底销声匿迹了。

因此，1980年谌容的中篇《人到中年》问世，立刻引起了社会的强烈反响，《人到中年》被文学评论界、研究界看成"新时期"文学"复兴"的标志性作品之一。并在全国首届中篇小说评奖中一举夺魁，

① ［英］本·海默尔：《日常生活与文化理论导论》，王志宏译，商务印书馆2008年版，第12页。

由谌容捉刀改编的电影也大受追捧，连续荣获多种奖项。应该说，产生巨大影响，在于小说文本和电影文本，所揭示的社会问题是人们感同身受的社会价值观念变化的集体无意识，以及逐渐在分离的个体主义价值取向，也正好迎合了人们的价值选择与心理驱动。日本民主文学同盟的机关刊物《民主文学》1983 年 4 月号，以显著版面译载了谌容的中篇小说《人到中年》，并发表了小田实的评论文章。译者福地桂子在介绍谌容时说，该作是谌容最优秀的作品；谌容的作品被译成日文的还有《褪色的信》，《日中友好新闻》1981 年 11 月至 1982 年 4 月连载了这篇作品。1981 年底曾随野间宏访问中国的小田实在评论中也说，“中国以知识分子为主人公的所谓的‘知识分子小说’的出现，使他感兴趣。他认为中国革命胜利以后，工农兵是小说的主人公，已成为一种模式，知识分子只能退居小说的后景之中，中国正面描写知识分子问题的小说的出现，是个很大的变化”。①

《人到中年》通过对陆文婷这一具有时代意义的艺术典型的塑造，提出了中年知识分子的处境、待遇的“问题”，也涉及女性自我的生存困惑与矛盾冲突。谌容以冷静客观的姿态，对社会做出了深度的解析，并通过对社会现象的分析，揭示出一些隐蔽的社会现实问题和妇女社会地位问题，同时，对两性关系的模式进行了重新审视，进一步解读了女性生活世界。80 年代中期以后，谌容又发表了《减去十岁》《懒得离婚》等作品，延续了自己对生活问题的继续思考，并以嘲讽的口吻揭示普遍存在的家庭关系。

1. 两性关系模式的考量

从人类自然发展来看，男人和女人的关系维持了一种自然生态平衡，两性的社会关系与自然关系也应该是一种平衡体系，但事实上，自父系社会开始，男女的社会、自然角色就有了深刻的规定，男女处于一种不平等的关系中。据《诗经 · 小雅 · 斯干》记载：“乃生女子，载寝之地，载衣之裼、载弄之瓦。”而“乃生男子，载寝之床，载衣之裳，

① 邵舷：《日本〈民主文学〉译载谌容的〈人到中年〉并发表评论》，《世界文学》1984 年第 5 期。

载弄之璋。”汉前有《礼记》《仪礼》，汉朝刘向的《列女传》、班超的《女诫》七篇，宋朝著名的程朱理学，元明清《闺范》《温世母训》等不胜枚举。女孩儿读《三字经》《闺训千字文》，进行启蒙教育，长大即让她读《列女传》。已婚女性的家庭角色、婚姻对于宗法社会的她们并不意味着命运的改变，相反，封建苛刻的礼法使她们饱尝媳妇难当的痛苦。《仪礼》上讲：“父者子之天也，夫者妻之天也。”女性是人类生命的创造者，养育的职责非女性莫属，许多女性也把这个职能看成生命的全部，忘却了在社会和家庭中其他方面更高层次的追求，逐渐形成不求上进、夫贵妻荣的自卑心理。事实上，中国从封建的宗法社会逐渐走到今天向现代化趋近的过程中，男女性别秩序并没有从真正实质意义上被触动到，因为这种“男尊女卑”的观念经几千年的演化已经根深蒂固地植入文化心理结构中，也以另外变异的形式出现在人们的社会生活中。

《人到中年》中的陆文婷是一个主治医生，也是一个浸染着传统女性文化的女性。陆文婷在旧中国度过了自己的童年，从小就是个孤苦伶仃的女孩子，父亲出走，由早衰的母亲抚养。迎来了全国的解放，也迎来了学业上深造的机会。50 年代，她进了医学院，经过刻苦攻读，学到了比较扎实的专业知识。“她似乎是一个被人遗忘的少女”，在医学院时，“她把青春慷慨地奉献给一堂接一堂的课程，一次接一次的考试”。“爱情似乎与她无缘”。大学毕业，被分配来医院，在眼科专家孙主任的眼里，“她坐在对面的椅子上，安静得像一滴水”。她甘心情愿地接受了“修道院”一般的苛刻要求：二十四小时待在医院，四年之内不结婚。生活是一面平静的湖水，甚至看不到湍流的浪花，即使那些“袭来的石子”，她也默默地吞下。献出自己的时间和青春。在她刚满二十四岁的时候，被分配在一所著名的大医院工作，并为负有盛名的眼科专家孙逸民所赏识。在已经不算很年轻的二十八岁时，才迎接了迟到的爱情。她走到工作岗位，又被扣上“修正主义苗子”“白专道路”一类的政治帽子。接着是四年住院医生的磨炼和提高，之后是和傅家杰的恋爱、结婚、生儿育女。一转眼，到了人生的中年，生命正一步步迈向死亡的边缘。这就是知识女性陆文婷人生轨迹。谌容善于发现这种人物，并在艺术作品中展开对她的描写，揭示出蕴藏的意义。小说中有这样的表述："眼科大夫的威望全在刀上。一把刀能给人以光明，一把刀也能陷人于黑暗。像陆文婷这样的大夫，虽然无职无权，无名无位，然而，她手中救人的刀，就是无声的权威。"① "她总是用瘦削的双肩，默默地承受着生活中各种突然的袭击和经常的折磨。没有怨言，没有怯弱，也没有气馁"。② 这里有对陆文婷的特写细节描写：

> 每缝一针，她似乎都把自己浑身的力量凝聚在手指尖上，把自己满腔的热血通过那比头发丝儿还细的青线，通过那比绣花针儿还纤小的缝针，一点一滴注入到病人的眼中。此时，她那一双看来十分平常的眼睛放出了异样的智慧的光芒，显得很美。③

她满足于"有一间小屋，足以安身；两身布衣，足以御寒；三餐粗饭，足以充饥，日子就美得很了"，渴望既能做一个称职的大夫，又能做一个称职的妻子和妈妈。"宁肯牺牲自己，也要普救天下"是她恪守的信条。中年陆文婷在面对生活困窘时喊着，"生活，你为什么是这样的?"即便如此，她相信那时社会"牛奶会有的，面包也会有的"，面对现实她仍然有着美好的期待。在家庭和医院、生活和工作内外重担下疲于奔命，身心憔悴，直到陆文婷因长期"超负荷运转"而心肌梗塞。她病倒了，生命岌岌可危，几乎造成死亡的悲剧。《人到中年》以陆文婷发病、守护、诊断、垂危、抢救、初愈等病情变化和治疗过程来安排情节结构，"在迷惘的梦中""死亡的门前"为基点展开描写，在病危中那种扑朔迷离、恍恍惚惚、飘忽不定的微妙的心理状态，将其20多年的生活、工作和爱情的回忆压缩到一两天时间里来表现，在打破时空限制、容纳广泛人生内容和探索深层心灵方面，写了陆文婷在昏迷状态中的幻觉、臆念，通过她的梦幻般的潜意识的内心活动，自然而

---

① 谌容：《人到中年》，《收获》1980年第1期。

② 同上。

③ 同上。

深刻地揭示了陆文婷内心深处的种种矛盾：欣慰与忧患、欢乐与烦恼、困惑与信念、忏悔与期望，等等。如此情节结构与心理结构交错结合，将多重矛盾尽可能地展现，揭示了广泛的生活内容，这样有利于探索、展开人物的心灵世界，从而让读者看到真实的现实世界里的女性的心理与生活尴尬状态。如《人到中年》的开头：

> 仿佛是星儿在太空中闪烁，仿佛是船儿在水面上摇荡。眼科大夫陆文婷仰卧在病床上，不知自己是在什么地方。她想喊，喊不出声来。她想看，什么也看不见。只觉得眼前有无数的光环，忽暗忽明，变幻无常。只觉得身子被一片浮云托起，时沉时浮，飘游不定。
>
> 这是在迷惘的梦中？还是在死亡的门前？①

但谌容无意于唤起自觉的女性意识，她只是试图将书写视角从女性的外围生活进入女性内心的生活，以一种模糊甚至是大写意的方式，对女性日常的真实生活进行实录。

> 把一份女性真正作为社会“人”的期盼或潜意识，用在严酷然而无性别歧视的生存背景下生长并存活的爱情想像，在自己的文本中建构社会应有的理想——两性关系的新境界。②。

洪子诚在《作家姿态与自我意识》指出：“当代中国小说，人的生活，大都局限于‘政治’层面，而人际关系，则完全从‘阶级关系上加以刻画。当时作家的看法是，支配、决定人的思想、情感、行为等的动力，以及人的思想、情感、行为的基本构成，是阶级、政治的观念意识。这些作品，在很大程度上忽略了人的日常生活和人的性格、心理内

① 谌容：《人到中年》，《中篇小说选》，人民文学出版社1980年版，第1页。

② 林丹娅：《当代中国女性文学史论》，厦门大学出版社2003年版，第185页。

容中所包含的民族文化的和人性的因素"①。而《人到中年》从多维度、多角度地突出了陆文婷多重身份角色之间的矛盾与心理困惑，有力度地刻画了一个性别被忽略的女性，在两性关系中，由于女性传统角色的被强调，导致了女性在实际生活中的性别自觉几乎荡然无存或是被湮没。

《人到中年》并没有将笔墨完全投射到陆文婷身上，而是突出对中年夫妇的命运，放在当今社会现实的背景中，予以展开，对于他们的艰窘处境，小说套用了一个人物在出国前夕，在"含泪的晚宴"上的感慨："这是一个普遍的社会现象"。陆文婷的命运里概括了普遍意义的时代内容，带有典型性。

> "中年，中年，现在从上到下，谁不说中年是我们国家的骨干？是各条战线的支柱？"
>
> "我请问：谁都说中年是骨干，可是他们的甘苦有谁知道？他们外有业务重担，内有家务重担；上要供养父母，下要抚育儿女。"
>
> "现在，这批中年人要肩负起'四化'的重任，不能不感到力不从心，智力、精力、体力都跟不上，这种超负荷运转，又是这一代中年的悲剧。"②

小说的写作背景是在延续十年的"文革"刚刚过去，"左"的思想仍然遗存，百废待兴，知识分子主体意识的回归和个人主义价值观念正在成长。而在现实中由于政治意识形态和权力的因素，陆文婷的个体生存空间，被社会责任与家庭责任填满。谌容的女性问题意识在于，善于从容易被忽略的在日常的生活琐细与生活现象中，发现不容易忽略的问题存在，进而对社会现象与社会结构，进行深刻的解读。

2. 传统视域下的女性生存困惑

谌容在《人到中年》中的陆文婷这位女性知识分子身上，发掘着

---

① 洪子诚：《作家姿态与自我意识》，北京大学出版社 2010 年版，第 49 页。

② 谌容：《人到中年》，《收获》1980 年第 1 期。

当代知识分子的精神，他们默默无闻，无私奉献，“吃的是草，挤出来的是牛奶、血”。“对于生活，她和他（陆文婷和她的丈夫傅家杰）都没有非分的企求”。清贫的生活就在繁忙中度过，伴着“人到中年”的无休止的拖累，陆文婷终于晕倒在手术台上。陆文婷作为知识分子的道德人格是有其闪光之处的，但也缺失了反抗现存世界的精神，携带了知识分子身上需要批判的妥协式样的病态心理。尽管陆文婷对自己的价值产生了怀疑：她仰卧着，两个眼睛直视着一个地方，目光是呆滞的，没有任何表情。充满了倦怠的生命肌体已经无暇顾及周遭一切，充满了极度的无奈与麻木。这与其说是对自己价值的怀疑，不如说是对生存本相的怀疑与拷问。这显示了受传统文化的浸染的女性，从不自觉地对其固守，到对这一处境开始了有了深刻的反思。

《人到中年》按照生活的本来面目来刻画女性人物性格的不同侧面，展示其心理活动的复杂层次，并通过精微的细节描写来捕捉和显现人物的心理轨迹。而将情感特征体现为一种具体生活场景和心绪描写的外露与外化，也是谌容独有的审美倾向，如对秦波这样一位仰仗夫权、炫耀“夫人”身份的藤一般的女性，寥寥几笔，就将一个“马列主义老太太”活灵活现地展现出来。而与之形成对比的是，把陆文婷塑造成为一个纤细、柔弱、隐微、深厚的女性，以女主人公感情发展的脉络为牵引线对女性特有的心灵世界和情绪世界进行描绘，将文气纤巧和内心纯洁多情充实有力和谐统一，这是符合中国整体审美观的女性形象。

但就是这样的知识女性，仍然陷入家庭与事业的两难处境。主人公陆文婷的丈夫养家糊口，外出工作；为人妻、为人母的她则心甘情愿在家操持家务，生儿育女，成为家庭情感纽带的中心人物。她愿意就这样，为家庭、爱情、友谊而牺牲奉献，也为自己事业的成功而拼搏。她尽可能地保持独立而不缺失女性柔情、依顺。正是这样的完满追求使她不堪重负，家庭角色限定的责任，以及“男女平权”下赋予女性更多超越负荷的劳作，导致她身体的垮塌与心灵的困惑。女性的家庭角色里的尴尬与困惑是传统文化长久浸染的结果，甚至女性自我本身也对自己的角色会有认同感。而这正是女性的最大悲剧所在，女性有所抱怨，也试图以自己的方式获得社会的承认，并追求多重的幸福，比如对爱情、家庭的美好向往与在社会中的获得肯定，但总归是以行动实践与履行了这一角色的规定，女性内心的困惑也就只能是非常态下的一种发作。谌容曾说：

> 把人间的悲喜剧放在一定的历史范畴，探索决定人物命运的历史渊源，写出更深刻、更本质的历史面貌的作品。①

谌容有意要在结实的社会文化心理结构中寻找一种女性的真实与生命光亮来，或者说是要揭开女性平实生活背后的陷阱所在，甚至是对女性的生活本质予以透视，但也仅此而已，因为谌容在《人到中年》里并没有挖掘出女性自我本身要超越这种生活本身的有效质素来，也没有从女性的角色中唤起自我。其深层原因在于谌容笔下的陆文婷缺失现代意识最本质的要素，那就是女性自主的自由追求，在她的生命、生活周围，她没有从心灵上渴望拥有自己的空间，也许现实是不允许她有过多的奢望，她也因此压抑了自己潜在的生命诉求。女性在现代化的过程中，女性自我传统心理文化结构并没有被置换，相反由此衍生的内心冲突，影响到女性的心理，并强化着女性适应这一过程。

谌容的《人到中年》通常被视为反映中年知识分子问题的作品，但从主人公陆文婷身上反映出的女性问题其实带有更为深刻的普遍意义：她在社会的公共领域里以自己的勤奋工作、精湛医术获得了自我的实现和人们的尊敬；可在私人生活领域里面对丈夫和孩子时，却背上深深的负疚感和欠满足感。女性的社会角色获得了认同，但是女性自我认同仍然不能够实现。从这个角度来看，女性的社会解放并不能等同于女性解放的完成。究其原因在于女性在中国传统宗法社会家庭中的地位，依然在影响着女性的心理现实与生活现实。谌容在《人到中年》里的陆文婷是传统视域下的挣扎与努力的女性，与张洁在《方舟》中的女

① 谌容：《奔向未来》，《文艺报》1981 年第 5 期。

性截然不同，前者赋予了作品以传统形态下女性的温情风格，张洁却似乎试图通过小说颠覆传统女性的模版。《人到中年》中的陆文婷依然留有传统女性形象符号的痕迹。

3. 女性自我发展与心理解放的矛盾

《人到中年》发表后产生了很强的轰动效应，小说主题被阐释为“通过一个普通的中年女医生在长期的‘超负荷运转’中几乎溘然去世的悲剧故事，尖锐地批评了尚未摆脱‘左’倾思潮影响的社会对于知识分子的冷漠与歧视，发出了尊重知识、尊重人才的强烈呼吁，闪耀着社会主义人道主义的光辉”。[①] 也有论者指出：

> 《人到中年》是谌容小说创作的代表作，也是新时期文学“复兴”的标志性作品之一。这不仅是为该小说勇于突破知识分子题材禁区，从结构形式到形象塑造都具有经典意义，更重要的是小说尖锐地揭示了现实社会中知识分子的生存困境，它具有强烈的批判现实主义精神。[②]

但一些评论家认为作家文本所揭示的社会问题是大家所感同身受的，且迎合了社会价值观念变化的集体无意识。正是因为文本强烈的问题意识冲淡了审美意蕴，如果从审美艺术高度来衡量的话，陆文婷的典型形象塑造本身就带有主流意识形态话语的痕迹。陆文婷是近乎完美的体现集体主义价值观念的奉献者形象，她的传统女性气质很浓郁。她承受工作的沉重压力，还有着家庭生活的困顿，作为医院眼科技术骨干却长期无法晋升，只因为她在“文革”期间为给焦成思做手术而背负种种“罪名”，在单位，遭受秦波的百般刁难和一些人的不理解，但她从未放弃自己的追求，仍然任劳任怨。陆文婷是 80 年代女性知识分子的一个典型，是一个具有深刻社会意义和时代意义的艺术典型。陆文婷是具有鲜明个性特色的艺术形象，也是中国社会集体审美观的体现。朱虹

---

① 华中师范大学编写组：《中国当代文学》，上海文艺出版社 1989 年版，第 146 页。

② 徐淑贤：《解读新时期谌容作品的理性批判精神》，《山东理工大学学报》2005 年第 11 期。

在《中国当代小说中的病妇形象》中这样说："除了主题与题材的等级有贬低妇女问题的倾向外，妇女写妇女还受到典型化的限制。在西方传统中，妇女常常被当作偶像——'家中的天使'，一言以蔽之，圣洁无比。同样，在中国她们也是'特权'人物。……在'文革'结束后的80年代，这种典型有所改变，然而情况基本上依然如故。80年代新小说中没有革命女英雄了，取而代之的则是'女强人'。"① 从根本上来说，《人到中年》仍然没有摆脱主流意识形态的控制："主流意识形态丧失了一贯的控制力，知识分子不再满足于做所谓历史车轮上的齿轮与螺丝钉，而是逐步成长为以个体为本位，有自己独立意识和价值判断的个人主体。还应看到，作为新中国所培养的知识分子的一员，谌容的思想意识具有那一代知识分子共有的情结，主流意识形态早已内化为她的自觉认同，尽管个人主义价值观念已经嵌入其思想内核，并带来价值观念的转变，但它还没有完全取代主流意识形态的支配地位。"②

谌容对知识分子尤其是中年知识女性显然有一种潜在的认同心理，她喜欢把知性的女性放在一个复杂的爱情、婚姻、家庭、事业、社会责任形成的对立矛盾中，真实眷写她们的生活状态与工作状态，反映当代知识女性的命运与追求。谌容并没有脱去对陆文婷典型化叙事的模式塑造，也没有明显意识到自己思想的变化，而文本塑造陆文婷出现的症候却分明透露出她的潜意识，即对于女性生活现状的困惑与不满足。这或许恰如蓝棣之所指出的：

> 评价一个作品里的人物，不能完全根据作家的说法，只能根据作品本身。然而又必须要研究作者创作的意图，从创作意图与人物形象的相悖、相矛盾、相冲突中，也许就可以发现那些作家不意识到然而却在深处左右他创作的力量。③

---

① 陈蕙芬、马元曦主编：《当代中国女性文学文化批评文选》，广西大学出版社2007年版，第100页。

② 徐文明：《社会价值观的悄然移位——评谌容〈人到中年〉》，《和田师范专科学校学报》2008年第1期。

③ 蓝棣之：《现代文学经典：症候式分析》，清华大学出版社1986年版，第56页。

陆文婷内心本身已经有了自觉的潜意识萌动，她渴望脱去被家庭、社会所强调的塑造与束缚，但她所处的社会环境与家庭环境却用无形的力量牵引着她。美国学者约翰·奥尼尔指出："人类首先是将世界和社会构想为一个巨大身体。由此出发，他们由身体结构组成推衍出了世界、社会以及动物的种属类别……我们的身体就是社会的肉身。"① 陆文婷的身体不仅是沉重的，其思想也是沉重的。在20世纪80年代，社会价值观念开始转型，人们价值取向也发生改变，知识分子有了差异化，开始裂变为两大类：为个体主义的自由价值在生存的知识分子与集体主义精神价值实现的知识分子。陆文婷夫妇与姜亚芬夫妇正好表征了这一时代的征兆。在文本中作为两个相对照的叙事序列，他们的思想观念和现实选择都有很大的不同。相对于陆文婷、傅家杰的无私奉献，任劳任怨，姜亚芬夫妇选择了出国寻求更好的生活。陆文婷的身上体现出对现有秩序本能抗拒，但国家意识、集体意识占据主导思想的陆文婷，还没有完全从社会主流话语、从男性文化规范中完全走出，因此萌生的仅有的模糊的女性主体意识，也在女性的个体价值与社会主流意识形态的冲撞中殆尽。

弗洛姆认为，每一个社会都决定哪些思想和感情能达到意识的水平，哪些只能存在于无意识的层次。所谓的"社会无意识"，是指那些被压抑了的领域，这些领域对社会最大多数成员来说都是相同的。换言之，它指人经验的某一部分，一个给定的社会是不允许达到对这个部分的认识的②。按照弗洛姆的概念，社会无意识就是普遍精神在社会中被压抑的那一部分。社会是通过语言、理性逻辑和社会禁忌三个途径来压抑无意识的，他们是社会的过滤器。"一个觉醒的时代，总是会把传统的一切放到理性的审判台前，重新加以检验和审查，……。五四时期如此，'四人帮'被粉碎以后的1978到1980年间也是一样"。③《人到中年》通

① ［美］约翰·奥尼尔：《身体的形态——现代社会的五种身体》，张旭春译，春风文艺出版社1999年版，第10页。

② ［美］埃里希·弗洛姆：《在幻想锁链的彼岸》，张燕译，湖南人民出版社1986年版，第93、119页。

③ 严家炎：《中国现代小说流派史》，人民文学出版社1995年版，第186页。

过对一个女性的生活轨迹与心理困惑的描述，凸显女性知识分子作为个体存在的问题严重性和紧迫性。“个体主义代表了一种平等与自由的观念，对人的尊严的尊重拆除了等级秩序的藩篱。个人再次成为社会的主体（中心），而从自我指导、私人性和自我发展三个方面欢呼着个人的解放或自由”。[①]

《人到中年》向社会披露知识分子，特别是中年女性知识分子的生存困境。这是一部非常切近现实的“问题小说”。同时也展示了与陆文婷构成人物形象反差的秦波那样的“马列主义老太太”，身居高位、养尊处优、颐指气使、自私虚伪群体，他们对这些中年人无私地慷慨地奉献横加指责，百般挑剔。可见，谌容在聚焦知识分子的承担与逃离的情状，带有自觉的认同与批判精神，但还未曾触及社会深层的结构心理。20 世纪 90 年代郜元宝重评《人到中年》：“尽管 80 年代初的精神氛围还不允许作者把这种思想进向进一步挑明，尽管思想批判的光芒时隐时现，尽管被揭露的生活真实常常像陆文婷的眼科手术那样，如履如临，小心翼翼，割开了又缝合，缝合了又割开，尽管一切都似乎融化在东方女性轻轻的叹息、温柔的责怪和坚韧的承受之中，尽管整篇叙述始终显得哀而不伤，怨而不怒，我们还是感到了一个挺立的批判主体的存在，甚至好像可以看到作者满脸的愤激和忧色。”[②]“由于作者过于看重‘问题’，她对人物内心世界的把握，反而退居其次。当她要把人物从各种复杂纠缠的‘问题’中剥离出来予以独立地拷问时，就没有后来的小说那种挥洒自如，无所顾忌了。作者主要还是让她的人物在社会问题以及相关的价值层面活动，因而难以进一步照察到人性更加广袤深邃的区域”。[③]

在文本结尾处出院的场景：“从死亡线上回来的她，虽然穿了这么多衣服，仍觉得身上轻飘飘的。当她站起来时，两腿打着哆嗦，很难支持身体的重量。她整个身子几乎全靠在丈夫上，一手拽住他的衣袖，一

① 蔡翔：《主体性的衰落》，《文艺争鸣》1994 年第 6 期。

② 郜元宝：《〈人到中年〉简评》，《当代作家评论》1995 年第 3 期。

③ 同上。

手扶着墙，才迈出了步子。”[1]“陆文婷大夫靠在丈夫臂上，艰难地一步步朝门外走去……”[2]的叙述成为意味深长的隐喻，或许陆文婷命运会有转机。但是在《人到中年》文本中集体意识仍然大于女性自我意识，甚至可以说，文本从根本上回避了这样一个事实存在，即女性自我发展与心理解放的矛盾实在。在此意义上看，《人到中年》里的陆文婷显然还没有强烈的女性意识，更没有达到女性自审的境地，但是作家试图在剖析与自责中，认识女性的自我内在尊严和价值，以期获得自我价值的全面实现。

这里我们可以将《人到中年》与《青春之歌》进行比照，可发现彼此差异所在。杨沫1958年以《青春之歌》对知识分子女性形象的经典小说叙事中，塑造了一个由小资产阶级知识分子改造为无产阶级知识分子的经典人物范式。小说中林道静出走是一个经典性的场景。林道静决绝地从“小布尔乔亚”（小资产阶级）阵营中走出，投奔革命的意志虽有徘徊，但还是坚定了自己的步伐，是世代赋予林道静走出个体自我的勇气，意味着一个女性知识分子自觉地融入了主流话语中。“其实文学的叙事话语与一个具体时代的社会与意识形态的权力话语之间的关系是密不可分的，它牢牢地受到一个时代的‘权力叙事’的钳制和影响，是它的奴仆、附庸或抗争者。它需要不断地调整与主流权力话语的关系，以作为其寄生体、画皮和装饰，或悲壮地举起叛逆的义旗，或嬉皮笑脸通过语境的巧妙偷换，通过反讽、戏谑等方式对之进行‘软性瓦解’消除其影响”。[3]杨沫是忠于主流意识形态的，其影响一直延续到20世纪80年代初期。作家在《青春之歌·后记》中说过：“我的整个幼年和青年的一段时间，曾经生活在国民党统治下的黑暗社会中，受尽了压榨、迫害和失学失业的痛苦，那生活深深烙印在我的心中，使我时常有要控诉的愿望；而在那暗无天日的日子中，正当我走投无路的时

① 谌容：《奔向未来》，《文艺报》1981年第5期。

② 同上。

③ 张清华：《话语权力：一个戏剧性的演变——当代文学的一种读法》，《文艺争鸣》2000年第4期。

候，幸而遇见了党。是党拯救了我，使我在绝望中看见了光明，看见了人类的美丽的远景；是党给了我一个真正的生命，使我有勇气和力量度过了长期的残酷的战争岁月，而终于成为革命队伍中的一员……这感激，这刻骨的感念，就成为这部小说的原始的基础。”①

而在谌容笔下的女性知识分子反思中看到的是，陆文婷的集体意识以及对主流意识形态价值的信仰，却是沿着林道静的路径，只是在群落与个体生存之间，有了身体与思想的困惑。陆文婷的体验，是时代的症候。20 世纪 80 年代初期的新启蒙意识话语，也就是转型发生在 20 世纪 70 年代末到 80 年代初中期，表现了“拨乱反正”“解放思想”思想观念层面的转型，知识界称之为“新启蒙运动”。因而带有突出的思想革命、意识形态调整的性质。

乔纳森·卡勒曾说：“语言既是意识形态的具体宣言——是说话者据此而思考的范畴——又是对它质疑或推翻它的基地。”② 显然，陆文婷作为一个携带着主流意识形态价值的个体，还是处于集体主义时代的认知，其精神处境与社会角色陷入了尴尬，而她的性别自觉与文化心理还处于无意识中。

三　张辛欣：女性本质的重塑与雄化的悖论

80 年代早期女性文学，随着人道主义文学的深入和女作家创作的继续，开始自觉地强化否定意识，追求自觉的女性意识，揭示女性在男权霸权压抑下的实际状况。这种对女性现实地位和处境的确认，是女性意识觉醒的第一步。张辛欣的小说《我在哪儿错过了你》（1980）、《在同一地平线上》（1981）和《最后的停泊地》（1983）等就是这方面的典型文本。张辛欣对女性的多重矛盾心理做了逼真的描写，对女性的人格独立、事业抱负与家庭、婚姻等传统义务的冲突、女性在欲望本能和

① 杨沫：《青春之歌·后记》，选自《中当代文学研究资料——杨沫专集》，沈阳师范学院中文系 1979 年版，第 38 页。

② ［美］乔纳森·卡勒：《文学理论》，李平译，辽宁教育出版社、牛津大学出版社 1998 年版，第 63 页。

社会权力关系之间的挣扎做了充分的表现，解构了男女“平权”的神话，揭示出女性失落自我的生存状态——包括女性气质的失落、独立思想的失落、爱的失落，等等。在80年代初期，张辛欣的这类小说一经问世即引起争论，争论背后的实质就是：如何认识人与社会的问题，而小说所表露出的对女性精神气质的渴望与雄性化的趋同也同样引起了人们的深层思索。

1. 女性“雄化”与女性本质的冲突

80年代女性文学的一个显著特征，就是可以清晰地看出，“雄化塑形”成为了新时期以来的女性形象。随着时代、环境的历史变迁和文学自身的发展，女性自我解放的表现形态和包含的文化意蕴也在变化。中国进入20世纪30—40年代后，与“五四”时期和20年代相比，这种变化发展的突出表现是：在女性文学的文本中，“女性雄化”现象的出现，显示出中国文化形态和内涵的丰富性及其鲜明的时代特征。50—70年代女性的性别意识被泯灭，女作家并没有自觉的性别意识，也没有刻意去锤炼自己特有的女性话语。作品中所包含的女性文学内容，并不足以说明时代呼唤更高层次更有力度的女性书写，也可能佐证女作家已整合了一个世纪以来女性的艰难探索与辉煌成就。事实上，女性被政治意识形态所湮没。而到了80年代以后女性试图纠正自己的被遮蔽现实，但在与男性共同承当的女性命运已决定了女性无法逃避的被“雄化塑造”。

女性“雄化”源于木兰替父从军的故事，即“木兰情境”，最初起因于女性的易装，扮作男人模样进入社会，参与事务活动。之后，女性“雄化”意义逐渐宽泛起来，是将女性性征回避，追求男性特质，极力易位于男性的角色，发生性别移位视为雄化。在一个以男性为主导的公共空间中，单性模式决定了人们的生活范式，因此，女性作为本体意义的一类是不存在，甚至是模糊的。可见，女性渴望以男人为模式与标准生存，是一种历史与现实的无奈之举。

中国“木兰替父从军”的故事，是最早的女性雄化的记录。回溯女性雄化的历史，可以发现，“五四”新文化运动，以至20世纪30—40年代非常的战争年代里，消解了文化对性别角色分工的限制，知识女性率先在民族、国家危难之际，投入革命洪流，于是走向革命中的知识女性，消解性别差异、追求男性特质为基本特征，以雄化角色出现在这些左翼作家的笔下。丁玲《一九三〇年春上海（之一）》笔下的美琳自由恋爱进入家庭后，不想幽居家中，渴望到大众中去为社会劳动。她曾经非常崇拜的丈夫子彬，在婚后却向另一个方向转化，成为一个比旧式家庭还厉害的专制者，视美琳为玩偶和附庸。美琳最初晓之以理，动之以情，最后断然抛弃新式太太的生活，在革命者的启发下随着大众跑了——走向革命道路。

对于顺应历史潮流投入革命女性的呼唤和高赞充溢在左翼作家冯铿的笔端，在《一团肉》中冯铿说："真正的新妇女是洗掉她们唇上的胭脂，握起利刃来参加进伟大革命高潮，作为一个铮铮锵锵，推进时代进展的整个集团里的一分子、烈火中的斗士，来寻找她们真正的出路!"同样，冯铿宣称从不把自己当作女人，谢冰莹、丁玲则高喊和男性"都一样"了。这种意识理论溶化在作家所塑造的雄化角色中，不仅在行为、品格、心理方面大异于传统宗法人伦文化中的女性，进一步弘扬了"五四"女儿反传统的刚健生命品质，而且连外在的服饰也发生了显著变化：穿一身军装，留一头短发，与男性一样。雄化女性投入社会革命斗争，参与社会生产劳动，并且有意识地消解性别身份，追求"男女都一样"。

作为一个特定的文学时代，"十七年"中的女性文学几乎不存在，在政治强光的"照耀"之下，女性形象的塑造被纳入到一个共同的主导意识状态之中，并没有充分展示女人作为女人的性别特征及性意识。相反，在男性作家笔下，出现了一系列区别于古典的、现代的女性形象，尽显时代"雄姿"。如李双双（李准《李双双小传》）、卜翠莲（周立波《山那面人家》）、肖淑英（李准《耕耘记》）等崭新的女性形象，但人物塑造存在共性大于个性的缺陷，即革命的本质特征掩盖了女性的自认性征。无论是李双双还是肖淑英，她们都有着社会意识的觉醒，拓宽了女性在社会生活的领域，但女性意识全面丧失。这期间，茹志鹃以《百合花》塑造了具有女性意识的娇羞的新媳妇。在红色年代里，《百合花》显得格外的清新可人，新媳妇在人们的记忆中成为真、善、美的象征。这原本天经地义的描写，在特定的文化背景下却成为“例外”，没有把女性塑造成锋芒毕现的“铁女人”形象，为此遭到了批判。弗吉尼亚·伍尔夫指出，女性社会身份获得的“这种变化使她在她的生活和艺术中都转向非个人化。她和外界的各种关系，现在不仅是感情上的，而且是理智上的、政治上的”①。西蒙·波伏娃认为，只要女人“还在挣扎着去蜕变为一个与男人平等的人，她就不能成为一个创造者”。② 由此来看女性雄化在历史的演变中有其突破性与局限性。极力泯灭性别差异，表征着传统文化对女性角色定位的恒常性，而女性要彻底逃逸出传统文化角色定位的潜匿，是一个漫长的过程。

因此，80 年代的女作家，潜意识中拒绝对西方女性主义认同，显示出了作为社会文化主体身份的自信，但她们对于女性自我形象的表述方式，呈现出了深度的匮乏：不能充分赋予女性社会角色以合法性，在叙事空间中需要凸显女性的性别身份与作为社会主体需要消匿性别身份之间发生了尖锐的冲突。如戴厚英的《人啊，人!》、王安忆的《雨，沙沙沙》、张抗抗的《北极光》都有这方面的困惑与尴尬。应该说，新时期女性自我意识的盲点之处，在于女性在“男女平权”与“男女不一样”的含混中，陷入了茫然、错位，游离在“本我”与“他者之我”之间，在“雄化”与“女性本质”间迷走。张辛欣的《我在哪儿错过了你》讲述了一个女售票员凭借自己的努力，像男人一样拼搏，跨行做起了编剧，却在自我完善中失去了心意导演的近乎内心独白的故事。小说一开始进入我们视野的女售票员是一位精疲力尽、声嘶力竭的男性化的形象，“她照旧忙活着卖票、检票，照旧在乘客中挤来挤去。如果不是时时能听到她在用售票员那几乎没有区别的、职业化的腔调掩去女性圆润悦耳的声音吆喝着报站，光凭着她穿着那么没有腰身的驼绒领蓝

---

① ［英］弗吉尼亚·伍尔夫著，瞿世镜选编：《妇女和小说》，《伍尔夫研究》，上海文艺出版社 1988 年版，第 591 页。

② ［法］西蒙娜·德·波伏娃：《第二性——女人》，桑竹影、南珊译，湖南文艺出版社 1986 年版，第 508 页。

布短大衣，准会被湮没在一片灰蓝色的人堆里，很难分辨（她的性别!)。她在车门旁跳上跳下，蹬一双高腰猪皮靴，靴面上溅满了泥浆。她不客气地紧催着上下车的人，或者干脆用手去推”。而女性趋同于男性，却是一种无奈之举。

《我在哪儿错过了你》中的“我”是一个自强的女性，为了自强自立“不得不常常戴起中性甚至男性的面具”，在没有男友之前，曾“为自己的冷静、能够自立感到骄傲”，而当遇到喜欢顺从女子的男性时，“我”却对自己的主观意志感到疑惑了：“你啊，看重我的奋斗，又以女性的标准来要求我，可要不是像男子汉一样自强的精神，怎么会认识你，和你走了同一段路呢?”面对社会、男人的双重要求，女性既要适应现在社会对女性的要求，不得不像男人一样强壮，同时也需要持有女性温柔特质，进一步说，女性本质仍然是女性心理趋同的存在。“我”依然期待在生活和事业中感到自己的软弱无力时，很想依在一个可信赖的肩膀上掉几滴泪，流一流心中的苦恼……如此，女性在“雄化”与“女性本质”冲突之间徘徊，而冲突的后果也进一步让女性来承担。“心中追求的跟现实中能实现的总有着一个极大的差距。无论怎样刻意规范自己去做苦行僧式的努力总是容易的，但对外界环境却不能有丝毫的幻想和要求，有时简直无能为力!”

显然，女性为了发展自己，有着女性雄化的心理需求，不仅表现在经济上的独立，还要有独立的思维与生活习惯，也就是她们更要求精神上的独立。“‘雄化’女性与本质女性的冲突。所谓女性‘雄化’是指一些文学作品中所出现的某些以其外表的强悍，刚烈而隐去内在的柔和与温情，并渗进男性的性格特征的女性形象。这些形象往往凝聚着自身在闯入男性的世袭领地之后的种种感受，其间既有对于来自外部世界的不理解和不容忍所感到的精神上的压抑和孤独，也有女性在改变传统的性别角色分工之后必然产生的某种心理上的不适应和精神上的不平衡。应该说，女性‘雄化’是女性在自强不息的征途上所迈出的一步，是女性意识觉醒的表现，也是女性文学发展的必然，但由于女作家在表现时情绪的偏激，她们笔下的女主人公有的不仅像男子一样拼命工作，甚至像男子一样能抽烟、喝酒、骂人……作家是把传统角色作为非理性的东西加以控诉和嘲讽的。”①

女性所必然采取的雄化方式，在实际的生活中同真正传统意义上的“女性本质”有着矛盾冲突。因为，女性的“雄化”意味着女性追求自我价值实现的同时，自我女性本质的必然丧失，导致异化。女性异化之一是女性行为的异化，女性想要有所作为并不依赖于男性而活着，就意味着她的女人气质的变异——男性化，即所谓的雄性化；女性异化的另一种表现是精神的变异，即女性对于来自外部世界的不理解和不容忍所感到的精神上的压抑和孤独，也有女性在改变传统的性别角色分工之后必然产生的某种心理上的不适应和精神上的不平衡。被看作雄性化的女性不仅会受到男人的拒弃，而且也受到女性同类的排斥。这也是与所谓“本质女性”相对立的，而想要独立自尊的女人便陷入了又一种不可调和的矛盾处境，既想独立，又不想雄化。“女作家的偏激情绪强化了女性文学的尴尬处境。女性‘雄化’以及由此引起的家庭结构的变化，对于以男性为中心的社会结构和维护这种父权制的传统文化是一个极大的冲击，由此必然会引起传统社会的和传统文化的反击，就是站在妇女解放的现代文明角度，人们也普遍认为这种缺少‘女人味’的‘雄化’女性形象并不代表妇女解放的终极，充其量，可以理解但并不欣赏。实际上放弃家庭和感情，以男性意识作为己有的‘雄化’女性和束缚在家庭中处于人身依附状态的家庭奴仆一样，同样都是扼制了女性作为‘人’的发展。耐人寻味的，西方女权主义经过轰轰烈烈的发展之后，大多数女性又转而认为作母性乃是女人的天伦之乐”。②

西方心理学家发现女性的心理上都存在“避免成功”的动机。美国学者哈莉艾特·B. 布莱克博士曾这样分析这种动机：

> 在妇女所接受的教育中，女性魅力是与听从、依靠和被动等特征相联系的。然而，在当今的事业中若想取得成就，妇女就必须果

① 何令华：《新时期女性小说落潮原因初探》，《理论天地》1994 年第 6 期。

② 参见彭子良《理想人格：女性文学的美学内涵》，《当代文坛》1988 年第 5 期。

断、独立、有竞争力和志向远大。这两种特征——一组是取得成功所必需的特征，一组是在传统意义上作为女性能被人接受所需要的特征——显然会产生矛盾。因而女性“害怕被抛弃，害怕被她们战胜者的报复；害怕自己所爱的人拒绝和蔑视自己；害怕失去女性魅力和对男子的性吸引力”。①

从布莱克的分析可以看出，首先是女性所受的传统教育与所派生出的“女性气质”，即听从归附于传统文化价值对女性的勾勒与刻画，甚至是规定，而这是契合于男人的理想与利益的。所以，成长于以男性价值观为导向的社会环境中，女性在追求精神上的独立与自由，与男人平等的时候，内心里却充满着对传统“女性本质”的认同，这是女性无意识的表现。而“女性气质”所引起的对“雄性化”的恐惧心理的存在，也导致了女性“雄化”与本质女性之间存在着冲突。应该说，女性“雄化”标识着女性自我的觉醒，是女性侧身社会的一种姿态，也是女性文学发展特定阶段的一种表现，但“雄化”也钳制了真正女性自我独立意识的生成。吴黛英认为这种“雄化”现象，“很可能是妇女解放过程中的一个必不可少的环节”。② 谢望新则认为，“女性雄化，在现阶段也许有存在的某种合理性，但从社会发展的角度看，无论如何都是一种畸形的病症，是妇女解放道路上面目狰狞的邪魔”。③

2. 女性“雄化”：多重角色的矛盾与重新定位

80年代女性文学表现出的“雄化”特质与现象，是伴随着中西方文化交流与碰撞导致的价值重构而生成的，女性知识分子在“女性/人”的混同的矛盾中，在试图摆脱政治意识形态话语和男性中心社会的影响的同时，也在追求自我价值的独立与实现。由此导致了女性在走向现代的过程中产生了更多的焦虑与困惑：一方面要在复杂多变的外来

① ［美］哈莉艾特·B. 布莱克：《E型妇女》，金利民、肖诗坚译，知识出版社1989年版，第50页。

② 吴黛英：《女性世界和女性文学——致张抗抗信》，《文艺评论》1986年第1期。

③ 谢望新：《女性小说家论》，《黄河》1985年第3期。

思想导引下获得明晰的理论支持，一方面要在行动上做出判断与选择。乔以钢尖锐地指出女性深陷的困境：

> 因为生活于一个发展中国家的女性知识分子，其文化身份的含混与多重几乎与生俱来。在西方女性主义者可以相对便捷地做出判断与选择的命题面前，中国女性知识分子却不能不考虑到所选择的思想资源的外来性，不能不考虑到传统与现代之间的复杂关系，并为之付出加倍的热情与痛苦。①

《在同一地平线上》就是这样一部心理现实的小说。小说通过男女主人公的心灵剖析、独白与夸张情绪构成了他们矛盾、纠结又有趋同的生活现实，女性自我内心视界、他视界与社会视界的彼此勾连、交织，形成了一个多重矛盾冲突的心理空间，蕴含了诸多复杂的情感体验。

妻子为了改变命运，在升学、学导演获得成功的同时，也在焦虑两人的情感状态，她的心灵独白中有对丈夫的心理诉求，“组织家庭，象自己织了一个小小的网。为什么我只要想稍稍动一下，就要挣个七零八落？难道我失败，我越弄越糟糕，是本来就不该动，不该走？我并不是一定要冲到什么地方去，我的愿望很小，有什么错呢？”画家丈夫周璇于楚云云、楚编辑及同学等之间，为了拉关系、调房子、出画册，满足生存的欲望，同时有着对妻子的不满，“我们的结合，象是拼凑了一个两头怪蛇，身子捆在一处的两副头脑。每一个都拼命地要爬向自己想去的地方，谁也不肯为对方牺牲自己的意志。她也许真能干出点儿什么，可做一个老婆，却是太糟了！”

小说结构沿着两条心灵轨迹平行延展开来，画家丈夫对妻子的心理渴望与妻子对他的期许成了交织的点，而彼此不能够形成心灵、精神的依存，成为了他们最大的情感障碍。彼此空间距离让位于心理距离，他们渐行渐远，最终无法挽救曾经有过美好想象的婚姻。

---

① 乔以纲：《“人”的主体性启蒙与女性的自我追求——20 世纪 80 年代女性文学创作侧论》，《中山大学学报》（社会科学版）2007 年第 2 期。

张辛欣自觉立足于女性的视野，从女性的视角去描写生活、刻画人物形象，执着于揭示女性的生存困境，表现她们在男性中心社会中的苦恼和抗争，其女性意识的流露自觉而强烈。对于传统女性来说，家庭往往是囚禁她们的牢笼，是衡量其价值的永恒标准和出发点，同时她们也往往沦为丈夫私欲的奴隶和生孩子的简单工具。因而，在世界范围内，妇女解放的首要一步总是“打出幽灵塔”，女性自我意识觉醒的标志也总是对父权、夫权的否定与反叛。在《在同一地平线上》，张辛欣思考的是既然男性和女性已处在同一地平线上，所面对的是完全相同的社会问题和生存问题，可是女性的社会角色与家庭角色的矛盾，却使女性陷入了觉醒后的生存与心理困惑。以下两个场景的对话就是男人与女人的心理交锋：

> 还是在婚前，我知道了这样一句话：不管双方以为怎样了解了，结了婚，也是在重新认识。我有了精神准备，可还是感到许许多多的不习惯。我并不固执啊，我默默地改变了许多想法和做法。两个人在家庭中的位置，象大自然中一物降一物的生态平衡，也有一种一开始就自然形成的状态。……等到我自己什么也没有了，无法和他在事业上、精神上对话，我仍然会失去他！当我没有把我的爱好和追求当作锻炼智力的游戏和装饰品，从开始到现在，我都无法保持我和他之间的平衡，无法维持这个家庭的平衡。我还是什么也得不到……

> “我请你去看看我的导演小品。”
>
> “小品？”他蘸了墨，专心地画着说，“对不起，我忙，你没看见吗？你真是个听话的学生。睡吧……等你什么时候拍了一部电影来，那时我会去……”
>
> 拍一部电影！那还要熬很久、很久。
>
> “你呀，就是太要强！要不然……”
>
> “不，不！”我不作声地拼命反抗。又回到这样一个分手的起

点。本来一切都不是这样，我根本不是要强，而是你把我推到不得不依靠自己的路上。

泪水顺着我的眼角，悄悄渗进头发里，枕头里。……

《同一地平线上》的“他”不满于“她”的努力，只“需要她温顺、体贴、别吱声、默默地做事，哪怕什么也不懂”，而“她”却要努力跟上“他”的前进步伐。面对生活重压诸如加工资、提级、分房子等各种竞争，妻子与丈夫是同一的，但在丈夫的理解中，妻子是属于陪衬的。如此，女性多重角色的矛盾，导致了女性内心的分裂，体现在女性的家庭角色与社会角色、女性角色与妻性角色、传统女性角色与现代女性角色等层面上的多重分裂存在。一方面，女性试图冲出传统的角色规范，以崭新的姿势立足于社会；另一方面未来的生活却是茫然一片。女性在传统与现代交接点上的种种困惑，是由于传统的女人的角色与现代人生之间的冲突在女性心理上造成的不平衡及其压抑感，表现为女性与环境、与他人以及更多地表现为女性自身内在的矛盾冲突，导致了她们在觉醒之后有精神上的危机感。而女性在现代社会中，注定要专注地、不变地在爱的本能和不断地保持自己的奋斗中，苦苦地来回挣扎，张辛欣替女性道出了这样的心声：“男人总是在需要的时候才想到爱，而女人呢，为什么总要在爱的压迫中，在艰难的付出以至丧失中才能得到精疲力尽的心理上的满足。”而她内心企及的是弗吉尼娅·沃尔夫描述的两性理想状态：“在我们之中每个人都有两个力量支配一切，一个男性的力量，一个女性的力量。……最正常，最适意的境况就是在这两个力量一起和谐地生活、精诚合作的时候。”① 事实上，“我们曾经结合在一起，我曾经想，他是世界上唯一的这样一个人，我把全部感情和思想的依托放在他那儿。我们在身体上彼此再也没有保留的，隐秘的地方”。“就是彼此厮守着，也未必能够弄清对方的意念。因为，说到底，自己是否弄清楚自己了呢？……我本来要寻找的，和我找到的，好象

① ［英］弗吉尼亚·伍尔夫：《一间自己的屋子》，王还译，上海三联书店 1989 年版，第 120 页。

不是一个人。又好象就是他”。身体的物理距离在接近，但精神的契合却难以达到，彼此的需要、要求不对称，可他们如同雄虎和雌虎一样，互相抗衡，互相抵消精力，还老是不由自主地重复着结构大致相同的戏……

80年代初期中国现代女性思维，在“女性/人”的混同的矛盾中竭力挣扎，在与男性平权的基础上，由于性别不平等，现代社会要求女性承担更多，要承担来自家庭、社会赋予的多种角色。女人的自我在家庭、社会性上始终不能够同在一条平行线上，女人的屈从与自尊始终处于没有着落的惶恐中，恰如吴黛英所言：“一方面是女性对真正男子汉的心理呼唤，……另一方面则是社会对女子及女子自身形象的扭曲所产生的疑惑。”① 人生的理想与自我，在最隐秘的角落里，与现时的自我徒然抗争，搅得人在充实、盈满的生活中有时感到若有所失。

女性之于现代性体现出两个界面：一是女性情绪始终处于慌乱、焦虑中，一是女性自我意识的矛盾体现。正因为如此，我们看待“雄化”的时候，应该有一辩证的思维，“雄化”背后是面对社会现实与家庭现实的双重无奈，是一种绝望的表达姿势，蕴涵着女性自我意识与社会主流意识、男性中心意识的纠缠与背离，以丧失为代价成就自我独立的女性意识。张辛欣将一个充满自我主张又妥协日常经验的分裂的现代女性表达得淋漓尽致，彻底颠覆了“男女平权”的神话，充分表达了女性在追求自我价值的实现过程中，所遭遇的种种尴尬，身在男性父权中心文化系统中，不管是趋同还是摆脱，都将面临困境。对女性传统审美意识亦进行了挑衅与反叛。有论者这样指出：“基于自我的觉醒和对在现实生活中自身独立价值的寻找，张辛欣笔下的青年知识女性，多呈现出超常心态特征和与传统女性模式错位的不和谐感。我们民族几千年古老文化生成的传统女性处于无独立意义的生存状态。这种文化内容随着历史对现实的渗透，得到了极为广泛的现代女性自身的认同。张辛欣所表现和颂扬的与这种伦理逻辑悖反的现代女性意识，以青年知识女性对古

① 吴黛英：《女性世界和女性文学》，《文艺评论》1988年第2期。

老道德秩序束缚下的旧女性观的公开挑战与反叛，呼应了由‘五四’时期发端的妇女解放的时代精神的律动。……张辛欣在对历史和现实高度的观照中，把深刻的探索转向深印着切身体验的青年知识女性，展示出当代女性对自我生存价值的自省与创造，以及在认识和创造中全部的痛苦、惶惑和心灵的颤动。她们不仅要以人的权利与男性平等地迎接生活的挑战，承受生活的挫折，而且努力于自我崇高价值的实现。”①

《在同一地平线上》中的女导演为了与丈夫处于同一地平线上，捍卫自己的爱情与婚姻，选择了深造、创业，但在拼搏中，却事与愿违，丢失了自己原本拥有的。张辛欣深刻地揭示了社会变革过程中女性的焦虑，表现了传统与现代女性角色之间某种紧张的状态。

马克思说：“所谓彻底，就是抓住事物的根本，但人的根本就是人自身。”② 社会深层意识的彻底觉醒和成熟，也来自女性自身自我意识的觉醒和成熟。如果说“五四”知识女性一直在为灵魂的自由寻找归宿又因不得归宿而到处漂泊的话，那么 80 年代知识女性则是从抗拒与理想相悖的归宿而开始，别无选择地再一次踏上了精神之旅，尽管这条精神之旅通向现实的生存还存在着诸多乌托邦的构想。而世俗价值取向与她们人格独立、爱情自由的追求目标有很大的冲突，也使他们不得不在与传统偏见、道德束缚的抗争中痛苦挣扎。林丹娅这样看待女性的自我努力与挣脱：“以《在同一地平线上》为代表的此类文本的价值在于，它提供了《伤逝》文本产生的时代众多文本欲说还休的一个女性生存真相：她们是如何不得不进入社会角色之中以求摆脱她们的既定命运；而女性社会角色的形成，又如何扰乱了既定的社会关系、两性关系的传统秩序，以及她们置身其中前进的困难、停滞不前、甚至倒退的状况。……两性关系由于女性角色的变动，两性角色、关系都得在经历着全面的重新调节与整合。……这是一次文化的蜕变，真正共有两性含义的人类，注定将在这蜕变中的阵痛中寻求各自角色的新定位。”③

---

① 李夜平：《抗争与审省——张辛欣的小说基调》，《妇女学苑》1995 年第 4 期。
② 《马克思恩格斯全集》第 1 卷，第 9 页。
③ 林丹娅：《当代中国女性文学史论》，厦门大学出版社 2003 年版，第 269 页。

张辛欣的小说对女性自我进行了反思，以其率性的笔法讨伐了现存的社会文化现实对女性生存的遏制，探讨了女性面临的社会现实问题，也展现了女性对本体欲望的诉求；同时，指出女性仍然处于两难境地：身在充满父权制文化氛围的环境中，不管是要追求摆脱父权制束缚的理想生活，还是屈从父权文化观念的制约，悲剧都将产生。就像伍尔芙曾经指出的那样，“我们还意识到有一位女性在场——有人在谴责她的性别所带来的不公正待遇，并且为她应有的权利而呼吁。这就在妇女的作品中注入了一种在男性的作品中完全没有的因素”。[①] 而张辛欣因对性别因素的理性看待，决定其创作呈现出女性化的趋向，这也在 80 年代文学初期作为女性文学取得相对独立的资格被鲜明地指划出来。

3. 女性自我本质精神的重塑与非理性的主张

《在同一地平线上》被公认为“反映青年人生观”，“尖锐地提出了社会问题的小说”[②]，陈骏涛认为，“张辛欣的《在同一地平线上》在展现女性的焦灼和生存困境的同时，还表现了女性与男性在同一地平线上的竞争，女性企图从‘诺亚方舟’突围出去的愿望，具有鲜明的女性主义倾向”。[③] 这种观点较为普遍：“张辛欣是新时期较早探讨女性问题和反思女性处于男权压制下处境的作家之一。她的《在同一地平线上》《最后的停泊地》等作品，对女性知识分子在男权统治下的处境作了详细的描述，用女性主义的视角对女性的多重矛盾心理做了逼真的描写。她对知识女性的人格独立、事业抱负与家庭、婚姻等传统义务的冲突的矛盾以及女性争取精神平等和男权对女性的压制的矛盾做了集中的展现。”[④] 任一鸣则认为：“如果说 20 世纪 80 年代女性文学发轫之初，仅仅是恢复和继承‘五四’女性文学的主观情感流泻的审美特征，那么，在稍后出现的追寻女性自我价值命题的《方舟》《在同一地平线上》为代表的女性文学中，女性表达情感的方式更为大胆、直露，愤世嫉俗之

---

① ［英］弗吉尼亚·伍尔芙：《论小说与小说家》，瞿世镜译，上海译文出版社 1986 年版，第 54 页。

② 张辛欣：《在同一地平线上》，台湾三民书局 1989 年版，第 207、203 页。

③ 陈骏涛：《关于女性写作悖论的话题》，《山花》1999 年第 4 期。

④ 杨彬：《新时期女性主义小说的困惑与出路》，《当代文坛》2005 年第 5 期。

情溢出纸背，情感的内涵也更为丰富、广阔。女性对一己命运的思考已紧紧地与对社会发展进程的思考相契合。”①

事实上，张辛欣的小说文本中的抗争式的审美态度，体现为以明显的性别对抗姿态，来对男性本位文化予以谴责，这是女性直面生存现实的勇气，也是女性对长期被压抑的女性意识得到自由释放的结果。更是女性追求真正意义上的男女在精神和人格上的平等的体现。而女性文学必然要反映女性自身心性的追求与心理倾向等，体现女性对精神自由的追求与向往，体现出女性与现代性的契合，即女性的现代性的审美价值标准就是女性具有独立地位，强化女性的世俗化的欲望存在与世俗化的话语，并以此为要求，获得尊重，具有此岸性。

从这个角度去理解的话，中国的女性文学仍然没有达到英国文学评论家乔·刘易斯利理解的女性文学的含义，他在谈到英国的女性文学时指出：

> 迄今为止，妇女文学没有起到它应有的作用，很大程度上仍是一种模仿文学，这是出于一种非常自然而又极为明显的弱点：妇女在创作中总是把像男子一样写作当作目标，而作为女人去写作，才是她们应该履行的真正使命。②

《我在哪儿错过了你》就是一个典型的范本。作品中女售票员兼业余编剧“我”同业余剧团的导演“他”相爱，因两个人都囿于自己的个性不肯让步，最后只好分手。她正“沿着另一条不为人所知的小路，不可解脱地，固执地寻找着什么”。作品深入描写了隐藏在女主人公性格深处的现代女性情结：“在感情上，不敢再全心全意的依靠，一旦抽空了，实在太惨！在职业上，在电车上，要和男人用一样的气力；在事

① 任一鸣：《抗争与超越——中国女性文学与美学衍论》，九州出版社 2004 年版，第 235—236 页。

② 转引自［美］伊莱思·肖瓦尔特《女性文学的传统》，李小江译，《中国文坛》1986 年第 1 期。

业上，更没有可依赖、指望的余地，只有自己面对失败，重新干起！在政治上，在生活道路上，在危急关头，在一切选择上只有凭自己决断！这能全怪我吗?！假如有上帝的话，上帝把我造成女人，而社会生活，要求我像男人一样，我常常宁肯有意隐去女性的特点，为了生存，为了往前闯！”这种矛盾的女性心理同样也贯穿在《在同一地平线上》《最后的停泊地》等作品中。那些有个性、有理想的女人所做的生活选择，将她们抛出传统的女性模式，而在现代化发展的初级阶段，现代女性角色与社会具体环境之间的落差，为那些人物的生活染上浓重的悲剧色彩：她们为了事业成功咬紧牙关，不让“伤感，徘徊”的潮水来侵蚀她们以意志构筑的堤坝，但是在不为人知的心灵一隅，却永远是“一片尴尬”。

张辛欣的这些小说中，“觉醒女性”的根本性困惑在于，她们仍然找不到真实、可靠的“归宿”——困境不只来自外部环境，也来自女性自身。女性的不幸是因为旧有生活方式规定的性别角色与新的主体价值观念之间的冲突所产生，是觉醒的女性意识与滞重的社会意识错位所引起，是根深蒂固的旧思想、旧观念与先觉者超前的新思想、新追求之间无法同步的矛盾所造成。精神的自由与行动的不自由，理想的高扬与现实的制约，觉醒着的人和不成熟的历史条件，这里正有着构成悲剧基础的“历史的必然要求和这个要求的实际上不可能实现之间的”悲剧性冲突。而女作家对这种自身处境的表现与揭示，无疑隐秘地表现了对“男女平等”的质疑与否定，也见证了整个民族和社会以及意识观念所面临的变革的艰难的存在。同时，也暴露了这些女性文本里的女性与女作家自我认识上的偏颇和局限。

这种局限一方面使女性将自身的主体意识断送在似乎是平等的“人”的概念中，同时也使她们的创作很难突破“以男性为中心”的传统观念的束缚。这也导致了女性的自我定位的偏颇存在，印证了 80 年代的女性自我意识的觉醒，是被动的、不自觉的，因为，此时的女性意识仍被一些虚幻的甚至是美妙动听的虚假意识所遮蔽，她们的视域的大部分仍重叠在男性主流意识形态的阴影后，她们尚不是独立于男性主体之外的另一观察主体。张辛欣《在同一地平线上》笔下的女性缺乏真正的现代性理性，一直纠缠在自我发展意识与妥协中，身体行为的新潮难抵思维中固守传统女则的束缚，因此一直想在自我发展与婚姻坚持中寻找一种平衡，但事实上在无解的现在生活秩序中，她只能够承受离婚，以离婚被动的选择的方式来成就自己的自我主张，而不是积极的诉求。女性的非理性主义的自我观，体现在女性认为个人可以摆脱社会关系、社会环境和既成的文化传统的制约，完全自由、自主地来造就自我，其实，女性的自我塑造是基于社会、文化、生活现实等种种因素，从内心、从精神本质建构一种合乎生活逻辑、社会逻辑的生命的理性与姿态。事实上，这在现实生活中却充满了尴尬。这也是80年代女性写作转向性别书写的困惑之处。但不可否认，新时期女作家已开始有了性别意义上文学召唤的自觉。

张辛欣也说："我的本意却正是为了提醒我的同辈朋友们，正视我们所处的外部环境和内部世界的真实现状，不断摆脱我们的茫然感，面对着前进的生活，重新寻找更加切合实际的，更具有建设性的理想。"①小说《我在哪儿错过了你》《在同一地平线上》表现出积极的先锋性，借鉴现代派表现手法，审视"文革"结束后的女性作为"人/女人"存在的尴尬与异化，以展现流动的女性内在意识与心理现实，来映衬面对外界世界的生存焦虑、困惑，渗透出现代主义的内涵，也体现了自己的现实主义道德情怀。

① 张辛欣：《必要的回答》，转引自刘武《理想的迷惘》，《当代文艺思潮》1986年第1期。

第四章 “性”作为一种叙事视角或反抗

80年代，女作家将“性”作为一种反抗策略，指向了男权、夫权秩序，体现了女性自觉追求身体欲望的释放及精神意志的自由伸张。

在女性主义者的视界里，性（sex）与性别（gender）的区分，在于前者是自然的生理性，指出男女由于基因、解剖、荷尔蒙分泌不同而造成的生理差异；后者属于社会性，指社会文化环境所规定的与性别身份相匹配的角色分工、行为、地位等。而性的艺术美学意义在于，既是对身体、性的表述，也在于展示其属于社会性的角色扮演。“很难想象还有比性爱更频繁出现在艺术作品中的主题。无论何时何地，人与人之间的性冲动和性吸引都给予了众多出名和不出名的艺术灵感，让他们创造了不朽的艺术作品，还有一些审美价值较少但却提供了与创作环境和情感相关的信息”。[①]“通过艺术讲述性爱故事意味着理解一系列随时代变迁而变换的美的概念、各种信仰的重要性，以及支撑这些概念的人类命运、道德渗透于各种文明中允许和禁止之间的界限、背离习俗的重要性、作为社会基础的婚姻和家庭、繁育后代，及代际关系。”[②]“性”作为一种自然的存在，随着父权制的到来，逐渐成为一种社会性、男性化的附庸。性的功能也被延展：性由自然性、生命性、世俗性、神性到商业性，体现了性由物质到精神的切换，如性在中国道教的认知里，是作为长寿的辅佐；而在印度神庙的雕塑里，成为获得神力的中介，而印度

① ［意］弗拉维奥·费布拉罗：《性与艺术·前言》，贺艳飞译，广西师范大学出版社2016年版。

② 同上。

中北部的卡朱拉霍的神庙里，展现的性爱艺术，展示了性行为中衍生出的自由观念；同时少女伺候神庙众神，并唱歌、跳舞供他们娱乐，并将自己奉献给朝奉者换取供奉，信徒则通过与神庙舞女发生关系获得神力。神庙妓女形象浓缩了印度色情的含义，是欲望与生命力的最大集聚。在埃及（公元前 6 世纪至公元前 4 世纪）之前贵族家庭的婚龄女子，被送到神庙提供短时间的服务，在与神的替代者牧师或拜神者交媾，获得性启蒙，唤醒身体的认知，带给家族以荣耀，还能让整个社会受益。秘鲁莫切文化中女子常常被送去和众神及动物结合，被害者多为少女，如《动物与女子之间的性交》（公元 1—7 世纪）赤土陶礼器，人与动物的性交意味保持今生和来生的联系。《帕提亚的赫马佛洛狄忒斯》（公元前 1 至公元 1 世纪）雕像受到了希腊—罗马文化的影响，女子体型和男子器官构成了强烈对比，显示了性别的模糊。佛朗西斯科·德尔·科萨的《维纳斯的凯旋》宣扬的爱情新哲学：爱情是超越世俗的神力，能给万物注入生命的精神力量，也是上帝注入创造物和人类的力量。同时，表达人类超越自己的渴望，是人类分担神性的象征。可见“性”在不同时代有不同的价值观念所在。而对“性”意识乃至行为有所顾忌的国家、民族，“性”的展示与表达会被视为色情，始终不曾轻易赋予其文学应有的话语权和平等地位。但“性”的艺术真实——文学的重要表达，在中国古代传统的文学世界中，娱乐性质的色情作品并不少见，名著中包含有性描写内容的也十分普遍，如《红楼梦》《水浒传》《牡丹亭》《聊斋志异》等。而以独立色情文本存在的《金瓶梅》《肉蒲团》等，还深为大众所接受。尤其是明清时期通俗小说中对于两性的描写，小说利用梦境、幻象和女鬼等虚拟场景，释放被压抑的性，感受到了人性解放的喜悦，也将性还原到生命原始冲动的界面，对接人的自然本性。但传统文本中的“性”基本是男性视觉的心理展现，是作为符号来存在的。如此，从文学发展来看，确认“性”的加入是文学表达的重要组成部分，其“性”描写进入艺术场域是毋庸置疑的，同时，“性”也是一种男性秩序文化的潜在表征。

但以男性话语为主的中国文学中，“性”是男性心理的呈现，而女性文本鲜有“性”的涉猎。对此，波伏娃所言：“女人正如男人所宣布的：纯粹是另一个不同的‘性别’而已。对男人来说女人所表现在他们眼中的只是一个性感动物，她就是‘性’，其他什么都没有。”或者正如有人所说的那样：“女人只不过是一个子宫而已。”[①] 林树明认为，中国传统文化“将女性仅视为性的存在物，将其关心的领域仅限于性生活、孩子、生育、做母亲等”。[②] 陆文采指出：“中国女性的女性意识开始复苏，是在‘五四’之后。冰心、庐隐、冯沅君、丁玲、萧红等女作家，她们在自己的创作里，以女性的自觉、自尊、自强的意识，来写女性。在从家庭的小天地走向广阔的人生社会中，她们发现了自身的价值，于是独立自主的现代女性意识开始在灵魂深处觉醒。尤其是冯沅君与丁玲对‘性’爱人生的执着追求，冲击着封建礼教的至高桎梏，是她们把大写的女性推向了中国新文学的历史舞台。”[③]“五四”女作家群的创作中所萌动的女性意识，冲击着封建礼教的束缚，但性仍然是可以回避的。“在论及五四早期女作家情爱主题时，多数评论者都会不无遗憾地注意到女作家有意规避性爱题材的深度描写”。[④] 如冯沅君《隔绝》中的女主人追求精神的契合，拒绝了身体的欲望。直到1928年丁玲《莎菲女士日记》的发表，标志着女性自我意识的觉醒发展到了一个新的阶段。在《莎菲女士日记》里，丁玲细腻地表现了中国女性觉醒了的性欲。“这禁欲主义者！为什么会不需要拥抱那爱人的裸露的身体？为什么要压制住这爱的表现？”丁玲直白地发出了诘问。“敢于如此大胆地从女主人公的立场寻求爱与性的意义，在中国现代女性写作史上，丁玲是第一个人”。[⑤] 丁玲的《莎菲女士日记》冲破了封建礼教对

① ［法］西蒙娜·德·伏波娃：《第二性——女人》，桑竹影、南珊译，湖南文艺出版社1986年版。

② 林树明：《多维视野中的女性主义文学批评》，中国社会科学出版社2005年版。

③ 陆文采：《男女作家塑造女性形象的比较研究》，《辽宁师范大学学报》（社会科学版）1994年第2期。

④ 陈宁、乔以钢：《论“五四”女性情爱主题写作中的边缘文本和隐形文本》，《学术交流》2002年第1期。

⑤ ［日］中岛碧：《丁玲论》，转引自王周生《丁玲：飞蛾扑火》，上海教育出版社1999年版，第75页。

女性的一切束缚，大胆地揭示了性爱中的欲望，成了中国女性文学具有女性主义色彩的发轫篇。从此结束了中国女性成为男性猎物的时代(但在延安时期的丁玲，以《在医院中》《三八节有感》《我在霞村的时候》继续审视着女性问题，但已经开始回缩)。40年代北平沦陷区的梅娘小说《蚌》，展示了女性梅丽，在情不自禁中与恋人琦同居一夜，为自己申辩“那是本性之一，谁都需要的，那是想拒绝而不得的事。我不该惋惜我处女的失去”。上海孤岛时期的苏青短篇小说《蛾》塑造了一个对性充满渴望的女性形象。应该说，丁玲、梅娘、苏青等寻求灵与肉的统一的性爱意识，一直影响了20世纪整个时代知识女性对自我本体欲望与美的追求。

但新中国成立之后，国家、民族、阶级等主流话语湮没了女作家性的叙事。“性”成为被遮蔽的历史存在，“性在1949—1980年期间是一种禁忌，当时与性有关的东西都是被严格禁止的”[①]。尤其是在“文化大革命”时期，“性”的表述几乎成为一种空白。对“性”表现出的兴趣即被视为意识形态问题。而女性的“性”乃至“性道德”是传统对女性范式的规定，同时女性自我认知也受到了主流话语的限制，“女性的贞洁——女性的性的自我否定——实际上被视为衡量性行为和性道德的普通标准。无论是怎样的表现形式，女性和性行为必须受到控制以防止家庭和社会混乱。……主流话语对妇女的解释中自我否定主题的另一个方面体现了传统对集体和家族的利益的强调，认为它重于个人的自由。20世纪80年代之前占主要地位的话语拒绝认为爱或婚姻可以指个人化的亲密行为和欲望，为集体共同考虑的事情是截然不同的”。[②] 相应的，“性”在此期间的女性文本中，几乎没有正面的涉及，或以一种隐晦的方式存在。女作家的话语表达又被置放在一个正统的主流意识形态框架中，如宗璞的《红豆》小说中知识女性参加革命后，回到母校时对已去美国的大学时代的男友的怀念之情，就被指责为“毒草”；刘

① ［英］艾华：《中国的女性与性相：1949以来的性别话语》，施施译，江苏人民出版社2008年版，第1页。

② 同上书，第18—19页。

真在《英雄的乐章》表达了女主人公在庆祝胜利的乐曲声中，流露出源自牺牲了的亲人的感伤情绪时，就被指责为宣扬“人性论”的作品；杨沫的《青春之歌》中林道静参加革命前的小资产阶级意识，被认为，“作家是站在小资产阶级的立场上，把自己的作品当作小资产阶级的自我表现来创作”。[①] 女性的意识以及“性”，成为了一个极度敏感的词汇。应该说，20 世纪 50—70 年代是女性意识的隐形期或湮没期。

从 80 年代后期开始，女作家的笔触伸向了女性本体的欲望，而这一点与当时特定的社会空间有关。“中国社会的主流意识发生了深刻的变化。乌托邦理想的崩溃使她们在精神方面变得极为匮乏，但是八十年代知识分子对传统体制的批判以及对西方各种现代反叛思潮的引进还是在她们的头脑里留下了模糊印象，或者说，西方自波德莱尔以来反现代工业社会为旨趣的现代注意文化思潮（尤其是玛格丽达·杜拉、亨利·蜜勒、莫拉维亚等人对西方文明社会批判的文学作品，超现实主义艺术与摇滚乐等），成为她们此时此刻反抗社会既成秩序的思想资源”。[②] 陈思和指出了知识分子开始以现代思维对抗旧有文化秩序，甚至是伸张本体欲望来满足主体精神的需要。但王安忆认定这一时期的女作家却是集体无意识：“在我们新时期文学的初期，女性作家们是下意识地在作品中表达了自我意识，使自我意识在一种没有完全觉醒的状态中登上了文学的舞台，确实带有可贵的真实性。”[③] 女作家对主流文化及主流意识形态既介入又疏离的态度，体现着一种暧昧性的批判精神立场。女性话语主体与意识形态之间存在有间离，能够对其在人性、哲学意义高度上进行反思，以及对女性自身处境的根由予以深究。而事实上，自 80 年代以来，女性力图摆脱男性欲望对象化的境地，开始了向自己的欲望转换与指向，女性文本欲望的凸显与性的声张已经初见端倪，但潜在的男性文化意识形态仍在控制着女性，同时政治与男性权利的合谋也参与了对女性的诱导，并发生着作用。

---

① 《茅盾全集》第 25 卷，人民文学出版社 1981 年版，第 441 页。

② 陈思和：《现代都市社会的“欲望”文本》，《小说界》2000 年第 3 期。

③ 王安忆：《男人和女人，女人和城市》，云南人民出版社 2002 年版，第 80 页。

80年代中期后，随着作家文学观念的更新、对人类自身认识的加深、视野的开阔，女性作家在性描写上普遍表现出一种勇敢无畏的探索精神。相应地，一些女作家开始涉入“性”领域，呈现性爱感觉、形态、性心理和性行为本身，以及表达性与情感、爱欲主体的分裂。从“性”作为符号的解释，到成为生命本体的自然释放。“性”在女性文本中自由表达，成为时代与女性解放的彼此印证。而女性文本呈现的性描写及性爱主题，以及呈现出不同的审美走向，反映的却是80年代女性对性爱的意识。

其一，女作家在展示女性命运的悲剧中，对压抑人的性欲和创造力的传统性文化、性道德进行重新估价与批判。在传统儒教秩序里，女性不是个体，是家族里被施威的对象，也是生殖的对象。“性”是维持社会稳定的必要行为，不能够逸出伦理规范，不能够损害共同利益。“这是因为，禁止（首先是性方面的禁止，以确保社会性）已经产生，并且完全地运转，还因为，这种母系家族模式与我们今天所谓的‘性’自由毫不相关。但这个禁止远远没有孤身独处，以产生上帝、超越性和宗教，而是嵌入了人们身体之间或者进入了身体，通过把它们无限地差异化，在彼此互相认同之前先使之相互分离，只有通过与一个极端的他者——另一种性别、另一种经验、另一片领地——相对抗的方式才能够创造出社会性。因此生殖行为变成了一种完美的体现，既是两种身体之间转变（对抗/承认）的体现，也是两种经济、两种场所或者两个象征体系之间的体现”。[①] 结果是，女人的生殖成为社会结构的基础。而妇女和母亲将自身假定为一个积极的、未受压抑的生殖性“他者”。而80年代女性书写的一种趋势在于，将性由“生育”的中介转换成为颠覆男性叙事的中介。当然，女性的生存理性，将“性”作为了生育的中介，这在80年代的女性文本中也屡见不鲜。如铁凝的《棉花垛》和《麦秸垛》分别从女性的性爱欲望和母性渴望这两个角度来刻画女性身体的本原性。《棉花垛》里的米子，她从不种花，但是家

① ［法］茱莉娅·克里斯蒂娃：《中国妇女》，赵靓译，同济大学出版社2010年版，第48页。

里有花，因为她长得好看。米子理直气壮地出卖色相以换取别人的棉花，这里，“性”是一种获得物质的中介。身为抗日干部的乔被日本鬼子轮奸后杀害，而沦为汉奸的小臭子却被抗日干部国占有后枪毙。无论是抗日干部乔还是汉奸小臭子，在长期男权文化中都无法摆脱被物化、被蹂躏的悲惨命运。《麦秸垛》塑造了大芝娘、女知青沈小凤、杨青等鲜明生动的女性形象，尤其是大芝娘，一个具有象征意义的传统女性形象，一如小说中的“麦秸垛”一样是“性”的符号。“当初，麦秸垛从喧嚣的地面勃然而起，挺挺地戳在麦场上……”“宛若一个个坚挺的乳房”，大芝娘“黑裤子里包住的屁股撅得挺高”，这些都指涉着大芝娘生命力与生育的旺盛。正如美国学者特伦斯·霍克斯所说：“隐喻通过形象而不是从字面上使用一个词或一些词语，承担着两个事物之间的一种关系；也就是说，隐喻是在一种特殊的意义上使用词，这一意义不同于字典里所注出的意义。”[①] 大芝娘原本就是恪守传统妇道的典型的乡村妇女。“由于成为一个男人的财产是她的‘性’的目的，以她的性欲或者通过她的性欲表达出来”。[②] 然而，在她步入幸福婚姻殿堂的第三天，丈夫便骑着骡子参军走了。可是等到丈夫回来，却提出了离婚，原因是丈夫在外面有了别人。大芝娘无奈地接受，但她唯一的要求就是要生一个孩子。“我不能白做一回媳妇，我得生个孩子”。[③] 孩子生下来之后，自己独自抚养。在大芝娘的意识中，女人就是跟生育联系在一起的，而“性”便是生育的途径，“性”是孕育生命的体现。而生育对于女人来说是天经地义的。

其二，从“性”的视角去解释女性生命的本体欲望，把“性”作为人道主义精神的载体，如王安忆的《小城之恋》《荒山之恋》《锦绣谷之恋》，以及王安忆《岗上的世纪》，对女性性爱心理的书写，展现了女性深层生命体验和精神生长，抓住了生物的性转向更自由的性关系的过渡性。竹林小说《蜕》中乡村女性阿薇具有现代女性意识，阿薇

① ［英］特伦斯·霍克斯：《论隐喻》，高丙中译，北京昆仑出版社 1992 年版，第 103 页。
② 宋兆霖主编：《诺贝尔文学奖文库·创作谈卷》，浙江文艺出版社 1998 年版，第 92 页。
③ 《铁凝精选集》，北京燕山出版社 2006 年版，第 73 页。

不甘心固守传统乡村女性的范式，积极进取，致力于帮助回乡好友克明努力改变农村的落后面貌。之后，当村中传出她与克明的谣言，丈夫金元以死相逼，阿薇毅然提出与金元的离婚诉讼。在克明不得不离去的前夜，阿薇勇敢地踏进他的小屋，自荐枕席奉献自身，完成了性角色的反转，即从被动转换为主动。“性”在这里成为了一种女性精神反抗的中介，也是精神主体自我的选择。小说着重书写了女性原始性驱力的无法控制，以及人的肉体被压抑后的释放。就身体个体而言，性欲主体与性在精神上达到了契合，就两性来说，也是一种灵与肉的交会。同样，丁小琦小说《另外的女人》直白地对性进行了描述；伊蕾《独身女人的卧室》、翟永明《黑色沙漠》等诗作，抒发了萌动的性意识；向娅的纪实文学《女十人谈》是一份大胆而冒险的性心理调查报告。在这里，“性”的释放作为一种生命本能被书写。爱欲不再是传统的被征服对象，而是真正通过对方来获得新生、超越自我的一种精神象征。

其三，透过对人物的性描写，剥离政治意识形态对“性”的控制，指向了对非常时代的反思与批判。散文家叶梦的《灵魂的劫数》呈现的是性的罪恶感与原罪意识。乔雪竹的短篇小说《荨麻崖》《你好，忧伤》拨开了女性的本体欲望，诠释了女人是作为（性）符号，成为政治、男性的合谋对象，而女人的“性”也成为一种物质意义上的存在，是一种交易的中介。在这里，性别支配是“性政治”的本质，“性政治”已经与男权意识形态合谋，产生合力对女性性爱的僭越。应该说，知青的“性”在乔雪竹的视界里，已经演化成为一种生存工具，“性”以献祭的方式，完成自我拯救，但精神却得不到救赎。铁凝的《玫瑰门》则对性的物质性与变态作了冷峻剖析。但这不失为一种叙事视角，“对于身体与情欲的重读，其实是借助于性欲去构思社会问题，同时也是把性欲作为认识自身、认识人的一种手段”。[①] 以“性”的角度进入书写的禁地，揭示被遮蔽到的人性空间与社会空间的割裂。

其四，“性”作为一种反抗的质素，成为一种极端的反抗男性秩序

① 荒林、王光明：《两性对话》，中国文联出版社 2001 年版，第 96 页。

的形式。女性将“性”与杀戮联手，最直接地体现在李昂的《杀夫》中，这里女性的性反抗，意味着女性只能够以毁灭自我的方式出现，彰显了一种女性反抗男权社会秩序的无意义。其实，林市杀死丈夫只是精神失常者的非自觉行为，带有一种反抗的自发性和盲目性。当时她处于一种精神的恍惚中，把陈江水时而当成了穿军服的男子，时而当成挣扎嚎叫的猪仔。李昂曾在受访问时讲到：“文学的最终目的是写人性，而人性是被社会所制约的，所以我很愿意去探讨社会制约所影响的人性问题。”① 李昂以“性”的角度切入人性，揭示女性悲惨的困境与精神压抑。同时，小说里弥漫的有关菊娘显灵等鬼魂传说，以及各种民间祭拜神鬼的活动所营造的阴冷肃杀之氛围，更使人感到人性的极度窒息。

80年代“性”在女作家笔下，不是作为道德审判，而是作为一种视角与反叛的形式，女作家以性视角触及社会历史、政治、暴力、文化心理、生活场所等所造成女性悲剧的根源。性意识的萌动与性角色的逆转，是与“五四”以来女性文学宣扬的妇女个性解放的旨义一脉相承的，申诉的是女性作为生命主体的性本能，从传统文化秩序的贞操观中解绑，将女性的性与身体、物质性符号的指认关系剥离。但触及性的表达，仍然不能够撼动中国传统性文化的构设，也就是性的不平等仍然存在。而同时期的男作家笔下的性描写，侧重于对女性性行为的展示，是一种迎合男性审美趣味的视觉心理表达；女作家的性表达，却是隐含了反抗社会文化秩序的诉求，更具有艺术的感染力与冲击力。

一　女性本体欲望与青春的挽歌

中国当代女性书写，乔雪竹是一个奇迹，她不受文学框架的束缚，冲破时代的羁绊，表达非常年代女性的处境。乔雪竹的短篇小说《荨麻崖》《北国红豆也相思》，带有明显的“知青”印记，这不仅在于她以动人的笔法触及到了那一段属于知青的蹉跎岁月，在充满原始自然环境中展现了女性的性与情感，还有与政治等因素的纠葛；揭示

① 李昂语，转引自邱贵芬《（不）同国女人聒噪》，台北元尊文化企业股份有限公司1998年版，第99页。

在以革命意识形态为主流的社会，再加上男性为中心的传统文化心理结构，共同对女性的生存给以规约。应该说，这其中有着对过往岁月理性的辨析，包含了作家对青春岁月的诸多省思，更进一步说，就是把对知青女性的性、心理、情感、欲望与自由精神等的解读，放置在一个特殊的充满狂热的年代里，以凸显她们的生存焦虑与无奈，传达了作家对时代对集体女性命运的历史反省。以今天的眼光来看，乔雪竹的生态审美眼光具有超越性。

如果说乔雪竹的《北国红豆也相思》是一幅动人的自然—人和谐的生态图的话，那么《荨麻崖》就是在自然景观里发出的一种不和谐的杂音，昭示了女知青本体欲望的分裂性。《荨麻崖》叙说的是女知青（小说中的副连长）以自己的灵与肉被凌辱被摧残为代价，去换取党票和打通回城上大学的路的悲惨故事。同时展示了政治、男性合谋共同对女性造成身体、精神的戕害，《荨麻崖》早已表达了这种女性经验。在“文化大革命”那个疯狂的岁月里，“副连长”来到了茫茫的大草原上之后，沦为连长的“性奴”。从此，连长在她身上发泄性欲长达5年。小说极具撞击性、撕裂性和荒谬性。《荨麻崖》从气度、境界来看，背景阔大、气概非凡，蕴藏着一种悲剧沉郁的美。文本触及了红色年代里人的灵魂，也触及了赤裸裸的性，不是对文化、哲学乃至人性本能地去考察，而是把性与政治联结在一起，具有历史、时代的鲜明印记。

1. 融入人民性的女知青生命叙事

80年代，乔雪竹连续发表了《北国红豆也相思》《今夜霜降》《郝依拉宝格达山的传说》《日落的庄严》《归去来兮》《荨麻崖》等一系列知青小说。应该说，文本里蕴含的是乔雪竹在东乌旗胡热图淖尔公社插队的知青时代的生命经验，有对生命本体欲望的表达，也有对狂热年代扭曲的性的触及。这些作品所表达的人性是契合时代的发展逻辑的。1968年12月22日的《人民日报》发表了毛泽东的讲话，“知识青年到农村去，接受贫下中农的再教育，很有必要。要说服城里干部和其他人，把自己初中、高中、大学毕业的子女，送到乡下去，来一个动员。

各地农村的同志应当欢迎他们去”[①]。这个讲话被看作是知青时代来临的一个标志。

1984年乔雪竹写出的《北国红豆也相思》，应该是一个真正意义上的知青生态书写，是自然人性的释放。《北国红豆也相思》有效地书写了一个近乎静态自然中的动态心理故事，应该说历史给乔雪竹提供了一个很好的机遇，当作为知青从城市进入农村的她，开始进入了自然环境，在这里，她能够感受到融入自然的美好与希望，燃烧着火一样的激情，这在《北国红豆也相思》里得到了充分体现。小说写了关内贫瘠平原上的少女鲁晓芝，为生活所迫，来到林区姐姐家里，过着寄人篱下的生活，来到大兴安岭密林深处的小镇“开拉气”投亲靠友，成为“准知青”，加入林业工人的行列，开始了生机勃勃的新的生活。但这个有血性与活力的姑娘，却承受着巨大的生活和精神压力，凭着自己的坚韧，读完了中学，进林区当了工人。她热爱生活，也依恋山林，工作干得非常出色，被评为青年突击手，她和伐木工宋玉柱建立了纯真的爱情，她的这种生活态度却为有封建家长作风和世俗观念的姐夫所不容，为了攀附权贵，姐夫给她找了个干部。在这比较蒙昧落后的地方，父母之命、媒妁之言是不可抗拒的。但鲁晓芝宁死不从，在这个有“红豆”的地方，她的爱情也是不可抗拒的，并在顽强地、畸形地发展着。她在跳崖被救后，面对别人的质问，她发出了“为了自由”的呼喊。鲁晓芝不单是为了爱情，更重要的她是爱上了这片山林。将自己融入山林，同时也释放着自己的本体意识。《北国红豆也相思》有这样的场景描述：“大树旁边，宋玉柱几乎是赤条条地站在冰雪中。晓芝捂着脸跑开了，躲在一棵树墩下，她吃不住劲了，扑在雪地上，呜呜地哭着，怕这哭声被玉柱听见笑话，她把嘴贴在地上，大口大口啃着雪，那雪酸甜酸甜的，雪里藏着过冬的牙格达，红宝石的碎屑一样晶莹，正是乔老师讲过的越橘——兴安红豆。”宋玉柱与鲁晓芝已经将自己的生命的激情与追求都融入了山林，这片土地是属于他们的。

---

① 《我们也有两只手，不在城里吃闲饭》（“编者按”），《人民日报》1968年12月22日。

鲁晓芝的哭有惊恐后的喜悦，有对大树的不舍，还有对男性身体的恐慌……乔雪竹在这里语焉不详，留给我们很多想象，但有一点是真实存在的，那就是山林让他们从革命意识形态中释放出来，让他们能够松弛地表达自己的情感。

在这里，女性的原初生命与自然是契合的，其本体欲望也是一种自然的释放。同时，文本里具有民间性与人民性的表达。

> 《北国红豆也相思》原是我的一部中篇小说，是写男女之爱，也是写山林之爱，更是写那些高于男女、山林之上的爱！小说中的人物是生活中确有的人物，他们至今仍在大兴安岭的山林里生活、劳动和斗争着。当银幕上的故事演完时，他们的命运仍在跌宕起伏，每当我想到这点时，我总感到对不住他们，因为我没有写出他们命运中的严峻的美，没有挖掘出这严峻的美中所内涵的勇气和信念，也没有准确地写出的向往，更因为我写完了这个故事就离开了他们，而他们却因为我写了这个故事又面临着新的挑战。我似乎感到，从我写《北国红豆也相思》那天起，有一种神秘的力量，将我的生活和创作息息相通地和风雪中的劳动人民联在一起了。①

《日落的庄严》塑造了一个青春激情的女性柳芭，出身于革命家庭，但在运动中却又跌落至地狱般的生活，她与爱她的老革命父亲姜成决裂，只身一人跑到遥远的锡林郭勒盟插队。在锡林郭勒她学会了蒙语，融入当地的气候与风土人情，成了一个地道的蒙古人。在锡林郭勒的日子里，利用闲暇时间遍访熟悉自己父亲历史的存在者，才幡然醒悟，父亲是一个功勋卓著的革命者。思想转变后的柳芭，写出了《姜成传》，最终回到了父亲的身边。应该说，这是一个人与人寻找和谐存在的文本，蕴含有作家对社会现实理性的反思。而知青生活空间无疑是

---

① 乔雪竹：《在〈北国红豆〉上映之前》，《电影评介》1984 年第 8 期。

沉淀人们思想杂质与时代纷乱的一个重要场域。

乔雪竹在《北国红豆也相思》《日落的庄严》中，写出了一群个性色彩鲜明、在严酷的环境中始终不沉沦的人。正是这样一群人构筑了中华民族的脊梁。作为知青一族，乔雪竹有身份的切换，以“知识青年”介入了民间的生态生活，有对“自在的”人民性的认同，有对于人民的“代言意识”，这是符合时代文化逻辑的。王蒙认为，作家需要“永远和人民在一起，作人民的代言人”①，正如埃里克森曾经指出的：“一个人或一个集体的同一性可以和另一个人或另一个集体的同一性相联系”②。应该说，这时候的乔雪竹还没有切入女性的“性”，还是在女性意识与社会主流意识之间寻找个体的认知。相较于乔雪竹，张抗抗的《隐形伴侣》对“文革”的批判，其实是与知青一代的自我重建同时并存的。“文革”带给青年以疯狂、迷乱，也引起他们的反省，而这种反省，反过来又更加导致他们的命运的磨难的不可避免性。而乔雪竹的《日落的庄严》文本，标示了人民和创造性艺术家之间在特殊时代的和谐。

2. 性作为政治与男权意识形态的合谋对象

如果说乔雪竹的《日落的庄严》是一幅动人的自然—人和谐的生态图的话，那么《荨麻崖》就是在自然景观里发出的一种不和谐的声音。在内蒙古草原上有一种能蜇人的草——知青人人知道，它就是“哈勒海”，能烫人的草。中国名是荨麻科的荨麻（念“千麻”）。春天牧民小心翼翼掐下它的尖与白面和在一起做“哈勒海汤”，俄罗斯小说中王公贵族用荨麻抽农奴……乔雪竹反映内蒙古兵团的小说《荨麻崖》，显然也具有象征意味。“副连长”为了离开茫茫草原，她把“性”当作中介，来改变自己的生活处境，压抑着自己的精神世界。乔雪竹将女性内心情感世界的分裂进行表达，这在知青文学中应该说是司空见惯，但乔雪竹显然更愿意在“文革”语境中展示女性的“性”与情感的分裂，这在当时应该是具有惊涛拍岸的气势。

① 王蒙：《我们的责任》，《文艺报》1979 年第 11、12 期合刊。

② ［美］埃里克森：《同一性：青少年与危机》，孙名之译，浙江教育出版社 1998 年版，第 8 页。

乔雪竹的《荨麻崖》不单就性做出表达，更主要的是探索在特定的红色年代里的性与政治、性与权利的关系。《荨麻崖》叙说的是十年动乱时期，一个北京女青年远离家乡劳动锻炼，在茫茫的大草原上，身体被某生产建设兵团农家出身的连长长期糟蹋蹂躏，副连长以自己的灵与肉被凌辱被摧残为代价，以"性"作为中介，去换取党票和回城。在"文化大革命"那个疯狂的岁月里，"副连长"来到了茫茫的大草原上之后，被连长要求"单独执行任务"后就沦为连长的"性奴"，从此，她经常来到沙滩边，接受连长在她身上发泄性欲。这种日子一直持续到她要离开连队去上大学了。他在女知青要去上大学之前最后一次"毁灭"她，在他俩最后见面的那个晚上，连长恼羞成怒地对躺在沙滩上的她吼道："给我来一次真的""老子要一次真的!""你没有属于过我，一次也没有过，你只不过让我压在身子底下，你那份心一直高高在上，你连眼皮都没睁过。……你那颗心，我拿什么也换不来"。这样的场景，展示的既是性的妥协，也是性的对抗。在近乎变态的疯狂中，连长野蛮地"毁灭"他已占有的肉体，污辱他未曾占有的灵魂，给以精神的虐待。连长作为肆无忌惮的"性奴役者"，是疯狂荒唐年代的产物。同样，《荨麻崖》中的上士是个土著，他发狂地爱着城里来的知青姑娘小陶，当小陶在风雪中迷了路时，他救了她，后却因对小陶有"越轨"行为，又受到了全连的批判。他怀恨在心，伺机报复。当得知组织批判过他的副连长要回城时，他把她逼到荨麻崖下，百般戏弄、污辱，竟然提出了不合理的性要求。而作为受虐者，同时是加害者的副连长，正是她一手导演了兵团战士上士和女知青大红桃的悲剧。

在这里，性与爱是严重的分离，而性之所以能够完成，就在于"性"成为女性获取利益的凭借与中介，连长虽然可以像野兽一样蹂躏女性的身体，但却获得不了她的真心；副连长虽然可以与之发生性关系，但却不奉献自己的感情。美国社会学家贝蒂·弗里丹在《女性的困惑》曾提出："文化不允许女人承认和满足她们对成长和实现自己作为人的潜能的基本需要，即她们的性角色所不能单独规定的需要。"作为女性性活动的中心点，女人的身体一直是男性操纵、占有和榨取的对象，也是不被人重视的；女性传统上一直在性活动中扮演被动的角色。“在一个男性支配的社会系统中，文化规约的合法性决定了女性主体的现实性原则，它赋予价值结构以某种合理的性歧视的力量，并为这种歧视提供了一种道德的神圣依据”。①

显然，乔雪竹的《荨麻崖》在对人物的性描写中渗透进对文化与时代的反思与批判，尤其是对“副连长”双重人格里的隐秘心理加以揭露。“副连长”在大庭广众之下是一个积极上进的角色，暗地里却同现役军人“连长”保持有五年之久的性关系，她戴着面具生活，在大庭广众中扮演的是先进分子的角色，也有着内心的焦虑与不安。当她发现“上士”和“小陶”的恋情之后，竟然主持了对他们的批判。作为特殊历史与政治时期的受害者，“副连长”又扮演着迫害者的角色，其本身就是畸形人格的体现。但她的内心并没有完全麻木，她也有着对美好爱情与生活的期待，在她以性的方式获得了上大学的机会的时候，她终于发出了对“性政治”反抗的呼喊：“我再不假惺惺的了。”“副连长”在两难境地中最终作为一个真正的人站立在荨麻崖下，体现着寻找作为“人”本体的合理的欲求。乔雪竹也想通过一个人性被扭曲的形象，不仅在心理上被扭曲而且在生理上也受到摧残，来反映一个疯狂时代的荒诞。同时，旨在说明这样的事实：如果说自身的性意识还是只产生、存在于省思者主体，那么，自省的动机、行为及效果亦终究决定于自省者的自发、自动、自觉与自主。

乔雪竹的《荨麻崖》揭示了畸形的政治运动造成了畸形的灵魂这样的事实，这是知青小说对人性反拨的最基本的东西。我们说，当“人”不再被当作人来看待，呼唤人性尊严和肯定人的价值也意味着对那种非人现实的批判。在“这整个儿是个假的年代”里，兽性披着政治的外衣代替了人性，合理的人性没有了，人完全被异化为阶级的象征、工具。根据马克思早期的人的异化理论，劳动异化是导致人异化的根源，人们用劳动创造了许多事物，但人又同时被这许多事物所困惑，

① 郭洪纪：《颠覆爱欲与文明》，中国社会出版社2000年版，第93页。

人们在自己劳动创造的环境中丧失了自己。而政治导致人的异化，更加残酷，人的精神与梦想不仅在现实中坍塌，人的行为在残酷的现实面前也完全变了形，心灵面临着无形的压力。人性却处于这种尴尬的境地，所有希望逐渐转换成为了绝望，也丧失了自己最初所有的梦想与期待，甚至回归到最初动物本性上去。

《荨麻崖》小说表现了在和谐的生态环境中不和谐的人际关系，瞒和骗换来了虚假的肉体占有，"连长"和"副连长"的肉体关系是一种政治掩盖下的占有与被占有关系，这里的"性"也总是在异常环境中以扭曲的形式出现，人性向兽性蜕化，在高喊政治口号的同时，"性"逐渐成为了"性暴力"的一种。而真心的相爱的"上士"和"大红桃"却被当作罪恶被迫处在永远的压抑之中。"上士"曾经以自己的体温救了"大红桃"，并爱上了她。谁知道两人隐秘的事情却在副连长的引导下暴露无遗。副连长却让小陶亲自站到台上，揭开事实真相，触及灵魂，以现身说法，挽救了个人荣誉，拯救了自己，也博得了组织的信任。对此，"上士"愤怒地冲着虚伪的副连长喊：

> 假仁假义的东西！她毁了，她活生生地让你给毁了，你这个妖精！你给她使了魔法，让她迷了本性，让她上台！批判！揭发！……我就知道，她其实已经傻了，痴了，没魂了，她那时候就已经死了大半个了……

然而，当"上士"愤怒地举枪面对"副连长"的时候，发现"副连长"也是一个可悲的受害者，很快将心中的怒火转向"连长"，最终以牺牲自己而拯救了弱者。这一场景或许就意味是人性的复苏。而在王安忆的《岗上的世纪》中，只把人物经历的"文革"作为故事开始的由头，知青李小琴的命运掌握在杨绪国的手中，她以身体作为筹码来交换一张"招工"表。但王安忆却从李小琴为"招工"指标而挑逗杨绪国，渐渐转移到两性相吸的性描写上，展示了在一个特殊环境中，人性与原欲的自由释放。生产队长杨绪国与女知青李小琴之间性爱的故事，成为击穿意识形态与主流文化的一剂猛药，在特殊的时代背景和政治语境中“美色与权力”的交易并没有等价交换，传统故事终以闹剧的形式“收场”，杨绪国被城里的吉普车带走，而李小琴却选择了最为僻远的农村。王安忆有意虚构了这样一个故事，彰显了性爱超越一切世俗的想望。

事实上，在80年代的中国人的潜意识里，仍然延续了宋代以来的“程朱理学”的“存天理、灭人欲”的思想，并潜在地影响着人们的生活方式。人性作为一种道德化的存在，是人性集体意识里的道德精神力量，在历史与现实生活维度里，以一种终极的理念存在。在疯狂的“红色年代”里，男人主宰的主流意识形态更以各种强有力的方式，使思想意识受到侵略的女性心甘情愿受其奴役，男性与政治的合谋使女性对男人屈从，结果是使大多数女人的思想被奴化，从内心接受了这样的现实。西蒙娜·德·波伏娃说：“因为男人是世界上的统治者，他认为他的强烈欲望是他统治权的表征；性能力强的男人被说成是强壮的、有势能的——暗示着活跃和超越。但在女人一方，因为她只是件‘物品’，她被形容为‘温暖’或者‘冷感’，也就是说，她表现的将永远只是被动的性质。”①

精神分析学家海伦·多依奇在《妇女心理学》中认为：女性人格中最显著的三个特征是被动性、自我虐待和自恋。可是她并没有厘清女性受虐的充分理由。男性压迫女性并不是合理的自然生态的结果，而是父权制与男性霸权社会对女性的压制。“性”的背后自有其深刻的社会根源与背景，只有在女性觉醒的情况下，才能够辨别清楚自己的处境，获得自我的拯救。“一旦女性充分意识到了自我的真实存在，拒绝男性社会赋予女性的种种意义后，在重新整合自身的意识行为，并以足够的自信和勇气向旧有的话语秩序、向深藏于意识中侵占和排挤了她的自我意识的男性虚假意识挑战的基础上，通过自由选择自身的意义、本质和价值，自主控制自身意义的产生和塑造，实现消解、超越男性霸权话语

① ［法］西蒙娜·德·波伏娃：《女人是什么》，王友琴、邱希淳等译，中国文联出版公司1988年版，第172页。

对女性的控制作用，颠覆男性中心的概念秩序，摆脱女性意识被异化、奴化的现状。那时，女性受奴役、被控制、为男性牺牲的历史就将走向终结”。①

乔雪竹的《荨麻崖》小说揭示了女性在知青岁月里的双重尴尬，即屈从于政治和男性的共同存在。这里，性作为与男性掌控的权力的交易，虽然是潜在进行，却透露了赤裸裸的权色交易的肆无忌惮；女性作为受害者，但同时又是戕害者，其人格与内心存在着极度的分裂。在《反俄狄浦斯》中，德勒兹也认为“欲望的本质是革命的”，欲望的革命性就在于颠覆了一切社会形态（scoius），破除它们的中心，打碎它们的中心，打碎它们的结构。欲望是“在自由综合的领域里起作用的，那儿一切都是可能的”。它总是寻求更多的对象和关系，而这总是超出了任何社会允许的范围。但副连长的“欲望”却不具有这种抗衡能力，她的“性”与欲望是分裂的，只是作为一种挣脱现有生存环境的手段。

3. 女性“性”的妥协与反抗的糅合

《你好，忧伤》同样是一个充满忧伤的爱与性分离的故事，乔雪竹试图以女性身体的“性”来揭示社会压制女性的历史与现实。“‘身体书写’一般都是与‘性’有关联的‘身体’部分的书写，当然也包括精神、欲望、感觉和自然肉欲方面的描述。‘身体书写’的目的在于张扬女性的社会的自在价值，其情况有三。一是表现赤裸裸的政治。二是以身体代‘政’，表层看写的是‘政治’，是一种隐蔽的‘政治’。三是‘纯粹’的身体书写，其一为强性的‘女性意识’之张扬，其二只是软性的‘女性意识’的表现”。②

故事里的女主人公从青春少女遭遇了乱伦与乱性的生活后，性变得无所顾忌，甚至成为了生存的必然交换媒介。在动乱的“文化大革命”还没有开始的时候，她已经把她作为女人的一切和魔鬼做了交换。起初是在家里，在垂危的母亲的病榻后面，她的劳改释放的继父奸污了她，之后，她从继父的口袋里掏出了钱，给母亲买了药，并且给自己买了一

① 王虹：《女性意识的奴化、异化与超越》，《社会科学研究》2004年第4期。

② 阎纯德：《20世纪中国女作家研究》，北京语言文化大学出版社2000年版，第11页。

件花布衫。母亲为此被气死，但她并没有觉得对不起母亲。然后就是“文化大革命”，她的继父被红卫兵打死，她觉得他死了活该。之后，她无牵无挂地走向了社会，并学会了厮混。当造反派把她当牛鬼蛇神抽打时，她只觉得感官上的苦和痛，既轻松又沉重。她的感情已经麻木了，她的肉体却在蓬蓬勃勃地长成。她的生存原则就是一种性与生存欲望的交换：“谁有一片房瓦，我用我的身体来换，行吗？谁有一块面包，我用我的身体来换，行吗？换一个大的不行的话，换一个小的行吗？不过，还是把大的面包换给我吧！”即便是后来遇到真正爱她的采购员，也已经不能够唤醒她，她只懂得交换，不懂得爱情。她给采购员生了孩子，却选择了分手。直到她的身体渐渐复苏，那根植于潜意识中的理想随之也复苏；随着时代的安定，她的本性又骚动起来。她一次次地发生着生命的蜕变，最后却跟另外一个男人说，任何一个女人的最终理想都是一个家庭。

乔雪竹冷静地刻画出一个特殊时代扭曲灵魂的女性，在内心与行为上的冲突，外在的堕落与内在高贵的坚持，性的放浪形骸与对真爱的企及。显然，乔雪竹想要在复杂的人性内涵展示中获得女性自我的体悟与提升，同时揭示人性的本质与女性生存的本质要义：“她似乎习惯于把所要表现的题材当作哲学思考的对象来把握一番，她更感兴趣的不是题材本身作为一种生活现象的生动性、传奇性、对生活本质透示的深刻性，而是它所内蕴的哲理，她喜欢从思辨王国的上一层来俯视生活，把具体的题材当作反映了人类及其生活本质的某一方面的例证来把握。她也致力于对生活本质的揭示，但她所热衷于表现的不是作品中人物的命运，造成作品中生活现象的现实必然性，不是这种充满此岸性的‘社会本质’，而是在更高（确切地说更为抽象）的层次上充满必然性和永恒特征的‘人生本质’。”①

关于人性的本质与内涵，历来存在有争议，依照马克思的论述：“人的本质并不是单个人所固有的抽象物。在其现实性上，它是一切社

① 龚平：《乔雪竹小说构思中哲理意识的渗透》，《钟山》1985 年第 5 期。

会关系的总和。”[①] 评价人的一切行为、行动和关系等，就首先要研究人的一般本性，然后研究在每个时代历史的发生了变化的人的本性。人直接地是自然存在物。“人有现实的、感性的对象作为自己的本质即自己的生命表现的对象；或者说，人只有凭借现实的、感性的对象才能表现自己的生命”。[②] 约翰·杜威给出的阐述是：“我不相信能证明人们固有的需要自有人类以来曾改变过，或在今后人类生存于地球上的时期中将会改变。我所谓‘需要’，是指人们由于其身体构造而表现的固有的要求。例如饮食的需要和对行动的需要，等于是我们存在的一部分，因此不可设想在任何情况下，这些需要会停止存在。有些倾向是人的本性的不可分割的部分；如果这些倾向改变了，本性便不再成其为本性了。”[③] “人性不变的理论是在一切可能的学说中，最令人沮丧的和最悲观的一种学说。如果逻辑地贯彻它，它将意味着个人的发展在其出生时即已预先决定的一种学说，其武断性将赛过最武断的神学的学说”。[④]

“人性本位”与“人性”恒常性成为80年代小说着力要表达的主题，而乔雪竹的《北国红豆也相思》着力描写生活在密林深处的鲁晓芝冲破束缚，追求爱情的率真奔放的性格，描写了现代文明对她的强烈吸引，同样刻意在寻找女性人格意义上的存在与追求。也有论者认为，尽管乔雪竹的《北国红豆也相思》凸显的是女性把握爱情命运的种种努力，但并不空乏。“《北国红豆也相思》所揭示的本质具有更多的永恒色彩，是对鲁晓芝命运所反映的社会本质的提炼和纯化。这种提炼和纯化显示了‘人生本质’追求以‘人’为本的倾向，因此它与概念化的演绎、图解是完全不同的”。[⑤]《北国红豆也相思》体现出了在人性逻辑起点上，女性自主性意识的萌动，同时，以人性的解剖与深度挖掘，来突破传统审美观念，呈示理性的思索与反省。

而就《荨麻崖》、《北国红豆也相思》与《你好，忧伤》而言，小

① 《马克思恩格斯选集》（第2版）第1卷，人民出版社1995年版，第56页。

② 马克思：《1844年经济学哲学手稿》，人民文学出版社2000年版，第106页。

③ ［美］约翰·杜威：《人的问题》，傅统先、邱椿译，上海人民出版社1986年版，第150页。

④ 同上书，第155页。

⑤ 龚平：《乔雪竹小说构思中哲理意识的渗透》，《钟山》1985年第5期。

说所表达的人性复归与高扬，则是体现了80年代女性文学在表现的女性的生存现实与内心追求、理想的冲突，也标志着女性自主的生活逻辑、人性逻辑的起点与主题存在。女性在自然的情景中有着和谐，却难以做到与男性文化和谐相处，凸显了女性作为真正意义上的“人”在生存现实里的尴尬与无奈。其实，乔雪竹的书写是开放在罂粟地里的玫瑰。在自然中生息，在自然中展示女性命运与追求，历史给乔雪竹提供了一个机遇，让她能够开始城与乡的对话。在反自然生态的潮流中，她有着天然的人—自然的和谐的生态书写，也有深藏在大自然中的人性卑劣与文化诟病，于是爱、生命、情感就不单单是个人的行为，有时候是时代的表征。

乔雪竹以自己的灵动捕捉到生息在山林、草原上的青春记忆，也是一曲青春挽歌。某种程度上说，《荨麻崖》《北国红豆也相思》与《你好，忧伤》应该是一种超越社会现实、自然现实与历史现实的表达，甚至还超越了文学现实本身。以“性”的角度对知青岁月的还原，承担了历史的表述人物之后，选择了从写作营地撤退。但也挑战了现存的政治与男性权力的合谋的象征秩序，反映了女性在社会结构中地位低下，对女性存在的被动性做了有力认证。女性身体的物质性，实质上是作为性的符号的代码（性的指称物），就是将女性的“性”物质化，而其体现方式就是将女性的“性”据为己有，而不是从女性的指称物中解放出来，使其具有女性的能动作用。符号是身体必要的镜子的语言的模仿性和表达性，身份则根本不是模仿性的，相反，它是生成性的、构成性的，甚至可以说是述前性的。女性作为性的符号，被认为是完整他者的场所，而不是与男人合并的他者的场所。在这里，女性是不允许有自由意志的，性与女性本体与主体也是分离的。对此，乔雪竹都予以有力的批判。

二　情色、性与意志的表达

80年代中国社会发生了巨大的变化，这种变化表现在人们的价值准则和情感方面。于是，弥合爱欲分裂的性，悄然出现在女性的生活空间。女性开始醒悟到她们身体的价值，并力图从中寻找到乐趣。自然，女性的这种自我意识衍生出了许多所谓的伤风败俗之举，并对男子的性霸权构成了巨大的挑战。王安忆的创作经历了从“私人空间”到“公共空间”即社会空间的转换历程，这种自然转换，也说明作家文本中的性爱意识，是在社会意识与女性意识之间游离。

王安忆是一个女性性心理探索者，并较为真实地反映了女性的性欲形态。在《岗上的世纪》中的李小琴与杨绪国本来是逢场作戏，另有所求，最终却掉入感情的圈子，她对他本来是厌恶的，尤其是在他们开初发生肉体接触的时候。但是，性使他们背离了现实的禁忌，因此他们遭到了惩罚，在事发后，他几乎入狱，而她则到了一个偏远的小山村。为获得性的追逐，付出了更大的代价。王安忆的“三恋”（《荒山之恋》《小城之恋》《锦绣谷之恋》）是关于偷情的小说，但最终又归于原初的生存状态。《荒山之恋》这一对婚外恋者，在罪孽与叛逆中进行着爱恋的故事，最后难以割舍，决定殉情。《小城之恋》性欲无法控制，最后怀孕、生产，之后便没有了身体的渴望，性欲也就在这种孕育中泯灭。《锦绣谷之恋》里女人的性欲的满足带来的是遥遥无期的等待，期盼的爱情没有到来，最终爱情的神话也就变得没有了声息。女人为性爱的付出，最终都无法逃脱性政治文化中的悲剧命运。

在这里，女性主体在“自寻”性欲满足的同时，肉体被视为形而下之物，而精神抽象地属于形而上。丹尼尔·贝尔曾提出过一个著名的观点：即私有财产、人身安全和个性自由是文明社会所必需的三种权利，三者之中，个性自由文化意义上的功能结构，它不仅意味着人的自然潜能的充分发展，也涵盖了个人对象性的社会关系的高度结合。而三者归结起来就是人类对自己生命的权利。如果以此为参照，显然，女性是缺乏性爱的基本权利。

80年代中后期，文学创作已经完成了从爱情主题到性的转型，“性”逐渐变成了女性叙事的主题，随之，小说的性描写由道德判断、社会的批评走向艰难的审美选择，并以其对人性深层的解剖，人类生存困境的关注和思想的深度而显示出涉性小说的发展已逐步成熟，拓展了女性叙事的历史叙述的审美空间。应该说，王安忆在1986—1987年间发表的

《小城之恋》、《荒山之恋》和《锦绣谷之恋》，以及1989年发表的《岗上的世纪》等性爱小说，把对女性生命行为的审视放在社会、历史、传统、文化等大环境中，站在女性的叙事立场来看待“两性关系”中女性的性状态与境遇，一方面，揭示了女性生命的原生态与被动态，另一方面又凸显了女性对自我身体价值的醒悟与对性权利的主张，自然，女性的这种自我意识衍生出的性行为，对男子的性霸权构成了巨大的挑战。我们不妨通过对王安忆性欲文本的分析，来对这一点详加说明。

1. 性描述进入文学范畴：性禁忌的突围与性权利的复归

“性”在80年代初期仍然是一个被遮蔽的语词。“80年代改革中，社会上没有出现轰轰烈烈的有关‘性’的讨论，也没有西方60年代那样风起云涌的‘性解放’运动。反对色情、滥情的‘扫黄’运动一直是深入人心的。但是，新一辈妇女的性爱观念却于无声中发生了大的变化。80年代中期以后，性的主题在妇女创作中已不是什么新鲜玩艺儿。女作家借女主人公之口，将与肉身相关的‘性’同与灵魂相关的‘爱’相提并论，或区别对待，可以随意地被人阐释为现实生活中的‘性压抑’或幻想中的‘性解放’”。[①] 向娅的《女十人谈》用了纪实文学的手法，标志着一场深层的性革命其实已经开始，甚至在部分女人那里，或许已经完成。意味着女性主体意识的觉醒，只要挣脱来自身的、传统的性观念的束缚，“性”的权利要求就会相应产生，如水到渠成。

王安忆在新时期以来是率先涉及性的女作家。80年代初期，王安忆凭早期小说“雯雯系列”作品，以清新的姿态进入伤痕文学惨雾愁云的文坛。1985年的《小鲍庄》标志着作家从社会反思到文化反思，进入自觉写作的状态，评论家一致认为是寻根文学的经典之作。正如许多批评者所指出的，《小鲍庄》是王安忆小说写作发生重大转折的标志性作品，它表明其小说叙事方式发生了根本性变化，即取材于个人经验的叙事转变为建基于深广社会生活现实的叙事。80年代中期到后期，王安忆的“三恋”，对性爱文化的反思大胆描写了两性之间性爱的巨大

① 李小江：《背负着传统的反抗——新时期妇女文学创作中的权利要求》，《浙江学刊》（双月刊）1996年第3期。

力量，是女性原始本能与现代性爱意识的一种复调重奏，诸多批评者也把“三恋”一股脑纳入流行的“性文学”讨论范畴，热衷于议论“性题材”的处理技巧、“性描写”的分寸，却不同程度忽略了隐身于原初情事中作家的心灵探险。其实，“三恋”的写作动机恰恰延续了以《小鲍庄》为发端的理性求索，只不过将历时的文化溯源，转换为对共时的文化具象载体的个体生命的理性思考，并将这种思考沉降到人性最隐蔽然而又是最活跃的性心理区域。

可见，性描述进入女性文本，标志着女性对性禁忌的突围与性权利的复归。“三恋”将细腻的笔触深入女性隐秘的内心世界，展现她们对爱与性的追逐，相比较男性的软弱、被动与纠结，她们更加浓烈与率真，尽可能地释放自己的身体的欲望与想象。这也意味着女性书写拓宽了自身的边界。《小城之恋》展现了同在剧团的青春男女，身体的萌动使他们冲破禁忌，在恐惧与惊慌中获得了身体的欢愉与微妙的快感，但他们并不懂什么叫爱情，只知道互相有着无法克制的需要。他们爱得过于拼命，过于尽情，不知收敛与节制，消耗了过多的精力与爱情，竟有些疲倦了。为了抵制这疲倦，他们则更加拼命，狂热地爱。身体所受的磨炼太多太大，便有些麻木，需更新鲜的刺激才能唤起感觉与活力。他们尽自己想象地变换着新的方式。然而，互相稔熟得渐渐失去了神秘感，便也减了兴趣。可他们还是欲罢不能，彼此都不能缺少了。但随着时间的推移，情感与身体的肆意释放带来的却是深深的罪恶感，他们觉得自己终是个不洁净的人了。于是，性爱的欢愉与丑陋同时交织在一起，共同刺激着他们，身体的极度放纵与理性的规约，使两人最终分道扬镳。男人面对爱的女人孕育的两个孩子，选择了沉默、逃离，而女人面对世俗的艰难，却极为担当与承受。当他们分开的时候，灵魂却相依了。

《荒山之恋》展示了一段有关大提琴手和金谷巷女孩的婚外情故事。金谷巷的女人早熟、富有激情，她懂得与各种男人周旋调情，也与丈夫有着爱欲的较量，但这一切都无以摆脱内心的孤独与焦躁，渴求再遭遇一个值得自己爱的男人，看自己究竟能爱到什么程度。当遇到了心智不成熟、懦弱、依赖性强的大提琴手，她主动挑逗、引诱他，并想方设法不顾一切与之幽会。他们的欲念“犹如大河决了堤，他们身不由己……忘了一切，不顾羞耻，不顾屈辱……”他明知她是逢场作戏却不由自主地被牵引动了心；她与大提琴手从开始的逢场作戏到弄假成真后的生死之恋，意味着她“灵魂和欲念的极深处的沉睡，被搅乱了”。但这种激情似火的性爱却不能够在社会道德、家庭伦理顺利滋生，在这里，性爱已经不单单是个体的事件，而是关乎社会对性爱的规约。小说性爱展演变成为一个男人与两个斗争的女人，为了一个软弱的、懦怯的配不上她们的挚爱的男人，两个女人开始了较量。作为妻子的她，为了自己的幸福而斗争，做着无声的较量，挖空心思要把未曾谋面的另一个她与丈夫拆开，认为必须在客观上将他们分开，才能够阻止他们。两个女人之间的争斗便不单纯定义为情感的纠葛，还蕴藏着社会伦理、道德审判，甚至还有性的政治性。正如凯特·米利特在《性政治》中认为，两性之间的关系也是一种支配与从属的关系，是一种政治关系。社会舆论将他们的身体隔离，却激发了他们精神上的潜在反叛性，但他们在世俗生活里的挣扎、隐忍与克制，在现实里的道德牵制、外围干扰，在领导与妻子面前的供认自己的偷情，击碎了他最后的尊严，心里充满了无限的羞耻和屈辱；而她也承受着来自丈夫的殴打与折磨，性爱的私人性被道德的社会性彻底瓦解，结束生命无可挽回。最后两人相约自杀，女人采取了敢爱敢恨，并且决绝，而男人也在现实无奈中做出了回应——殉情。

《锦绣谷之恋》则是消弭在内心的一种畸形爱恋故事，女编辑参加“庐山笔会”，遇到了男作家，产生了短暂的情感碰撞，激起了她潜在的对性爱的激情与渴望，她像不认识自己似的，重新地好好认识一番自己，笔会后，她又被湮没在日常生活中，沉寂在平静生活中。与丈夫之间，就如同路两边的两座对峙了百年的老屋。他们过于性急的探究，早已将对方拆得体无完肤，他们互相拆除得太过彻底又太过迅速，早已成了两处废墟断垣，而他们既没有重建的勇气与精神，也没有弃下它走出去的决断，冷漠相向。因此，她宁可将笔会邂逅的他埋葬在雾障后面，她也决不愿将他带入这漠漠的荒原上，与他一起消磨成残砖碎瓦，与他一同夷为平地。时间与距离消散了激情的冲动，燃烧起来的希望又逐渐熄灭，她淡然面对自己婚姻的宿命，她选择了一种精神的守望，曾经的激情、性爱沉默在自己的内心深处。而王安忆为她的女主人公做出了这样的解释，“其实她并不真爱后来的男子，她只爱热恋中的自己！她感到在他的面前自己是全新的……”

如果说《小城之恋》《荒山之恋》性爱释放伴有明显的外界介入因素的阻挠，而《锦绣谷之恋》相对而言就是属于“自作自受”的心理驱使，与其说是情感、性爱的放纵让位于理性的把持，还不如说是情感激情式样的游戏，是庸常生活里的点缀，更是泯灭自我性爱的再一次潜水。《小城之恋》《荒山之恋》中男女有着身体的交媾、碰撞，《锦绣谷之恋》充其量也就是女编辑精神的出轨，一次对庸常婚姻的柏拉图式的出离，更多的是一次压抑情绪的宣泄，而她的性爱也只存留在精神幻象中，笔会期间偶遇迸发出的激情也被消散在日常的恬淡生活中，甚至流露出一种近似嘲讽的平静。

无疑，“三恋”成了80年代对性爱表达的一种有效的印证，女性文学触及了一直被遮蔽的话题，女性对性爱的呼应与对接，显示了女性对新时代欲望的全方位诉求，以及最终屈服于社会世俗伦理重压，采取了逃离与规避，充满了不可逆转的悲剧性。而“三恋”最终又回到了最基本的和最痛苦的心理问题上，已然置换了“性爱”主题，成了对社会伦理系统的指涉。诚如王安忆所说，“性却完全是人所私有的，而不是社会的”，“性不再是一种丑恶的现象，而恰从生命的产生到生命的延续的重要过程，是人体不可缺少的正常的又是美好的现象”。[①] 王安忆认为，“只有从性爱这一角度，才可能圆满地解释‘三恋’中发生的事情，如果从历史原因、社会原因去解释，答案则是不能让人信服的”[②]。“三恋”从性爱视角对女性性欲求、性心理乃至性行为作了酣畅淋漓的书写，也揭开了隐秘在性爱背后的无法救赎的女性灵魂，以及她们追逐性爱的狂热、尴尬与困境。这确实是王安忆对80年代小说的一大

① 王安忆、陈思和：《两个69届初中生的即兴对话》，《上海文学》1988年第3期。

② 《王安忆看“三恋”》，《当代文坛报》1986年12月18日。

贡献。“三恋”着实震动了80年代中期的文坛，被认为是新时期冲破“性禁区”的代表性作品，也是探索女性欲望与欲望的虚妄的重要作品之一。“三恋”性意识体现在以女性为本位的两性关系的书写，呼唤着女性权力的复归，对作为性别主体的女性自我的建构具有重要意义。“三恋”具有女性本体的内省意识，标志着一种女性叙事视点发生了转折：女性对自我的认识开始由第一阶段女性主义叙事中对外部处境、命运的关心探索，转移到从人性意义上的生命本体与文化造就对女性灵魂的深层叩问的第二阶段，这对女性本体觉醒是必不可少的。

正是这种生命中母性原欲使得女人把自己从另一种原欲中剥离出来，升华自我，超越了男人，也正是这种母性原欲使女人在万劫不复的生命轮回中重复自己的悲剧命运。这无疑是女性人性探寻的一次深入抵达。如果说《小城之恋》中更多的是以男人为参照物，对女性生命形态进行本体的观看和质询，那么，《荒山之恋》探寻了女性对爱的痴迷的心理奥秘，通过对女性隐秘的性爱心理的书写，展露女性深层生命体验和精神生长。在《锦绣谷之恋》中的她并不真爱现实生活中的男人，爱的只是自己，她实际上是自己和自己谈恋爱，并在这种自恋式的精神漫游中复苏自己作为性别主体的全部激情，拯救在庸常中日益沉沦的精神自我。自然，这种虚幻的爱成为女性活着的理由与动力，甚至超越了性爱本身。然而，女人为性爱的付出，最终都无法逃脱性政治文化中的悲剧命运。在这里，女性主体在“自寻”性欲满足的同时，肉体被视为形而下之物，而精神抽象地属于形而上。显然，女性仍然缺乏性爱的基本权利。有论者认为：“王安忆《大刘庄》里的中学女生似对于发生在自己躯体内的变动懵懂无知，或者谨慎地将自己的体验密封在深心里。纵然她们不顾习俗的政治的干预而以同样的细心体验并省思过了，她们也只能在经历了漫长的等待之后才被许可诉诸文字——过后的追记自与当时的描述不同。也许正因此，王安忆的‘三恋’才写得那样沉重，读起来那样累人。”① 有论者认为：“王安忆勇敢地涉足性爱这一领

① 赵园：《试论李昂》，《当代作家评论》1989年第5期。

域，她的'三恋'（《荒山之恋》、《小城之恋》和《锦绣谷之恋》）正是以性爱为聚集点，集中透视在纯粹的情与欲的纠葛中，人，特别是女人本体的生命意识和文化内涵。在《小城之恋》中，王安忆为我们讲述了一个女人经过热烈情欲的骚动与洗礼后，在母性的皈依中圣化自己，达到对男人、对本我的超越，充分表明了王安忆对性爱之于女性人生重要性的一种深刻理解。女性在性爱面前比男性更注重、更强烈需要的不在于性本身，而在于一种关系的体悟。王安忆是将人的性欲作为一种本体，一种核心，一种存在，一种动源来描绘，借以探索社会化了的人的自然本质。她在宗族血缘关系为正统观念的近似中世纪田园景象的背后，展示出一个似乎只是由于现代人探讨人类性饥渴的命题才有的世界。"[①]"性"在王安忆的笔下，是一个充满了探究人性内核的中介，确切地说她仅仅把性描述当成一个叙事策略，作为艺术的一种来做考察。而性爱的激发对于文学意志的传达是有助益的，而相反，缺乏必要的性爱表现或者表现力不够，那势必会干扰表达效果的正常传递。我们不能否认，性是人类最本真、最具生命力的原始欲望，只要文学还与人类共存，那么文学表达性、性进入文学就是一件自然而合理的事情。

2. 探秘女性隐秘世界：性欲形态及其背后

王安忆是一位女性性心理探索者，真实地反映了女性的性欲形态，以及性欲背后的社会文化伦理对女性心理的束缚与捆绑。如果说王安忆在创作中不自觉地流露出了女性意识的觉醒，是以审美的眼光去透视女性隐秘的世界，向女性文化心理突进，那么，在性描写中无不渗透进深沉的文化批判意识、人类生命的体验和对人性深层的审视，则是作家对传统文化心理的突进。其审美意识具有强烈的现代特点，即"向内转"，重在对女性生命本位进行思考，以描写人的内在真实为中心，尽可能挖掘人物的焦虑感、失落感、迷惘感、分裂感等精神性格。显然，性的背后所隐藏的历史、文化元素才是作家所要探索追求的要义。

在中国传统文化中，"性"是一个等同于色情的语词，不可能用审

---

① 邝金丽：《性爱意识与我国现当代女性文学创作》，《河南师范大学学报》2001 年第 3 期。

美的态度对待“性”。法国埃莱娜·西苏指向了男性文化对女性身体表达的压制，“迄今为止，写作一直远比人们以为和承认的更为广泛而专制地被某种性欲和文化的（因而也是政治的、典型的男性的）经济所控制……这就是对妇女的压制延续不绝之所在”。[①] 女性表达自我身体的空间，仍然是空白的。“几乎一切关于女性的东西还有待妇女来写：关于她们的性特征，即它无尽的和变动着的错综复杂性，关于她们的性爱，她们身体中的突然骚动”。[②] 而在王安忆的《岗上的世纪》中，“性”作为中介，逆转为情爱的伴随。“文革”中知青李小琴为一张“招工”表挑逗杨绪国。生产队长杨绪国与女知青李小琴却戏剧性地相爱了，超越政治、超越性的禁忌。王安忆的《岗上的世纪》，本来是个女人用肉体换取私利的俗之又俗的事件，作家却以行为艺术的方式，以性的唯美来淡化故事的本来面目。

> 她脸朝上地平躺在他的面前，睁着两眼，眼睛好像两团黑色的火焰，活泼泼地燃烧。月光如水在她身体上流淌，她的身体好像一个温暖的河床，月光打着美丽的漩涡一泻到底。她又伸长手臂，交错在头顶，两个腋窝犹如两眼神秘而柔和的深潭。[③]

就一般文本而言，性本身及性心理描写出于最短时间、最大程度地激发性冲动的需要，极力或不自觉地使用了大量极具表现力和丰富内涵的句子，力求其美感和价值是显在的。但王安忆的性描述更显在的是一种心理活动，而非行为夸张地表述，其实这样策略可以解释为，作家更强调的是将性纳入男女两性中间，以性来窥探两性在性角色中的承担，从而实现文学领域的扩张和激进，但有趣的是：性作为一种行为艺术，试探彼此的心理僭越。我们不难发现，王安忆又一次

① ［法］埃莱娜·西苏：《美杜莎的笑声》，张京媛主编《当代女性主义文学批评》，北京大学出版社 1992 年版，第 192 页。

② 同上书，第 201 页。

③ 王安忆：《岗上的世纪》，《钟山》1989 年第 1 期。

仅仅通过拆解两者的表面特征而做出本质性的判断，将充满色情的性触及了人类理性的底线——隐私，而又以性映照了心理界限。

美国学者苏珊·桑塔格有意识调整宗教、道德、世俗等对色情想象本身的贬损与定性，并做出了三个向度的讨论与重申：将色情文本纳入文学艺术视域考察；色情文本与艺术范畴的关联；色情想象与超越性的构建等。例如她指出色情作品被有色化、被道德绑架，“作为一种社会现象来看——例如18世纪以来在西欧和美国社会中色情作品的繁荣——分析色情作品的方法同样极具临床色彩。色情作品被看作一种集体病态，是整个文化的疾病，而其来源大家都一致认同”。[①]她认为色情想象作为一种人类想象的形式，充满晦涩但仍然具有揭示真理的功能与途径，应该逸出道德、世俗、宗教等阈限，“当这一感性、性、个体人格、绝望和限度的真理将其自身投射在艺术中时，它便可以被人所分享”。[②] 无疑，苏珊·桑塔格采取的策略是厘出了别一种的色情作品——艺术中一种非主流却有趣的形式或传统，来加以阐释她具有革命性的色情观的。

显然，王安忆是以自己的直率，以前卫激进性的性表达，抵制了传统对性的色情想象，以及主流话语对女性的性的规约，她选择了通过不断的推动前卫的步伐不顾一切地向前，来实现激进与保守的更为极端的两极对立，以一种尊者和观者的姿态引导传统前进。“三恋”正是以性爱为聚集点，集中透视在纯粹的情与欲的纠葛中，女人本体的生命意识和文化内涵。《荒山之恋》里的这一对婚外恋者，在罪孽与叛逆中演绎着爱恋的故事，最后难以割舍，决定殉情。《小城之恋》里，女主人公性欲无法控制，最后怀孕、生产，之后便没有了身体的渴望，性欲也就在这种孕育中泯灭。《锦绣谷之恋》里，女人性欲的满足带来的是遥遥无期的等待，期盼的爱情没有到来，最终爱情的神话也就变得没有了声息。王安忆在《锦绣谷之恋》里，把女主人公在婚后重新渴望浪漫激

---

① ［美］苏珊·桑塔格：《激进意志的样式》，何宁等译，上海译文出版社2007年版，第43页。

② 同上书，第75页。

情又自我幻想自我陶醉的心理，剖析得淋漓尽致。婚外激情带来了主人公对于自己和他人的全新认识，但“性爱”依然是一种意识形态性质的文化代码，它主要呈现出精神性的光辉，并作为诗意的美好的精神存在，同现实生存里的丑恶、扭曲、变态形成了鲜明的对照，而非本体论意义上的“性爱”，它更多地属于“爱”而忽略了对“性”的表现。当然，王安忆肯定了爱情中的“性”的合理性和美好性，并结合特定的文化和政治背景对畸形扭曲状态下的“性”进行了形象、心理和人性层面的认真探索，从而对“性”作为一种必然的生命状态的合理性给以肯定，认定女性在性爱面前比男性更注重、更强烈需要的不在于性本身，而在于一种关系的体悟与理解，在于精神与性的同一性。但由于王安忆具有浓烈的伦理色彩和意识形态话语性，也在某种程度上妨碍了小说对“性爱”本身各个层次的深入探讨。

王安忆的“三恋”通过对男女两性关系的书写，也触及了家庭、婚姻等方面，当解构了性爱、精神之爱以及理想化的婚姻、情爱之后，洞察了男女之间的性别本质，这种本质的关系的背后是潜藏的伦理文化、女性矛盾的心理状态与生活状态，弥散不去的依然是悲剧意味。弗洛伊德的研究表明，在人的一切本能中，最基本的、最核心的就是性本能。性本能是与生俱来的自然属性。王安忆曾经这样说过：“要真正地写出人性，就无法避开爱情，写爱情就必定涉及性爱。而且我认为，如果写人不写性，是不能全面表现人生的，也不能写到人的核心，如果你是一个严肃的有深度的作家，性这个问题是无法逃避的。”① 桥爪大三郎认为：“人类所体验的‘性’，并非自然现象。不能将人类的性爱行为归结为单纯的条件反射的反复，它实际是一种社会现象。”② 他认为性爱以社会现象的资格与性爱以外的社会现象共存。在性爱的内涵里面，确实包含着人体的生理反应，但这种生理反应的承认和肯定却来自外部。王安忆的“三恋”，把“性”作为一种特定的生命状态来书写，这就使“性”的地位不仅从爱情的精神化传统中凸显出来，而且尽可

① 王安忆、陈思和：《两个69届初中生的即兴对话》，《上海文学》1988年第3期。
② ［日］桥爪大三郎：《性爱论》，马黎明译，百花文艺出版社2000年版，第50—51页。

能地脱离“性爱”的伦理化和意识形态的控制，完成走向独立话语的必然历程。当然，承载了太多的中国文化传统注定王安忆不可能完全抛开伦理性和意识形态认识去对“性爱”作纯粹生物学、哲学和美学上的观照。

3. 超越性的两性关系的审定与独立意志的表达

王安忆以审美的眼光对男女两性关系中相互间难以理喻的纠葛进行审视，对女性的性心理、性意识、性感觉敏锐地捕捉，凸显了性爱主题的作品流露出一定程度的女性自主意识。法国学者吉登斯认为，只有当女性将“性”与生育等分割开来，女性在“性过程”中与男人一样享有平等，女性解放始于性愉悦。安东尼·吉登斯在《亲密关系的变革：现代社会中的性、爱和爱欲》中认为：“男人的性愉悦与生俱有。女人的性与怀孕相联，怀孕又跟死亡相邻。在恐惧的阴影下，女人的性活动没有快感可言，处于一种压抑的状态。性压抑是女人社会压抑的基础。当性和生育分离，割断了与死亡的联系纽带，也就是说，女人的性行为不再出于传宗接代的目的，女人才有了性过程中的愉悦感，女人才有可能和男人形成一种相互尊重、平等相待的纯粹关系。”①

事实上，我们虽然看到了“三恋”中的女性在两性关系中表面上的主动性，但其实“性”充当了两性性别游戏的中介，“性”不是单纯的自然本体的行为，被赋予更多的内涵与意义。《小城之恋》中的女主人公不但在性爱中富有进攻性，而且她的未婚女性的母亲角色本身就是对传统道德、法律的反叛。王绯认为，“女人经过热烈情欲的骚动与洗涤，在母性的皈依中圣化自己，达到从未有过的生命和谐，是《小城之恋》最有深味的一笔”。② 《荒山之恋》中的金谷巷女孩“喜欢在与异性的调情中实现自身感受，达到自我肯定”，她“鄙薄文化习性，在两性关系的各种周旋中玩乐人生，聪明地驾驭男人”。在爱情的游戏中

① ［英］安东尼·吉登斯：《亲密关系的变革：现代社会中的性、爱和爱欲》，陈永国、汪民安等译，社会科学文献出版社 2001 年版。

② 王绯：《女人，在神秘巨大的性爱力面前——王安忆“三恋”的女性分析》，《当代作家评论》1988 年第 3 期。

喜欢扮演积极主动的角色，表现出较强的征服欲望。在《荒山之恋》中，作者写道，“女人爱男人，并不是为了那男人本身的价值，而往往只是为了实现自己爱情的理想。为了这个理想，她们奋不顾身，不惜牺牲”。《锦绣谷之恋》中的女编辑与作家之间的婚外恋情充满诗情画意，超越了世俗之爱，“真心真意地爱，全心全意地爱，专心专意地爱，爱得不顾一切”，她与其说是爱婚外恋情本身，不如说超越世俗的自我实现。王安忆甚至这样表述女性宣言：“女人实际上有超过男人的力量和智慧，可是因为没有她们的战场，她们便寄托于爱情。她愿意被他依赖，他的依赖给她一种愉快的骄傲的重负，有了这重负，她的爱情和人生才充实”。[①] 如此，女编辑在想象中进行着恋爱，在恋爱中找到了被平庸生活所掩埋的那个更美好的自我，但随着笔会的结束，这段恋情无疾而终，一切又回到正常的轨道，更像是一场性别与心灵的游戏。“在两性关系的描述上，王安忆达到十分犀利的程度。当她解构了性爱、精神之爱以及理想化的婚姻情爱之后，王安忆对于男女之间的性别关系的理解，变得更加客观和冷静，她洞察了男女之间的性别本质，这种本质的关系可以理解为一种包含着诸多规则和条件的游戏，它是现实社会的生产关系的一种体现。这种游戏的关系是冷酷的、自私的，又是包含了温情和人类的基本情感或精神需要的，可以说，是物质和精神的统一。而在现实的男女交流场景中，这一切又是充满了痛楚、不幸和反讽的喜剧意味”。[②]

在这里，两性的关系成为一种游戏的场所，是女性精神诉求的变异，性别的本质就成为一种蕴涵着诸多社会现实与主观理念相冲突的事实，更是社会现实里生产关系的体现。事实上，“三恋”等性主题小说的意义在于，是女性对“性权利”“性自主”与人格独立的积极捍卫，这标志着女性创作领域的进一步拓展。也有论者提出不同意见，认为性与婚姻的结合是性行为绝对必要的前提，女人在性行为上的被动性，是中国传统文化的规约。

我们可通过对作品的种种评介来反观一下当时文化视域里的众说纷

① 王安忆：《荒山之恋》，《十月》1986 年第 4 期。

② 吕幼筠：《试论王安忆小说中的性别关系》，《广东社会科学》1999 年第 3 期。

坛。围绕着“三恋”的主题，评论界颇有争议，主要有以下几种观点。其一，“性”仍然是一个比较含混的语词，并认为“三恋”中的“性”主题在写作中并未正确地展开，具有模糊性。作为人性里不可或缺的“性”，尤其是对于其中的性爱描写的字句上，仍然不具有形象性。“三恋”在写作上存在的问题之一是对于“性”，“是历史地加以技术的表现，还是以某种抽象观念为根据作自然主义的描绘?”① 其二，从“性”主题的角度，肯定了王安忆的“三恋”等，认为：“在她的小说里，性不是别的，乃是性本身。作者每每把性视为一种本体、一种存在、一种核心、一种动源来描绘，一切因它而发生，一切又因它而变化，从来不曾打算通过性去说明点其他什么，恰恰相反，而是通过各种其他什么的描写，来审视性本身，看它到底是什么。”② 显然，持这种观点的人认为在“三恋”等作品中人物形象，具有原型的意义。王安忆对女性的生存与心理的探索是复合在对“人性”的探索之中，不具十分明显的女性视点，但她已经是将人的性欲作为一种本体，一种核心，一种存在，一种动源来描绘，借以探索社会化了的人的自然本质。也有论者认为拘泥于一种生理学意义上的设定，其实没有能够洞悉男女性别表征的文化构成。因此，尽管王安忆没有高擎着女性主义的大旗去从事创作，尽管她对女性的探索，掩盖在对“人性”的探索之中，还没有明显的女性视点，但这并不妨碍我们从女性批评的角度来阐释她的作品。“女权主义的写作在西方是伴随着自觉的妇女运动或庇荫于女权主义运动之下的。而王安忆的写作既缺乏这种大的女权运动的文化背景，也没有一种鲜明极端的性别立场。……王安忆的确在写作中触及了两性命运中的女性经验和处境，但是，她的这种写作成果的获得更多的来自她的个体经验和对于现实生活中两性命运的思考。在这一意义上，王安忆具备了比较鲜明的性别倾向，她以忠实于自我的方式，完成了对于经验的清理

① 稽山：《性——一个令人困惑的文学领域：关于“三恋”的思考》，《社会科学》1987 年第 9 期。

② 邵建：《从情到欲：还原的实验——说王安忆〈岗上的世纪〉等性爱小说》，《钟山》1989 年第 4 期。

和总结，并以诚实的写作态度将其表现出来”。[①] 其三，从女性主义角度去解读“三恋”，有论者认为：“‘三恋’写的是一位‘女性中心主义’的目光是如何审视情爱、性爱与婚姻中的男人与女人。”[②] 两性关系是王安忆小说作品的重要主题之一。“王安忆只有在此时此刻才变成了一个女性作家在写作，在她眼里男女位置倒错，传统的男女秩序被颠覆了，传统的男人粗暴地蹂躏女性的场面没有了。在这里，女性完全变成了动因，女人的性欲不再以一种被缺乏的人格被动地去接受，女人的性欲反客为主地将男性塑造了”。[③]

显然，王安忆在80年代的所表述的“性”带有时代的理性诉求，正如陈晓明所言：“‘新时期’关于情爱的主题一直是思想解放运动的注脚，80年代中期，性爱主题显然携带着思想的力度走向文坛的中间地带。80年代后期，中国文学（创作）已经完成了从爱情主题到性的转型，先锋派和‘新写实’小说不谈爱情，而‘性’变成了叙事的原材料。它们若隐若现于故事的暧昧之处，折射出那些生活的死角。进入90年代，性爱主题几乎变成小说叙事的根本动力，那些自称为‘严肃文学’或‘精品’的东西力不从心承担起准成人读物的重任。这股潮流迅速波及‘真正的’严肃文学，当然也就迅速抹去严肃/通俗的界线。理性的深度和思想的厚度早已在小说叙事中失去最后的领地，而欲望化的表象成为阅读的主要素材，美感/快感的等级对立也不复存在，感性解放的叙事越来越具有蛊惑人心的力量。更年轻的一批作者，以他们更为单纯直露的经验闯入文坛，明显给人以超感官的震撼力。”[④]

在“三恋”中，两性关系的表述充满了复杂的矛盾，“性”是连接男女主人公的重要纽带，但是作家并没有对此做出更多夸张性的描述，但即便如此，由于王安忆写作了大量有关两性间的含有性别意识的作

---

① 吕幼筠：《试论王安忆小说中的性别关系》，《广东社会科学》1999年第3期。

② 程德培：《面对“自己”的角逐——评王安忆的“三恋”》，《当代作家评论》1987年第2期。

③ 刘敏：《天使与妖女——生命的束缚与反叛：对王安忆小说的女权主义批评》，《文学自由谈》1989年第4期。

④ 陈晓明：《过渡性状态：后当代叙事倾向》，《当代作家评论》1994年第5期。

品，尤其自“三恋”和《岗上的世纪》发表以来，有的评论家将王安忆的写作纳入鲜明的女性性别立场，她被称为女权主义作家。

王安忆的“三恋”具有艺术超越性：时空超越与人格超越。我们常说“艺术来源于生活，而高于生活”，如果说普通的色情作品仅仅能够达到满足生活与生理的最基本层次，那么色情文学则蕴涵着一种超越性在其中。对于生活而言，性是人性中的一种极致体验，它促使着人类暂时或连续性地接近极限。这种极限，可能是极致的满足，也可能是疯狂的禁忌和危险。“三恋”说明了性体验对于现状的不断超越与突破，力求自身与主体的蜕变与越轨。

《金瓶梅》虽然全篇充斥着各式各样细致入微的性描写，不仅在给予观众性刺激上绝不输于普通的色情作品，而且更重要的是在时空上实现了超越与完整。在时间的尽头处，作者让所有经历了世间极乐的主人公——走向死亡或空虚，用这种安排传达了作者对于性本质与归宿的认知，更证明了自身与普通色情制造者的本质超越性思考。是跨越了性满足之后的空虚与恐惧，甚至开始追问与怀疑性与人生的存在与归宿。性不再是愉悦本身，更迈向了一种越界的、恐惧的吸引；另一方面，当性的越界不被允许、人的规范和性的需求存在对立时，面临的是选择与压抑的考验。在性、爱、舆论、道义之间的博弈与抉择中，女主人公在性爱过程中体验到的是最纠结的煎熬、最自由的解放和最强大的生命力量，这种力量推动着她超越了自身的责任与负罪感，在这种情形下，性与爱的交织相连，似乎被赋予了超越生命的能力与地位，构成了一个生命打破界限的力量来源。这种性推动下的人格超越，使作品具备了非凡意义的文学升华。

“三恋”具有独立精神意志的文学表达。苏珊·桑塔格《色情之想像》一文中阐述，“事实上，决定的因素正是体现在作品中的那种‘疯狂意识’本身具有的独创、完满、真实和力量。从艺术的观点来看，色情作品所蕴涵的思想的排他性本来就不是反常和反文学的”。[①] 文学元素的独创性，意味着情节结构与人物设置的独一无二、独立于不可复

① ［美］苏珊·桑塔格：《激进意志的样式》，何宁等译，上海译文出版社2007年版，第52页。

制。在真正的自我意识的性的表达中，每个人物都有着自身独立的态度、个性和意识，他们不再是被安排进行怎样的性，而是根据自身的意志自主地选择性。

而文学真正关注的，是独特的文学元素背后所体现的人类独有的、自主的生命意识，这也是人类与其他自然界动植物，以及人与人之间最珍贵的差异所在。而以展现这种差异为合法性的文学，无论其中是否掺杂着性描写，我们都将其视为文学表达的体现。作为人类想象的艺术或生产形式，是生命意识与体验的别一种形式，指向人类的生存与繁衍的，充满着智性的探求。张抗抗说："'女性文学'有一个重要的内涵，就是不能忽略或无视女性的性心理；如果女性文学不敢正视或涉及这一点，就说明社会尚未具备'女性文学'产生的条件，女作家未认识到女性性心理在美学和人文意义上的价值。假如女作家不能彻底抛弃封建伦理观念残留于意识中的'性＝丑'说，我们便永远无法走出女人在高喊解放的同时又紧闭闺门、追求爱情却否认性爱的怪圈。"①

而在王安忆的女性空间里，欲望书写和民间叙事呈现两极发展态势，而从女性的欲望书写到民间叙事的回归，表达了对女性生存与世界的关切，"完成了由描写生命感悟到建构女性生命本体的发展历程"。②而王安忆小说中的"性"则是一种表意的符号或策略。

但也有论者对此提出质疑，在残雪看来，《小城之恋》的"性"基本上也是男人的观点，仍然是男性主流意识话语的表达。残雪进一步指出："除了女性解放和女性化以外，个性的解放在国内文学界还是很困难的事。……社会问题我不太接触。就看过的一些女作家的作品来说，他们对个性解放的意识还是远远不够的。哪怕她们写这个恋、那个爱的，好像要解放了，可是根本没意识到自己是个女人，是个独立的女人。"③ 土安忆所携带的激进的文化质素，足以对她所处时代的主流主题社会思想，予以反抗，但是她本身所持的立场，以及自身文化构成，

① 张抗抗、刘慧英：《关于"女性文学"的对话》，《文艺评论》1990年第5期。

② 张浩：《从私人空间到公共空间》，《中国文化研究》2001年冬之卷。

③ 残雪、万彬彬：《文学创作与女性主义意识——残雪女士访谈录》，《书屋》1995年第1期。

又被植入男性话语的表达方式中，因此，她的反抗与非反抗存在着一种博弈，而其反抗的意义也就在于，窥见或浮现出了女性话语建构的复杂，以及80年代女性写作与主流意识形态价值本质上还存在潜在的一致性。

三 冲向男权秩序的指认

作为一个问题意识强烈的台湾女作家李昂，她在80年代初留美归来后写的中篇小说《杀夫》，直抵男人占有的性爱文学领域，在女性视域下审视性暴力、生命、死亡等议题，对性问题进行直击，掀起了文坛的巨震与话题热潮。李昂《杀夫》以强悍的女权意识，引爆了当时的台湾，被称作“惊世骇俗之作”，也声震中国大陆，乃至全球华人世界。《杀夫》曾获台湾《联合报》1983年度中篇小说奖，1999年小说集《杀夫》入选“台湾文学经典”。在李昂看来，小说《杀夫》不仅对系列鹿城故事，以及往后她的整个创作，都是一个重要的转接站。但这部作品也把她变成了极度“不道德的人”，一时社会评价褒贬不一。《杀夫》展示了血腥一面，贫穷女子林市，因屠夫丈夫的长期性虐待而杀了丈夫。林市杀戮的不仅是男性躯体，更是冲向了来自男权的压制，释放的是从灵魂深处生出的极度的悲苦与怨恨。

《杀夫》聚焦的是母女两代人的生存本能与本体欲望，以一种原始的粗犷展现了“食”“色”“性”的纠缠。小说具体体现在林市母亲与叔叔的对抗、林市与陈江水的对抗，将一种抽象的精神性，得以在具象的审美或审美空间中展示。《杀夫》昭示了这样一个命题：女性是作为生物性的一面被强调，而不是作为社会性的以及女性本体的性别角色而存在。而林阿市的弑夫，同样也是弑“父”的，李昂指向了对封建宗法制度的强烈控诉，引导禁锢下女性自我意识的觉醒。只是在小说中林阿市最后懵懂的觉醒与反叛，对女性历史与现实存在的反叛，却是一种生物性的本能。女性承受的身体与精神的暴力，最终同样以“暴”治“暴”，作为惩戒，林市被判杀。这仅仅是一个死亡圈套的故事，触动的是女性被挤压的神经，而来自女性的反抗最终是以另外一种“死亡”

结束。林市刺杀了丈夫的反抗，并没有触动整个压制女性的男权中心，也没有撼动由男性为中心构筑的整个中国传统的宗法家族的大文化的根基。《杀夫》从“杀夫”到“死亡”，构成了林市不可逆转的悲剧命运，显示了林市反抗以及反抗的无效或无意义。

1. 女性代际本体的缺失：强调女人的原始生物性

就女性个体而言，她有多重角色与身份，而就血缘的个体与个体之间，有代际结构的存在。但无论是哪种，都存在着女儿性向母性的过渡与转换，自然也有母性对女儿性的向往。简言之，女性代际存在有承接与转换。在“外婆—母亲—女儿”这一女人代际结构中，不言而喻还有一个相关联相对应的男性家庭角色结构存在，如外祖父/祖父—父亲—儿子等。尽管凛然不可冒犯的父权意识形态，在女性文本中被极度排斥，但这种“父权的颓败”却又像影子一样存在，为影响、改写母女关系准备了现实的基础。因此，在很大程度上，男性家庭角色及其所携带的社会角色、社会信息以不同的方式从不同的方面影响着母女关系，甚至在不同程度上影响着母亲和女儿的命运。[①]

《杀夫》突出了女性代际间的“性”与“饥饿”的互逆性。与中国传统的“人，食色性也”是一致的表达，但李昂不仅是表达人的原始生命力的求生欲求，也展示了物质的匮乏带给女性尊严的缺失，在性与饥饿的本能面前，人总是变得弱小、原始、粗暴。小说中林市母女作为本体是不存在的。女性本身作为父权制文化中的第二性，加之婚姻缔结过程中女人与物的交换，强化了女性被物化的处境，巩固了男性的权力地位，制造了两性之间生成暴力的基础。

林市的阿母丧夫后一家无主，即被林市的叔父占了最后一间瓦房，令林市和其阿母无以为家，只好寄宿于祠堂。母亲后来因与一大兵的性事，被族长父老为了本族面子，当作她被强奸论处，指责她“如有廉耻，应该不惜一切抵抗成为一个烈女”，然后按照封建习俗，将林市的母亲毒打后坠石投河。林市的母亲因为两个白饭团而丧命。同样，女儿

① 关于女性“代际”的表述，参见刘思谦《代：女人生命的刻度——90年代女性散文中的代际现象》，《文艺评论》2000年第2期。

林市是陈江水的泄欲对象，食物成为奖励或惩戒的中介，而林市的命运等同于陈江水屠刀下的任意割宰猪，她和它们一样地处于被随意处置的地位。

《杀夫》中林市的饥饿成为日常生活的经验，也在潜意识中支配着自己的行动，她甚至在梦境里去完成对食物的期待，小说中有三个梦境与此有关：林市梦见自己以盐巴沾蕃薯签饭；林市梦到自己去取那对猪脚，混了面线煮熟，挑起来吃；林市梦到阿母身穿红衣，下肢两腿分开处被一条又粗又长的绳子紧紧一圈一圈捆住，阿母的两手向她伸过来，不断地说，“你去讨饭来吃……饿，饿了”。林市叔叔为了获得“整斤整两的猪肉”，把林市卖给屠户陈江水。结婚当天，林市承受陈江水疯狂的兽欲后，获得的是一大块“带皮带油”的猪肉。林市杀夫之后也是如此，“在灶边猛然吞吃，直吃到喉口挤胀满东西，肚腹十分饱胀，林市靠着温暖的灶脚，沉沉的，无梦地熟熟睡了过去”。饥饿成为了母女日常的困境，饥饿记忆成了连接母女的纽带。

母亲角色原本是一个神圣、仁慈的符号，是生殖女神——生命的象征，她不仅创造了自然世界，也建构了社会。女神时代—女奴时代—女人时代，构成了女性存在的时间之维。而到了男权时代，女神沦为女奴，女奴的生成是男性压抑的历史。“压抑女性的自然存在，这是全面压抑女性、把女性存在全面奴化的第一步，是男性优化存在得以巩固的基础。它具体显现在三个方面：第一是压抑女性的自然本能；第二是压抑女性的自然体，把女性的自然体物化与商品化；第三是压抑女性的自然创造力，把女性的自然活动单一化、专向化”。[①] 显然，林市的母亲因饥饿与性丧失了女性的尊严，也出离了母亲的本位。在这里，母女的女性、母性、妻性都被泯灭，只强调了原始生物性，而不是女性的自然本体性。而女人的身体与性成为一种维持生命本能的中介，进行“身体”与“食物”的置换；而男人将性作为享乐、发泄的方式。而“女人的交换通常是许多交换循环中的一环。通常还有其他物件和女人一样

① 禹燕：《女性人类学》，东方出版社 1988 年版，第 3 页。

流通。女人沿着某个方向流通，牲畜、贝壳或草席向另一个方向移动”①。而林市母女只有身体可以作为中介去交换。

李昂将女性生物性的放大，聚焦了女性典型的悲剧生存状态。“到《杀夫》一篇，叙述的冷静，情感的节制，与事件（叙事内容）的严酷造成比照，这正是那种使严酷成其为严酷的叙述”。② 李昂以一种极度放大饥饿的画面与细节，来强化女性的卑微存在。而其审美介入的一种方式，就是经验的渗透与情感的渗透。对于李昂来说，林市是她对男权社会恶的控诉与抵抗的载体。林市的饥饿经验穿插着母亲受虐的悲惨经验，母亲的遭遇对林市产生了创伤性经验，林市童年时，母亲因不堪饥饿的折磨吞食军服男子给予的饭团而与之媾合，之后，被绑在祠堂的大柱子上接受惩罚。因此林市的内心是缺失安全感的，无论对食物还是环境，“一种生物有一种生物的倾向的广泛一致。这正如解释了父母和儿童有时的命运惊人的相似。我们的命运规律一般地是心理倾向的结果”。③ 母女代际的悲惨有惊人的同一性。

应该说，李昂的《杀夫》标志着台湾文学的先验性，也体现了台湾女性文学的自觉意识。“作为中国女性文学的一个分支，台湾女性文学和大陆女性文学经受着来自共同的传统文化长期积淀形成的社会心理、风俗习惯、伦理道德等因素的影响，有很多的相通之处。但受台湾独特的地理位置、不同的经济形态、政治制度诸因素影响，20 世纪 80 年代以来，在经历了现代派文学和台湾乡土文学之后的台湾女性文学，呈现出了与大陆女性文学不同的特点，从集中描写‘受屈辱的一群’转而开始集中批判社会弊端，非常浓重地反映男权社会中女性意识的觉醒以及女性所特有的品性，表现出了强烈而鲜明的女权主义意识，出现了一批知名女性作家，如李昂、曾心仪、朱秀娟、龙应台等，这些女性作家在作品题材内容、技巧更新、女性意识强化等方面勇敢创新、大胆

---

① 王政、杜芳琴主编：《社会性别研究选译》，生活·读书·新知三联书店 1998 年版，第 39 页。

② 赵园：《试论李昂》，《当代作家评论》1989 年第 5 期。

③ 王嘉陵、衬基发、何岑甫：《弗洛伊德文集》，北京东方出版社 1997 年版。

突破，为台湾女性文学树起了里程碑”。[①] 也建构了台湾女性文学的道路。从 20 世纪 50 年代开始，女作家开始了探索，一直发展到 80 年代：一方面指向了传统农业社会的性道德和两性关系，另一方面表达日趋严重的现代性的商品化又波及到女性的生存。相应的，20 世纪 80 年代后的女权主义文学也因之成潮。李昂的《杀夫》《人间世》《暗夜》，朱秀娟的《女强人》，曾心仪的《朱丽的特别一夜》，袁琼琼的《自己的天空》，还有《贞节牌坊》《这三个女人》等。这些作品不断变换深化的主题，观照着女性在社会转型中的种种权利和心理机制的变化，新女权主义的倾向非常强烈，作品对新女权主义的探讨更趋完整，内涵也更趋丰富。朱秀娟的《女强人》（原名《一个少女的心路》）最为典型。这部长篇小说曾获台湾 1984 年中山文艺奖。《女强人》里高中毕业的林欣华，面对快节奏的都市生活，积极向上，从一个微不足道的打字员，成为一个有胆识、有成就的时代女强人，她掌握着一家在台湾数一数二的外贸公司，驰骋商界，具备新女性自强不息、卓然而立的精神。《女强人》标志着新时期台湾新女性文学的女性价值取向。廖辉英《红尘劫》中的主人公黎欣欣同样是一位能够实现自我价值的女性，女性形象表征了一个新时代新女性的特质，既勇于开拓事业的成功之路，又善于编织爱情的花环，必须正确处理事业和个人生活的关系。吕秀莲著有《新女性主义》《新女性何去何从》《数一数拓荒的脚步》《寻找另一扇窗》《帮他争取阳光》等学术性较强的书。先后创作短篇《拾穗》《小镇余晖》《贞节牌坊》，中篇《这三个女人》，长篇《情》等，在 20 世纪 80 年代的台湾文坛堪称异军突起。在《新女性主义·序》中她解释：“新女性主义是适应时代潮流，也基于社会需要，是以两性社会的和谐与繁荣为终局目标所提倡的男女实质平等主义。”1979 年因“高雄事件”被捕，吕秀莲被判刑 12 年，1985 年出狱。在狱中由研究女性主义理论而转向女性问题小说创作。所以她的女性文学是将理念阐释与生活再现结合得比较和谐的女性生活的教科书，是台湾广大妇女争取自身

① 张改亮：《20 世纪 80 年代以来台湾女性文学中新女权主义现象研究》，《三门峡职业技术学院学报》2008 年第 3 期。

权利的“启蒙读物”。《这三个女人》自然是这方面的代表作。三个女人三种类型：高秀如系理想型的单身知识女性，许玉芝是在传统与现代冲突中抉择的女性，汪云原是依赖男性的“家妇型”。三个女人终于摆脱客观环境的困扰，冲决心理障碍，以环境和命运的变故为契机，重塑了自我，走上了新女性主义的新生之路。廖辉英认为：“经济上的独立不等于人格上的独立。”在《不归路》《红尘劫》的女性们即便拥有了一定的社会地位和经济地位，但仍然充满自卑自怜，渴望拥有男人的支撑。因为，严酷的社会现实迫使她们不得不沦落到资本主义商品化的浊流之中。《朱丽的特别一夜》典型地反映了女性逐渐觉醒。袁琼琼更是在《自己的天空》中，创造出一片敢于挑战男性秩序的天地。表现了新时代台湾女性在精神层面上的解放。显然，女作家申诉的一个共同的主题，就是强调女性的自然本体性的回归。在这里，摒弃了女性作为社会人和自然人，本能的欲求与表达，在男权、夫权的笼罩下，女性的心理一直处于异常的惊慌与波动中。

应该说，20 世纪 80 年代，台湾进入了多元文化的社会。台湾的女性小说呈现出多样姿态。台湾女性小说家在多元文化的台湾社会里，颇具气势。

但相较而言，李昂与同时代的女作家相比较，更专注于从性的角度介入，揭示性内涵背后的深刻动因，指向了父权、夫权对女性身体与精神双重压制的合谋。《杀夫》小说中充满了多次蹂躏了的暴力场景，“性”混合着社会的不公平、性别的极端歧视。“李昂小说中每一次的做爱都不是在极快乐或极浪漫的情况下进行的，而是在极矛盾、极苦闷或极虚无的状况下发生的，因此接下去纵然李昂对性动作描写极为细腻，却也极少带给人异色遐想，甚至严格地说，她的性场面的描写却常常带给人一种极苦闷的感觉，也就是说李昂小说中的性描写，有一大部分好似只是为了在发抒主人公苦闷的心灵而已”。[①]《杀夫》中的“性反抗”和以弱杀强的原始性突围，蕴含的正是对男权秩序的颠覆精神。

① 吴锦发：《略论李昂小说中的性反抗——〈爱情试验〉的探讨》，《李昂集》，台北前卫出版社 1992 年版，第 285 页。

李昂曾经这样归纳自己小说里的“性”：“我走的不是一个单一的情欲问题，‘性’基本上还是会跟社会的脉动有关。”① 李昂作品的“性”描写，是基于她对历史与现实中台湾女性的存在，所面临的女性生存难题的指认，也是唤醒女性的自我主体和性别意识的策略。

2. “性”作为表叙女性存在的一个视角

其实，早在20世纪70年代初期，李昂以大学校园的性问题所写的《人间世》就招来了非议。进入80年代，正值台湾新女性主义文学的潮流涌动之际。李昂在女性议题的发掘中，面对女性生存真相与现实命运的思考，更侧重于将“性反抗”当作一种社会反抗的象征，来批判男性沙文主义为中心的社会规范。在80年代初，李昂的小说《莫春》同样侧重于性，从性的角度切入女性意识。写一位女青年与哥哥的一位友人才认识不久，便坦然地把自己的贞操献给他，尽管对他无憎，也无爱。她明知他是玩弄女性的老手，无意与她结婚，也依然与他保持性关系，目的以此“性”作为叛逆的中介，是为了肯定自己个体存在的价值，冲破社会禁忌，体现的是现代女性“性权力转换”思维。但之后李昂调整了策略，她走出狭隘的个人情爱纠缠，而参与、关怀社会及诸多人类面临的重大问题。李昂在小说集《她们的眼泪》里《写在书前》一文说：“这15篇小说，我以为应该有个总题叫《人间世》，它们共同的特点都是以女性为中心，由此企图探讨成长、情爱、性、社会、责任等等问题。最初几篇小说中也许表现出混乱、绝望与挣扎，可是收在这本书中最后几篇作品，已明显可见出一个女性如何寻找到新的出路与立足点——那就是走出狭隘的个人情爱纠缠，而参与、关怀社会及诸多人类面临的重大问题。”② 可以看出李昂对自身创作的反思，并转向了台湾本土文化，以揭示男权的“性”霸权与控制。的确，《杀夫》作为李昂最重要的代表作，唤起了她明确的女性意识和书写自觉。《杀夫》原名为《妇人杀夫》，将《春申旧闻》中“詹周氏杀夫”的社会新闻，移植到日据时期的台湾鹿城，李昂认为“这样才能显现出我企图对台湾

① 引自邱贵芬《（不）同国女人聒噪》，台北元尊文化企业股份有限公司1998年版，第93页。

② 李昂：《写在书前·她们的眼泪》，洪范书店有限公司1984年版。

社会中两性问题所作的探讨，更为了要传达出传统社会中妇女扮演的角色与地位”。[①]《杀夫》书写背景放在日据时代的鹿港，展示林市的生命轨迹。父母早丧而寄养于叔父家的林市，从小孤苦伶仃，受尽苦事，仍难得吃饱，发育不全就象床板刨成的人儿。长大以后，叔父把她嫁给本地屠夫陈江水。陈江水虽然由于职业低下而在社会上饱受人们歧视，却对林市竭尽施以性虐待。林市忍无可忍，在遭陈江水最后一次强暴后，竟视熟睡的丈夫为“猪体”，杀死了陈江水。之后，林市被判极刑。小说在林市的悲剧命运主线表述中，有一条隐秘的线始终贯穿：从叔叔的家庭奴隶，到丈夫陈江水的性奴隶；从孤苦无依中对鬼魂的敬畏，到忍无可忍杀夫而遭遇的极刑，林市是一个典型的父权压制下典型的悲剧人物。

林市在屠夫丈夫陈江水的视界里，是一个近似动物的女人，于是，冷暴力与性暴力指向了林市，并以此获得快感与性的满足。陈江水日常对林市的蹂躏与猪仔被杀的惨嚎早已习以为常，但他在面对妓女金花却能够表现出温情而眷恋。那温暖的肉体让陈江水备感舒适，却无法完全占有金花。小说里有这样的情节：二人躺在床上，打情骂俏，很是恩爱。当金花告诉他打算从良回家后，他问道：“回去要下田，你吃得苦吗?”金花表示道：“辛苦也比在这里好。”他即接着说：“这样也好，才有个收尾。”并说道：“不过，钱要抓紧，不要忘了当年怎样被迫出门。”之后又说：“金花，我跟你讲实在的，以后有人对你敢怎样，你来猪灶找我，我猪刀拿来让伊好看。”在与两个女人的互动里：一个是人性的陈江水，一个是暴力变态的陈江水。显然，在陈江水的变态意识中，林市只是作为性工具，而不是女性或是人出现的，林市如他屠刀下的动物一样的处境，可以随意宰割。陈江水冷酷扭曲，为生存而杀猪，不顾死后会被开腔剖腹、受浸血池等刑罚，甚至违背杀猪行当里的大忌讳而杀了一头怀孕的母猪；他内心充满自卑与仇恨，试图报复小时曾欺负过他的人，也不理会金花遵循超我的准则提出的劝告；他极端瞧不起传统道德的代表阿罔官等人，体现了“男尊女卑”、妻子无权的风俗习

① 李昂：《写在书前·李昂·杀夫·鹿城故事》，华岳文艺出版社 1988 年版，第 4 页。

惯，其根源在于中国传统文化的夫权主义在作祟。

显然，在林市与陈江水的关系中，林市的身体无自主性，精神主体也是缺失的，同时在经济完全受制于丈夫。小说里"（林市）心中模糊地想着这个男人就是人家所说终身的依靠了，可是究竟依靠什么，一时也没能想清楚"。林市依赖丈夫日常生活，陈江水便以此作为最主要的手段，令她就范。当她遭到丈夫用饥饿法整治，欲通过给人打工、饲养鸭子谋求日常的温饱也不得，只好继续忍受丈夫的凌辱。陈江水甚至把家中食物全锁起来，林市只好讨饭，由此遭到丈夫更为疯狂的毒打。即便是作为女人的"性"也是被动的，如动物一般地受用。《杀夫》中有这样的场景：

> 陈江水在有一会后方发现林市不似往常叫喊，兴起加重的凌虐她，林市却无论如何都不出声，在痛楚难以抑遏时，死命地以上牙咬住下唇，咬啮出一道道齿痕，血滴滴的流出，渗化在嘴中，咸咸的腥气。……林市咬紧牙关承受，只从齿缝中渗出丝丝地喘气，咻咻声像小动物在临死绝境中喘息。①

林市在百般受虐后，挥刀杀夫，然后饱餐一顿。林市的死有来自父权、夫权的压制，同时也有社会文化结构的紧逼。而小说塑造了道貌岸然的反叛者阿罔官，她是传统道德的承接者，一个向传统做出调和的寡妇，阿罔官自从丈夫去世后独力抚养儿子长大。似乎有对"性"的禁忌，她为亡夫，持贞守节。所以她对林市痛苦地哀叫，充满了厌恶，认为有辱妇德的行为，认为林市要忍受陈江水的性暴力。在遵循着"男尊女卑"与"性的禁忌"、"夫与天齐"等封建道德观念的社会语境中，阿罔官无疑充当了道德的审判，她不仅四处张扬林市与其母不知廉耻，还一直偷窥、偷听陈江水对林市的性虐待。暗地里，她还和阿吉通奸。阿罔官是置林市于死地的帮凶，仍没有丝毫同情与内疚，泯灭的良心让

① 李昂：《杀夫》，云南人民出版社 1987 年版，第 82 页。

她继续编排林市母女的“罪恶”，认为她们受罚天经地义。阿罔官与张爱玲笔下的《金锁记》中的曹七巧，都是男权社会的受害者，同时也是守护者、加害者。

美国学者葛浩文就认为：“李昂早期所关注的是性神秘的抽象的品质，是从形而上的角度描写的，其实，性对男女（或少男少女）的影响并未深究为台湾社会人欲的唯一‘显现的’标识，在不论男人物还是女人物那里，都是念念不忘的；性激情是幻想出来的，性满足是来自他人的经验。”但到了《杀夫》中的“性”经验，是作为一个叙述的中介或女性问题的症结，而非“性”本身。“……李昂剖析性爱可能造成的毁灭性，是从文字更多的作品开始的，那里的性爱变成了兽性（《杀夫》）和驾驭他人（《暗夜》）的手段。此时性爱关系中的幻想与天真的试验已不见踪迹，作者以其相当一部分写作才能，将性欲与人性——有所区别地——联系起来，与其他因素相比，正是这种对社会的‘人性化’，对个人情感的深度探索，才使李昂成为台湾最大胆的、最重要的作家之一”。①

《杀夫》中的“性”作为表叙女性存在的一个视角，就其本意指向了台湾本土的传统，以尖锐的形式揭露了传统文化中的妇女问题，对作恶多端的父权主义、夫权主义进行了有力的批判，也指向了传统文化秩序。在中国传统宗法社会中，妇女必须以“三从四德”作为行为准则，传统文化根深蒂固地浸染着女性的存在与发展，而这体现了男权社会对女性的塑造与规约。女性只是作为“性”的工具符号而存在于历史当中。也正是如此，女性开始了被奴役的命运，女人被看作物的形态对象化，女性的主体意识被淡化，女人的价值只体现在繁衍上，而她的其他社会功能被忽略。这就是女性的现实存在：女性的自然存在、女性的社会存在及女性的精神存在都是非自由的。女性的角色被社会规定，成了“女儿—妻子—母亲”的三重复合，她是被塑造的、被物化的存在，并成为了女性生活的范式。显然，传统的女性形象是一种父权、夫权的符号化存在，贤淑、忍耐与宽厚。而李昂《杀夫》中的林市、阿母与阿

① ［美］葛浩文：《性爱与社会：〈李昂的小说〉》，史国强译，《东吴学术》2014年第3期。

罔官等，颠覆了传统母性与女性形象符号。

李昂的颠覆传统女性形象符号的动因，可从她在1983年为台湾《时报》“女性的意见”专栏撰稿中，捕获一些信息。《女性的意见》一书收录了李昂的一些相关文章。该书《写在书前》中有这样的宣言：“我决定宁可被冠上‘保守’的称谓，也绝不愿谈些无益的欧美先进观念。6年前自美国回来后，真正对欧美社会有点接触，才知道台湾怎样的在滥用与误解西方的开放观念，而完全不曾了解、探讨形成这些先进观念的动机与原因。这些横的文化移植，完全无保留的抄袭西方作风，自然形成一种‘无知的开放’造成许多社会问题。而作为一个专栏作家，我自然不愿推波助澜；带动这种盲目的不良空气。”[①] 作为一个受到女权运动者影响的中国妇女，李昂意识到：“过去传统中国文化对妇女的训示与提示，已不能全然适用，我们势必要寻找我们的新规律、新规则，而这些：不管是东、西方妇女，凡已尝试过的努力，自然可以作为我们的参考与借镜。”在快速变化的现代社会，从两性平等的基础上，建立女性的新规律、新规则，以此建立现代妇女的立足点。这表明李昂自觉地以女性主义立场来审视女性的生存境遇。《人间世》《回顾》《家庭》《误解》等更多的是人性基点上的思考，对性爱、家庭做了思考，但无意于以表现性与情欲本身，来标榜激进。《杀夫》笔力有着阅世渐久的苍老遒劲，《花季》中的鹿城已不复存在。而年少记忆中的鹿城成为了“杀夫”的场所，意味着李昂有了台湾精神乡土意义上的回归。

李昂逆向反思台湾的传统社会文化结构，是一种文化自觉，也暗合了当时的社会处境。台湾文学在70年代，出现了一种思潮，也就是一些乡土文学的提倡者反对全盘西化，主张回归本土文化，却模糊了传统文化中的消极、愚昧的成分，对于民族传统文化缺乏一种理性的全面的客观分析，采取全盘继承。李昂的《杀夫》用极其尖锐的形式揭露了传统文化中的夫权对妇女侵害的问题，这与70年代的乡土风潮，明显存在有相左的本土化策略与审美文化上的选择。也就是说，当台湾文

① 李昂：《众女性的意见：我不是大女主义者》，台湾时报文化出版事业有限公司1983年版。

坛于70年代中期展开围绕乡土文学，乃至中西文化论战的时候，李昂还在美国读书，并没有卷入这场论战。当她回到台湾本土后，论战已基本结束，这时回归乡土文化成台湾本土的主潮，而李昂选择了特立独行。的确，李昂从倾向于现代主义，到对台湾现代主义文学及其所表现的全盘西化的文化思潮进行深刻的反思，体现出了台湾本土书写的文化实践。

3. 反抗父权、夫权传统秩序的杀戮

《杀夫》小说中的贫穷女子林市，长期遭受屠夫丈夫陈江水精神与性的虐待。陈江水行使着兽性与血腥的夫权统治，吝啬于食物又不允许林市有经济来源，逼迫林市目睹杀鸭仔、杀猪，一步步刺激林市对血液、杀戮的恐惧；加之以阿罔官为代表的市井流言家、看客，偷窥并传播其夫妻之事，编排林市母亲的遭遇，嘲讽、中伤，并以礼教卫道者自居阻碍林市向神灵祈求庇佑，致使林市精神恍惚中，挥刀砍向陈江水。“在象征意义上，可说是代表了对于女性遭受物化的反抗与控诉，将女性分崩离析、饱受切割的自我主体，投射到男性的肉体上”。[①] 林市是处于跟猪一样动物的处境之中的被动反抗。林市的反抗行径触及了男权社会的核心利益，也遭到了更加严厉的惩戒，我们可从小说一开始的告诫，清楚地看到：

> 按陈林市供词，于情于理皆不合。自古以来，有道无奸不成杀，陈林市之杀夫，必有奸夫在后指使，有待有关当局严查。又有谓陈林市神经有病，久看丈夫杀猪，得一种幻想恐惧病而至杀夫。
>
> ……
>
> 然将谋害亲夫之淫妇游街示众，有匡正社会风气之效，故此次陈林市之游街，虽少奸夫仍属必需。相信妇辈看了能引以为戒，不至去学习洋人妇女要求什么妇女平权、上洋学堂，实际上却是外出抛头露面，不守妇戒，毁我千年妇女名训。

① 张惠娟：《直面相思了无益》，转引自郑明娳《当代台湾女性文学》，台北时报文化出版企业有限公司1993年版，第55页。

寄望这次游街，可使有心人士出力挽救日愈低落的妇德。[①]

林市杀夫之后，新闻界与社会界极力维护传统妇德，认为“陈林市逆伦，罪大恶极”，最后，“社会舆论、民俗国情，在送大牢前特将林市绑在送货卡车上，有八名刑警监押，另一人打锣游街”。[②] 林市被当局以“匡正社会风气”“挽救日愈低落的妇德”的理由而游街，显示出社会的愚昧与冷酷，肆意地扼杀着、扭曲着人性。可见日据时代的农业社会生活，“在农业文明之下，社会表情是封闭、落后与暴力的，贫穷是其本质特征”。[③]

“杀夫”作为对家庭反叛的一种极端形式，是两性对抗的爆发，“两性尖锐对峙的极限状态，而且还陈述了一个反传统秩序的颠覆状态”[④] 恩格斯在《家庭、私有制与国家的起源》中曾经指出，“个体婚制在历史上绝不是作为男女之间的和好而出现的，更不是作为这种和好的最好形式而出现的。恰好相反，它是作为女性被男性奴役，作为整个史前时代所未有的两性冲突的宣告而出现的……个体婚制是一个伟大的历史进步，但同时，它是同奴隶制和私有财富一起，却开辟了一个一直持续到今天的时代。在这个时代中，任何进步同时也是相对的退步，一些人的幸福和发展是通过另一些人的痛苦和受压抑而实现的”。[⑤] “杀夫”成为女性由顺从到反抗的一种路径，也表征着女性逐渐开始了向自我身体与精神的主体的靠近。

李昂以《杀夫》反衬与反讽着父权社会“男尊女卑”的伦理主张与秩序，但对于林市来说，她的反抗仍然是被动的行为。小说中林市的悲剧命运，强烈地体现了族权、神权、夫权对女性的合力的绞杀。林市九岁的时候父亲去世，和母亲一起被叔叔赶出了自家的屋子；十三岁时

---

① 李昂：《杀夫·鹿城故事》，华岳文艺出版社 1988 年版。

② 同上书，第 68 页。

③ 雷岩岭：《看·说·女人的示众——谈现当代文学作品中女人的两种“示众”》，《湘潭大学学报》（哲学社会科学版）2004 年。

④ 樊洛平：《当代台湾女性小说史论》，河南人民出版社 2005 年版，第 327 页。

⑤ 恩格斯：《家庭、私有制与国家的起源》，人民出版社 1999 年版，第 66 页。

母亲由于太饿而不贞，被族人处死，她自己被安排进叔叔家做苦工，饱受折磨；接着被迫嫁给屠夫陈江水，辛勤操持家务，却受到陈江水残酷的性虐待。这里蕴涵了几个重压：来自家族的欺压，为了霸占房屋，叔叔将年幼的林市和母亲一起赶出了家门；及至发现林市母亲被一个军人强暴后，又动用封建族权将林市母亲毒打后处死。林市先是作为叔叔的家庭奴隶，食不果腹地承担着繁重的家务。被叔叔逼婚，嫁给了屠夫陈江水，更进入了一种苦涩的境地，林市像被逼到绝境的女人，恐慌中的失措并不是理性的反抗，对生存的渴望让她惶恐紧张濒临崩溃的边缘。而陈江水还逼迫她去看杀猪，更将她逼入死角，因为血腥的场面更引起她潜意识里对死亡的恐惧，林市的情绪已经失控，于是林市迸发出生命的一击——杀夫，并不能说林市有女性意识的自觉，恰恰是近乎动物般的本能，冲破了超我的禁锢而杀夫。

同样，自20世纪80年代以来，大陆女作家文本中反复出现“杀夫”，也如出一辙。杀戮以空前的方式显示着女性的反叛。如池莉的《云破处》、方方的《奔跑的火光》、严歌苓的《谁家有女初长成》、迟子建的《第三地晚餐》、葛水平的《甩鞭》，都彰显了女性的生存困境。除了《云破处》中曾善美没有受到惩罚之外，丈夫施暴—被杀与女性受虐—杀夫—受惩而死，成为这几部小说的共同叙述模式。在这共同的叙述模式中，这些原本善良的女性们各有各的生存困境。“不仅许多人仍然认为虐待妻子是正常的、可以接受的，而且我们的社会用男性统治的价值结构和经济体系在支持着虐待妻子”①。两性婚姻中，来自丈夫对妻子的暴力、虐待，是婚姻家庭中的常态。

90年代池莉的《云破处》里的曾善美作为一个受过高等教育的城市女性，令人羡慕，可是曾善美有不堪的童年经历，从小失去父母，受到姨父和表兄的奸污，因顾及姨妈而一直忍受着。之后有了自己的职业和幸福的家庭，却又意外发现与她生活多年的丈夫竟是杀死她父母的凶手。与林市、英芝、陈师母相比，虽然一样地遭受了暴力与性的伤害，

① ［美］玛丽·克劳福德、罗达·昂格尔：《妇女与性别——一本女性主义心理学著作》，许敏敏等译，中华书局2009年版，第860页。

但对于曾善美来说，她是侥幸的。她不能饶恕金祥的毫无人性与死不悔改，杀人重罪的无可饶恕与投毒罪证的无可寻觅使得曾善美只能以恶制恶。但她凭着机智逃脱了应有的惩罚。

21世纪以来，女作家也将笔触伸展到这一主题，如严歌苓的《谁家有女初长成》里的潘巧巧，从被人骗离家门到被卖给养路工的过程中，虽然愤怒绝望，但从来没有试图反抗，她已经彻底认命了，安心与养路工过起日子来。但令她不能忍受的是：自从被卖给丑陋笨拙的养路工后，竟在丈夫的默许下被他的白痴弟弟多次强奸，因为买她的钱里有白痴弟弟的一份。当她得知养路工允许白痴弟弟强奸她的时候，她愤怒得失去了理智，举刀杀了这兄弟俩。方方的《奔跑的火光》是死囚农村女青年英芝的回忆，她的婚姻是不幸的，为了不再受制于公公婆婆，付出了艰辛的劳动，却由于丈夫贵清的懒惰与嗜赌，以及丈夫对她的疯狂殴打，再加上以公公为代表的传统乡土社会对女性的制约，她无力反抗，于是只能以死亡来抗争，同归于尽。迟子建《第三地晚餐》，小说中曾经是厂花的陈师母，在事故中失去了一只胳膊，无奈中嫁给了一个性情暴虐的酒鬼丈夫，在多年后丈夫有了外遇，活的尊严被践踏，在长期的受压抑后达到了忍耐的极限，最后愤而杀死了丈夫和他的情人。北诺（《致命的飞翔》）杀了秃头男人；卜零（徐小斌《羽蛇》）在梦幻中杀死三个男人。这些女性都不甘心屈服于男性的淫威而采取了极端的形式，对男人的杀戮实质上是指向男权中心的反叛行为。而婚姻成为隐蔽的杀戮女性自我生存的承载，一如台湾李昂《杀夫》中的贫穷女子林市因屠夫丈夫的长期性虐待而杀了丈夫。

无疑，两岸女性文本中呈现的“杀夫”，其背后潜藏着的深刻原因在于：在传统本土哲学文化中，存在着两个脉象：一是古代传统文化哲学里蕴涵着生态因子，强调“天人合一”，强调自然与人的共栖共生；一是中国古代生态哲学理念中，同时也构建了违反人性的自然性、社会性的女性纲常理论，女性是依附男权、夫权、父权的。而“三纲五常”中的人伦秩序，对女性的压制是反人性、反生态的。女性要从本源上甄别传统文化对女性的规约与限制，剔除其中的不合理成分。

李昂曾留学海外，同时20世纪70—80年代的台湾文学界，受到欧美文学的强烈影响，时欧美女性主义文学批评风头正健，李昂作为一个女作家受到影响是自然而然的。小说中的林市与陈江水生活的背景，也不过是台湾的20世纪50—60年代的乡村。接受现代性思想的李昂，却把笔触伸至传统范式的乡村中，反映的是一个历史上的乡村女性的境遇，而不是现实生活中的女性的境遇。而这里，李昂具有现代性思维，她指认了这样一个文化事实：传统文化禁锢的女人的性与孕育的被强调，置换了女性精神性的延展，或者说，女人在原乡人伦秩序中，一方面会以母性、神形的光环反照，另一方面也因生育或性被遮蔽与嘲讽。某种程度上来说，《杀夫》与“五四”以来女性文学宣扬的妇女个性解放的精神诉求却是一脉相承的，李昂以一种勇气，涉入了性不平等禁区。而事实上，李昂的《人间世》《暗夜》等在描写女性自然存在的解放这方面也有一定的深度。

李昂以《杀夫》传达出一种讯息，即对女性命运及其人性解放的呼喊，女性必须要经济独立与精神独立，女人本体的生命意识和文化内涵才会得到痛快淋漓的舒展。乡村女性自身鲜活成长经验与生命体验的积累，加之在乡村现代化的过程中，乡土传统与现代的交织，日新月异的生活样态，激发了乡村妇女自我意识的萌动，逐渐摆脱传统父权文化的束缚，挑战传统文化秩序与伦理道德，追寻自我尊严与生命价值的实现。因为“女性主义者在试图代表妇女说话时，时常假定自己懂得妇女真正是什么，但是这些假定是莽撞的，但不可回避的是，任何女性的知识都已经受到了性别歧视的污染”。[①] 显然，李昂指向了父权压制下的女性性别弱势，是切中肯綮的，但仍然有超越乡土女性自觉的一厢情愿给定。

应该说，从20世纪80年代开始，相较中国内地兴起“改革文学”“反思文学”“伤痕文学”，女作家着重倾向于以西方女权主义理论为模板，正以申诉“平权”的反男性中心、反婚姻、家庭、性别束缚等桎

① 张京媛：《当代女性主义文学批评·前言》，北京大学出版社1992年版。

梏，走上激进的与男性对抗的道路，台湾一些女作家就能够更加深刻地意识到女性角色与地位的问题，重视男女两性角色的分析。"高扬新女权主义旗帜，积极吸收现代观念，大胆确立女性的社会主体意识，集中反映女性的自重、自爱与自主，将女性形象从原来的从属地位逐渐移向主体地位"。[①] 因此，《杀夫》中林市的杀夫之举，非一般意义上的"公案小说"。作家无意写一个吸引眼球的俗世故事，而是"想写一个就算是'女性主义'的小说吧"[②]。借弱女子举起反性压迫、性虐待，以维护女性的性权利。而这一权利恰恰是被社会、被男权主义乃至女性自身无意识所回避。而李昂也说："关于性描写，我们不要轻易否定它。古今中外许多名著都有成功的性描写，茅盾在《子夜》中的性描写，就对写活人物、反映那个时代的特征很有作用。东西方民族的不同特点，也导致性描写方法的不同。真正有社会使命感的作家，应该揭示性描写背后政治权利的争夺与高度经济发展对人类灵魂的腐蚀，提出对社会问题的看法。"[③] 显然，《杀夫》的主题已经引申到女性本体层面，"宣告了台湾野蛮男权的结束，将男性的优势推入永不回头的时光之流中"。一位美国评论家说《杀夫》是"鲜血淋淋的说教故事"，另一位批评家说，"写男人压迫女人，或麻木不仁的社会扼杀无助的受害者"，《杀夫》大概是"最下作、最骇人听闻的一部"[④]，显然，这具有超越时代意义的。王德威认为，这部小说借一桩谋杀亲夫的血案，大胆暴露了中国传统婚姻制度的残酷无情，它对性及性暴力的露骨描绘，也可被视为中国文学的一个里程碑。[⑤]

至此，李昂凭借她的《杀夫》，加入了以吕秀莲的《新女性主义》

---

① 唐全海、周文武：《20世纪中国文学通》，中国出版集团东方出版中心2003年版，第164页。

② 李昂：《写在书前·李昂·杀夫·鹿城故事》，华岳文艺出版社1988年版，第4页。

③ 转引自庄园《论台湾女性主义作家李昂》，《晋阳学刊》2007年第2期。

④ 《柯克斯评论》(Kirkus Reviews)，1986年9月15日；希（Carolyn See）：《虐婚中被折磨的女人》(Tortured Woman in a Sadistic Marriage)，《洛杉矶时报》(The Los Angeles Times) 1986年11月17日。

⑤ 王德威：《华丽的世纪末——台湾·女作家·边缘诗学》，转引自庄园《论台湾女性主义作家李昂》，《晋阳学刊》2007年第2期。

理论为先导的80年代的“新女性主义”派，与《这三个女人》《朱丽的特别一夜》等，成为其时经典的女性文本。“新女性主义”从审视传统文化中封建主义思想的社会主题出发，到站在台湾现代社会高度缕析日益商品化的女性现状，参照西方的两性世界关系，直接导入新的台湾社会男女两性和谐关系点位。这恐怕就是“新女性主义”的“新”高度了。以其思想的尖锐性大于艺术手法的探求性，表征了“新女性主义”文学的美学倾向。

第五章　空间的移动与切换

80 年代，中国随着社会变革，国人以开放的姿态，拓展生活空间，出现了跨越国别、民族、文化等移动，并日渐成为一种新常态。空间移动是人的天性。① “地理空间移动是人类社会的基本特征，自从人类诞生以来，地理空间的移动就一刻没有停息过”。② 相应的，自 80 年代始，存在有女性书写跨界的移动与空间的切换，既有横向中西文化背景下的移动与切换，也有本土的跨民族、跨文化的移动与切换等。相应地，女性文学的表达，有两个空间上的典型移动，同时，因移动也拓宽了文学边界的书写。这个客观存在的地理空间经由女作家的艺术想象和创作实践，实现了由“空间”（Space）向“地方”（Place）的转变，成为一个“意义、意向或感觉价值的中心”，一个“动人的，有感情附著的焦点”，一个“令人感觉到充满意义的地方”。③ 当然，女性书写空间与文化移动，滋生出新的文学想象空间，依然在现代性与传统性、本土性中游离，共生存在，而不是互相取代的关系。这也意味着，80 年代女性书写是在女性空间与社会空间之间移动，意味着女性随着时代发展变化，在社会中的重新定位，同时也意味着女性审美意识形态价值观，在女性空间与公共空间逐步形成，并且有进入美学、哲学层面的态势。在这里，按照女性书写空间的移动，大致列出几个趋向。

其一，女性文本有跨国别的中西方之间的空间移动，空间的移动带

① 这里涉及的移动，仅指地理空间的移动，而不是抽象文化意义上的移动。

② 赫维人、潘玉君：《新人文地理学》，中国社会科学出版社 2002 年版，第 114 页。

③ 夏铸九、王志弘：《空间文化形式与社会理论读本》，台北明文书局 1993 年版，第 86 页。

来直接的文化感受，东方思维容纳到西方的价值标准与判断中，比如台湾的聂华苓、李昂，大陆的蒋濮、查建英等的跨文化写作，但最终的诉求与驻守在本土的女性书写本质上是一致的，只是女性性别问题与民族、国家、种族等问题交织在一起，更具有复杂性、游离性。

大陆女作家查建英的小说《丛林下的冰河》《到美国去！到美国去！》、蒋濮小说《不要问我从哪里来》等最具有代表意义。“世纪的全球迁徙是一段非常复杂的历史，同样是迁移，不同时代、不同民族和国度的不同移民有着截然不同的经验，而反映这些历史经验的各国移民文学也大有差异”。[①] 留学生女作家观察世界、处理文学，有她们特殊的眼光与视界。“女作家们的自我意识如何在文学中从一个特殊的位置和跨度来表达自己，发展变化以及可能走向何处”。[②] 这是摆在她们面前的现实选择。对于在思想禁闭的时代成长起来的人，渴望在思想解放的时代，获得解放和自由。进入西方的她们，在两种文化之间游移，切实地感受到跨文化、跨国别与跨种族的异质存在。在异质空间中，女作家试图获得个人精神自由的伸张，却成为漂浮的主体，即在文化差异中再次陷落。于是，在人性的基点上，寻找中西之间的差异，成为80年代留学女作家的主要表达。查建英在小说《丛林下的冰河》中写道“那年我整整二十岁。当时中国已有几十年无人做这种性质的远征。这两个因素使得一切都染上一层浓郁的浪漫冒险色彩”[③]。“我”在美国找不到情感皈依，于是回望过去在国内所发生的一切就显得非常重要，对于“我”越来越刻骨铭心。《到美国去！到美国去！》讲述的是一个关于“土插队”和“洋插队”的女性故事，小说文本中女主人公伍珍“文革”经验、知青生活经验、美国金钱社会经验等交织在一起，所经历时代迥异的生活，所携带的都是背井离乡，抛离了原有的生活轨道而陷入新的精神困境与挣扎。正如在《芝加哥重逢》小说中男主人公发出

① 王腊宝：《流亡、思乡与当代移民文学》，《外国文学评论》2005年第1期。

② ［挪威］陶丽·莫依：《性与文本的政治——女权主义文学理论》，林建法、赵拓译，时代文学出版社1992年版，第2页。

③ 查建英：《丛林下的冰河》，《人民文学》1988年第11期。

这样的感叹："在异国生活了一段时间的人，性格和感情会逐渐发生一种分裂，内在的，潜移默化的变化。两种文化会同时对你产生吸引力和离心力，你会品尝前所未有的苦果，感受到前所未有的压力和矛盾。你的民族性在减弱的同时，你的世界性在把你推向一片广阔的高原的同时，使你面临孤独的深谷……"① 其实，"这样，那些有关冒险、探寻、爱情，有关来自不同文化的人之间的互相迷恋又互相误会，有关不同种族之间的疑虑、隔阂与相通，有关人在成长、走向成熟当中如何安放青春理想，有关他乡与故乡的关系……种种场景、人物和思绪，很自然就全都涌出来、以不同方式进到小说里了，因为这些都是我在美国那几年里亲身体验、日思夜想的东西。……那时候反思八十年代以及我自己青春期的写作，有几个问题想得比较多。一个是精英主义的倾向，一个是过于自我和个人化的写作"。② 查建英小说体现了对跨文化介质进行的深度思考，并将女性故事设置在第一世界/第三世界间紧张的文化夹缝中，展示了文化认同、偏见等多重内涵，更具典型性。蒋濮留学日本《不要问我从哪里来》小说，在1988年在《上海文学》上发表，小说女主人公魏琳琳是怀着对物质的空前兴趣来到日本的，到日本后，尽管生存艰难，但是她并没有像邵阳阳那样的女性一样放逐自己，而是希望以自己的方式获得生命追求。但是随后出国的丈夫亚非却并不适应日本的残酷竞争和低人一头的打工生活，彷徨无着，竟有了外遇。情感上的变故，令她的精神彻底崩溃。出乎意料，这部小说发表后在日本引起了很大反响。《读卖新闻》评论中说这是继郁达夫的《沉沦》之后60年又出现的中国留学生文学。也有评论家这样认为，"叙述人总是一个高尚的女性，通常才貌双全，人品出众，性格温柔，教养不俗，却屡屡因受小人的背叛、嫉妒或陷害打击而陷於困境，由她反衬周围环境的庸俗、猥琐和卑劣"③。蒋濮从此声名大振，接着《东京恋》《东京梦》

---

① 查建英：《芝加哥重逢》，选自《丛林下的冰河》，时代文艺出版社1995年版，第98页。

② 江少川：《查建英专访："找到的就已不是你所要找的"》，《世界华人周刊》2014年3月14日，《红杉林》2014年春季号。

③ 参见李兆忠在《文学自由谈》上发表的系列文章，《新留日文学缘何没有大手笔》《被妖魔化的日本人》等。

也相继发表，颇受好评。蒋濮的可贵之处在于写出了留日女性在日本社会的生存状态与精神状态，也反映出了日本社会对留学女性的影响与塑形。有意思的是，尽管刘索拉小说《你别无选择》《寻找歌王》《蓝天绿海》等是带有跨文化写作，但其实刘索拉还在国内，但先验地在小说空间中植入了西方现代性的元素与想象。刘索拉《你别无选择》蕴涵的是西方音乐文化符号的渗透，同时也是在音乐—文学之间的跨界有效尝试，是在音乐流动的节奏里谱写出了当代青年人的生命激情。

应该说，聂华苓、於梨华、陈若曦及丛甦等，共同构建了 80 年代台湾的移民文学，她们身居国外，颇受欧美西方女性小说的影响。她们大多经历了现代主义、女权主义、后现代主义、情欲解放等文学思潮。台湾的女性小说，接受欧美女性小说的影响，同时也有本土化的书写。海外的女作家的作品在台湾发表和出版后，又反过来对台湾女性小说予以影响。如美国华裔女作家聂华苓的移动具有独特性，有大陆—台湾—美国的生活空间切换，书写自然与众不同。1949 年，聂华苓带着母亲弟妹跑到台湾，惧怕革命惧怕共产党，但是国民党的所谓“法统”“自由”让她感到失望。她参加编辑的《自由中国》杂志，坚持正义，因而不断受到干扰。在惶惑、失落的精神痛苦中挣扎，以忆旧的方式写出了《失去的金铃子》，寄托自己的哀愁，用揭露封建保守势力来影射现实。之后聂华苓去了美国定居。发表《千山外，水长流》小说讲述了莲儿“文革”后到美国寻访父亲故乡的尴尬故事。同时以一种理性的态度对“文革”进行审视，揭示“文革”对人性的摧残。小说没有刻意渲染乡愁和“文革”伤痕，也没有刻意表达对全盘西化的拒绝，而是以一种自然的方式，融入了美国文化生活环境。可见，聂华苓重在对移动后的日常生活经验进行挖掘，同时关切的是心灵与精神上的平和、满足，而不是深刻地控诉与批判。应该说，聂华苓的文学反思，是符合社会思潮和文学自身发展规律的；但由于对大陆文革缺乏足够的经验，很难达到更高的历史与思想深度。即便如此，仍然不能够抹杀，聂华苓“融传统于现代，融西方于中国”的艺术追求。

其二，女作家表达中国本土的城市与乡村之间的移动，主要是在乡村与城市的之间女性迁移的表达，“知青返城潮”带动了女性书写主题的拓展与女性文学领域的拓宽，刺激了女性文学的发展。“城市”与“乡村”作为关键词，成为80年代书写中不可或缺的存在。张曼菱小说《有一个美丽的地方》、乔雪竹《荨麻崖》《日落的庄严》、竹林小说《蜕》《生活的路》等就是典型的城乡切换的知青版本。王安忆1985年的《小鲍庄》小说集，更是城乡生活的集合体，共收六个短篇和四个中篇，聚焦的是城市青年人生活的苦闷与理想。如《麻刀厂春秋》写了一群知青从农村上调到社办工厂后的劳动、生活，写得妙趣横生，表现了那个动乱年代的社会风貌，同时又标志着作者创作风格开始变化。而《人人之间》《一千零一弄》《阿跷传略》等，分别反映了学校、里弄、工厂生活情状。《我的来历》《历险黄龙洞》从不同的角度写了一个家庭或一个家族的演化。而被视为姊妹篇的王安忆的小说《大刘庄》和《小鲍庄》，却是描绘了乡村生态与社会构成，揭示了传统乡村历史的发展和变迁，以及人性的守恒。当然，最为著名的是《小鲍庄》，小说一问世立刻引起了文坛的震动。同时，引发了人们对中国传统文化的仁义的思考与讨论。事实上，乡村民众的集体无意识，只与传统文化有关联，与现代性的影响是割裂的。王安忆从女性角度以细腻敏锐的笔触对社会及生活本质进行了探讨，集中体现了乡土乌托邦的想象与虚构，带有一定的城市阶层的精神自慰，这基本成了她80年代女性书写的主核。对在乡土生活图景里所渲染“仁义”的原生力量，王安忆采取的是与传统文化的和解与妥协，乡土中国被虚构成一个生存美学意义上的“乌托邦”。80年代中国女性乡土写作与都市写作的互动，旨在寻找女性城乡生存切换的内在脉动规律与外在形态等。女作家的城乡切换，有着精神资源、民间资源与生活资源的助力，也凭借移动中获得的含混性与多样性的城乡女性经验，是女作家依靠自身的知识、阅历的不断增长，做出的审美选择。同时，迎合了乡村城市化的改造与城市内部结构的变化。女作家的城乡切换书写，呈现出多样化的趋势。丁帆认为，“走向城市已经成为人在物质生存状态中的必然选择。作为一首对农耕文明礼赞的无尽挽歌，作家能够看清楚这种文明的颓势，将会给一种新的文明提供一次进步的机会，就是文学理念的巨大历史进步”。[①] 空间的移动带来了文学迁移。“城市是一个能够自我生产的有机体，它被人群制造出来反过来又塑造着人群。当代中国的城市空间是一个彼此复制的空间，或者说在一个现代化的全球体系中，中国的城市空间被这个体系生产出来，成为其中有机的组成部分。这个被生产的情形是从20世纪80年代开始的，改革开放过程中西方世界的现代景观造成的震惊体验使中国的城市产生了模仿的冲动。如何现代和现代如何被体现在一个城市景观的塑造上，上海就是一个中国城市塑造的象征性符号”。[②] 而80年代乡村进入城市流还没有显现，只是随着知青的返城回潮而小说发生波动，进入了90年代，乃至21世纪乡村大量农民工涌向了城市，已是一种群体移动大潮。

其三，审美介入跨文化的世俗生活空间，对人性进行审视。查建英的《到美国去！到美国去!》在日常场景中，展示了移动到现代空间之后的价值观、意识形态的变异。王安忆在城乡的移动中，在传统大文化背景上，捕捉人性的固守与变动，并将这种表述延伸到90年代日常世俗空间与跨文化空间中。“王安忆的小说大体上营造了两个空间范畴，一个是日常中国的生活空间，另外一个是全球化的大同空间。这也是上海的两个基本层面，一个是作为上海芯子的以中产阶级的意识形态趋向为基础的美学化的上海日常生活，另外一个就是上海关于自身跻身全球化的现代性想象”。[③] 90年代王安忆《长恨歌》的空间叙事模式，是在革命时代的上海镜像里表达了一种现代性反思的精神，体现了人类平等、自由的永恒冲动。此外，80年代女作家也在解释日常生活与宗教之间的关联，女性想象是建构在生活与宗教的临界线上的，既是一种终极意义上的思考与理解，同时期待体验到更高的理想秩序，试图抵达神性的或伦理的秩序，从而捕捉到时代变革节奏与女性的关联。如霍达《穆斯林的葬礼》中包含有宗教体验，就是女性在宗教与日常生活经验

① 丁帆、舒晋瑜：《关注乡土就是关注中国》，《中华读书报》2018年6月18日。

② 马春花：《上海镜像与王安忆的空间政治》，《保定学院学报》2008年第3期。

③ 同上。

里的展演。

如前所述，这些移动与切换的，既有切实的身体的移动，也有精神空间的交替设置。而80年代女性文学场域的生成与结构，却是一个颇有意思的话题。原因在于移动的女性所持有的女性本位立场、自身的主体意识或主体性，是一个恒定的场域。社会空间存在各种各样的场域，而女性文化场所是女性意识形态存在的空间，也是女性文学生成生产的重要场域。移动的时空为女性创作提供了特殊的文化场所，具有了异质性的新思维，从而呈现出不同的文化景观。其实，女性文学场域的“自主性”体现在场域的“自身逻辑”上，场域的生成与结构是一个连续的动态系统，既维持了场域内部秩序的基本稳定，同时也拓展了场域的范围与界面。女作家借助自身的资源、资本及力量，拓展空间，并以批判性、颠覆性的姿态构建自我。而女性意识形态会因空间场域而发生变动，但女性精神主体所持的文化理念是一个根本性的变量。场域既是一种外环境，更是一种内环境的定式或定格。“场域具有以下特征：首先，它是一个社会角色或位置的结构化空间。不同场域要求不同的资本，如文化资本、经济资本和政治资本，从而，通过设置进入门槛，场域对一切居于其中的行动者都具有塑造力和强制力。例如，一个人要想进入高等教育场域，就必须具有相应的文凭；艺术场域内的行动者必须具有被场域内的权威所认可的艺术品位和资历，并服从于各种明暗规则。其次，场域是一个关系性概念。场域为行动者提供了一个比较和仿效的框架，它并不是一个本体，而是一种形势或情形，由此行动者被连接起来，并相互参照以架构其行动。不仅如此，场域是一个角色与角色占据的空间，通过一系列的过程，场域中的行动者以及再生产的客体构成了客观的关系，与个人或群体相比，这种关系更为重要。第三，场域是一个抗争性领域。不同的场域有其特定的、内部存在差异的附属、联盟与对立；在场域中，不同的行动主体和制度试图维护或推翻现有的资本分配机制以及身份和层级的认定。”① 场域并不是简单的物理空间场

① 李钧鹏：《知识分子与政治》，《社会》2015年第6期。

所，而是社会个体按照一定的逻辑共同建构的，同时为个体活动提供了场所。而空间的移动，其实也是场所的变动。而这种移动中，多重意识形态的交锋必然伴随。“场所到底是什么？时间和空间在一个场所会合为一体，场所包含隐喻和象征意义，这种意义比特定地形景观或建筑式样的表面想象更为深刻。社会改造着场所，赋予其记忆、历史和符号意义；同时也在外观上改变着它们”。[①] 与其说是移动中的场所影响着女作家的审美倾向与价值判断，不如说是场域作为一种潜在的文化力量，才是制衡女性意识形态的要件。艾勒克·博埃默在《殖民与后殖民文学》中说“移民殖民者基本上把自己看成是文化上的迁徙者，他们过重地承担了本属于另一个古老世界的价值观和人生态度。他们的教育、文学、宗教活动、文化准则以及各种体制等，使他们给人以英国驻外代表的印象，从过去的某个中心来到现在成为他们故乡的这个地方。由于他们与周围环境没有什么重要的联系，他们工作起来总有一种空虚感——没有文化根基，没有家园根基，没有此时此地的归属感”。[②] 但在跨界的移动与切换中，女作家始终固守在文化的根性与人性的契合点上寻找，从个人激情到中华民族文化在精神契合点上进行追索，是激情与意志，也是一种精神意义上的探寻，女作家独特的体验与表达，在空间上的移动，构成了历史与现实的对接。而进入这种创作，作家对社会、历史、现实、环境等的审视，体现了作为知识分子介入现实的承担与干预。是何种力量推动着作家进入？而这些移动之后的变化，以及移动中的女性审美意识形态的变形或保持，是耐人寻味的。

一　空间的切换与经验的移动

美国华裔女作家聂华苓拥有独特的经验，这不仅在于她在 20 世纪 50 年代就开始了创作，代表作为短篇小说集《翡翠猫》《一朵小白花》

① ［美］简·罗伯森、［美］克雷格·迈克丹尼尔：《当代艺术的主题：1980 年以后的视觉艺术》，匡骁译，江苏美术出版社 2013 年版，第 168 页。

② ［英］艾勒克·博埃默：《殖民与后殖民文学》，盛宁、韩敏中译，辽宁教育出版社 1998 年版，第 246 页。

《台湾轶事》，中篇小说《葛藤》和长篇小说《失去的金铃子》《桑一青与桃红》《千山外，水长流》等，为世人熟稔、称道。仅在台湾的十五年，共出版过九本书，其中有小说，也有翻译。更重要的是聂华苓的书写，具有全球视域，是在大陆—台湾—美国之间空间移动中完成，因此她的写作明显携带了不同的质素，而她的小说轨迹与她的生存轨迹有间离，也有某种惊人的经验叠合性。

聂华苓祖籍湖北，1926 年生于宜昌，在战乱之中度过了学生时代。1949 年，大学毕业不久的聂华苓和母亲、弟妹，由大陆迁徙到台湾，在反共舆论甚嚣尘上的背景下，阔别故土的聂华苓在台湾艰难求生，而精神上文化根脉的断裂，使聂华苓开始有了彷徨、焦躁，无所适从。整个 50 年代，她都在台湾政治色彩浓厚的半月刊《自由中国》任职，发行人是当时身在美国的胡适，由雷震先生主持工作。这是介乎国民党的开明人士和自由主义知识分子之间的一个刊物。这样一个组合所代表的意义，就是支持并督促国民党政府走向进步，逐步改革，建立自由民主的社会。刊物先后发表了林海音的《城南旧事》、梁实秋的《雅舍小品》，以及柏杨的小说和余光中的诗，营造了清新的文学小气候。而中间夏道平执写了《政府不可诱民入罪》，导致《自由中国》和台湾统治者发生了最初的冲突，最后又因针砭时弊的社论，登载反映老百姓民生疾苦的短评，直接把矛头指向当权政府。1960 年该杂志被查封，聂华苓等也遭受到隔离、监视，进入了“一生中最黯淡的时期：恐惧，寂寞，穷困”。[①]《失去的金铃子》（1960）就是这期间的创作。之后，聂华苓在台湾大学和东海大学教书谋生，于 1964 年被迫离开台湾，旅居美国，开启了她真正意义上的漂流之旅。在爱荷华大学教书期间，聂华苓仍然进行写作，并且从事文学翻译工作。1967 年与丈夫、美国诗人保罗·安格尔一起在美国创办了 IWP（International Writing Program），即“爱荷华国际写作计划”。聂华苓和安格尔可能都没有想到，他们创办的 IWP 会在国际文学交流中产生那么大的影响，来自 120 个国家和

① 聂华苓：《写在前面》，见聂华苓《失去的金铃子》，人民文学出版社 1980 年版。

地区的1000多位作家访问了IWP，“国际写作计划”（1934年安格尔创办“爱荷华作家工作坊”，一步步地把它发展为美国文学的重镇）热衷于与世界前沿的文学接触获得新的感受，扩大了视野，影响了其文学走向。

以1964年赴美国为节点，之前聂华苓的小说多以反映台湾现实生活和回忆大陆故乡旧事为主，叙事基调为“乡愁”；去往美国之后生活的聂华苓突破了地域、国界、时间的界限，在异域文化中逐渐融入了美国日常的生活，创作了带有漂移性质的小说《桑青与桃红》与《千山外，水长流》等。正是应了埃莱纳·西苏的言说：“写作像影子一样追随着生命，延伸着生命，倾听着生命，铭记着生命。写作是一个人终之一生也不放弃对生命的观照的问题。”[①] 如果说《桑青与桃红》（1970）写出了20世纪中国个人在各种困境中的寻路与逃离，最终又找不到出路的历史宿命；那么《千山外，水长流》（1984）这部小说沿用了逃亡模式，但是写出不同国度、不同文化背景下三代人的感情纠葛，以及他们精神获救的故事。

聂华苓的小说擅长以女性为切入点，但并没有局限在女性这一性别群体上，对两性性别歧视与不平等做更多的解释，只是作为一个视角，对个体所携带的文化因子进行放大，从而在中西文化交汇的大背景下进行考察，具有多重文化视域。聂华苓《三生三世·序言》中写道：“我是一棵树/根在大陆/干在台湾/枝叶在爱荷华。”[②] 尤其是80年代以来，聂华苓重新寻找文化根脉，对中国文化深度体认，并反思人性的困境与走向。因此，聂华苓创作的移民题材小说对二元对立的东西文化冲突模式有所超越，集中在对现代性与传统性切换中人性的探讨。聂华苓文学的视界，既是漂流空间的移动，也是一种人性深度的探底。

1. 文化间离与隔阂存在

在台湾，聂华苓以她十三岁时回故乡的一段经历为蓝本，用忆旧的

① ［法］埃莱纳·西苏：《从潜意识场景到历史场景》，见张京媛编《当代女性主义文学批评》，北京大学出版社1992年版，第219页。

② 聂华苓：《三生三世·序言》，百花文艺出版社2004年版，第1页。

方式写出了《失去的金铃子》。小说描写了战乱中的大陆故乡三星寨的山村景物和人情世态，聚焦的是发生在20世纪40年代初期，中国西南一个偏僻山村的妇女反抗封建礼教、争取婚姻自由的悲剧故事，揭示来自政权、族权、神权、夫权的压制，捆绑着苓子、巧姨、丫丫、玉兰、庄家姨婆的爱情、生活。其实苓子在三星寨的一段经历，桑青等人在瞿塘峡的历险情况，都是作者在抗战期间一段生活经历的写照。聂华苓十三岁时曾与母亲一起到过三斗坪，在写《失去的金铃子》时，仿佛又闻着了那地方特有的古怪气味——火药、霉气、血腥、太阳、干草混合的味道。她依然生活在他们之中。小说表达了作者空虚的守望与想家的绝望。"去国与怀乡曾是现代中国小说的重要主题之一，当代作家频繁的迁徙经验势必要为这一主题平添新的向度"。[①] 这时，小说呈现的是从大陆到台湾生活经验的一种折射。但聂华苓到了美国之后在创作上，有一个明显的逻辑演变：作为一个华人作家，在美国经受了多重磨炼，颇受西化的影响，反而促使她更要回归本土文化。即从西化回归本土，从现代回归传统。但并不是简单意义上的回归，而是寄希望融传统于现代、融西方于中国，大致是这样一个方向与路径。《桑青与桃红》四个不同的部分却有同样的主题：逃亡、威胁、困陷、"异乡人"的处境。第一部描写了抗日战争的风云及抗战的胜利；第二部真实地展现了解放战争的胜利与北平解放时万民欢呼的历史情景；第三部用一个寓言故事揭露了台湾社会的黑暗、恐怖，揭示了台湾政权的吃人本质，表达了流落到台湾的大陆人回归故土的愿望；第四部则以桑青逃到美国后的所见所闻，揭露了美国社会中人的精神空虚和苦闷，展示"现代流浪的中国人的悲剧"。从抗日战争时期、解放战争时期写到70年代，从半封建半殖民地的中国写到台湾，写到美国。在跨越不同时代、不同国度、不同社会制度的历史画卷里，通过描写桑青的经历反映中国现代史上各个时代的风云变幻，以桑青人格分裂的悲剧象征中国分裂的悲剧。桑青出身于世代书香之家，是旧制度的殉葬品，深受传统浸染的她，当革命风

① 王德威：《小说中国·世纪末的中国小说》，台北麦田人文出版社1993年版，第20页。

暴席卷中国大地的时侯，她成了时代落伍者，追随旧制度。抗战期间，与同学一同乘船向后方逃亡，在长江瞿塘峡，木船触礁搁浅，历尽惊险磨难。解放前夕，围困于北平，桑青目睹了战争带给人们的恐慌、动乱。同匆匆结合的丈夫沈家纲一同南逃。辗转到台湾后，又陷入了困境，因为丈夫挪用公款被通辑，全家只好终日躲在一个小阁楼上提心吊胆地生活。丈夫被捕后，桑青逃亡到美国的独树镇，过着极度荒唐、空虚的生活。因申请永久居留权受到移民局的反复调查，她随口改名叫桃红，宣布桑青已死。移民局的无休止的调查与追踪，使她极度恐慌，以致精神分裂。无论小说中的桑青还是桃红都在流浪、逃难的路上，处在惊恐与不安全的苦痛之中。桑青采取了隐忍，桃红却挣脱了一切传统观念，是“开天辟地在山谷里生出来的”自然人，“那一套虚无的东西我全不相信”。“我可要到外面去寻欢作乐”。“不管天翻地覆，我是要好好活下去的”。“我是开天辟地在山谷里生出来的。女娲从山崖上扯了一枝野花向地上一挥，野花落下的地方就跳出了人。我就是那样子生出来的。你们是从娘胎里生出来的。我到哪儿都是个外乡人。但我很快活。这个世界有趣的事可多啦！我也不是什么精灵鬼怪。那一套虚无的东西我全不相信。我只相信我可以闻到、摸到、听到、看到的东西”。[①]桃红逸出道德与社会的规范，挑战社会现有秩序，对旧制度采取了叛逆表现，但仍然逃不脱悲剧的命运。某种意义上，可以说桃红身上有聂华苓的影子。

1978 年对于聂华苓是非同寻常的，她重新踏上了大陆，开启了回乡之路。而小说《千山外，水长流》便是这之后的有关中美空间切换与移动的作品。《千山外，水长流》在全球视域的语境下，是对中国历史动态变化的写照。其创作灵感来源于在《华侨日报》上看到的一封信，但作者在抗战期间不认识美国人，没有参与学生运动。

聂华苓的文本是关于历史真实与现时处境的一个架构，表达的是个体在时间、空间中的切换与移动，其叙事话语并不是一组组清晰可辨的

① 聂华苓：《桑青与桃红》，香港友联出版社 1976 年版，第 7 页。

文化符码，却是具有象征意义的历史寓言。如小说通过阐述石头城的演变史，来隐喻美国的社会现实；聚焦中国的历史与现实，来隐射或反思中国的文化痼疾。应该说，聂华苓与80年代兴起的留学生女性文学的不同在于，她有丰富的中国本土大陆与台湾的生活经验，有深厚的民族记忆和情结，同时又有多年美国的生活经验，置身在中西两种文化语境中的聂华苓具备深厚的中西文学素养，这也决定了她具有双重的文化背景，因此其话语主体是双向的，其创作在主题与形式上呈现出一种与众不同的样态。而适逢中国大陆80年代末社会转型，市场经济逐渐取代计划经济，这也强烈地刺激着人们对物质欲望与心理的骚动，一些女作家竞相选择西方留学。查建英的小说《到美国去！到美国去!》《丛林下的冰河》被认为是最早出现的作品，之后刘索拉、友友、严歌苓、虹影、刘西鸿、依青与式昭等人的创作形成一股蔚为大观的潮流。这些作品话语主体基本是单向的，充满了对异域文化的热衷与异度空间的想象，具有体现80年代精神的意义。如依青、式昭的中篇小说《在自由神耸立的地方》，林稚在飞机上回答同伴的问话时说的："我在这里只是个待业青年，只能在街道缝纫组接些零活。可美国呢，住小木屋的林肯可以当上大总统。在那片自由的国土，任何人都有机会，有前途!"《丛林下的冰河》则是逃离故土之后，又重新回归精神原乡的故事。《到美国去！到美国去!》则讲述了国内坎坷压抑的生活使伍珍来到美国，但美国并不是天堂。小说表达抗拒现代社会的冷酷无情，也揭示了现代人内心世界的虚无寂寞。

《千山外，水长流》讲述了莲儿"文革"后到美国寻访父亲故乡的故事。莲儿作为个体显示出两种文化的对抗，她是中美混血，又是"私生子"。父亲已去世，母亲和继父又都被打成"反革命"。在中国人眼里她是"美蒋特务"，在美国人眼里，她是美国人眼中落后的中国人。莲儿初到美国，以自己的礼貌和诚恳，走近了祖父布朗家，却遭到了因丧一子而对中国心存偏见的祖母的强烈排斥。好在祖父和彼利一直爱护、帮助她，对她热情相待。莲儿不计前嫌，按照中国的孝道，主动照顾祖父母，显示出人伦的祥和与朴质。小说塑造了母亲柳凤莲的正面形象，一个有中国气节的女性知识分子。她40年代投身革命，50年代至70年代受“极左”路线的残酷迫害，在重压下度过半生，几乎失去了人生的一切。但她却并未因此丧失生活的信念，仍然充满了对国家、人民的爱。“空间是任何公共生活形式的基础。空间是任何权力运作的基础”。[①] 聂华苓有意稀释莲儿在“文革”政治空间中的遭际。莲儿经受多年来的屈辱，变得冷漠。而美国之行让她重新感受到人性的温暖与爱。聂华苓淡化政治、历史对人造成的伤害，侧重在异质文化的冲突与互融中，展示人物获得安然的归宿，体现了一种美好的家国情怀。

无疑，国家意识、民族意识与女性意识汇聚在一起，成为女性个体的承担与抉择，甚至是一种内心的冲突与纠结。长篇小说《千山外，水长流》是对此的深度展示。聂华苓曾感慨地说：“坐在爱荷华窗前，看着河水静静流去，想着国家的沧桑、历史的演变、个人的遭遇……我……不会再为排除恐惧和寂寞而写了。我要为故乡的亲人而写。”[②] 小说以一个半美国半中国血统的姑娘莲儿的美国之行为线索，将中国与美国这两个国度两个民族的生活画面连接在一起。19世纪后期，布朗一家来到美国中西部的小镇“石头城”开发建设，成了一方的首富。二次世界大战前后，布朗的儿子彼尔两次来中国，与女大学生柳凤莲相爱，却不幸在一次采访中被误伤致死，给柳凤莲留下了遗腹混血儿莲儿。在中国特殊的政治环境下，莲儿因为父亲的美国身份和右派妈妈的关系，历尽磨难。她被称为“美帝狗崽子”“杂种”，被赶到农村插队，并遭到了强暴。继而心生怨愤，疏离母亲，怨恨中国，终于，借着“文革”后中国改革开放的时机，莲儿以留学之名，来到父亲的故乡爱荷华州布朗山庄的祖父母家里，以冀寻求父系之根并获得认同。小说故事依旧延续了以前的逃亡模式，莲儿从“文革”后的中国来到美国爱荷华认亲，其实也是在逃避不堪回首的从前。莲儿的逃亡结果是美妙的，中间虽有以奶奶玛丽的敌视，玛丽奶奶因为儿子在中国丧生，

① ［法］米歇尔·福柯、保罗·雷比诺：《空间、知识、权力——福柯访谈录》，陈志梧译，转引自包亚明《后现代性与地理学的政治》，上海教育出版社2001年版，第13—14页。

② 聂华苓：《写在前面》，见聂华苓《失去的金铃子》，人民文学出版社1980年版。

对莲儿怀着戒心和敌意。但随着时间的推移，奶奶最终理解了莲儿母女，终于都烟消云散，她被异乡收容了。[①] 显然，在聂华苓的理解中，人性是超越国别、民族与地域的。

但从小说的发展逻辑来看，这是一个认同与质疑的故事，穿插了历史、政治、经济、战争等枝蔓，因此，小说是具有驳杂的多义的文本，聂华苓在处理的时候，被迫选择了一种以人物内心的展演，来推进故事的讲述与发展，把历史画面浓缩在信函与日记体中，如此，叙述空间转移在一个有限的空间中进行。事实上，这样的叙述方式，在 80 年代初期显然是创新独特的，具体体现在：在静态的空间中，展示时间—人物的互动，如彼尔的战争经历与情感经历，以及柳凤莲“文革”前后的经历；在时间的节点上，置放人物的历史因素的冲突存在，如莲儿到美国寻根带来的文化冲撞。如此，空间的广度被拓展，时间的延展性也拉伸，将过去的存在与现时的存在巧妙地连结在一起，成为一个具有内在发展逻辑的因果链条。

2. 个体携带的历史记忆与“文革”经验

80 年代文坛涌现出了一大批以“伤痕”和“反思”为主流的文学作品，卢新华的《伤痕》、戴厚英的《人啊，人!》等，是对“文革”进行反思、叩问和宣泄。和同时期的这些伤痕、反思文学作品相比，聂华苓的“文革”历史书写就显得与众不同。其实进入小说的写作之前，聂华苓是做了充分的准备的，“但我觉得小说的形式很重要，不仅内容、主题、人物要好，小说形式本身就有意义，在写作《千山外，水长流》之前，我花了很多的时间考虑，在这复杂的历史背景，又是两个不同的历史文化，两国的不同的人物，用什么形式来表现它，我捉摸了很久”。[②] 聂华苓用了现实主义的手法，用折叠的叙述方式，把跨地域的中国、美国时空交错，前后跨度三十八年（1944—1982）的故事浓缩。小说容纳了抗日战争、解放战争、“文化大革命”和美国“反越

① 王晋明：《从现代主义走向现实主义——在美国与聂华苓谈她的小说》，《小说评论》1989 年第 4 期。

② 同上。

战”后的社会、文化情景。聂华苓说：“怎么使莲儿在美国看她妈妈的信时，感情能连接起来呢？我就用眉批的手法。这手法使人有连续感，使整个小说统一起来。另外一个作用是让莲儿也有机会对她妈妈的信有反映，也有机会让读者了解莲儿和妈妈之间是如何逐渐的沟通，并且反应了内心的变化。这是双线交叉。”①

整个小说共有三部分。第一部讲述莲儿初到美国石头城“布朗山庄”的境遇，爷爷接纳，奶奶质疑与拒绝，彼利的爱慕与守护，但莲儿仍然未走出过去的阴影。第二部转向自知叙述，柳凤莲叙述内战中的学生运动及她与彼尔、老金间的情感纠葛，也就是聂华苓所指的在小说中植入了信件、日记等，以及莲儿的“眉批”。应该说，这样便具有“互文性”，也有人译作“文本间性”“文本互涉”，是在后现代文化语境中产生的批评术语和理论范畴。由法国当代文艺理论家克里斯蒂娃在巴赫金对话理论的启发下首次提出，在《封闭的文本》中明确其定义：“一篇文本中交叉出现的其他文本的表述”，“已有和现有表述的易位”。② 可见，克里斯蒂娃认为的“互文性的引文从来就不是单纯的或直接的，而总是按某种方式加以改造、扭曲、错位、浓缩或编辑，以适合讲话主体的价值系统”③。第三部分书写了莲儿坚守中国传统文化的伦理道德，秉承以“孝”为先感动病床上的奶奶，获得认可。最后，描述了莲儿在林大夫的帮助下走出被强奸的阴影，并收获了与林大夫的爱情。小说《千山外，水长流》以“文革”的历史为大背景展开，记叙了中国许多重要的历史事件：反右、“文革”、上山下乡、“四五”运动，以及美国社会的风俗民情与生活场景。作家多视角地对“文革”进行审视，通过莲儿、凤莲、金炎、老李等人的自述向我们显露着“文革”对人性的摧残，是对知识分子悲剧命运的写照。莲儿在“文革”期间，和很多青年一样，响应党的号召下乡改造，因为混血身份

① 聂华苓：《谈〈千山外，水长流〉的创作》，载梦花《最美丽的颜色：聂华苓自传》，江苏文艺出版社 2000 年版，第 272 页。

② ［法］蒂费纳·萨莫瓦约：《互文性研究》，邵炜译，天津人民出版社 2003 年版，第 4 页。

③ 程锡麟：《互文性理论概述》，《外国文学》1996 年第 1 期。

的缘故，她备受政治歧视，但莲儿女性的魅力使得诸多男人垂涎，终于有一天厄运来临，在夜里她被强暴了，之后，悲剧在不停地上演，莲儿只能默默忍受。那段悲惨的遭遇，让莲儿的身心感到极大的梦魇般的精神恐惧，“那黑地里的人影，沉沉压在她心上，刻在她脑子里，有时她甚至看得见它，向她一步一步逼来，在人群中，她看得见它，单独一个人，也看得见它”。[①] 性侵的经历，造成了她对性的恐慌，直接影响了她和彼利的关系。彼利爱她，她也爱彼利，但她一直以种种借口拒绝着彼利，只因为她那被扭曲了性爱观。

母亲凤莲遭遇了抗日战争、四年内战以及十年“文革”，作为受害者，因为与美国人彼尔的婚姻而遭到批斗，凤莲“低头跪在操场上，胸前挂着大牌子：‘屈膝投靠美帝国主义的奴才’！”[②] 凤莲在信中对女儿莲儿说：“在那‘史无前例’的时候，我作过一次又一次的检查，写出我一生所犯的‘罪行’……每次检查都是忏悔，辩解，自责，掺些谎话——把自己说成万恶不赦的大罪人，但在心里我却大声呼叫：我没罪！我没罪！”[③] 凤莲的第二任丈夫金炎在大学时代就倾向进步，后来到了延安，新中国成立后被打成右派，金炎死在监狱里，最后连尸体都不知所踪。小说还对“文革”中的一个特殊群体红卫兵的代表老李，进行了深度挖掘，从小就被教育要“听党的话”，当“文革”爆发的时候，他冲锋陷阵。在“文革”中老李斗过很多人，是红卫兵中的领头人物。然而，到了“文革”中期，又因出身地主家庭反而遭到了批斗，从此，老李到哪都是“罪人”了。老李是被政治愚弄的加害者又是受害者。聂华苓以一种客观展示人物处境的方式，对“文革”历史做出了评述。

但另一方面聂华苓将文化乡愁和“文革”伤痕淡化，因此，不具有深度。究其原因，在于聂华苓对“文革”的经验，相对来说是匮乏的，不能够深入；另一方面，她所要表达的主题，是中美文化间的隔阂与间

---

① 聂华苓：《千山外，水长流》，四川人民出版社 1984 年版，第 45 页。

② 同上书，第 87 页。

③ 同上书，第 163 页。

离，是可以被人性的同一弥合的。“她的小说在内容上同样充满着对文化之‘根’的寻找和对二十世纪中国人生存意义的思索。不同的是，她的主人公在精神上似乎并没有太多传统的重负，并不在生活中‘频频回首’，相反，他们更重视在现实中的‘自我实现’，在变化着的世界面前进行自我丰富和完善。……在新与旧、中与西两者的对话、交流中，作者表现出了主人公在不同文化面前开放的胸襟和健壮的性格”。[①] 莲儿浸染中国传统文化结构，深受男权社会理念的熏染，受制于规定的性别角色，中国的儒家人伦思想、传统美德依然在控制着她的思想，迁移到美国后，对独立的男女关系、交往方式局促不安。在经过美籍华人林医生精神疏导后，莲儿解开心结，释怀了隐秘的被性侵经历，打开了禁锢的自己，明晰了“情欲本身并不是不道德的，只是当情欲和对方的品质、性格、头脑、心地分割开了，那才是不道德。情欲应该和整个‘人’有关系。一投足，一举手一颦一笑，眉，眼，嘴，胸部，腰，腿……整个女人身子就是一江春水向东流，每个涟漪都叫人感到情欲——那就是精神境界了，是世界上最美妙的肉与灵的结合”。[②] 聂华苓小说的意义在于，拓展了女性的精神空间，同时以人性的温暖去消除心理障碍与他人之间的壁垒。

但聂华苓刻意强调移动空间对女性造成积极的改变，却缺失更多心灵空间的展示。《千山外，水长流》中的莲儿浸润中国传统宗法社会男权思想的造诣根深蒂固，性别意识是模糊的，也不具有现代女性意识，在美国她对男女关系和生存独立观念，深为恐惧。而评论界对《千山外，水长流》也是褒贬不一。有论者认为聂华苓的反思、寻根都不具备深刻性，她主要集中在探讨主人公莲儿在双重文化中找到归属感，以此象征在美华人从流浪到寻根的转变，尤其是他们对中国（国族与文化）的重新认识与回归。但有论者认为，莲儿是爱国的，有国家归属感的。比如当彼利问她究竟是美国人还是中国人时，莲儿“不假思索”

---

① 高小刚：《乡愁以外——北美华人写作的故国想象》，人民文学出版社 2006 年版，第 147 页。

② 聂华苓：《千山外，水长流》，四川人民出版社 1984 年版，第 375 页。

“冲口而出”承认自己是中国人。连她自己都感到奇怪，“她就成了道道地地的中国人，有强烈的‘国家意识’；她原以为自己对中国的心冷了，死了。这是怎么回事呢？”①

其实有关身份问题，并不是聂华苓所要表达的核心。聂华苓小说试图贴近人性的深度，“小说写的是人，我倒没有想到写两国人民的友谊。人与人之间，不管中国人也好，美国人也好，总是可以沟通的。虽然文化背景不同，政治背景不同，但站在人对人的立场来看的话，就会谅解的。就会忘掉你是哪个民族的。所以我主要写人，人与人的关系”。② 相较于族别、国别，聂华苓是站在人的立场来反思知识分子的命运与苦难的。

更进一步说，这部小说涵盖了历史、政治、文化、个人境遇等，既是现时的，也是对历史的追索与反思。80 年代初，聂华苓多次往返于中国大陆，感受到中国主流意识形态松动，反思“文革”，接受开放，国内正处于“文革”动乱带来的社会创伤中，小说通过书信、回忆、辩论等形式，直接揭露社会与政治的变态造成的对人性的扭曲，以及对知识分子的伤害。莲儿的寻根之路是沉重的，但最终她在家庭差异、政治意识形态，乃至价值观等迥异的认同中，获得自己的体认。但聂华苓更在意莲儿对中国母体文化的认同。

《千山外，水长流》中的莲儿因是中美混血儿的身份，近乎原罪，她自嘲“我是比少数民族还要少数的民族”。③ 莲儿的母体文化存在分裂，于是对自我“精神原乡”的寻找，就变得非同寻常。“作家在思乡寻根的大背景下，把中华文化和异族文化集聚于一人，探索异质文化的可融性和共处性，期待由对母体文化的彻底决裂到在两种文化交融中延续母体文化的沉积和汲取美国文化的内涵精髓”。④ 杨匡汉认为个体的

---

① 聂华苓：《千山外，水长流》，四川人民出版社 1984 年版，第 21 页。

② 王晋明：《从现代主义走向现实主义——在美国与聂华苓谈她的小说》，《小说评论》1989 年第 4 期。

③ 聂华苓：《千山外，水长流》，四川人民出版社 1984 版，第 132 页。

④ 林佳、肖向东：《边缘生存的言说——聂华苓与严歌苓移民小说中的文化认同》，《大众文艺》2009 年第 10 期。

文化移动，“是一种被放逐的状态，其生存的特征是被放逐者被迫远离了其生存的位置，放弃了生存的契约，从而使生存失去了原有的意义，成为流浪无依的人生”。[①] 刘云德认为：一个人只要离开自己习惯的生活环境，就会发现许多令人费解的文化现象和难以适应的生活习惯。这些存在于不同社会和群体之间，以不同的价值观为基础的社会生活习惯和文化现象就是文化的差异。[②]

正是这些现实的原因存在，聂华苓在中西文化冲突的焦点上，充分利用中美文化移动中的经验，从历史与现实交织的角度着笔，从文化和人性的双重视域，对自身的历史、文化身份、漂泊命运进行考量；但在对人物的处理上，显得不够自信。“我是觉得写‘文革’那段我是比较没有把握。说老实话，莲儿刚开始写的时候，我想她是全书中最主要的主角，这个把握得不好的话，全书就失败啦。所以对莲儿这个角色我也做了很多研究，和许多年青人谈过，回国去过几次，了解国内的年轻人，在国外也跟年轻人谈过，他们在美国的反应，在美国的心情。所以为了写好这个人物，我作了一些观察研究。我想知道一下国内读者对莲儿这个人物的反应”。[③] 莲儿对人生乃至信仰的幻灭，以及由幻灭而产生一种反叛性，是聂华苓重在渲染的。

聂华苓以一种冷静理性的态度多层次、多角度地对“文革”进行描述。在《千山外，水长流》小说中，信件记录了母亲柳凤莲与父亲彼尔，以及养父金炎的情感纠葛，母亲的倾诉让莲儿在逐渐了解到上一代和中国历史的基础上，也在自责中反省和忏悔了自己在“文革”中伤害父母的行为。聂华苓有对“文革”暴政引致的政治恐怖、文化失范、人性贫乏的反思和审视。哈布瓦赫认为“‘历史记忆’只是通过书写记录和其他类型的记录（比如照片）才能触及社会行动者……个人并不是直接去回忆事件；只有通过阅读或听人讲述，或者在纪念活

① 杨匡汉：《“游子文学”与放逐情怀》，《中国现代、当代文学研究》1996年第5期。

② 刘云德：《文化论纲——一个社会学的视野》，中国展望出版社1988年版，第80页。

③ 王晋明：《从现代主义走向现实主义——在美国与聂华苓谈她的小说》，《小说评论》1989年第4期。

动和节日的场合中，人们聚在一块儿，共同回忆长期分离的群体成员的事迹和成就时，这种记忆才能被间接地激发出来”。[①] 而聂华苓对中国“文革”镜像的描摹与表达，旨在突出人性在非常时代自由伸张的重要与迫切。

3. 文化的歧视与认同

聂华苓的小说大体上营造了两个空间范畴：一个是中国大陆与台湾的日常生活空间，尤其是在“文革”期间政治决定社会阶层的分化以及阶层空间的分割，日常生活是政治的产物；另外一个是资产阶级的意识形态主导的现代性想象空间，而美国不仅是一个经济秩序和政治秩序的产物，同时也是一个文化秩序的产物。而这两个空间的迁移与切换，造就了个体与个体的交锋。两大空间体现了一种地缘的政治，正如詹姆逊所说：“所有第三世界的文本均带有寓言性和特殊性：我们应该把这些本文当作民族寓言来阅读，特别当它们的形式是占主导地位的西方表达形式的机制——例如小说——上发展起来……第三世界的本文，甚至那些看起来好像是关于个人和利比多趋力的本文，总是以民族寓言的形式来投射一种政治：关于个人命运的故事包含着第三世界的大众文化和社会受到冲击的寓言。”[②] 因此，文化的强势导致了中西方认同的偏差与歧视，也造成了双向认同上的误读与反抗。

在小说中，美国祖母玛丽对莲儿存在着两大歧视：文化想象的歧视与政治歧视。原因在于儿子彼尔的死亡，她认为是中国人杀死了为中国援军的儿子，这都归咎于勾引彼尔的中国女人柳风莲，因此，拒绝承认他们之间的婚姻。“没有任何正式的形式，那叫什么婚姻，彼尔只是开个玩笑罢了！”事实上，在 80 年代，由于中国经济现状、政治制度等不同，美国文化是以优越者的立场存在的，表现出的中国想象总是带着主观的、一厢情愿的狭隘构设。正如英国文化地理学家 Mike Crang 所说：

① ［法］莫里斯·哈布瓦赫：《论集体记忆》，毕然、郭金华译，上海人民出版社 2002 年版，第 42—43 页。

② ［美］弗雷德里克·詹明信著，张旭东编：《处于跨国资本主义时代中的第三世界文学》，陈清侨等译，见《晚期资本主义的文化逻辑》，生活·读书·新知三联书店 1997 年版，第 523 页。

"文学显然不能解读为只是描绘这些区域和地方，很多时候，文学协助创造了这些地方……并主观地表达了地方与空间的社会意义。"① 聂华苓真实地呈现了这种美国人在的文化的傲慢，以及精神上的不平等。由于"现代性"在中西发展上的时间滞后和空间上的特异，西方人看待中国的视角本身存在偏差。

事实上，政治因素导致了玛丽的另外一种文化偏见与歧视，进而波及到莲儿的认同感。祖母老玛丽在莲儿刚到美国时，主观上是不接受她的，有心理上的抗拒，她怀疑莲儿是为了获得担保冒认亲戚。莲儿拿出足以证明她身份的《圣经》之后，老玛丽还是不认可莲儿，她认为儿子的婚礼不符合他们信仰的宗教模式就不是真正的结婚，所以莲儿的身份是被质疑的。这种抗拒既是对个体莲儿的，也有文化的因素、种群等差异，来自自身传统文化心理形成的对中国乃至亚洲的偏见。玛丽声称，"多少混血儿要到美国来了，美国这一片干净土要变'黄'了呀"，渲染的是典型的民族主义情绪。同样，在《千山外，水长流》中，莲儿固然受尽磨难委屈而疏离母亲与中国以至逃亡，然而"一到美国，她就成了道道地地的中国人，有强烈的'国家意识'"，她几乎是一下飞机就开始牵念自己的生长地，充满了对母体文化的尊重与守护，正是深层次的无意识中回归母体的冲动的表现。"现在我才逐渐了解爸爸妈妈的历史，也了解了你那个时代的历史。国家的历史是棵盘根错节的大树，个人历史是树上的枝干。我不是浮萍；我是枝干上的一片叶子——落下又会长出的叶子"。② 显示了莲儿认同中国根脉的主体性姿态。比如莲儿对彼利的诘问："你以为我来，是来和你争遗产的吗?"③ 同样是个体与民族甚至是国家尊严的一种体现。

巴柔在《形象》一文中说："如有关身份认同的问题，这中间就涉及他者地位及形象的讨论。所有对自身身份依据进行思考的文学，甚至

① ［英］麦可·克兰：《文化地理学》，王志弘、余佳玲、方淑惠等译，台北巨流图书公司2003年版，第58页。

② 聂华苓：《千山外，水长流》，四川人民出版社1984年版，第222页。

③ 同上书，第21页。

通过虚构作品来思考的文学，都传播了一个或多个他者的形象，以便进行自我结构和自我言说：对他者的思辨就变成了自我思辨。”[①]“由于地理环境，历史背景，发展过程，以及其他因素的不同，各个民族都有其特性，而东西方的文化也各有其特色”。[②] 依此来看，玛丽的偏见与歧视，饱含有对中国乃至中国文化的误读。在谈到《扶桑》的创作动机时，严歌苓曾说过：

> 当时我对西方在文化上的沙文主义做了认真的思考，他们会本能地认为其他宗教、其他民族都是劣于他们的，他们离上帝最近，想当然地把自己看成是其他民族的拯救者。像今天的美国政府，他们好像不去拯救谁就不开心似的，他们的幸福感、成就感好像就是建立在有谁需要他们去拯救上。……我对西方的这种“拯救”的问答，对不同种族、性别之间平等关系的呼唤，你真的爱我就不会想拯救我，因为两颗心灵是平等的。一个国家、一种文化，老是觉得自己高高在上，那是不行的。[③]

但聂华苓在东西文化中，更多的不是发现差异，而是寻找同一性。“一个人只要离开自己习惯的生活环境，就会发现许多令人费解的文化现象和难以适应的生活习惯。这些存在于不同社会和群体之间，以不同的价值观为基础的社会生活习惯和文化现象就是文化的差异”[④]。而差异也是一种文化的互补，构成了世界文化的多样性与丰富性。“人类世界是一个由多种文化组成的巨大社会系统。多种文化的存在构成了我们这个丰富多彩的世界，各种不同文化之间的交流与互动是人类文化发展的基本动力”[⑤]，那么，中西方文化对话尤为重要，是当代文化发展的必然历史要求。应该说，聂华苓的文学反思，是符合社会思潮和文学自

① 孟华：《比较文学形象学》，北京大学出版社 2001 年版，第 179 页。
② 李信：《中西方文化比较概论》，航空工业出版社 2003 年版，第 13 页。
③ 俞小石：《严歌苓摒弃“猎奇”写作》，《文学报》2001 年 8 月 15 日。
④ 刘云德：《文化论纲——一个社会学的视野》，中国展望出版社 1988 年版，第 80 页。
⑤ 庄晓东：《文化传播历史、理论与现实》，人民出版社 2003 年版，第 195 页。

身发展规律的。但由于对大陆“文革”缺乏足够的经验，很难触及到历史与思想纵深度。即便如此仍然不能够抹杀聂华苓审美艺术追求，她以深邃的历史感表现现代中国的沧桑变化，抒写台湾中下层人们的乡愁和海外浪子的悲歌。应该说，离开乡土，前往美国，在飘泊的过程中，怀乡与异域生活的敏感，带来思考与认知的拓展与深化，移动的故事因此变得更具丰富、内涵。

在聂华苓的表叙中，时间的延展与空间的移动，成为了生命存在的方式，也决定了其价值趋向。杨义认为中国人有自己的时间意识，“中国人把握某个时间点，不是把它当作一个纯粹的数学刻度来对待的。假如他具有深厚的文化体验，他是会把这一时间点当做纵横交错的诸多文化曲线的交叉点来进行联想的。这种时间意识和整体性思维方式，深刻地影响了中国叙事作品的时间操作方式和结构形态”[①]。在叙事的时间性上，聂华苓的小说一般都有过去—现在—未来三个维度的存在：起笔于现在，然后展开对历史的回忆，最后指向未来时间。这种时间叙事“不论对象在时间上距我们多远，总是通过时间不停的交替而同我们并非现成的现时联系着，总是同我们的未完成性、同我们的现时发生一定关系，而我们的现时则向没有完结的将来前进”。[②] 显然，聂华苓小说文本，是历史时间与现在时间结合得较为完美的叙事。时间中蕴含着日常生活经验，而日常经验里又包含了更多的政治、历史与文化内涵。聂华苓守望的是女性的尊严，尽可能地在历史—现实的维度上，表达女性以孱弱之躯坚决地抗争命运，在“困境”与“逃亡”的对立冲突中，在过去与现实的时空交错中展开故事的情节，解释女性心灵困顿与精神上的彷徨。疏离公众经验和群体意识，聚焦于女性的空间场域的移动与精神空间的拓展。聂华苓的小说“是生活被体验为一种艺术或是说艺术被体验为一种生活的结果”。[③]

---

① 杨义：《中国叙事学》，人民出版社 1997 年版，第 129 页。

② 《巴赫金全集》第三卷，河北教育出版社 1998 年版，第 534 页。

③ ［美］苏珊·格巴：《“空白之页”与女性创造力问题》，见张京媛编《当代女性主义文学批评》，北京大学出版社 1992 年版，第 170 页。

聂华苓曾感叹说："在海外，我们从事华语文学创作主要有两个问题。一是素材来源相对狭窄一些。……"[①] 应该说，聂华苓、於梨华、陈若曦及丛甦等，以独特的审美意识形态，共同参与构建了 80 年代台湾的移民文学，她们身居国外，受欧美西方女性小说的影响。而且又反过来对台湾女性小说予以影响。并推进了整个台湾女性文学的发展。"到了 20 世纪 80 年代，台湾进入多元文化的社会。台湾的女性小说家，更以闺秀文学、新女性主义文学发出了'异声'。情爱红尘是闺秀文学的书写场域；新女性主义文学则是异军突起。这里有在性文学领域内大胆叛逆的李昂；对女性问题进行新的文学诠释的廖辉英；有在两性纠葛中表现女性人性的萧飒；有构建现代女性人格的朱秀娟……台湾女性小说家在多元文化的台湾社会里，发出的'异声'越来越大"。[②] 也呼应着大陆的女性文学乃至当代文学发展。

二　跨界的叙述

在众多的女作家中，张曼菱的书写具有典型意义。事实上，张曼菱自 20 世纪 80 年代到 21 世纪以来的文学创作，存在跨界的移动与空间的切换，不仅是一种激情表达，也是一种精神理性的显现。传达出她以一种敏感，面向了变动中的中国，探底民族文化与人性。

1. 一种脉络或脉象：民本性的寻找

从 20 世纪 80 年代的知青经验、边疆民族体验，到 90 年代的下海从商体验，再到 21 世纪以来，转向对知识分子精神气节与品格的体验，蕴涵了生命经验、社会经验与日常经验的混搭与融合，而这种叙事与表达，核心的支撑点是人性的光辉与民族的精神因子的契合点，围绕这个聚合点，作家将笔触辐射到多个界面，从个人激情的表达，到家、国、民族情怀的抒怀，再到穿透社会现实与历史的文化基底的理性的思考、打量与反思，张曼菱深具宏大视域的格局与视野，尽管在这种跨界书写

---

① 余韶文、赵为民：《聂华苓谈中国文学》，《21 世纪》1995 年第 1 期。

② 陈辽：《台湾女性小说的特殊性——读〈当代台湾女性小说史论〉》，《文艺报》2006 年 2 月 7 日。

中，有书写上的空间切换，但也可以缕析出基本脉络：即在民族文化与人性关联的脉络上，对20世纪80年代的云南德宏记忆与新疆游记式的民族体验，进行深度挖掘，在文学的向度上传达出对自然、民间文化、初民精神的热忱与真挚的情感。张曼菱从不到二十岁，便开始了自己跨民族的生存体验，她的情感编码里植入的理性思索让位于原初的感性对接，曾经穿行在云南边陲、新疆热土上，摆脱城市文化生态中的对人的挤压与控制，以激情洞穿民族文化“隔”的藩篱，将互文性嵌入小说情绪结构，在中华民族文化的根脉上，寻找民族多样化与人性基点经验的同一辩证，成就了自己独特的文学想象与表达。如果说早年云南边寨的知青生涯，是历史的选择与政治的行为，那么之后对新疆的考察，则属于自由性灵之旅，是契合20世纪80年代理想人性呼唤与期待的社会思想主潮之下精神追随的体现，当然，深刻动因却是青春记忆里的初民情结使然，还有中外文学的浸润使青春浪漫的张曼菱内心充满野性的荒原情怀。当梳理张曼菱的新疆民族文化体验的同时，是需要有一个对张曼菱民间文化经验的先行透析。

这要从《有一个美丽的地方》开始谈起。有别于大多主题惨淡的知青题材，这是张曼菱云南边寨的温暖记忆，她将笔触伸到了傣族民众真实的生活中，展现了知青——傣族乡民的和谐共栖的生活景象。自然，傣族原乡人构成了她情感表述的对象：放牛的老哑巴布比，以其对别人无微不至的关心显出他圣洁的灵魂；勤劳的大爹以慈父般的心关怀着女青年；伢在女青年身上倾注了全部祖母般的情感。……这些正直善良质朴的傣族人，在那苦难的岁月里，慰藉了她阴郁的心灵。父亲被迫下放劳动，母亲也被疏散离城，城里家的拆分痛苦阴霾在这里消散，傣族边寨成为了她释放现存生活重负的场所，她由一个局外人变成一个地地道道的傣家女郎，并重新感受到了家的温暖。至此，张曼菱开始了对所受教育、家庭环境以及整个时代的美学观念予以反叛，在自然、民间中发掘存在的力量，而在自然与祥和的人性中获得精神的慰藉，滋养了她日后的生命、生活信仰。在《北大才女》中张曼菱有这样的描述：“有一个美丽的地方，却张开了慈爱的臂膀，拥抱和抚摸了我们这些狂野的心。在那里，人性，青春，美丽，爱，大自然的清流绿树，繁花甜果，……我们获得了像野草一样的生机和幸福。我们尝试到天地间初民的那种清新的欢乐。"[①]

在云南德宏插队的岁月里，张曼菱写出了长诗《春城恋歌》，散文"我之爱情观"等，被知青们传抄，折射了20世纪80年代女性对自我主体性寻找的冲动。从1982年开始，连续在《当代》发表《云》《星》等中篇，其中最为著名的当属《有一个美丽的地方》，小说发表后，深受好评，后由青年电影制片厂张暖昕拍成电影《青春祭》，被誉为中国知青电影巅峰之作。之前的电影，以云南为背景的不少，主题都是歌颂政策与工作队，或表现边境"反特"。张曼菱的这篇小说，是以汉族知青少女作为切入点和观察视角，真正的舞台是傣寨与大自然，真正的主角是追求爱与美的傣家男女。云南盈江的知青生活，没有政治歧视，充满人情，赋予了张曼菱精神上的抚慰与美好。"经历'文革'的我们这一代人，对许多历史的反思都带着极强的否定性。那个时代，把我们的很多纯真热情引向深渊。可是我在德宏傣寨的这种感受具有永恒性。"[②]"令人惊讶的是：在那场肉体的放逐中，我们却有一种灵魂的回归"。[③]大自然的爱抚，傣族同胞的宽厚使得张曼菱这些知青，能够从自然、从劳动、从艺术、从歌声里面找寻，拼命地追随他们那失去家园的青春。知青记忆成为了她青春的见证与生命的基石，构筑了她精神的资源，也是她寻找民间文化资源的动力。而对边地人文价值的重新发现与经验的书写，也使张曼菱在80年代异军突起。

显然，张曼菱激情样式里容纳的民本性，即初民原始本性、情性与多样性的体现，是蕴藏着对朴质的自然、人性乃至人类自我精神崇尚为旨归的。在20世纪80年代进入改革开放新时期，在中国思想界掀起了"文化热"，其核心在于人道主义与启蒙主义的争论，主要围绕所译介的西方学者萨特、弗洛伊德、尼采、韦伯、罗尔斯等的观

---

① 张曼菱：《北大才女》，金城出版社2001年版，第204—205页。

② 张曼菱：《感谢那个美丽的地方》，《今日民族》2003年第12期。

③ 张曼菱：《让心再跳一次》，载《青春祭》，武汉大学出版社2013年版，第370页。

点，宣扬西方现代文化，漠视传统价值，并重在批判。而张曼菱积极挖掘初民文化精神，是贴近人性的，也是在中国传统文化谱系中寻找自身的民族生长因子与质素。事实上，张曼菱的知青经历，独特的青春经验，蕴涵了她在“文革”混乱年代中历史提供的一个人性空间，这里人们葆有善良、真诚、宽厚、淳朴、美好、温暖、关爱，没有政治对人性的压制、撕裂，傣乡恰恰在纷乱年代中接续了这些。换句话说，“文革”政治撕裂的人性，逐渐背离了人的最基本的底线，恰恰在边地被打捞与捕捉。

而民间滋生的人性里的信任与单纯的爱，无异滋养与净化了张曼菱焦虑的内心，也为她日后创作确立了自己独特的美学追求。张曼菱在云南边陲捕获到质朴、自然的人性力量，而边陲生态的多样性，勃发出一种生命力与精神价值，吸引着她。因此，《有一个美丽的地方》是一篇歌颂大自然和人性美的作品，不属于“文革”的控诉。而《云》《星》等小说多是片断式写作，也形成了张曼菱最初的风格。小说由若干的片段构成，意象和情节之间没有过渡，没有多余的铺垫。小说《云》女主人公一帆在环境与政治迫害的逼压下，毅然割舍青梅竹马的校门初恋，以“高考”作为跳板走出困境。而这一时期，张曼菱受艾特玛托夫的《红苹果》《查密莉雅》等新意小说影响，突出不妥协的人物个性，而对于背景生活与时代变迁的特征却没有太在意。张曼菱认为“伤痕文学”承担了时代急迫的“控诉”任务，列举出很多的社会案例，但是多数缺乏文学的意趣，其实讲的都是一些常态和常识。“面对中国社会的病态畸形，伤痕文学有‘拨乱反正’的功效。然而作者与社会来不及思考更加深刻的东西，所以整体‘伤痕文学’的深度与对人类的价值，无法与陀斯妥耶夫的《罪与罚》《被侮辱与被损害的》等名著相提并论”。①

张曼菱的独特就在于她在特定时期，以一种反思维、逆思维在社会生活中，进行生命的挖掘与勘探，展现民间底层人物的精神世界，而正是他们构筑了生生不息的民族魂、中国魂。“寻找民间”是初民精神的

① 张曼菱：《我的北大“寒窗”》，《博览群书》2016 年第 3 期。

继续追踪，也是张曼菱的心性追求，民间文本的生活情态、道德情感的再度释放，以及民间文化的反哺成了张曼菱小说的特质。带着这种精神情愫，张曼菱北上寻觅，穿行在新疆，“两度西行，极大地影响了我的文学观和写作方向。历史的厚重积淀，现实的社会变迁，成为我笔下的‘底色’，改变了以往那种幽阁风范。为新疆写的这些创作，使我接上‘地气’，证实了自己具有在文学之路上长途跋涉的潜能”。[①]“新疆的性格，正象是一个伟男子，一个奇男子，既有雄谋，又有柔情。有不可限量的历史传统和不可限量的光辉前程。……我们中华民族的文化，自古就是一种混合文化、一种丰富多彩的精神交融。大汉的气魄，盛唐的风流，凡是我们中华兴盛的历史，无不是各民族文化荟萃一堂的历史”。[②]纪实小说《花儿为什么这样红（新疆旅行漫记）》，记述了作家赴新疆乌鲁木齐、塔什库尔干县城、喀什等地的印象，通过一些真实的故事，展示了民族文化的融合、趋同。

应该说，张曼菱 20 世纪 80 年代的新疆行，是一个单纯个人行为，也是介入社会现实的一种有效方式，更是一种释放生命激情的样式。张曼菱的新疆之行，延续了西南边陲的情怀，但与西南边陲的生活经验不同之处在于，六年的德宏生存经验是叠合在民间的生活样式里，基本是融入了日常性、生活性，因此更具有深刻的印记，而在日常中捕获到精神的获救与皈依，是日常生活中回归内心的寂静；而三年新疆的行走，携带着她对这片土地的激情，契合自己自由奔放的精神个性，近距离地介入哈萨克族、塔吉克族、维吾尔族等人民的日常生活，开始了对他们日常生活经验的捕捉、观察与传达，来展现其价值趋同与内心认同，民族文化的皈依与选择困惑。他们成为表达的主体，也成为张曼菱新疆记忆的核心所在。而相同的激越的情感是张曼菱进入民族体验，并洞穿民族文化隔阂界限的有效方式。

或许，云南边地人与新疆边地人的生态与文化景观，才是最让张曼菱为之感佩的。“边地的人们被看作是‘非主流’的。他们生活在时代

① 张曼菱：《北大回忆》，生活·读书·新知三联书店 2014 年版，第 268 页。

② 张曼菱：《花儿为什么这样红》，《当代》1984 年第 5 期。

的边缘，信息不灵通；然而他们重‘人的生态’，重‘本质意义上的文化’，拒绝污染。也许，他们才是生活在历史的主流中里”。[①] 应该说，张曼菱从20世纪80年代的初民精神到90年代乃至21世纪知识分子精神品格中的民本性，原本是一脉相承的。而张曼菱着力要挖掘的就是构筑中华民族精神的基石与核心所在。

2. 互文：多重文本介质、民歌等的渗入

张曼菱发掘民本性的同时，格外重视跨文化中的融合，她将傣族、新疆多民族的文化元素，融会到自己的文本中，呈现出了多重文本介质的“互文性”，具体说就是将民歌、诗词等嵌入了小说情绪结构。新疆之行不仅荡涤了张曼菱个人际遇的悲痛辛酸，诸如“文革”的精神创伤，1976年在昆明组织纪念周恩来的活动被打成“反革命分子”，以及1980年竞选风波的苦闷等，在充满生机的土壤里，新疆的文化、风情等，也都吸引着张曼菱。从1982年开始，历时三年赴新疆考察，走遍天山南北，深入当地人的日常生活场景中，参加婚宴、叼羊、摔跤、“抢棍子”游戏、舞会等，尽情地领略塔吉克族、维吾尔族等人民的生活，也被他们单纯、热情、奔放、自然、真实所感染，之后写出了对新疆的咏叹《花儿为什么这样红》《唱着来唱着去——献给我永恒的情人》，小说的一个显著特点就在于小说文本与民歌等形式的互文性，将采风中获得的塔吉克古典诗歌、传说，以及哈萨克民歌等直接或经整理后融入，“参互成文，含而见文”，渗透到情感的直接宣泄与表达中。1984年张曼菱发表的纪实小说《花儿为什么这样红（新疆旅行漫记）》，是对行走在乌鲁木齐、喀什、塔什库尔干等地的记录，张曼菱穿越戈壁、雪水河，到了帕米尔高原，丝绸之路中国的最后一站等地做了考察，也是在历史、现实与文化中穿行。小说里诸如塔吉克人司马义、县委办公室主任米尔扎伊、县宣传部年轻的副部长莫尼、维族热术吐拉和他来自上海的支边青年妻子小杨、叶城县委的组织部部长孜乃提和喀什女市长阿依仙木等，也成为了此行的人物画廊与风景。有意思的

① 张曼菱：《北大回忆》，生活·读书·新知三联书店2014年版，第279页。

是，正是与新疆美丽的生命邀约、邂逅，张曼菱写出了风情万种的《唱着来唱着去》，这是一部充满浪漫情调与激情的诗性小说，由异乡人、阿勒泰母亲、天鹅的海、重逢之路组成。阿勒泰是张曼菱留恋驻足的地方，这里容纳了她对多民族的聚集地的情感体验，阿勒泰有回族、汉族、哈萨克族、俄罗斯人、乌兹别克族等，他们的人性里透出的质朴、善良，都让人钦佩不已。俄罗斯人塔赛娅妈妈，女儿走散，丈夫又欲抛弃她，她是有国难回，有家将破裂，她一生虽漂流异国，仍是按自己的文化方式生活，活得有尊严，死得也有尊严；一个陌生的年轻哈萨克人每天为一个老妇人无偿地挑水，仅仅因为她曾和小伙子母亲在一个桌上吃过饭；英勒克的牧人丈夫外出了，牧人朋友木拉提借宿时向他妻子调笑，牧人归来，得悉此事时却一笑而过，以后，朋友木拉提来了，照常被安置在帐房内留宿；林林生母一生隐忍与生命旺盛，而宽容的继父答应母亲死后与生父合葬；拜依对洪水冲走的初恋情人鲍尔卡的怀念，丝毫不会引起妻子的嫉妒。这里的人性宽厚、博大，没有被社会属性制约着的人与人的契约关系所干扰，人与人之间真诚、自然、亲密，是自然的常态与情态。“那些在大民族地区居住的少数民族，总是格外的强悍，优秀，也格外的痛苦。他们生活在人类的边缘文化之间，一面在融合，一面在独创，英勇自拔，卓而不群。他们的命运具有那种不为人知的价值。事实上，他们在证实着人类的善的相通”。[①] 这些人物零散地携带着真挚的情性，构成了塔吉克族、哈萨克族、维吾尔等民族整体丰沛的情感交融。

张曼菱善于将这种情感，直接借助于新疆特有的艺术形式来表达，并妥帖地融合在一起，形成了互文性，也就是说在小说情绪结构中，注入了新疆民族特色的诗歌、民歌或传说等，强化了人物内心的波动与情绪的表达。小说近似咏叹一样地将女主人公林林与恋人赛尔江的情感纠葛表达得淋漓尽致。赛尔江与“我”遭遇了命运的作弄，赛尔江无奈地选择了已经分手却孕育他后代的乌兹别克族的赛娜娃儿在一起。林林

① 张曼菱：《唱着来唱着去》，《当代》1987 年第 1 期。

则嫁给了一个来自浙江的阿克苏骑兵营长。这成了赛尔江与林林共同的隐痛。小说里有着对情感的超越表述："也许，对于女孩子，爱情可以高于种姓、民族和宗教。"

在草原上我冷冷清清地坐着，
等着你，你出现了，
在静静的大自然中，
你象一盏高举的灯，
亮了我的眼睛，亮了我的心。①

"哈萨克创造出了这样的歌，像孕含万物的春天，像永恒的少女。她抚爱所有的人，跨越了种族、文化的界限"。② 张曼菱的新疆体验，容纳了对民族理性与日常生活的考量，而这种文化的体认中，有与新疆现实生活的直接对接，也有在心灵生活中付出了的真切投入，如此，才精准地把握了一个个民族的精神气脉，展示他们对民族精神的坚守与热爱，以及文化底蕴的厚实。斯大林指出："民族是人们在历史上形成的一个有共同语言、共同地域、共同经济生活以及表现于共同文化上的共同的心理素质的稳定的共同体。"③ 张曼菱力求在挖掘隐藏在民族心理结构中的内核，并从中揭示一个民族生长中的根脉所在与文化依存。《唱着来唱着去》就是一个例证。《唱着来唱着去》不是单一的爱情表述，隐含着更深刻地文化寓意，是透过一个爱情故事来演绎着作家对民族生存、认同的体验表达。王绯曾经这样指出："文化整合与人格整合的社会发展趋向已为人类学家所关注，因而这篇作品在多文化的融通与整合中展示出的理想的文化环境，在不同文化的交涉中涵育出的完形人格与理想精神，包含了已知的和未知的双重意义及价值。或许一个理想的现代社会就孕含在不同义化的整合中，或许完美的现代人格就诞生于

① 张曼菱：《唱着来唱着去》，《当代》1987 年第 1 期。

② 同上。

③ 《斯大林全集》第二卷，第 294 页。

多文化的交涉里。正是由于张曼菱是从文化整合、人格整合的角度来写文化，探讨人的自身建设，才使这篇作品有别于以往不少写文化的小说。其中所触及的问题与深入的文化层面，已经不仅仅限于‘寻根’，而是在社会文化环境和人格的建设方向上向人们打开了思索未来、展望未来的窗口。这些似乎都标志着小说创作之于文化探索的一种深入与拓展。”① 小说里具有文化融合的典型形象有赛尔江、别克、林林等，他们都充满包容与宽厚，赛尔江是哈萨克族的宽容精神和自己那不屈不挠的回族个性融合，而林林是近乎超越现实的理想的现代女性形象，她的爱已然超越民族、文化与种族等。

显然，在张曼菱的小说表达中，渗透着对捍卫本民族文化根脉行为的赞同。事实上，张曼菱有着对新疆民族文化的认同，也有着对哈萨克族等民族的生活习惯与习俗的展示，比如吃羊的各个部分都有讲究：羊的盆腔骨给亲家吃，表示血亲关系。羊胸叉子给女婿吃，表示他是贴心人。羊肚皮给儿媳妇、弟媳妇吃，表示祝福生育。羊前腿和肩给平辈的朋友吃，表示亲近。羊后腿给贵客吃、表示丰厚的情意……凡是好的东西，诸如马肠子、马臀、马胯下的肉也是给贵客吃的。“这样来分吃一只羊是多么有意思啊！每个人得到的不仅是一块肉，而是他（她）在人们中的身份和位置。”②

张曼菱跨族别的文学表达，有着对民族文化精髓的体悟，是在日常生活经验中发现美学意义，在交往的理性中容纳了对民族文化的思考。“在城市繁文缛节无法解决的伦理难题，在哈萨克那里有自然而然的答案，使人生幸福的答案。正如一句俗语说的：‘从天上寻求的，却在地上找到了’。”“阿勒泰山不是一座无知野蛮的山谷。这里生活着忌讳最少，最坦荡，最富于宽容精神的人民。因此，他们也是最接近人类先进文化的人民”。③

---

① 王绯：《理想：在不同文化的交涉中涵育——读〈唱着来唱着去〉》，《小说评论》1988 年第 1 期。

② 张曼菱：《唱着来唱着去》，《当代》1987 年第 1 期。

③ 同上。

小说透过民族日常经验、场景的表达，捕捉到的是深层次的内视样式，展示他们人性的真诚与坦露，是原生态民族文化精神、心理的展现，同时也是直抵灵魂深处的交融。但另一方面，张曼菱敏锐地感受到他们身处的小镇也正处于一种文化的纠葛与流失中。当然，在张曼菱纵情的笔调中，也蕴藏着深深的文化焦虑，现代城市文明已经蔓延到充满原始活力的新疆某些群落，随着居住地的迁移，现代化的发展带来了生活质量改变的同时，也在逐渐影响着这里的人们的生存方式与思维方式。或许，这是张曼菱深切忧虑的，她希望葆有民族文化的精神个性与立场能够永远别样存在。

张曼菱的小说故事浪漫、飘逸，而不失一种情感的守真，这里，没有文化中心、边缘之分，也没有地域与中心之差异，更没有族别的差异，恰恰是一种开放的拥抱姿势，当张曼菱走进新疆的时候，她被深深地吸引，人文景观与历史缘由使得她心向往之，但是另一方面被人性的魅力所趋同，在她的理解中，多样的民族在人性的高度上是同一的，在人性的基点经验上也是辩证同一的。

可以确认，20 世纪 80 年代张曼菱书写的精神资源来自两个方面：一是德宏的知青经验，一是新疆多民族体验。而这种经验使得张曼菱能够介入民族交叉的文化中，而张曼菱能够轻松对接这种民族经验，还缘自她身上有一种荒原式样的浪漫情调与精神。从云南傣族的日常经验，到新疆多民族的有效观察体验，容纳了她对生长在那片土地鲜活的人们的情感趋同与热爱。张曼菱以一颗自由心灵拥抱云南德宏、新疆，并与之妥帖地结合在一起，写出了水乳交融诗一样的小说，律动着民族的魂。事实上，张曼菱跨族别、跨文化的激情样式，有着对民族文化精神追随，但又超越了单纯的民族经验，获得了人性多样化的表达。同时，俄罗斯文学对张曼菱有很深的影响，如屠格涅夫《猎人笔记》中的《白净草原》、普希金的《高加索俘虏》等，正是这些，使得具有青春浪漫的张曼菱在德宏知青乡野生活中，寻找原野的美丽。当年在盈江的荒原上纵情歌唱俄罗斯歌曲。在那里，获得了一种荒原精神。为新疆之行打下了基础。喜爱歌舞和探险的野性，也使她接近了他们。张曼菱的互文性，既体现在跨文本之间的多重文本介质、民歌等的渗入，也有来自国别、民族跨文化之间的移动中的融合与互动，从而拓展创作艺术的兼容与文化整合。

3. 多重媒介的切换与细节的求真

张曼菱的文学的移动既是场域的，又是空间的，完成着传统文本与影视之间的切换。从小说《有一个美丽的地方》到电影《青春祭》就是一个例证。《有一个美丽的地方》小说是张曼菱自己人生的经验与阅历，不需要一个深度认识的过程，电影剧本是对小说的再创作，需要在拍摄过程中去产生认识和思考的，是与单纯的小说书写有着不同的路向，是一种跨界的文化探求。两者的区别在于：一个是影像，一个是创作。两者共同点在于注重、重视细节的力量，同时又具有差异性。张曼菱文本的切换方式：从印刷文本到影视的转换拓展了自己的视域。从《有一个美丽的地方》到《青春祭》是一个女作家与女导演的碰撞，《青春祭》是拍摄于 1985 年的影片，著名女导演张暖忻以《有一个美丽的地方》小说改编，而张曼菱也参与了小说的改编。小说结构与电影结构基本一致，进入傣乡、在傣乡与离开傣乡。电影相较于小说，渲染了对自然环境中自然人性的展示，更多地是强调的人物的命运走向，影片对小说的社会环境、历史背景描写进行了淡化处理。而张曼菱的小说更多的是呈现为一种情绪，也就是说在“左”的压制中对女性自我的束缚，而傣族女性对情感的大胆与率性，从民俗学的角度看来，这种传承文化积淀的集体无意识，还有傣族民族对自然人性的宽容与尊重，这种情感的选择感染了“我”，“我”过去希望自己像卓娅、居里夫人，现在只想做一个傣族女子，“我”在傣族人民纯朴的审美追求中得到启迪，重新认知了自己的青春与生命意义，获得了青春与女性自我意识的萌动与唤醒，尽管最终情感让位于理想，选择了离开，但也从多年的压抑中解放出来。小说真实地呈现了时代在女性自我心灵及生命轨迹中的矛盾印痕。

应该说，电影以女性的视角进入，演绎了插队知识青年李纯到遥远的傣寨的生活转变与心理转变。在原始生态自然环境中，激发出了李纯女性自在的美，脱下辨不出性别的灰布衣服，换上青春艳丽的傣家筒裙，萌动了女性意识，释放了被主流意识形态与现代城市文明秩序压抑的自我。李纯最终考上大学，即将重回文明秩序，李纯对女性个体生命意识的反思也衍化为一代人对社会历史文化的反思。其实，从小说到电影，都在回避主流意识形态，尽可能地寻找自然生命的释放，渴望摆脱主流意识控制，拓展女性自我空间，但又陷入依赖现代文明和主流意识的尴尬处境。

而《青春祭》电影的改编对张曼菱触动很大，也刺激了张曼菱张扬的个性。张暖忻非常认同张曼菱的《有一个美丽的地方》，认为小说能够勾起自己的青春回忆，但在张曼菱看来，“那种被压抑的美感、对于她那一代已经成为了‘祭’。可对于我们则不然”。“导演肯定也是喜欢这部小说的，只是她的爱法就是把自己的烙印尽量地打上去。这可能是文学与影视一种永远的依存和角力吧”。[①] 张曼菱直接指出了电影改编的“失真”问题所在。

> 电影中的女主人公长大了，已经“少女化”和感伤化，显得太解事了，这其实破坏了我原著风格和一种神秘美。
>
> 原著中，最美的是主人公身上那种少女到青春的朦胧感，这是世界文学中涉足最少而却是人类情感宝库中最珍贵的状态。所谓“开辟鸿蒙”是也。我小说中的那个女主人公，是个中学生，多半时候有点像顽童，她对世界充满了好奇感，纯真，却基本上“不解情”。她有自由的灵魂，而无“明确的目标”。所以，在爱情上她不应该受到责备。[②]

正是小说改编为电影的主导思想，以及表现女性形象方面等差异，张曼菱与导演张暖忻之间有了嫌隙与纠葛。在张曼菱看来，在整个再度创作过程中，张暖忻并没有按照她的小说逻辑在进行改编，不尊重原作

① 张曼菱：《北大回忆》，生活·读书·新知三联书店2014年版，第276页。

② 同上书，第277页。

者的想法，尽管张暖忻导演截取了她这个原著者很多资料，但不按照原创的意思完整地体现，而是坚持自己的审美倾向。之后《青春祭》在全国热映，很受欢迎。1986 年张曼菱以作家身份，受邀随中国电影团赴美参加了"首届中国电影新片展"，当年有《湘女潇潇》《黑炮事件》《青春祭》一同展映。《青春祭》因为关注的是人类对于"美"与"情"的追求，深受美国观众喜欢。这让张曼菱意识到"影视语言"具有跨文化的传通功能，是文字不可替代的。此次美国之行，张曼菱接触了很多影视，也认识到电视的消费功能和随机性。这也是张曼菱后来去海南从事影视，开拓另一战线的动因。按照自己的意愿与审美标准去演绎女性生命姿态，则成为张曼菱跨界表达的直接动力。而在美国当有人问张曼菱，为什么别人都在控诉"文革"和"知青下乡"，而《青春祭》却是以一种赞美出现时，或许张曼菱的自述，能够让我们明晰，她所理解的激情样式，是基于生态与人性的永恒表达：

> 我赞美的是一种本体，一种永恒不变的载体，就是我们中国人说的"厚德载物"的大地，和依附大地生存的人们，赞美他们那种像大自然一样健康的生活方式、感情方式。任何时候，这种东西都会穿透灾难，穿透战争和政治。①

但之后张曼菱又在进行着从影像到文本的转换，既是主观愿望，也是时代推动。自从 1989 年仓促登上海南岛，"下海"开公司，并有了想要当"自由制片人"的愿望。主攻电视剧的制作，也是 1989 年盛夏时节，张曼菱在广州花城出版社蛰居。其间同屋有上海作家戴厚英，两人多有思想碰撞。一个月后，领取到长篇小说《天涯丽人》的稿费，邀《花城》的朋友们喝了个早茶，径直飞往海南。9 月，海南省委书记许士杰为张曼菱的未竟之作电视剧《天涯丽人》题词。拿到许士杰的题词，立刻在海南各家报刊上大做广告；同时发出声明：电视剧中的一

① 张曼菱：《北大回忆》，生活·读书·新知三联书店 2014 年版，第 278 页。

般角色，就在海南人和“闯海人”中招聘。《天涯丽人》被宣传为“琼州十二钗”。应聘演员的人踊跃如潮。从领取“拍摄许可证”后，不到两个月，张曼菱就找到了资金来源。海南烟草公司投资《天涯丽人》电视剧。张曼菱一步跨过琼州海峡，继续高歌“改革开放”。《天涯丽人》是第一部反映海南开放的十集电视剧，也以全新的女性视角反映了女性在时代的弄潮里的生命激情绽放。紧接着邓小平南方谈话，《天涯丽人》遂成为“热门”片，很快覆盖全国，引起很大反响，对第二次“海南潮”起到了很大的推动作用。1994 年末 1995 年初《似梦年华》由张曼菱编剧，可视为五年前张曼菱拍摄的反映十万人才下海南的大型电视剧《天涯丽人》的姊妹篇——仍然关注女性的精神成长，表达崛起的女性意识。

从 1998 年开始，张曼菱离开海南，回到云南，致力于“国立西南联大”历史资源的抢救、整理与传播工作，创作有电视纪录片《西南联大启示录》、音像制品《西南联大人物访谈录》、史话《西南联大行思录》等。2013 年完成的《西南联大行思录》，是一本历史当事人的口述史，包括台湾的西南联大校友在内。更重要的是内中含有若干对前人历史整理误差的纠正，尽管由于岁月久远，重要人物过世，第一手资料漏失太多。张曼菱利用十多年的时间，跨越两岸，采访联大校友约 120 位，以人物为传主的方式，尽可能地还原西南联大这段历史，以故事的方式进行记录，承接了一个时代的写真。应该说，这是一部以知识分子对社会现实的介入为视角，揭示了社会精神内涵与时代印记，知识分子命运是那个时代的缩影。电视纪录片《西南联大启示录》表达的是抗日战争时期在西南联大知识分子的生命体验，尤其是以当下的眼光重新审视历史，完成文化上的抢救，有对自我与他者、自我与国家、自我与民族之间的联结的探求，还有知识分子对中国文化、文脉承续上的接力。在张曼菱的理解中，西南联大是一段历史。这段历史和北大学生是有着直接关系的，就像母与子的关系，另一方面，对这段历史的认识是她从中年以后开始的，是属于非常重要的知识点位。这种知识里边很大的一个含量是“历史”，历史决定着每一个人、一个家庭或者整个民族的起点，如同镜像一般展示了个体与群体，在时间中的存留，在历史中找到一个参照形象，却是有着深远意义的。“作为一个知识分子，应该在一个社会转型的时候，投身和参加于那种促使旧的和不合理的东西消亡的活动中来，并促使新的、合理的、有利于个性发展和社会民族生存发展的这些东西，促使这种新的东西诞生并推动它壮大起来。我觉得寻觅西南联大的历史就具有这样的意义，也能够实现我作为一个知识分子的使命”。① 对知识分子民本性的挖掘以及细节的描摹，正是张曼菱承续20世纪80年代的精神追索。在这种叙述模式中，引入个人记忆，再归纳为完整的宏大历史，是个人记忆—历史的时间、空间承接，也是对一个时代的真实写照。

张曼菱自20世纪80年代以来，有着文学—文化的移动，也拓展了文学的边界，她的跨文化、跨族别、跨媒介的文本，具有情感的浓烈性与现实干预性，具有先锋话语意识。尤其是在新媒体时代，女性文学生产由于资本力量的进入，已深刻地影响与改写了女性写作自在的发展逻辑，女性书写逐渐向影视化倾斜，对身体本身的书写投入了更多的热情，而社会干预性减弱，致使女性以及女性书写日渐成为消费的符号。张曼菱却以一种豪迈的姿态介入多民族的生活现实，并记录了这些民族在一个时代里的狂放与坚守。张曼菱也自述：“女性作者也必需是要参与流动的。这种流动是一种实质真正地参与这个时代和历史的流动。从行为上参与或是从文化上参与，要有内质的流动。如身在深闺却能神游八极的李清照。”②

张曼菱不仅是表征20世纪80年代的一个文化符号，她从民间生态视角去寻找民族的根脉，也在寻找与原初素朴人性的对接。张颐武认为，“其实张曼菱始终是80年代的精神象征性人物。她是我们的学长，整个学长有一个最大的好处就是始终把80年代那种自由的精神贯彻得非常彻底。她这个人不被任何束缚局限，不断开拓新的领域新的空间，老是不断变化自己的角色。但她有一点始终不变，就是80年代‘青春

① 张曼菱：《北大回忆》，生活·读书·新知三联书店2014年版，第278页。

② 张曼菱：《女人——流动气息》，《文学自由谈》2001年第1期。

祭’的精神，这种精神就是从一种束缚中间，从一种压抑的环境里挣脱出来以后，那种无拘无束，很大胆的个性力量”。[①] 21世纪以来，她以个体与群体的知识分子为切入点，介入社会、现实、民族、历史，在传统、现代的交汇中发掘人性的底色与基石，体现了自己的文化精神追随，也是对多重民族文化景观的展示与探寻，以及寻找中华的文脉与精神气脉所在。在文化的演进过程中，张曼菱式的先锋人物他们已经在先行，其文本价值乃至行为本身，具有非常重要的现实意义。

三　双性认知的展示

在文学批评的视界里，刘索拉在80年代，是以当代先锋者姿态出场的，她率先以《你别无选择》进行先锋性的探索，强调文学介入现实的有效性，呈现现实生存的样态，契合了80年代现代性的渲染与伸张，给80年代文坛以清新、新锐的气质。随着1985热潮过后，似乎先锋派的挑战意义也就终结了，但刘索拉带给文坛的热动，以及她作为80年代稀缺的先锋派女作家，成为了80年代的一道亮丽风景。她的超前的经典叙事，尽管从现在来看，似乎远没有看上去所具有的先锋活力。但在80年代的语境中，刘索拉代表了前卫、反叛，甚至是具有颠覆性的力量，构筑了爱情、理想、梦想等的文化乌托邦。正如斯宾格勒所言，“有力量的跟着历史走，没有力量的被历史拖着走”。延至21世纪，刘索拉以自己的书写，贯穿了先锋实验精神，契合了现代性在中国本土的延展与对接，尽管其间会有出离，还有十分强烈的主观色彩与偏颇。

其实，最早刘索拉是以先锋性的现代派的音乐出场的。从80年代到21世纪，将中西方音乐文化元素进行整合，在先锋艺术领域进行多样性表达，作曲、人声表演、小说创作、剧本写作，展示了无词的哼唱、叫喊以及歌剧、中国戏曲、民歌甚至“跳大神”的声音运用，表演奇异，刘索拉明确了其艺术态度的“直觉与自觉”，激活了中国女性音乐与文学的向内转，伴随着中国女性艺术真正意义上的自觉，诸如《惊梦》《伯牙

① 张颐武语，载张曼菱《北大回忆》，生活·读书·新知三联书店2014年版，第412页。

摔琴》《六月雪》《葬花》等，将多重音乐体例与历史情境放置于当代的人文情怀中，具有“跨界的融合性”、“充满想象力”以及“普世情怀”的女性特质。从音乐符号空间到小说空间的延展，并不突兀。因为在她的理解中，她仍然在以音乐的方式进入文学创作。“我写书的结构都是按照音乐的方法来写的，可能别人就觉得很奇怪，为什么我会这样来组织句子，为什么我这样去想故事。其实我只是凭着对音乐的理解想到文字的解释”。[①] 而且两者之间进行着互逆式的切换，从音乐到小说，从小说到歌剧，不同艺术形式之间的切换、拼贴，成为她独特的表达形式。

而小说与她的音乐主张是并行不悖的，《你别无选择》恰恰是音乐与人生的妥帖镶嵌式样的表达，也是对现代气质的群像聚焦。《蓝天绿海》《寻找歌王》依然在文学与音乐的交互中表达了彷徨、焦虑。《瞬间》登在《丑小鸭》，小说颇有现代感。《老阿姨》是为了爱和报答。之后，刘索拉发表了小说《最后一只蜘蛛》（1986），以及《混沌加里格楞》（1994），这篇小说是以黄哈哈为主线，探及“文革”经验。还有散文《蓝调之缘》，对话散文集《行走中的刘索拉》《曼哈顿随笔》等。1998 年归国后，有长篇小说《女贞汤》《迷恋·咒》等，进入了女性本体文化处境的探寻。《迷恋·咒》是刘索拉继 2003 年《女贞汤》触及的是一夜情、同性迷恋、婚前他恋，刘索拉将爱情、婚姻、情欲、音乐、迷恋学说打碎，拼贴重塑。只有她能将如此世俗的人类情感讲述得如此疯狂生动，自由而不拘一格，并富有哲学探索精神。集文字、音乐与图像三种元素于一身的《醉态》，跨越文字、音乐和视觉。《口红集》里，刘索拉更关注女性个体的发展。歌剧《惊梦》是具有中国文化内涵、元素的女性故事。戏剧《黎明三十分》藏着的不过就是个女性成长的故事。诙谐调侃，意识大胆，叙事方式独特是其创作风格，音乐和小说的融合，却是她小说创作的一个重要特征。刘索拉是当代鲜有的集音乐家和小说家于一身的两栖女性艺术家。在创作形式上体现出“先锋性与融合性”，能够贯通雅俗、古今、中西。从女性主义角度体

---

① 赵明宇：《刘索拉：我最迷恋的是音乐》，《中国新闻出版报》2011 年 1 月 21 日。

现了当代女性艺术家的自觉、自省，同时音乐容纳了各种艺术媒介，进行多样化呈现，展示了当代女性艺术家跨界的多重可能性。

透过刘索拉的短篇小说《你别无选择》、中篇小说《寻找歌王》以及长篇小说《女贞汤》等，可以发现，在她笔下的诸多人物，大多是不同时期的“精神贵族”或“迷惘的一代”。而笔触也从隐匿状态转向了显现，这是刘索拉接近女性主义立场的方式。在跨界的小说文本中，音乐与文学边界变得模糊，她以别种方式表达自己对世界、对自然、对灵魂的感受，并进行本土实践与书写变焦。而刘索拉在20世纪80年代先锋的所在，还有对传统女性形象符号的定格，以及女性话语的本土建构等。这是笔者进一步要探究的。

1. 跨文本实验：两性群像扫描

在80年代意识形态构成中，刘索拉的文本无意于启蒙，却具有超前的文化意识。与其说是先锋的，刘索拉更愿意用实验来解释她的创作。1985年《你别无选择》以其崭新的样式，引发了文学界的轰动。《你别无选择》是一个旧时典型的音乐的故事，但更是一个挑战传统文化模式的小说，这是生命群像的图式与状态的呈现。小说聚焦的是音乐学院的大学生生活状态，一群青年学生放浪、滑稽的闹剧式的生活：作曲、演奏、考试、国际音乐比赛，对艺术的崇尚追求和厌倦无聊，反叛和恪守。李鸣每天想着退学，然后是睡觉，碌碌无为；孟野倒是专业成绩非常优秀，却陷入与女性的情感纠葛中；森森每天狂砸琴键，立志砸出好作品；马力整天买书理书，最后不明不白的死去。故事中的年轻人无目的焦虑与骚动，身处各自困境，是一种情绪的极度展现。而刘索拉表达了人性在极度无序状态中的异化，以及群体对现实环境的反抗与妥协。这是对把狭窄的个人情绪放大并稀释自己的思想内蕴，妥协于现存秩序的生命群像的观照。同时，在刘索拉的表意空间中，植入了一种生命玄思与反思，还有人的精神存在与个性自由伸张之间的纠结。

> 三和弦的共振是消失在时空里只引起一个微妙的和弦幻想，假如你松开踏板你就找不到中断的思维与音程延续像生命断裂，假如

开平方你得出一系列错误的音程平方根并以主观的形象使平方根无止境地演化，试想序列音乐中的逻辑是否可以把你的生命延续到理性机械化阶段与你日常思维产生抗衡与缓解并产生新的并非高度的高度并且你永远忘却了死亡与生存的逻辑还保持了幻想把思维牢牢困在一个无限与有限的机合中你永远也要追求并弄清你并且弄不清与追不到的还是要追求与弄清……①

刘索拉注重对群像个体的心理情绪、精神迷惘与心理空间的渲染，以对人本存在的内环境的解释，来反观外在社会环境、文化环境的呈现，而不注重情节与行为的构设。小说体现了足够的现代气质，充满了对西方音乐元素的热衷，诸如“卡夫卡”“勋伯格”“巴托克”“甲壳虫”等西方文化符号，是《你别无选择》《蓝天绿海》等作品中主人公狂热迷恋的崭新精神资源。《你别无选择》中森森听着莫扎特《朱庇特大调交响乐》，“顿时，一种清新而健全、充满了阳光的音响深深地笼罩了他。他感到从未有过的解脱。仿佛置身于一个纯净的圣地，空气中所有污浊不堪的杂物都荡然无存”。正好映照了中国 80 年代兴起的西方文化热，西方非经验性的空间显示出极具诱惑性的美感，一度成为拯救中国非正常思维的法则与范式。文化界以“西方文化元素”的符号为“镜”，确认自我与建构意义。用他人的存在指认自己的身份，对西方文化激进的膜拜，不仅反映了“文革”后年轻人对“文革”彻底的告别，也源自“文革”后的中国社会精神资源、思想资源的不确定。“自我危机包括社会认同危机、国家认同危机和文化认同危机，这是全面的生存危机”。②

争执是无聊的，所谓“创新”也毫无意义。你认为的创新不过是西方玩儿剩下的东西，玩儿剩下的再玩儿就未免太可笑，玩儿没玩儿过的又玩儿不出来，不如去背巴赫，反正模仿巴赫不会受到

① 刘索拉：《你别无选择》，《人民文学》1983 年第 3 期。

② 杨春时：《现代性与中国文化》，国际文化出版公司 2002 年版，第 177 页。

方向性抨击。[①]

其实，这种文化的趋同、迷惘，是当时兴起的一种风潮。刘索拉、查建英、陈丹燕一大批女作家选择出国。“西方作为一种‘异文化’，从原来的敌对者不知不觉变成了东方国家的现代化榜样和未来文化发展的自我前景。这一现实给本土知识分子所带来的失落感和错位感也是激发出文化身份焦虑的原因”。[②]“一切为认识主体所熟知的、同质的东西都不会产生美感，只有陌生的、遥远的、异质的、异己的东西才是美的源泉，并且这种差异之美不是静止地存在于某个陌生事物本身，而是能动地存在于主体和客体的距离中，存在于异和同的反差中”。[③] 用具象的空间来盛抽象的声音，正好代表了所处的时代。显然，刘索拉回归理性写《你别无选择》时，具有超前的音乐与文学跨界融合的艺术思维、美学思维及思想。

应该说，刘索拉在80年代反抗的介质是西方文化元素，西方的价值观念、象征符号、以及文化信仰等也会渗透其中，与自己对现实生活的感受融合在一起，表达反抗，呼唤自我，张扬个性。这里，特别提及的是：刘索拉以音乐律动的方式成就了她的小说，体现了文学的主体性与人的主体性是一致的，但与女性主体性是错位的。刘索拉反抗的直接精神资源与动力来源，“跟家庭有关，‘文革’，我们建立了非常非凡的家庭关系，他们也领我进入了一个非凡的政治世界。由于我的家庭，我一生下来的经历就跟别的孩子不一样。所有这一切都给了（我）非常丰富的人生经验，我的人生经历，我为什么做很多事情，我觉得很多都是跟我的家庭背景连着的，这个东西给了我一个永远没有完的故事。……我生在这样一个国家这样一个家庭，太重、太重了。这个历史太重了”。[④]

---

① 刘索拉：《你别无选择》，《人民文学》1985年第3期。

② 叶舒宪：《知识全球化时代的“地方性知识”与“再阐释”》，见王宁编《全球化与文化西方与中国》，北京大学出版社2002年版，第76页。

③ 秦海鹰：《重写神话——谢阁兰与桃花源记》，乐黛云、张辉主编《文化传递与文学形象》，北京大学出版社2000年版，第260页。

④ 金燕：《刘索拉：谁说女作曲家没有前途?》，《成都日报》2006年3月30日。

同时，也跟其生活经验有关，刘索拉从小去工厂，之后插队，再加上家庭受到了极大冲击，而“文革”打破了她以前的革命集体意识，对刘索拉触动很大，到 80 年代作家有了个人意识。这也是一种助力。但创作是一个严格意义上的美学过程，这决定了刘索拉需要不断地探索。

其实，“文革”经验以及音乐的素养，还有本真的自我呈现，使她在现代小说的创作中，获得了充分的现实性和绝大的空间。但在刘索拉之后的反思中，她却在质疑自己曾经的反抗。“我那时候有种对知识界的反叛，不愿意当艺术精英，喜欢用轻浮的物质观念来对抗沉重的文化斗争。那时什么都是一种真反抗，都不是作秀。可是后来我出国了，所有的这些反抗动作都是最没有意义的——拜物的艺术形式早就被发展到了极端，我们在国内所知道的商业音乐的知识根本是无用的，即便是做现代音乐，我们所知道的音乐形式也根本就谈不上什么现代。所以我们要学的东西太多了，从物质到精神。不懂得物质文明的发展过程也就无法懂得现代艺术的发展过程”。①

应该说，刘索拉的观点表征了 80 年代成长起来的一些先锋作家们的心灵轨迹。事实上，兴起于 80 年代后期的先锋性热浪退化，关涉到文学转型的历史语境及趋向。“中国新时期之初，伴随着中国的改革开放，原有的思想格局渐次被打破，思想解放的潮流日渐汹涌。思想活跃成为时代的主要特征。至 20 世纪 80 年代中期，在变革中形成了新的思想界的主潮，那就是其时以人为价值本体的人性、人道主义思潮。这一思潮远承五四这一现代中国的起点，其倡导者多为经历复杂的中年之人。这一思潮虽然极具现实性且前行之路障碍重重，但更新的一代，或者说位居边缘的更具个体性、独立性的一代新人，却急欲超越他们体现自己的存在、自己的声音，而让中年一代感到陌生的西方现代艺术观念，正是他们介入现实的最佳切入口，先锋小说正是因此而发生。明乎此，我们或许会明白，先锋小说是在形式创新中所孕育所蕴藏的对既定

① 查建英：《80 年代访谈录》，生活·读书·新知三联书店 2016 年版，第 389 页。

现实的叛逆性、变革性，激荡了其时的时代风云，迎合了思想活跃的时代大势，成了当时中国思想精神界的一道亮丽风景”。[①] 傅书华指出先锋的弊端，在于借用西方理论的壳，致使观念性的创新，大于对中国现实问题的深入解读，未能够有效地表达、深入中国本土的现实。

当代先锋派文学到底是一个虚构的神话，还是实践的历史？先锋文学在80年代后期崛起于文坛，这是不争的事实。而一些论者认为，所谓先锋文学和先锋批评不过是1989以后的特殊意识形态氛围的产物，这是一个滞后的得到官方意识形态承认的文化现象[②]，延至90年代，乃至21世纪，“先锋”的意义重新回潮，甚至有学者把当下仍然渲染为“后先锋时代”。“先锋”自有生长的历史发展的必然要求，其文学经验自然也构筑了女性文学的美学向度，尽管还存在一定的粗放的实验性与当下性，甚至在今天看来显得稚嫩。米兰·昆德拉曾经对浅薄的“现时性”进行抨击时说道：“小说的精神是持续性的精神：每一部作品都是对前面的作品的回答，每个作品都包含着小说以往的全部经验。但是，我们时代的精神却固定在现时性之上，这个现时性如此膨胀，如此泛滥，以至于把过去推出了我们的地平线之外，将时间缩减为唯一的当前的分秒。小说被放入这种体系中，就不再是作品（用来持续，用来把过去与未来相接的东西），而是像其他事件一样，成为当前的一个事件，一个没有未来的动作。”[③] 刘索拉笔触伸及的是当下人的生命姿态与内心叛逆，而无意对未来作出更多的探究与想象，或者说她只在意当前她的人物的现实处境，而对其生存尴尬之社会根源，乃至她的人物的走向与发展轨迹，并没有多少的笔墨与兴致。“面对先锋小说在短暂的历史时期创立的艺术经验和准则，文学界除了保持短时期的麻木和排

① 傅书华：《先锋文学再回首》，《山西日报》2015年12月23日。

② 有关先锋的命名时间点，存在两种迥异的表述，以南方为代表的学者杨扬的《先锋的遁逸》（载《二十一世纪》1995年第29期）。该文认为所谓先锋文学和先锋批评是在1989年以后的特殊意识形态氛围里出现的，“恰好满足了当代意识形态的需要”，借助官方意识形态之力，从南方批评家手中夺过胜利果实，并且得到官方意识形态部门的有力支持。而以陈晓明为代表的“北方评论家”关于先锋派的评论文章，有不少是发表于1989年6月和12月以前。

③ 参见［法］米兰·昆德拉《小说的艺术》，董强译，生活·读书·新知三联书店1992年版，第18页。

斥之后，再也无法回避它的存在。进入九十年代，先锋小说的叙事语言和叙事方法在潜移默化中被广泛接受。然而，这一切并不表明先锋派完成的叙事革命就取得永久有效的胜利。事实上，先锋派的实验突然而短暂，在九十年代随后几年，先锋派差不多放弃了形式主义实验”。[①] 而陈晓明指出此时先锋的本质所在：“艺术形式从意识形态推论实践的历史空档浮出地表，年轻一代作家依靠艺术形式对历史和现实存在世界重新编码。确实，形式革命有效地充当了认识论（反映论）破损的桥梁。年轻一代作家艺术无法对世界提出一整套的认识，仅仅依凭语言表现和方法论就能改变传统艺术方法所建构的世界图景。这是一种以逃避的姿态完成的解构策略，人们无意中只是摆弄着一些形式方法的魔圈，就使文化的制度化体系在艺术方法论这一层面上象征性地改变。这个‘解构的’逃避的时代也是一个过渡的年代。”[②] 的确，这一时期的刘索拉完成的是对现存文化秩序与生存状态的拆解，还没有在深度意义上进行本土话语建构的尝试与探索。一句话，这种先锋里包含着妥协与肤浅。

对此，一些学者对作家的先锋意识持谨慎的态度，针对新时期现代派文学的发展，李洁非、张陵发表《被光芒掩盖的困难——新时期文学十年之际的一点怀疑》一文，将当时看好的现代派创作称为“伪现代派”。而陈晋、杨世伟等人在文学评论编辑部座谈会上指出：“‘伪现代派’的含义就是我们并没有真正具有现代素质的现代派作品。”[③] 季红真也明确指出：“就笔者对西方现代主义与中国今年小说的了解来看，我们没有严格意义的现代主义作品。将来是否能够产生也仍可置疑。就是‘文革’前后出生的一代中国人，虽然较多传统的羁绊，在生活方式与心理结构上更具有全球性的现代特征，也不一定就能够出现严格意义的现代主义作品。”[④] 显然，学界也对 80 年代生成的先锋派精神持有质疑。

① 陈晓明：《先锋派之后：九十年代的文学流向及其危机》，《当代作家评论》1997 年第 3 期。

② 同上。

③ 谭湘整理：《面向新时期第二个文学十年的思考》，《文学评论》1987 年第 1 期。

④ 季红真：《中国今年小说与西方现代主义文学》，《文艺报》1988 年 1 月 2 日。

但一些学者却持不同态度，就连李泽厚也认为《你别无选择》是他读到的中国第一部现代派小说。这无疑是对此前现实主义美学原则的挑战和反叛，以至于有学者认为："《你别无选择》……以更'出格'的美学风格撼动着中国文学原有的框架。"[①] 这一作品被评论界认为具有某种"超越"的意义，超越了当时伤痕、反思文学的社会政治、道德的主题，以荒诞的方式开始追问人的存在等终极性的价值与意义。黄子平指出，这是"生气勃勃的创造"，"刘索拉戏谑揶揄而又不露声色，凝练集中而又淋漓尽致"，"超越了形似而达到了神似，而我们超越了音乐术语而达到了心领神会。或许正因为我们对音乐一窍不通才证明了这一超越。你体验到这并不只是关于疯疯癫癫的作曲系学生的古古怪怪的记录。于是你回过头来在一片喧嚣中发现了和谐，白纸黑字的堆积中发现了结构、技巧和文体，发现了敏捷和才气"。[②] 李劼确然地指出："她一面呼唤自我，张扬个性，一面深入内心，诉诸直觉。她以青春的旋律和生命的跃动给古老的天空带去无限的生机，从而以一种令人耳目一新的风貌超越了文学发展的逻辑进程。这也就是说，当别人在从文学的旧框架里悄悄地挣脱出来时，她却完成了一个大胆的跳跃把别人连同旧框架一起甩到了身后。这使她的小说显得不同寻常的突出，而显示出带有创举性的意义。……她的小说本身是一个横向移植的结果，但在文学的历史旋涡里这种横移很快就会得到纵流的逆转。相比之下，'寻根'小说比她有着更为稳固的根基。因为后者巧妙地将横移诉诸了纵向流动意义上的文学创作。"[③] 刘索拉"反英雄"式的人物，"反小说"叙事，全然打破了传统现实主义和浪漫主义的美学规范。王蒙所言："刘索拉的小说在1985年出现是一个先锋性的，并非偶然的现象。它的内容与形式都具有一种不满足的勇敢探索的深长意味。我们不能不学会与她的小说中的人物对话，理解他们，而且越来越重视他们……他们跟

① 刘纳：《在逆现象中行进的新时期文学》，《文学评论》1986年第5期。

② 黄子平：《刘索拉的〈你别无选择〉》，见黄子平《沉思的老树的精灵》，浙江文艺出版社1986年版，第167—170页。

③ 李劼：《刘索拉小说论》，《文学评论》1986年第1期。

长久以来与至今仍在首先为生存而战斗的大多数群众不同，他们有点脱离群众。但他们已经出现了，哪怕是在闹剧的或自嘲的外衣下面，他们发出了自己的杂沓的却也是动人的青春的声音。”[①] 刘索拉在美学形式和主体欲望的表达上，大胆新锐、戏谑荒诞，呈现了文本中精神与现实之间的文化错位。白烨认为：“我们就从那散漫的结构、重叠的词话、零乱的对白所构成的超常艺术形式中，看到了当代音坛新人要超越世俗却为世俗所困扰，要超越自我却为自我所羁绊的艰难的苦斗和颠簸的心灵。这是别的作家所没有描绘过的一幅图画：竭力追求有个性的创造的，在不被人理解中远离了自己的目标；越来越迷恋于音乐的，却又越来越感到自己的乏术无力；渴望无所牵挂地献身于作曲的，偏又被女人拖掇得寸步难进，……。刘索拉毫不掩饰地面对这一切，如实地抒写了追求绝响中的噪音，追求欢乐中的痛苦，揭现了特定时期里特定领域里骚动的一代的骚动的心绪。”[②] 一时，评论界对此好评如潮。

但有意思的是，刘索拉本人并不承认自己是先锋，她更多接受实验的定位。在接受查建英的访问，她坦率地承认：“在国内的时候，大家都以为我是现代派作家，幸亏我自己没敢接这个茬儿，否则出国一看，我哪儿懂文学呀？那时我都没敢让美国的译者出版《你别无选择》，自己对自己也没把握。还有我那时以为摇滚乐是反叛，写了那么多摇滚乐，到了英国，电视台采访时问我：我们英国人都不玩儿摇滚乐了，因为它不过是娱乐音乐，你怎么还拿摇滚乐当文化?”[③] 在刘索拉的理解中，80 年代的人大部分经历过“文革”和插队，压抑的内心，在遭遇所谓的现代，或多或少有些嬉皮士的概念，除此还满怀着精英野心，激发了反抗现存秩序的热情，带来了一场集体兴奋，有很多可贵的东西，可惜仍然不成熟，仍然是“青春祭”，甚至是一种集体精神幻象。“现代艺术不是政权，它和政权正相反，它的圣殿不在于稳固，而在于变化。就是这个变化，使八十年代的幸运儿们经历了各种幻象和心理学问

① 王蒙：《你别无选择·序言》，作家出版社 1986 年版。

② 白烨：《深层次地走向多样化》，《文艺争鸣》1986 年第 3 期。

③ 查建英：《80 年代访谈录》，生活·读书·新知三联书店 2016 年版，第 381—382 页。

题。……八十年代对新艺术家的欢呼声是从前和后来都没有出现过的，那种欢呼声也是一种幻象”[①]，显然，这种幻象带有乌托邦的成分。

刘索拉的《你别无选择》，小说写的是最不安分的音乐世界里最不安分的青年学生，在梦想与现实的冲撞中，分裂成为多重文化艺术选择。显然，从那散漫的结构、重叠的词话、零乱的对白所构成的超常艺术形式中，捕捉到他们对超越世俗的困扰、自我的羁绊和颠簸的心灵。刘索拉凸显了男青年的精神生态，他们的安分与骚动，加上女性的自我钳制，这些都制约自由音乐的伸展。刘索拉“为了让人们知道真正的作曲是怎么回事”[②]，展现的是新时代音乐世界镜像里的芸芸众生相，而无意持以先锋女性的立场与意识。

就其本义而言，“先锋”意味着要承担与西方现代主义的对话，更重要的是标新立异地冲击现实主义文学传统范式，以求生变。事实上，先锋派文学回避了主流意识形态话语，在形式上大胆求新，引领了80年代文学的拓展与技术性的变革。但真正意义上的先锋精神，是能够冲破世俗的规范，以一种新的文学精神，介入到社会现实与女性现实。有意思的是，先锋派不仅没有形成与传统现实主义形成极度的对抗，而是最后倾向于向传统现实主义靠拢。“先锋派与后起的年轻一批作家的显著区别在于，前者注重艺术形式实验，即使形式实验退化之后，他们的作品依然保持在一个较高的艺术水准层次上，但他们普遍不能面对现实生活，无力表现这个时代的变动的生活状况和价值选择”[③]。正如格非自我反省：“如果形式感的东西不被我们的作家的灵魂所照亮，那么他在现在这样一个产生着巨大变化的社会转型期的大背景下，就显得未免奢侈。”[④] 中国的现代性，便是在与世界的接轨中生成，80年代中国文化的现代性追求已经卷入了自我认同危机的模式中。我们清楚地看到，现实的社会主流意识形态与秩序正在由80年代前期的高度共识和一致

① 查建英：《80年代访谈录》，生活·读书·新知三联书店2016年版，第381页。

② 引自刘索拉《“创作谈”——关于我这篇小说》，《文艺争鸣》1985年第7期。

③ 陈晓明：《先锋派之后：九十年代的文学流向及其危机》，《当代作家评论》1997年第3期。

④ 林舟：《生命的摆渡——中国当代作家访谈录》，海天出版社1998年版，第70页。

行动，而走向了90年代的明显分化。应该说现代性不仅与女性关联，现代性冲击带来了女性文化与女性的自我认同危机，而女性之现代性的本质目标就是，在全球化的语境中如何获得自我认同。随之，女性文学的发展包含了复杂的动力，它既是现代性的一种必然推论，同时又是对于现代性的反抗与批判，是复杂的、辩证的现代性展开。进一步说，女作家的先锋派的美学意义在于，不仅是在文化立场和美学取向上，以"反传统"的姿态标举一种"新的美学原则"，同时，也具有现代意义上的有关女性激进意志与女性本体欲望等的审美表达。

其实，刘索拉只是"退缩到了一个固定的焦点上"。1986年，刘索拉发表了小说《最后一只蜘蛛》亮出了自己的底牌，这部小说实际上是根据自己父亲的经历写的。文本以一只蜘蛛的视角来表现一个老头儿在"文革"时期在监狱中的生活的，老头儿为了度过漫长的铁窗生活，便通过养蜘蛛、读报纸等聊以自慰。弗雷德里克·詹姆逊（Fredric Jameson）在《政治无意识》中认为："由共存于特定艺术过程和普遍社会构成之中的不同符号系统发放出来的明确信息所包含的限定性矛盾"就是所谓的"形式的意识形态"①，所谓的"形式的意识形态"就是说在形式当中包含了丰富的历史、政治、文学、男性、女性之间的关系。在这个意义上，也就可以说刘索拉的小说实际上表达了一种对政治意识形态的态度。而先锋作家格非指出了与当时的意识形态关联："实验小说与当时的社会意识形态也多少反映了特定时代的现实性，对于大部分作家而言，意识形态相对于作家的个人心灵即便不是对立面，至少也是一种遮蔽物，一种空洞的、未加辨认和反省的虚假观念。我们似只有两种选择，要么成为它的俘虏，要么挣脱它的网罗"② "本文自身是人类存在中无以避免的政治本质的产物，是对这种本质的干预。关键不在于本文维护了某些特定的政治立场（虽然它们有可能去维护特定的政治立场），而在于它们是从它们无法从中彻底抽身的政治关系中产生

① ［美］弗雷德里克·詹姆逊：《政治无意识——作为社会象征行为的叙事》，王逢振、陈勇国译，中国社会科学出版社1999年版，第86页。

② 格非：《十年一日》，载《塞壬的歌声》，上海文艺出版社2001年版，第66—68页。

出来的”。[1] 无疑，刘索拉这一次直面了“文革”政治意识形态对人性的压制。

显然，刘索拉采取的是一种隐形的书写方式，指向了“文革”政治意识形态的存在。如果说艺术是意识形态的产物，那么刘索拉的《你别无选择》只是以一种曲笔的方式，对生命本体进行了质询。在蔡国强的理解中，“中国艺术里缺乏普世的人道主义精神。人道主义是对个人的尊敬，创造个人之间平等对话的平台，寻找最大限度的公平。……回顾 80 年代年轻艺术家的反叛精神，是对集体主义的反叛，但基本又是以集体主义的方式对抗集体主义。能不能关注真正的个人？他的艺术探索和言论只代表他个人；他的失败也是他自己；每个人都承担起自己的责任，由此创造艺术社会整体的活力”。[2] 而思想与艺术的先锋，在于关心社会，引领社会，艺术可以表现社会政治等内容，但艺术最终的问题不在内容，而在于如何以审美表达。

2. 女性主体意识的模糊：非先锋女性的立场

在《你别无选择》中，刘索拉也聚焦了女性群像，但她笔下的女性基本上是传统文化形象符号，非现代性的思维与做派。相较于男性群体，《你别无选择》里的女性形象迷糊，更缺失主体性。班上有三个女生，把全班搅得不亦乐乎。为此，后面几届的作曲班就再也没招进女生。主要是贾教授大为头疼。风纪、风化，都被这三个女生搅了。“猫”是个娇滴滴的女孩，动不动就能当着所有人咧开嘴大哭，哭起来像个幼儿园的孩子一样肆无忌惮。这使老师也拿她没办法。遇到她做不好的习题，她把肩膀一扭，冲老师傻呵呵地咧嘴一笑，老师就放她过关了。“懵懂”一天到晚只想睡觉。她能很快弄懂老师讲的，又能很快把它们忘掉，她当天听，就得当天做题，还得当天给老师改，否则过了几天，她就会否认这道题是自己做的。你再告诉她对错都是白搭，她早忘

① ［美］伊丽莎白·福克斯－杰诺韦塞：《文学批评和新历史主义的政治》，张京媛主编《新历史主义与文学批评》，北京大学出版社 1993 年版，第 63 页。

② 蔡国强：《说说艺术怎么样》，载《艺术怎么样？来自中国的当代艺术》，广西师范大学出版社 2016 年版。

了准则。第三个女生是女生中的楷模，由此得了个“时间”的封号。她精确非常，每天早晨六点铃声一响，腾地就从床上坐起来，中午和晚上无论那两个人说什么她都能马上入睡。“这家伙简直是机器!”“猫”对“懵懂”说。“嘘！她能听见。”“她早睡着了。”“你们在骂我。”“时间”嘟哝了一声。她认真做所有课程的笔记，连开一次班会也要掏出本来。没有一门功课她不认真。作曲系的学生通常是同时开十门课，她则是连运动会也要拿个名次。本来这样的女生是不会使贾教授后悔的，但当同时有两个男生追求“时间”，并且“时间”全不拒绝时，贾教授的气真是不打一处来。

莉莉是支持男朋友戴齐的，她经常和戴齐合作协奏曲，她甚至消除了自我以及本体存在价值。她相信戴齐完全有才能写出世界第一流的优美作品，有时她听着戴齐的钢琴小品就感到像浸在纯净的空气和水中一样。但自从戴齐想投入比赛后，戴齐却什么像样的句子都没写出来。莉莉天天坐在那里听，失望之余又觉得筋疲力尽。但她仍旧坚持坐在那里，在戴齐需要时就拿起提琴。她替戴齐买饭打水，将他照顾得无微不至，可戴齐还是老重复着一个很美的乐句。

与莉莉而形成对比的却是孟野的作家妻子，这是《你别无选择》中相对清晰的女性，但又是极度丧失主体性的女性。孟野在后来已经迫于爱情的压力偷偷结了婚，但他拒绝把音乐的位置和妻子颠倒过来。音乐就是音乐。没有音乐他就不存在，没妻子他照样存在。这是他的想法，为此女作家妻子写了五篇短文申明女性的重要地位，仍没有把孟野的想法给颠倒过来。妻子将音乐与女同学懵懂当作了障碍，愤怒至极，把孟野的衣服剪成了一面旗子。孟野追问：“你想让我变成什么?”妻子回答：“变成我的。”孟野一动不动地站在那儿。她大睁着两眼，每一字都加重了语气：“我能为你牺牲一切，我什么都可以不要，学位，名誉，我都不在乎。我只求和你在一起，什么人都不见，什么都不想，只有你，只有你在我眼前。如果你需要我现在放弃学习，做你的主妇，我马上就可以退学，如果你需要我和你一起逃走，逃到荒无人烟的地方去，我马上就收拾东西。”孟野回敬的是：“谁也没法改变。”

孟野妻子彻底绝望，给学院写来的控告信中，列举了大量事实足以使孟野被开除学籍。首先，他违反了校方规定而私自结婚，这是规定中绝不允许的。再者，他不仅非法结婚，还在学校与别的女生闹作风问题，比如跳舞、拍照，甚至在一起游泳，等等。作为妻子，她要求学院严厉惩办孟野这种破坏校规的学生，以端正校风。作为妻子，为了维护学风，她宁可牺牲丈夫，牺牲自己的前途，与丈夫一同流放边疆。孟野没有按妻子的意思被流放。学校对他从宽处理，劝他中途退学。孟野妻子与他的性别对抗，是符合80年代的社会逻辑的。

毫无疑问，《你别无选择》整体风格轻松幽默的玩笑语调，夸张怪诞的表现手法，自由散漫的叙述方式，有戏谑有嘲弄有反叛有情绪有热情，颇具现代性气质。应该说刘索拉的先锋性，并不以女性立场显现。也就是说在这部小说中，刘索拉是没有展现出过度的女性视角的，充其量也是一种双性视界的展示。如果说《你别无选择》中森森们青春期叛逆者对世界充满了反抗与颠覆，反抗禁忌和权威对人个性的扭曲和压抑，强调人的价值实现与提倡人的精神自由释放；《寻找歌王》却是一个虚幻的音乐梦的找寻，小说中的“我”是音乐人B的女友，但B醉心于寻找歌王，“我”只好陪伴，但是漫漫寻找路，充满了无望与虚幻，“我”接受了另外一个男人林西的爱，但又纠结于B的生活阴影中，为他筹办音乐会。寻找歌王的B依然沉醉在追寻中。而《蓝天绿海》则是在过去、现在、未来的空间中，展示了女歌者蛮子的生命情状。以追忆的方式再现了具有单纯的艺术禀赋的蛮子，葆有清洁的艺术追求，但因为男友的背叛，蛮子陷入了无奈的悲惨境地，她拼命往山上跑，想让自己流产，之后又私自服药自行堕胎，导致了大出血生命垂危已经没有劲，还张着嘴要“我”唱《我的心属于我》，令人唏嘘。刘索拉将笔触伸及女性的本体生命，控诉男人对女性的精神与身体的伤害。

显然，与《你别无选择》一样，《蓝天绿海》《寻找歌王》中的女性形象依然没有自觉的女性意识，这与舒婷、铁凝、王安忆等渗透着女性意识的觉醒与自觉的文本，形成大的反差，也表征着80年代女性写作的分野。事实上，从80年代开始，女作家的写作有着这样书写背景，即中国的主流意识形态开始在现代化小潮流中松动，但仍然有潜在的力量在支配着个体的行为、思维方式。“中国社会的主流意识正发生了一个由极端压抑人的本能欲望的政治乌托邦理想逐步过度到人的欲望被释放、追逐、并在商品经济的发展中被渲染成为全民族追求象征的过程，这种变化起先是隐藏在经济政策开放、建设现代化大都市、与国际接轨等一系列的现代化的话语系统中悄然生长，最终则成为这一切目标的根本动机和最终目的”。① 但这并不排除整个主流意识形态继续存在，即国家政治意识与知识分子启蒙意识的结盟。而事实上，女性也在试图摆脱政治话语的束缚与规范，并且参与了女性话语的建构，但她们在揭露传统理想的虚伪性时，却与这种政治意识形态合谋，即使后来逐渐摆脱这种合谋关系，形成一种新的批判力量，却又与商品意识形态合谋。与此同时，已经生成的对传统体制的批判以及西方各种思潮的引进，也成为她们批判与反抗社会既成秩序的思想资源，只是政治意识形态仍在主宰着女性书写的立场，她们不得不在试图超越这种现实，又与这种现实进行着和解与妥协。因此，女性的身份与女性立场是一个充满张力的过程。而女性立场对于创作的重要性是毋庸置疑的，文本中的女性立场就是体现女性主体性与价值的标识，而女性主体意识是女性创造性的来源，是女性对自身价值的认可和追求的理性起点。女性立场取决于女性主体意识的确立，它是在新旧文化因素、思想观念不断此消彼长的发展中逐渐确立的。

事实上，80年代的一些女作家刻意回避女性写作身份。陈晓明对此做了概述，认为“张洁1979年发表的《爱是不能忘记的》，那种女性的立场被思想解放运动，被当时关于人性、关于人道主义的宏伟叙事所压制。张辛欣对现实的锐利观察却又不得不放弃她的女性视角。她的《在同一地平线上》，是以关于个性张扬，关于人与社会冲突的典型男性话语来表现的。王安忆一直试图去发掘女性在历史夹缝中特殊的命运

① 陈思和：《现代都市社会的“欲望文本”》，《小说界》2000年第3期。

境遇，显然，王安忆又过分注重历史性的宏伟叙事，她返回到女性内心的叙事就显得相对薄弱（也许王安忆是属于自成一格的大叙事作家，女性意识对于她不如历史意识更重要）。残雪回到女性的内心生活主要是通过语词，一种极端的女性内心独白，这又不得不使残雪的女性叙事难以还原为女性普遍有效的生存经验，使她对生活的表现过于虚幻。但残雪的写作本身是一种象征性行为，它预示了当代女性写作不得不在性别认同的方位铤而走险。然而，女性意识的表达并非易事，她并不仅仅是如何关注妇女本身面对的问题，更重要的在于，女性独特的表达方式。在这一意义上，新写实群体中不少女作家，如池莉、方方、范小青、蒋韵等，在现实主义的经典叙事规范底下，她们的写作无疑极为出色，她们对女性生存境遇的刻画深刻有力，她们的写作无疑表征着一个时期女性写作所达到的高度。但也正因为此，女性话语意识的表达就不得不有所削弱”。[①] 结果是，女性书写仍然是处于尴尬的境地。

因此，女性文学的绝对“女性立场”或“女性视角”，才是真正意义上的女性写作。根据奥地利心理学家卡尔·荣格的理论，由于男人和女人同样都分泌雄性激素和雌性激素，所以人类便具有两个最基本的原始模型——阿尼玛（Anima）和阿尼姆斯（Animus），前者是男性的女性特征，后者是女性的男性特征。荣格认为，“任何一个男人身上都有女性的一面，这就是男性的阿尼玛；任何一个女人身上都有男性的一面，这就是女性的阿尼姆斯”[②]。显然，从生物学、心理学和社会学来考察人类，“雌雄同体”是一种事实存在，男女之间有间性的直接和间接的交结。在此意义上，独立的女性意识、经验与立场，就变得格外重要，应该是女性书写的核心所在。如果基于这个层面，刘素拉显然在最初的先锋表达中，并没有刻意显示女性的气质，相反，她的表达混同在主流反叛的意识中，最根本的是她聚焦生命群像，并非是对女性本体、主体的陈述。同时，这时候的刘索拉并不具有清晰的女性意识。换句话

① 陈晓明：《先锋派之后：九十年代的文学流向及其危机》，《当代作家评论》1997 年第 3 期。

② 李爱云：《“雌雄同体”的文化阐释及现代性》，《中国女性文化》，中国文联出版社 2001 年版。

说，刘索拉笔下的女性仍然是属于传统的女性形象符号，并非持坚定的先锋女性立场。

3. 自觉内转：女性本土话语建构与符号的寻找

显然，刘索拉申诉的是女性作为一个个体，有着与男性平权的精神诉求。而刘索拉的先锋与现代，依然是适应中国本土环境的文化实践，而这种所表达的主体性，是直接涉及人道主义命题关于人的“主体性”，是否“真”的问题，而不是对女性本体的主体性的强调。也就是说，刘索拉笔下的女性人物，是在中国社会夹缝中，被生活、情感挤压的群体，即便是充满叛逆的女性，也是如此。刘索拉的叙事立场非女性，也没有足够的女性意识自觉，女性只作为被动的男性文化压制的承受者，缺失应有的主体意识。应该说，刘索拉裹挟在中国主流叙事与女性叙事之间书写，其书写模式仍然是男性化的。这一方面源自主流话语对女作家的抑制，另一方面来自作家的女性无意识。但刘索拉的叙述仍具有先锋的意义。具体体现为如下几点。

其一，叙述按照情绪的内在节奏，甚至是音乐的节奏来流动。反抗作为一种视角，聚焦群体生态，充满对现存文化的批判性。探索了在时代转调中，本体生命何去何从，艺术该怎样存留，彰显了艺术与本体生命的意义是同一的。《你别无选择》生命群体的精神生态，有几层对抗：贾教授与学生（官方与民间）、孟野与妻子（男性与女性）、理性与现实（个体与环境）、西方文化与本土文化（中国与西方）、（主流意识形态与个体现代意识）传统与现代等交织，多维的探究，应该是一个多重复调，正如电影《红高粱》36 个唢呐声展示男女在高粱地野合。小说的调性与主题，就在于表达群体生命时，在和谐中发掘不和谐，在规范秩序中体现出了变调。马力的生命终止在窑洞塌方，小个子出走西方，孟野回到原籍，呈现了离散的生命姿态与众生相。李鸣退学的无奈、森森的获奖、孟野的纠葛，他们或退避、或留守、或坚持，这都是一种别无选择。刘索拉展现了形神各异的群体生态的生活场景，也聚焦了他们的日常生活现实。“我敢说流泻在刘索拉、徐星笔下的青年的灵魂、心迹、言行，并非舶来，而是国产。不是只因为受了西方现代派文学的影响，他们才写出了中国现代派味儿的新体小说，而是因为在中国的大都市中，现在已经出现了比较敏锐地感受到现代生活气息、矛盾、苦闷的青年，出现了上述的那种青年的身姿、心态，出现了现代人的特有情绪。”①“与其说是反抗现代社会的‘非理性’精神，不如说是刚走出‘文革’阴影的一代人，在现代化、民主化进程中，对于人性、自由精神，对于主体创造性追求的‘情绪历史’”②。但也展示了群体生命反抗中的固守，对某种精英或精神文化的膜拜，如李鸣、小个子等对悬挂在宿舍的功能圈的崇高、圣洁，充满了极其地尊重。“功能圈”不仅是一个音乐文化符号，而且是调动文学意象的词语，更被赋予多重的文化象征意义，能够激发丰富想象力的艺术空间。

而刘索拉的《蓝天绿海》（1985）小说近乎独白，以青年女歌星“我”在录音棚里的心理活动为线索，对“蛮子”的回忆和现实情境在脑海里交迭呈现。刘索拉使用了意识流和非情节化的方法，意在探索人物的内心世界与情绪流动。小说中演唱通俗歌曲的“我”最讨厌那种做出千姿百态来迎合人们的歌手，为了突出个性，甚至不惜以怪诞的服装赢得一种“自美感”。“我”正在准备灌制唱片、被人捧为即将“一鸣惊人、轰动歌坛”的女歌星，想象着辉煌的前景和随之而来的鲜花、金钱……可就在这当儿，这个说那些东西“没劲”，“只是一股劲儿唱、唱，凭着股蛮劲”，“歌声能使你哭出来的”女友“蛮子”的形象出现了，却使“我”感到惭愧了。这个死去的“蛮子”，这个只为着内心洋溢的幻想、为着悲哀却依旧执着的心而唱歌的女孩子，她的明朗与单纯，她的无邪梦幻，她的敏感、脆弱和浸透情感的歌声，却在现实中因爱情的破灭消逝了。是为自己的灵魂、为爱而歌唱，还是为庸俗的利欲和虚荣去哗众取宠？小说展示的是星途迥异的女歌手的情感与命运，以此反思人的价值与尊严。

其二，刘索拉在文本中不具有女性主义审美意识形态，但为本土性的女性话语架构做出了探索，寻找女性的生存现实与音乐符号之间的肌

① 解玺璋：《刘索拉说：我别无选择》，《中国青年》1985 年第 10 期。

② 洪子诚：《中国当代文学史》，北京大学出版社 1999 年版，第 337 页。

理性的统一。其想象方式以及文学话语的构造也是符合社会逻辑与历史现实的产物。刘索拉是站在先锋的立场，去解构现存的音乐秩序与生活秩序的，也就是说刘索拉要拆解的是制度、习惯，舒展的是规约下的人性的自由。但刘索拉的这种新锐的艺术追求里，包含了一定的屈从与温顺。如刘索拉在为《有一个美丽的地方》改编的电影《青春祭》制作音乐的时候，就是一种不折不扣的调和。

电影《青春祭》是一个有效示范。一个乡村背景故事，律动着的却是城市音乐。这跟刘索拉的艺术经验有关，刘索拉自幼学习音乐，后专攻作曲。有游学美国、英国的经历，所以她把美国"百老汇"的元素混同在傣族少女穿梭的画面中，而引领了那个时代的潮流。女导演张暖忻选择意图在于，要在电影中融入现代化元素。主题曲的动机在于用一种新型的城市化音乐，打破当时邓丽君对大陆歌曲的影响，也打破当时革命歌曲对城市音乐的影响，于是选择了刘索拉那时的音乐风格。而刘索拉认为《青春祭》的拍摄，为之后的小说《寻找歌王》提供了真实的原始生态细节。刘索拉曾经这样描述："《青春祭》，调情调得又笨拙又精彩。那些我们陌生的自然景色，那些傣语对话，使调情的内容变得模糊，给人一种选择调情语言的安全感；老巫师的演唱，老孔雀舞蹈家的起舞和铜锣声，牛群声，火烧干柴声，使红卫兵式的调情变得神秘朦胧了。"① 如此，造成的艺术效果，就是乡村在城市音乐的背景中，反衬出了一种最具原始性质的气场。

《青春祭》拍摄那年，时逢中国"文革"后结束、进入改革开放不久。由于距离的贴近，还因为当时的思想意识还受制于时代的影响，《青春祭》描述的是插队知青的故事，刚结束"文革"后的青年，对各种新生活方式都充满了好奇与期待，有着挣脱禁欲、束缚、单调之后的全方位探索，但充满了拘谨与不适，甚至是青涩的情调与反叛。电影基本真实地再现了当时女性的内心渴望与行为拘谨的矛盾体现，电影里有句道白"穿筒裙好像灰姑娘穿上水晶鞋"，"想不到一身衣服有那么大

---

① 刘索拉：《张暖忻的〈青春祭〉及其他》，《当代》2001年第6期。

的魔力”。这都是年轻革命女性的真实心理。刘索拉认为张暖忻的局限在于她是在自觉与被迫的共同承担着时代的命题与使命，“而暖忻那一代则是生在自觉与被迫之间的一代，她们又要当斗士又要穿筒裙，穿上筒裙后又怕有‘孔雀开屏，后面的屁眼就露出来’（电影里引用鲁迅的话）。”① 刘索拉的音乐主题，就试图表达出女性的彷徨与骚动，甚至是模糊的女性立场与意识。

应该说，刘索拉以这样的方式，展开了自己当代女性话语的建构。刘索拉的《你别无选择》《寻找歌王》，以嘲讽、调侃的手法表现年轻人在价值消解和意义缺失状态下的焦虑。这些“与西方现代哲学思潮、美学思潮以及现代主义的文学创作密切相关并且在其直接影响之下的”，“其作品从哲学思潮到艺术形式都有明显的超前性②”。刘索拉一方面注重文体形式的实验，不断追求形式上的演变，将意义稀释、弥散。“意味着对经典现实主义写作套式的反叛，同时，也意味着对技术主义写作路数的权威性的建构。”③ 同时，刘索拉也体现出对生命及生存形而上的问题的思考。尽管由于思想观念和伦理道德观念的变迁所带来的心理上的焦虑与迷惘，以及文化身份的含混与多重，致使激进的意志表达中，蕴涵有观念的混乱与偏激。

刘索拉先锋思维迸发的生命生机，对生命本体意义进行探寻，同时，又有对既定社会与文化环境的妥协。正是沿着这个逻辑，80 年代的刘索拉的先锋姿态，从聚焦群体生命形态，到指向女性本体生命的展示，再到 90 年代相对沉寂，乃至新世纪对女性意识的深度探求，渐近有了自在的女性逻辑表达。尽管本土女性话语的建构，仍然有不可避免的乌托邦存在。而当大多数先锋作家退守到新写实与新历史主义的想象中，而刘索拉依然在沿着既定书写方式，以跨媒介的拼贴方式，持续着一种书写。

应该说，刘索拉在 80 年代有反抗，反抗的介质是西方文化元素，

① 刘索拉：《张暖忻的〈青春祭〉及其他》，《当代》2001 年第 6 期。

② 李兆忠：《旋转的文坛——“现实主义与先锋派文学研讨会纪要”》，《文学评论》1989 年第 1 期。

③ 施战军：《先锋写作：方位调整与精神新生》，《文艺研究》2000 年第 6 期。

之后检视自己的探索，逐渐回归理性，直抵女性现实界面。“……从现代社会进入到后现代社会以后，每个人的生活维度都不再是单维的，而是集体网络关系中的一员，具有相互交往的深层因素和变异的可能性。这种身份和认同是相互作用的，一个人虽然具有多重身份，但最主要的身份是通过社会交往、社会传播获得社会认同的。社会认同是随着时间的流逝、政治身份的变化以及他人合作方式的空间转换而相对固定的某种文化属性，这种文化社会身份不是一成不变的，因为身份认同是通过社会过程形成的，随着社会关系的重新组合，在共同语境中不断获得修正和重塑”。[①] 美国学者圣·胡安说“几乎在各种各样的条件下，我们都会遇到一种情况，那就是在当前的文化冲突中，因为我们不能分享那些可以构成想象中的国民共性的价值观念、象征符号、典礼仪式等，所以由各个民族成员或种族成员所构成的特殊的社会群落将会一再坚持自身原有的信仰”。[②]

有意思的是，21 世纪刘索拉不仅转入本土，而且构建了两性世界的乌托邦。小说《女贞汤》以女性的视角看男性世界、看社会现实。“我的作品特别专注于女性，因为我是女性，我特别明白女人。我不是一个女权主义者。这可能跟我从小的生活环境有关。……即使我不女权，在别人看来，我就已经很女权了。但我不是一个‘主义者’。而男人，我喜欢他们，但是我不了解他们，我对男人永远充满了好奇”。[③]“很多人是具备双重人格和双重性别的。别马上想到双性恋，我指的是人性别中的阴阳素质。我觉得这是一种自我认识的幸运，很多人有这种悟性。人没有必要保持绝对女性和绝对男性的状态，那种状态其实很愚蠢。说白了，一个女人非要把自己包在一个娇揉做作的身体里一辈子扭来扭去强调女性，真是如同一个永远不能钻出蛹来的蚕。因为人类自我意识觉醒的一大因素就是认识到自己身体中的双性成分。我喜欢把自己

---

① 王岳川：《消费社会中的精神生态困境——布希亚后现代消费社会理论研究》，见谢立中、阮新邦主编《现代性、后现代性社会理论让释与评论》，北京大学出版社 2004 年版，第 448 页。

② ［美］圣·胡安：《全球化时代的多元文化主义症结》，见王治河、薛晓源编《全球化与后现代性》，广西师范大学出版社 2003 年版，第 248 页。

③ 续鸿明：《刘索拉：我是一个业余小说家》，《中华读书报》2003 年 3 月 27 日。

时而放在男人组时而放在女人组来看世界。雌性激素和雄性激素引导人感知自然的双性，并顺其自然的双性。……我写女性意识时不是光强调女权主义和女性优越等等，我倒是更强调女性心理的全面角度，包括女性特有的阴暗，狡诈、软弱和心理障碍，等等。强调女性的平等，必须面对女性的弱点，和有能力自嘲。”①

刘索拉寻找的是男性社会对女性的压制，以及女性自身存在的文化痼疾，依然展示的是双性认知的世界，“通过女性人格的主体性建构来张扬女权意识，追求性别平等。在这种主体人格的建构当中，女作家笔下的女性形象从扁平走向立体，从单纯走向复杂，由被动走向主动，由欲望对象走向欲望主体，成为有个性、有思想、有追求的与传统女性判然有别的真正意义上的现代女性，从一个侧面折射出女性解放和女权发展的新景观”。②

诸如刘索拉的这些现代派作品在20世纪80年代的出现，可以说是中国小说界一反传统叙述方式而以夸张戏谑的手法表现“存在主义式”的荒诞写作。如果说西方的现代派写作重在探讨人的渺小和非理性力量的强大，在两者的比较中体味荒诞感，那么中国的现代派则在荒诞、嘲讽之中充满了青春情绪的反叛与对抗，其中存在着两个彼此对立而又有内在联系的世界：迷茫、颓废，玩世不恭、冰冷苍白的外在世界和明确、坚定、饱含痛苦又热烈追求的内在世界。关键的问题在于二者能否入肌入理地融合起来，在情绪的反抗姿态中透露出个体蓬勃的生机和活力。因此有人指出，刘索拉等人的创作受到西方现代文化的巨大影响，但影响更多的是艺术形式与表现手法，而不是内在精神。这在审美上给人以牵强、分裂之感。③ 这表明，怀着焦虑心情的中国文学，急于将自己纳入世界文学体系时，还没有找到适合表达民族本土的文化心态和精神状貌的文学形式。

---

① 刘索拉、西云：《刘索拉：我的女性主义和“女性味”——答〈艺术评论〉专问》，《艺术评论》2007年第3期。

② 金文野：《新时期女性主义小说创作论》，《学术交流》2005年第8期。

③ 刘晓波：《一种新的审美思潮——从徐星、陈村、刘索拉的三部作品谈起》，《文学评论》1986年第3期。

刘索拉21世纪的书写，仍然以一种批判的姿态进行自我散淡的表述，只是这一次却以虚构故事来反讽现存的文化秩序。而对女性存在的尴尬以及表达，恰恰成为了显在。如果说80年代的先锋，意味着刘索拉是在拆解中国现实的存在，那么进入21世纪之后的刘索拉却更多的开始了构建女性本土话语，以及对女性—文化本体进行深度的反思。

四　逼进女性民族文化心理

80年代的一些女作家将目光投射到对本土化的民族及文化心理等思考，这意味着其民族意识的觉醒。事实上，“民族主义大体是工业化及伴随它而来的民主与平等意识形态的产物”。[①] “近代欧洲史的整体潮流，是奔向民族主义”。要给“民族”下一个“真正科学的定义”几乎是不可能的，而且，这种现象一直存在，现在仍然存在。“当一个共同体的绝大多数人自认为要组成一个民族时，或者好似一个民族集体行动时，一个民族就这样诞生了。没有必要要求所有的人都应有这样的感觉或者都应有这样的行为。亦不能主观地认为少数人必须受到这样的影响。当一个重要的团体坚持这一信念时，它就产生了‘民族意识’”[②]。而在现代性的文化转型的过程中，一个国家或者民族必然有民族文化意识的惊醒与重新审视自我的需求。从心理学的角度去看，作为民族“集体无意识”的民族情感、民族文化尊严与自信，已深入文化基底，固化为个人的情感与思维定势，显然，难以被异质文化轻易所同化。这应该是导致一个民族具有复杂的心理与意识形态的根源。美国思想家塞缪尔·亨廷顿曾作过这样的描述：“80年代和90年代，本土化已成为整个非西方世界的发展日程。伊斯兰教的复兴和‘重新伊斯兰化’是穆斯林社会的主题。在印度，普遍的趋势是拒绝西方的形式和价值观，以及使政治和社会‘印度化’。在东亚，政府正在提倡儒家学说，政治

① ［美］弗兰西斯·福山：《历史的终结》，黄胜强等译，远方出版社1998年版，第306页。

② ［英］休·希顿-沃森：《民族与国家》，吴洪英、黄群译，中央民族大学出版社2009年版，第7页。

和知识界领袖都在谈论其国家的‘亚洲化’。”① 就中国而言，建构大中华民族信仰，意味着要寻找民族文化根基与根脉。在中国儒家的“天人合一”的伦理观中，“天道”下贯于“人道”，“人之德行，化天理而义”（《春秋繁露·为人者天篇》）“人之受命于天也，取仁于天而仁也”（《春秋繁露·王道通三篇》）。孔子在论语中曰“视其所以，观其所由，察其所安。人焉瘦哉人焉瘦哉”（《论语·为政》）。朱熹注释曰：“以，为也。为善者为君子，为恶者为小人。……由，从也。事虽为善，而意之所从来者有未善焉，则亦不得为君子矣。或曰‘由，行也。谓所以行其所为者也。’安，所乐也所由虽善，而心之所乐者不在于是，则亦伪耳，岂能久而不变哉。”② 可见，儒家哲学理念已渗入人们日常生活，并规约着人的行为。恰如冯友兰曾深刻指出过的，中国人“不大关心宗教，是因为他们极其关心哲学。他们不是宗教的，因为他们都是哲学的。他们在哲学里满足了他们对超乎现世的追求。他们也在哲学里表达了、欣赏了超道德价值，而按照哲学去生活，也就体验了这些超道德价值”。③

而霍达作为回族女性作家，某种程度上来说，她的哲学理念、生活体验成就了她对生活、信仰以及文学的理解与表达。霍达涉猎广泛，小说、报告文学、影视剧本、散文等多种体裁都有建树。霍达的《追日者》《年轮》《魂归何处》《芸芸众生》《沉浮》《猫婆》《“合作家”轶事》《罢宴》《革面》等中短篇小说均给人们以精神的启迪与艺术的享受。《红尘》是在北京的几户人家的小胡同里的几个极平凡人物的悲剧故事，也是作家在红尘中的感慨与体悟。《渔家傲》《弄潮大西洋》《万家忧乐》《小巷匹夫》《民以食为天》等，则都是对现实生活、改革建设的忧患意识。《国殇》是一曲礼赞中年知识分子的颂歌，也是悲壮的歌。1988 年出版的《穆斯林的葬礼》，曾获得茅盾文学奖。在 20 世纪 80—90 年代颇为风靡，至今仍然葆有独特魅力，冰心在 1990 年为这本

① ［美］塞缪尔·亨廷顿：《文明的冲突与世界秩序的重建》，周琪、刘绯、张立平、王圆译，新华出版社 1998 年版，第 91 页。

② （宋）朱熹集注，陈戍国标点：《四书集注》，岳麓书社 2007 年版，第 64—65 页。

③ 冯友兰：《中国哲学简史》，北京大学出版社 1985 年版，第 8 页。

书的外文版作序，称之为“一本奇书”，而霍达自己认为这部作品是这样的模样儿：风度、气质、格调。霍达说：“一个有责任感的作家，给自己的定位应该是：社会的良心，时代的秘书。”王安忆在《女作家的自我》谈到女作家的创作时一语中的：她们在描写大时代、大运动、大不幸和大胜利的时候，总是会与自己那一份小小的却重重的情感联络。

显然，霍达的《穆斯林的葬礼》就是一部精致而大气的小说，将女性命运与历史、民族、宗教、文化等充分胶合。她在冷峻地审视现实的同时，更热烈、更积极地去介入现实，揭开了女性在与宗教、民族文化心理的胶合。

1. 女性身份在“革命”与“社会伦理”的规定中陷落

霍达在《不要忘记她》中诠释了政治对女性的扼杀，以及对女性的身份改写。一位叫杜若的女孩遭遇了家庭的不幸，她当大学老师的父亲，在“文革”时期被打成“反革命”后受迫害至死。八岁的杜若不理解：“爸爸有什么罪？他不会自杀，他凭什么要跳楼？我不信！我不信！”之后，她的生活发生了改变。为了生活，为了改变她的身份，她的母亲违心地嫁人了。十五岁那年，她上完了初中，自愿报名到黑龙江的一个农场去了。“这个只有十五岁的孩子，一棵柔弱的幼苗，经历了狂风暴雨的袭击，没有夭折，没有倒伏，她挺直了腰杆，又继续前进了。她想要闯出一条自己的路，开拓自己的前途，却不知道等待她的是坎坷、艰险和苦难”。当她怀着饱满的激情去农场后，才发现她依然是另类的。在通往农场地边防检查时候，才发给她的证件上“家庭出身”一栏里，赫然填写着“现行反革命”的字样。这又是一个出乎意料的打击，妈妈的心血白费了，她那个亲爸爸留给她的政治遗产，像影子一样跟着她，即便是走到天涯海角也摆脱不掉！但她仍然以热情投入新的生活中，后来，在一次国境线内大火的扑灭中，为了维护祖国的尊严，杜若献出了生命，化为灰烬，撒在北国荒原上。然而在英雄的行列里，在当地召开的追认共产党员、追授烈士称号的大会上，并没有提到杜若的名字！当政治意识形态的高压扼杀生命与精神的时候，又有多少人能够以反叛回击？

霍达的《穆斯林的葬礼》通过描述一个穆斯林家族的六十年的兴衰，三代人的命运沉浮，塑造了鲜活的人物，展示了在历史与现实中两个发生在不同时代、不同内涵的爱情悲剧，这也印证了这样的事实：在中国大地上，华夏文化与穆斯林文化的撞击与融合的轨迹造就了人们文化心理结构的逐渐形成。也印证了这样的现实：女性在男人文化中心、宗教规范中是分裂的。而这种分裂又集中地体现在女性对爱情、信仰的追求上。

刘小枫认为，“爱感是意向性质，首先是超自然的（所谓“信仰的奇迹”）逾越本然生命的自性和欲求，逾越任何现世的法律和伦常，以神性的生命为现世原则”。[①]《穆斯林的葬礼》中的女性们，她们有自己的看待，事实上，“爱情，是一种信仰”[②]。女性始终在男人的视野中驻留，爱情也是女人对于情感的信仰。故事中的珠玉世家梁亦清的两个女儿梁君璧与梁冰玉，阴错阳差地先后爱上了她们父亲的弟子韩子奇。于是，恩怨引发了家族的悲情，以致为此付出了生命的代价。尽管战争也是重要的原因。为了保护祖传的宝玉，韩子奇只好远渡重洋。而梁冰玉因为初恋情人杨琛，向自己的同胞投出了暗箭，导致了被捕同学的惨遭杀害。这击碎了梁冰玉少女最初的、珍贵的爱，她不敢再面对那一双双愤怒的眼睛，无法向任何人表白自己的冤屈，她怀着对爱的悔恨和对生的恐惧，朝着茫然不可知的目标，跟着韩子奇踏上了逃遁之路。她哪里知道，哪怕逃到天涯海角，也无法逃避心灵的创伤。它将永远追踪着她，折磨那一颗破碎、冰冷的心，也使她不再相信爱情。在国外的孤独中遇到了深爱自己的人，而她既逃避又深爱的情人的突然死去，使她痛苦不堪。之后，孤苦伶仃中，是战争使她与姐夫相依为命，走在一起，并生下了女儿韩新月。这成了日后两姐妹反目的理由，也铸成了致命的错——梁君璧内心的痛苦与怨愤，还有对这个所谓的女儿的爱恨交加。

人应该怎样生存的诘问，在梁冰玉的身上得以集中体现。妻子与情

---

① 刘小枫：《拯救与逍遥》，上海三联书店 2001 年版，第 150 页。

② 霍达：《穆斯林的葬礼》，北京十月文艺出版社 1988 年版，第 514 页。

人身份的规定，某种程度上来说，限定了女性追求爱情的权利。而国内战争、“文革”等期间的动荡，家庭的变故使她泯除了生活中的坚持。梁冰玉先后两次的漂洋过海，都在逃避一种现实：为一个男人。起先是为了革命与爱情的信仰，放弃初恋情人；后来是来自情感与社会道德理性之间的较量，放弃了已经有婚姻之实的姐姐的丈夫。无论出于一种什么样的考虑，她在生活中始终是一个被动者，在逃离与漂泊中延续自己的生命，在孤寂中经营自己的生活，也在孤寂中寻找自己。梁冰玉在出走的时候留给女儿的信这样写道：“妈妈走了，继续在陌生人当中孤独地旅行，不是去寻找谋生的路，也不是去寻找爱，而是去寻找自己。人可以失落一切，唯独不应该失落自己。妈妈过去的三十年已经付之东流，从今以后，将开始独立、自由的人生!”① 梁冰玉是一个超越现世法规和伦常的女性，但最终又注定了失败。女儿的命运却又承接了她的后果。

同样，霍达的《未穿的红嫁衣》以一个三角爱情故事展示，向我们证实了这样的事实，当女性在伦理的规范中陷落，即使是女性在契合自己精神追求与情爱的膜拜中的越轨，也是要被惩罚。李言曾经是南方大学历史系毕业的高才生，享有盛誉的历史学家，后来是掌握着越州市命运的副书记和常务副市长。他具有男人的魄力。唯一的遗憾就是他的婚姻的不幸，“文革”的动荡造就何丽珠——一个粗鄙跋扈的没有多少文化的市图书馆管理员——成了他的妻子。直到认识了比自己小二十岁的女儿的中学老师郁琅环，他才知道爱就是意味着心灵相契。何丽珠一旦发现自己的家庭和婚姻受到了威胁，便开始极力地捍卫。她可以让已经是市长的他上副市长的位置，也可以毁灭他。何丽珠的行为显然是合社会伦理道德的，这不仅为社会所公认，也震慑了丈夫。事实上，丈夫在爱情与权力的两难中屈服了。终于向情人摊牌：郁琅环，等我十年吧！当真相终于被揭开的时候，郁琅环所有的爱情美梦烟消云散。她看到了一张猥琐、懦弱、卑贱、自私小人的面孔。她疯了，在秦屿疯人院，目光呆滞地看着那具有讽刺意味的红嫁衣上。郁琅环是一个对爱情

---

① 霍达：《穆斯林的葬礼》，北京十月文艺出版社 1988 年版，第 668 页。

充满信仰的女性，在爱情的经营中唯独放弃了自己的尊严与存在价值。结果，她最终以癫狂来回应了自己对圣洁爱情的膜拜。

2. 女性自我（意识）与宗教的胶结

霍达在《穆斯林的葬礼》中指涉了一个事实，即现代社会秩序是一个世俗化的结构，多元性也是现代生活世界的一个显著特征，人既是个体性的存在，也是群体性地共同恪守文化、习俗、宗教等的存在。而作为中国回族信奉的是伊斯兰教，旧称大食法、大食教、天方教、清真教、回回教、回教、回回教门等，与佛教、基督教并称为世界三大宗教，是世界性的宗教之一。寻找中国的伊斯兰教的发展脉络，一般认为是在公元651年（唐朝永徽二年）从阿拉伯传入中国的泉州、广州等地。据《闽书》记载，“（穆罕默德）有门徒大贤四人，唐武德中来朝，遂传教中国。一贤传教广州，二贤传教扬州，三贤、四贤传教泉州”。伊斯兰教分逊尼派和什叶派两大教派，中国主要是逊尼派，大多数聚居在宁夏回族自治区、甘肃、青海、河南、云南、新疆维吾尔自治区等省和自治区，其他各省、自治区、直辖市也有分布。而霍达笔下的回族生态，是具有北京文化地域特色的，也就是说，是回族民族信仰与世俗北京文化精髓。

宗教不仅是一种社会意识形态，还是一种特殊的文化现象。就宗教信仰自身而言，理性化和世俗化的结果，就是祛除魅化。大卫·雷·格里芬将“除魅”解释为“否认自然具有任何主体性、经验和感觉”①。事实上，宗教的最高境界与世俗生活的生存理念的同一性，体现在人内在心灵和外在作为上。因此，当宗教与人性冲突发生时，宗教的信仰一方面在人们的生活中起到一种精神支撑的作用，而另一方面宗教使人性在自由空间伸张会受到束缚，甚至会影响到人们的文化心理结构，而这又制约了人的价值取向。女性与宗教的关系，自然也不例外，一方面成了释放自我的空间，同时也成为规约、限定自己生活的圭臬。梁君璧就是如此，宗教的信仰成为她生活不可分割的一部分，指导自己日常的行

① ［美］大卫·雷·格里芬引言：《科学的返魅刀大卫》格里芬编《后现代科学科学魅力的再现》，北京中央编译局出版社1995年版，第5页。

为、思维方式。这种影响又波及了子女们的生活。比如宗教的信仰成了她为儿子与女儿择偶的必要条件，为此，她阻挡了儿子与女儿选择爱的权利，即使女儿的恋人提议要皈依穆斯林，她也断然拒绝。“那也不成啊！我们回回，男婚女嫁，历来都找回回人家，不能跟汉人做亲，万不得已，也只有娶进来，随了我们，绝没有嫁出去的！新月还是个孩子，不懂这些，你还能不懂吗？”

因此，宗教与女性自我意识的胶结在梁君璧身上体现为对宗教信仰之后的获救与陷落。她是一个有自己追求的女性，同时，也是一个自尊的女性。当年，在父亲过世的时候，面对蒲绶昌的不近情理的合同要挟，她可以擦着眼泪说：“妈！甭这么告饶儿，拿自个儿不当人！父债子还，该多少钱咱还他多少钱，哪怕砸锅卖铁、典房子，咱娘儿几个就是喝西北风，也得挺起腰做人！”[①] 然而生活的不幸使她日渐在宗教中获得信心。穆斯林在回族人民的理念中是最为重要的，甚至超过生命。于是，梁君璧家族的不幸、婚姻的动荡都使她的内心越来越沉闷。内心无处倾诉，唯有在真主面前才能得以释放。“韩太太沉浸在庄严静穆的祈祷之中，她的灵魂仿佛在空中无所羁绊地飘浮。大半生的岁月像烟云似的一掠而过，有幸福，也有苦难；有甜蜜，也有怨恨；她曾经惩罚过邪恶，却又懊悔自己的无情；她热烈地追求和谐与安宁，而这些又像水中之月、镜中之花，可望而不可及；她极力维护自己端庄、威严而又不失温柔、宽厚的形象，但生活中始料不及的枝节旁生却使她难以保持理智的冷静；她生就一张无遮无拦、畅所欲言的利嘴，经过半世生涯的磨炼却变得常常‘逢人只说三分话’，甚至对丈夫和女儿也不得不言不由衷；她的性子本来藏不住半点儿秘密，人生的颠簸却让她的内心成了一个封闭的世界，只有对万能的主才能敞开……”[②]

男人与宗教的双重的影响改变了她对生活的理解与自己的所有行为。但具有戏剧性的是，梁君璧的丈夫韩子奇却正是汉人，直至他在离开人世的时候，她才知道真相。她一生的坚持，事实证明，具有反讽意

---

① 霍达：《穆斯林的葬礼》，北京十月文艺出版社 1988 年版，第 131 页。

② 同上书，第 113 页。

义。精神追求的不同，造就了信念的差异存在，而不同的信念决定了生活价值趋向的不同，其内心感受也不同。在特定时期，宗教的信仰与人性之间的紧张关系，就被凸显出来。当她面对丈夫坦白的时候，她选择了自欺欺人。事实上，当个体生命深深浸润在民族文化中，有“大美而不言”的悠然心态，但也正是如此，个体的生命追求就湮没在从众的心理中，也就失去了自己的个性。

梁君璧对所谓的女儿韩新月的感情是复杂的，一方面因为是亲自抚养的，有母爱的成分，另一方面，女儿又是丈夫与妹妹的私生女，这成了她生活中的隐痛，也成了母女之间的隔阂。韩新月在不知情的情况下，始终迷惑不解梁君璧的多重表现。“解释！生活中需要这么多解释吗？母女之间还用得着什么解释吗？而妈妈和她却常常需要互相解释来解释去，很少可以直率地交谈，好像双方都在小心翼翼地相处，唯恐被对方误解，而结果却只能加深那一层无形的隔膜。她了解妈妈的脾气，却不了解妈妈的思想。许多事儿，妈妈的态度往往变化很大，那不加掩饰流露出来的感情和冷静下来之后的解释简直判若两人”。① 在女儿的眼睛里，母亲是分裂的。

韩新月面对梁君璧是困惑的，而面对自己的生活同样是困惑的。她自身也是一个人性与宗教信仰分裂的女性，而对爱情的信仰更是促成了这种分裂的现象。进一步说，女性自性的欲求与宗教信仰的规约，就成为了她生活中面对爱情选择的困惑与悖论。于是，宗教的精神拯救作用就被排除，反而成了生活的枷锁。因而她与梁君璧之间就成为了人性与信仰之间较量的体验者。但韩新月在最后还是失败了，她与楚雁潮的爱情从心灵到外貌、从精神到肉体都自然而然地相互吸引、牵挂，但这还是被信仰的偏见所抵制。韩新月最后的死与自己的身世、爱情的失意是分不开的。而梁君璧以母亲的身份成为对韩新月实行宗教限定的中介。

3. 女性与民族文化心理的关联

霍达是一位回族女性，又深受汉文化的影响，但也因为如此，她对

---

① 霍达：《穆斯林的葬礼》，北京十月文艺出版社 1988 年版，第 93 页。

本民族文化有根深蒂固的贴近，这也成为了她对回族的真实体认的动力。严格地说，独特的回族民族自觉与认同心理决定了作家创作的心理定势，即作家的内心世界与社会进行对接与回应。当然，有一个基点，那就是作家能够理性、辩证地看待回族与穆斯林文化。她说："我无意在作品中渲染民族色彩，只是因为故事发生在一个特定的民族之中，它就必然带有自己的色彩。我无意在作品中铺陈某一职业的特点，只是因为主人公从事那样的职业，它就必然顽强地展示那些特点。我无意借宗教来搞一点儿'魔幻'或'神秘'气氛，只是因为我们这个民族和宗教有着久远的历史渊源和密切的现实联系，它时时笼罩在某种气氛之中。我无意在作品中阐发什么主题，只是把心中要说的话说出来，别人怎么理解都可以。我无意在作品中刻意雕琢、精心编织'悬念'之类，只是因为这些人物一旦活起来，我就身不由己，我不能干涉他们，只能按照他们运行的轨道前进。是他们主宰了我，而不是相反。必须真正理解'历史无情'这四个字。谁也不能改变历史、伪造历史。"① 霍达对回族是充满感情的，但又是理性的，正因为如此，她想寻找到属于自己民族文化的存在优势与文化痼疾的所在，也许唯有如此，才会被看作是一个能够承担生活的人。这既是真实于生活，又契合于文学的品质。马斯洛认为，"我们描述的自我实现者的特性，在许多方面与宗教强烈主张的理想是类似的，例如，超越自我，真、善、美的融合，助人，智慧，正直和自然，超越自私和个人动机，脱离'低级'欲望而趋向'高级'愿望，增进友谊和慈爱……"② 霍达也说："我在写作中净化自己的心灵，并且希望我的读者也能得到这样的享受。文学，来不得虚伪、欺诈和装腔作势，也容不得污秽、肮脏和居心不良。'文如其人'，作家的赤诚与否是瞒不过任何人的眼睛的，我历来不相信怀着一颗卑劣的心的人能写出真善美的好文字"。③

的确，霍达的《穆斯林的葬礼》具有历史意识与哲学意识，她客

① 霍达：《穆斯林的葬礼·后记》，北京十月文艺出版社 1988 年版。

② ［美］马斯洛等著，林方主编：《人的潜能和价值》，华夏出版社 1987 年版，第 78 页。

③ 霍达：《穆斯林的葬礼·后记》，北京十月文艺出版社 1988 年版。

观、辩证地看待了一个回族在自我行进中的史实。恩斯特·卡西尔这样认为："历史学不可能预告未来的事件，它只能解释过去。但是人类生活仍是一个有机体，在它之中所有的成分都是互相包含互相解释的。因此对过去的新的理解同时也就给予我们对未来的新的展望，而这种展望反过来成了推动理智生活和社会生活的一种动力。"① 在某种程度上，霍达的体验与表达彰显了作家力图透析民族文化心理的理性诉求。

霍达通过《穆斯林的葬礼》描写了几位穆斯林女性的生存状态与心理追求，展现了一个穆斯林玉人之家三代人的悲欢际遇与精神追求。《穆斯林的葬礼》是具有浓郁的回族生活气息与心理欲望的文学作品，宏观地回顾了中国穆斯林漫长而艰难的足迹，揭示了回族穆斯林在华夏文化与伊斯兰文化的撞击和融合中独特的心理结构，展现北京回族的穆斯林传统文化、经济、文化、宗教、风俗、人情世故等，以及反映了回族人民在人生道路中的追求与困惑，是一部成功地表现回族人民历史和现实生活的作品。

事实上，霍达是通过对几位女性命运的书写，客观地揭示了伊斯兰对回族民族精神与心理的形成所起着巨大的作用。在霍达看来，女性不仅在社会和民族文化系统中吸收营养，同时也受到它的限制和束缚。在《穆斯林的葬礼》中，女主人公梁君璧的矛盾心理尤为典型。梁君璧有着民族心理的分裂与矛盾。作为伊斯兰信徒，她虔诚、崇敬。作为女性，她具有传统女性的美德，世故世俗，善良质朴，精明干练。宗教浸染她日常的生活，从而将信仰世俗化，体现在她的内心世界中的自私、狭隘、自闭的矛盾心态。宗教与人的欲求冲突带来人自身的心理矛盾，在她的身上集中体现。某种程度上来说，梁君璧、梁冰玉、韩新月无一例外地体现了回族人物民族心理的特点。众所周知，在历史的长河中，女性孕育了民族的历史，并在民族的发展中延续着自己的生命。同样，回族女性的生存现实也理应是一个民族存在的另一种征兆。"任何一个民族的艺术都蕴涵着该民族的心理。民族心理，亦可称之为民族精神。

① ［德］恩斯特·卡西尔：《人论》，甘阳译，上海译文出版社1985年版，第245—246页。

回回民族从其形成的历史渊源与社会环境来看，她的心理素质的形成受着中华民族精神的强烈影响并成为其组成部分，这是回族心理素质中与中华各民族心理素质的共性部分。然而，由于其所处的社会历史的、经济的、自然地域特殊环境以及宗教习俗的独特性，又形成其特有的具有鲜明民族性的心理素质”。[①] 回族在历史的夹缝中开拓发展，这造就了其整个民族的心理内容，而民族整体的心理素质，常常通过民族传统文化、民族习俗和民族感情影响着本民族每一个人。

霍达聚焦女性与民族、信仰的本质联系，进入了一种生存理性的界面。正像法国著名的存在主义者加缪所说的那样：“一个能用理性的方法解释的世界，不论有多少毛病，总归是个亲切的世界。可是一旦宇宙的幻觉和光明都消失了，人便觉得自己是一个陌生人，他成了一个无法召回的流放者，因为他被剥夺了对于失去的家乡的记忆，而同时也缺乏对未来世界的希望；这种人与他自己的生活的分离、演员与舞台的分离，真正构成了荒诞感。”[②] 苏珊·索林斯曾经这样表述：“无论我们是否参加正式的宗教活动，人类状况似乎都要求我们去探索精神层面，对我们的存在和来世的可能性发出质疑，我们思考着自身和周围世界的联系，并去审视那些看似无法解释的体验。”[③] 当文学以辩证的方式看待女性、民族、种族与信仰的时候，文学就是民族历史、自觉精神与民族文化心理的体现，并以此亦可探究一个民族的历史与现实。霍达就这样做了尝试。

---

① 伊言：《回族文学与民族心理刍议》，《宁夏社会科学》1994 年第 5 期。

② ［法］加缪：《西西弗斯神话》，《现代西方文论选》，上海译文出版社 1983 年版，第 357 页。

③ ［美］苏珊·索林斯：《扩展视域》，载［美］简·罗伯森、克雷格·迈克丹尼尔《当代艺术的主题：1980 年以后的视觉艺术》，匡骁译，江苏美术出版社 2013 年版，第 304 页。

第六章　象征界面：女性精神裂变的演绎

20世纪80年代，中国面临着整体的社会文化裂变，在中西文化的撞击中，女性也不同程度地受到各种现代与后现代主义思潮的冲击。究竟西方女权理论赋予了中国女性何种能量，对作为符号化的女性，产生了怎样的文化意义？女作家又是以怎样的方式对男权文化中心进行颠覆、解构，从而建构自己的个性，乃至女性主义的文化与诗学？这应该是80年代女作家文本实践不可避免触碰到的问题。但事实上，女作家在面对这一系列的问题时，基本上采取的立场多半是不自觉的。在传统文化范式里，“女性”仅仅是作为性和生育符号的，随着现代性的演变，其内涵不断增加，丰富，这个符号的衍义链越来越加长。女作家对传统延流下来的女性符号的限度进行了拓展，诸如对作为性工具符号的反抗，拒绝迎合社会男权势力或与之合谋，体现出了女性作为分裂的符号不断发生着增殖与变异，由此女性形象象征也就发生了变化。尽管女性作为空洞的符号，不具有象征意义，但作为逐渐、意义增殖的能指，“女性”从这个符号的解释项分裂了出来，理据性越来越增强，其深刻变化使这个符号变成了象征。女性这个符号的演变，远远超出了其最早的生育工具这一单纯的对象指称。作为文化裂变的符号就具有了深度的象征意义。

1985年张抗抗在西柏林举行的国际女作家会议上的发言《我们需要两个世界》[①] 中提出：“女作家的文学眼光既应观照女性自身的‘小世界’，同时也应投射到社会生活的‘大世界’……在此基础上，顺理

① 张抗抗：《我们需要两个世界》，载《文艺报》1985年8月10日。

成章的结论是：成熟的女性文学应同时面向‘两个世界’。”意味着女性书写要同时兼顾在女性空间与社会公共空间的发声，甚或直接导入女性空间。而女性形象身上也发生了如米歇尔·福柯所说的“断裂”① 与“建构”②。这意味着女性“内在世界”与“外在世界”，或这两个世界，都会被女作家经验到。人物形象所携带的各种意识形态呈现出杂糅迹象：不断断裂和增殖的过程。换句话说，女性文本中的人物形象便是多种意识形态的“处所”。而“女性本体性”的类本质和个体性的典型性，也在意识形态场域中趋同合一了。80 年代女作家走出传统女性形象符号，直抵女性群像象征界面，体现了女作家女性审美意识形态的过渡性与主体话语姿态。主要体现在两个象征界面的延展。

其一，女性形象符号化的被书写，所彰显的弱化的女性意识，与正统的主流意识形态贴近、融合。

中国当代女性解放既是物质的又是精神的，女性的解放是一个时代、一个社会解放的晴雨表，西蒙娜·德·波伏娃有句名言：“女人不是天生的，而是被塑造的。”所谓“塑造”即“第二性”的命运不是先天而是后天，是由社会造成的。而女性的自我塑造，首先需要颠覆传统文化中的女性形象符号的模板。而作家冰心对女性的模板构想，可以代表当代女性的心声。“我对于女人的看法，自己相信是很平淡，很稳静，很健全。她既不是诗人笔下的天仙，也不是失恋人心中的魔鬼，她只是和我们一样的，有感情有理性的动物。不过她感觉得更锐敏，反应得更迅速，表现得也更活跃。因此，她比男人多些颜色，也多些声音。在各种性格上，她也容易走向极端。她比我们更温柔，也更勇敢；更活泼，也更深沉；更细腻，也更尖刻……世界若没有女人，真不知这世界要变成怎么样子！我所能想象得到的是：世界上若没有女人，这世界至少要失去十分之五的‘真’、十分之六的‘善’、十分之七的‘美’”③。戴锦华认为要全面表达女性经验，甚至是极端体验，以构成对男性社

---

① ［法］福柯：《词与物——人文科学的考古学》，莫伟民译，上海三联书店 2001 年版。

② 陈晓明：《解构的踪迹：历史、话语与主体》，中国社会科学出版社 1994 年版。

③ 冰心：《关于女人·后记》，载《关于女人》，中国青年出版社 1995 年版。

会、道德话语的攻击，取得惊世骇俗的效果。“因为女性个人生活体验的直接书写，可能构成对男性社会的权威话语、男性规范和男性渴望的女性形象的颠覆”。[①] 显然，女性经验的表达需要有能颠覆男性的权威话语。“只有通过写作，通过出自妇女并且面向妇女的写作，通过接受一直由男性崇拜统治的言论的挑战，妇女才能确立自己的地位。这不是那种保留在象征符号里并由‘象征符号来保留的地位，也就是说，不是沉默的地位。妇女应该冲出沉默的地位。妇女应该冲出沉默的罗网。她们不应该受骗上当去接受一块其实只是边缘地带或闺房后宫的活动领域’”。[②] 女性的生存要获得价值实现与自我定位，首先要做一个思想与精神独立的人。

女性符号化的被塑形以及被书写，是中国文学对女性形象格式化或模式化写照。“女性”是作为男性欲望、男权意识的“性”符号滞留（活动）在社会空间的。女性符号指涉一定的存在意义，其所指是抽象的，也唯有其能指具有深刻的内涵，并且随着社会的发展日益增加，进入象征界面，才具有女性精神幻象的强度。从符号到象征是一个内在转变的过程，但更多的是社会心理结构、意识结构在个体身上的反映，其本身具有一定的变更性，也就是说，随着社会的发展，“女性”符号也在逐渐将其自身的内在精神质变更，从而具有不同的文化内涵与新的文化意义。

正如尼采所断言：“男性为自己创造了女性形象，而女性则模仿这个形象创造了自己。”[③] 孙绍先也认为，“在父系文化意识的支配下，男权社会塑了‘贞女’和‘荡妇’这个妇女的两极形象”[④]。“女性”作为符号出现在男性作家的笔下，通常有两种女性形象：一种近于神性的母性式的女性，一种近于妖性的荡妇式的女性，前者反映了中国传统思想中高洁的精神情感与低俗的肉体欲望之间的分裂，后者则认为精神的

---

① 戴锦华：《犹在镜中》，知识出版社 1999 年版，第 198 页。

② ［法］埃莱娜·西苏：《美杜莎的笑声》，载张京媛主编《当代女性主义文学批评》，北京大学出版社 1992 年版，第 195 页。

③ 参见朱立元《当代西方文艺理论》，华东师范大学出版社 1990 年版，第 239 页。

④ 孙绍先：《女性主义文学》，辽宁大学出版社 1987 年版，第 26 页。

纯洁与肉体的欲望是爱情不可分离的两个方面。也正是如此，在传统文化视域中存在有两种刻板的妇女形象：一方面是“好妻子”“好母亲”“好家庭主妇”和人类德行的集中体现（《红楼梦》中贾母的形象）；另一方面则是邪恶的诱惑物（《水浒》中潘金莲的形象）。这是两种贯穿于整个中国文化并持续到现在的、陈腐不变的、占有支配地位的对妇女的观念，并支配着女性的生长过程。而在现代化过程中，相应地出现了合男权文化想象的女性形象，其中有尤物式的女性形象：“尤物”，是一种色欲的化身，从弗洛伊德的观点看，也是一种下意识的力量，向意识和超自我——也就是文化俗成的约束力量——挑战。女性的身体物质化，女性成为商业范畴的标签与代码。“尤物”是近代西方文明影响下的产物，与传统的中国女性不同，其行为大胆，追求肉体的满足，不为情所困。这种女人是超现实的，也是为男人所渴望的女性，代表了一种意象和符号，成了现代文明不可或缺的“指标”，象征着速度、财富和刺激。符号所指的不仅是物质，而且是人物的精神和个性。而这种形象的塑造的根源在于男性对女性的规定性，女性的反抗有悖于社会对女性的框定。作为男性敌意的主要载体，在“男权制”社会的所有艺术形式中，其目的是强化男女两性各自的地位。还有一个是母亲式的女性形象：女性天然的生养功能及与此相连的温柔性格被强调。对女性生殖功能的强调——身体（物质）符号，对女性自然功能的强化，也就是对女性社会空间的剥夺与侵占。缺少女性自觉意识母亲式的女性形象，具有任劳任怨、极度妥协、不做抵抗的女性特质。因此，可以说，这种女性形象的塑造，是与男性理想中的女性是一致的，但又是男性所承认的具有现实意义的女性。“按照自己的意愿创造了女性的生命——柔顺、随和、纯粹的肉体”①。这种符号代表了传统文化女性，是社会主流成分，是符合传统文明的“指标”的，象征着忍耐、吃苦和温和。因此，这种女性形象大量出现在男作家表达中，“男性叙述侧重于自身行为的刻画和理性世界的条分缕析，并且常常以由浅入深、由表及里的理性思索

① ［美］苏姗·格巴：《“空白之页”与女性创造力问题》，选自张京媛主编《当代女性主义文学批评》，北京大学出版社 1992 年版。

来不断地完善自己线性发展的逻辑化的叙事世界"①，叙述者的视域、意识乃至叙事文本，是基于男性立场或以传统意识形态立场的男性叙事。这里特别要提及的是，古代"雄化"的"木兰"英雄形象，以及男装入仕的黄崇暇、女附马孟丽君等人在历史上光亮登场，潜在表达的仍然是男性叙事，即使有女英雄出现，其身份已经被"去女性化"了，与西方的贞德一样，已"易装"为男性。这种模式一直延续到21世纪，如张艺谋电影《金陵十三钗》中有极其明显的女性意识消亡的倾向，将女性意识泛化在大众消费意识中。女性成为了商业的符号，置换原著小说中的"女性主义叙事"，为"民族主义与英雄主义"。张艺谋对艺术形象的塑造，刻意压制了女性主体意识。

而女性传统形象符号出现在80年代的女性书写中，基本是借助于男性的语言、规范进入既有的文化符号体系。如张洁的《祖母绿》中的曾令儿"用一个夜晚，完成了一个妇人的一生"，她因对一个男子的"无穷恩爱"而堂堂正正地从十年浩劫中活过来了，并且还带上个非婚生的孩子。凝聚着爱情的孩子也成为曾令儿的精神支柱，支撑着一种典型的东方式的守节。而笼罩在这种心理情绪之下的妇女，面对不幸的婚姻，逃不脱悲剧的结局。她们因害怕失去寄托而畏缩不前，为了要拖住他，不惜以自己生命作赌注，两人同归于尽。这是许多妇女所采用的办法。同样，作为觉醒者的承受者女性形象，谌容《人到中年》中陆文婷有"性别越位的花木兰处境"，在女性意识与社会意识的夹缝中，挤压属于女性自我的空间。

将女性作为传统文化符号，体现了对生殖的崇拜，生殖器成了女性身体场所，女性象征界是属于精神层面的空间，前者是一种包含有不平等的隐喻，展示的是女人的生物性，后者是属于精神理性，包含有女性的自由、尊严与人格，是鲜活的生命实体，具有深刻的社会意义及内蕴。从符号界到象征界，是一个内在转换的过程。也是女作家基于男性对女性塑造的模式进行的反抗，通过革命性的"现代性"构想的方式，

① 于德山：《小说叙述者性别特征分析》，《南京大学学报》（哲学社会科学版）1996年第4期。

实现女性自我的拯救。进一步说，女作家以具有混沌或裂变的女性形象作为文学作品中的幻象或意象，作为女性历史叙述的载体，表征了女性由身体符号逐渐向自我倾进。

苏珊·朗格用英文 Symbol 来表示符号，有特定的和明确的含义："符号即我们能够用以进行抽象的某种方法"[①]。在苏珊·朗格看来："艺术是人类情感符号形式的创造"[②]，艺术创造的是一种幻象，表现的是人类情感，而艺术符号的表现是一种生命的形式，而其产品——艺术品就是一种"情感的象征符号"。同样，女性形象是一种有意味的艺术表达，具有象征意蕴。而象征是一个模糊的概念，在约翰逊编纂的英国第一部词典《英文词典》中象征为"一种形象的说法，其中包含绝非字面意义的内容"。而现代的词典才把象征称为"通过自然事物的形象或属性来表达任何寓意的标志或代表物"。象征艺术是一种古老的艺术，据黑格尔讲，它是人类艺术的最初类型，起源于"全民族的宗教世界观"，是模糊的理念与感性形象勉强结合的产物。黑格尔分析这种类型艺术时指出，象征是一种符号，它由"表现"和"意义"构成。在象征中，感性形象本身的自然含义虽然存在，但它要表现的是理念的内容。象征，只有当它用暗示性的语言说出某种外在语言不可言传的东西的时候，才是真正的象征。它是多面的、多义的，而在最深处则永远是朦胧的。只要是传达某种抽象的意念，就得设一个既有具象形态又有概括能力的两栖性形象。象征性意象是这样，象征性人物形象也是这样。象征艺术追求的是对客观具象的超越，于超越之中达到深层的精神境界。因此，它不能像写实艺术那样，全面细致地刻画形象的个性特征，追求形象立体效果的丰满性和典型性，而是将繁杂特异的个性化表现进行集中性的简化处理，略去无关的细节，突出某种特征，使形象在造型的同时兼有了"暗示普遍性意义"概括功能。艺术形象就是人的主观领域经验的表现，是感知和想象的形式，它所表现的东西就是人类

① ［美］苏珊·朗格：《情感与形式》，刘大基、傅志强、周发祥译，中国社会科学出版社1986年版，第5页。

② 同上书，第51页。

的情感。因而，具有人的内在精神气质、格调风度等，具有深层的生命意蕴与精神意蕴。柏格森在《创造进化论》中指出："生命作为一个整体，无疑是指一种创造进化，是一种永不停止的变化，但是生命只有借助于作为载体的生命个体才能完成这一转化。"① 事实上，80年代中国女性写作对"传统女性"的颠覆是通过现代女性形象的对照来实现的，二者的区别在于前者显示传统伦理价值，后者重在对女性"终极关怀"与不可能性的存在，是基于女性精神价值标准。对传统女性形象的颠覆实质上是女性文化更迭的体现。其依据有两点，一是作家在日常生活中的切身经验，一是作家心中的精神个性准则。对传统艺术形象的否定与颠覆越激烈，彰显女性审美意识形态的深层化，以及自我执著的追求精神的强化。就意味着女作家将笔触深入了更深层次的女性精神领域。

其二，女性群像的隐喻式书写——象征界面，彰显的女性意识，与正统主流意识形态的疏离。

与固化的女性传统符号化形象的不同，80年代出现了具有象征意味的现代女性形象，是女性情感本质的体现，同时也是重要女性意识形态汇聚的呈现，它代表了女性反叛男权文化，寻求自我发展并将主流社会中的女性形象推向进步。女性现代形象虽然属于审美领域，但却能引发更广泛的文化问题，从而使中国当代文学与文化史以及思想史的总体情形紧密相连。从这个意义上来讲，对20世纪80年代女性现代形象的梳理，也就有其特别的意义。"女性"作为身体符号，其本身有一定的演进性，自1949—1979年女性在"平权"话语的神话中将"性的符号"隐蔽起来，女性是作为显在的政治与阶级的符号出现的。而80年代后西方女权理论导入，所引发的女权神话使女性的自我意识走向了显的层面，显示出了女作家抗拒、挑战的叙述姿态，"男性逻辑愈是反感，女性作家便愈是坚决地把这些因素引入叙事，在男性的传统叙述中发出自己的声音"②，随之而来的女作家笔下出现了具有现代质素的"女性"群像：

① ［法］亨利·柏格森：《创造进化论》，肖聿译，麦克米兰出版公司1919年版，第30页。
② 李洁非：《"她们"的小说》，《当代作家评论》1997年第5期。

第一种，作为承受者的反叛者女性形象：林市（李昂《杀夫》）杀死丈夫，是不甘心屈服于丈夫的淫威而采取了极端的形式，对男人的杀戮实质上是指向男权中心的反叛行为。张辛欣《在同一地平线上》中的女性，即有现代女性的气质，又在精神上依附传统；既表现女性背着传统反传统的心态，也显示出女性雄化历程中不时闪现的传统文化制约。在女性身上，可以发现她们既反抗传统角色，又依恋传统角色蕴含的利益，既能看到了传统文化的根深蒂固，又能看出中西文化的激烈碰撞。这一形象不仅较为完整清晰地表现了新旧合璧角色的特征，也显示出从文化视角解剖和探索女性角色演变及中国妇女解放的重要价值意义。

第二种，作为逃离者的自救者女性形象：残雪《山上的小屋》中的女主人公有在精神深处的逃离。女性对现存男权社会采取了激烈的逃避，于是多种形式又被演变了出来，有在宗教中的获救、私人空间中的情爱假想及在精神封闭中的独自感悟。但也正是如此使她们对男权中心进行有意的清醒回避。残雪以超验的方式表达女性的内省经验，在其作品中，女性对外围环境采取了否定性的超越方式，她们没有对男人世界采取解构，也没有屈服于男性的威力。但她们无法解读外围世界，在男性中心的边缘处漂移，在自我的内心世界里实现超越，对外部世界的秩序全部心理化而使之变形。但是她们在拒绝男性的外部世界后，却也无法构造一个真正的超越世界，也因此残雪笔下的女性既是自省的，又是颓废的。此外，残雪《黄泥街》等文本的扭曲与荒诞，反衬了时代对女性精神的束缚。残雪的《苍老的浮云》《山上小屋》展示了女性精神幻象与飘忽的灵魂。

第三种，作为反叛者的迫害者女性形象：司猗纹（铁凝《玫瑰门》）是一个对传统女性文化抵抗的反叛者，她不甘心做一个逆来顺受的女性，但生活偏偏就使她遭遇了情感的困惑，以致使她出现了逆变。司猗纹作为对丈夫的报复与公公的乱伦，是对“性禁忌”的反叛与解脱。同时，对儿媳、外甥女情感的无端干涉与迫害，都显示了她扭曲的个性。司猗纹作为一个性变态，是时代的牺牲品。她逃离男性中心的束缚，但又迎合、屈服于男性的威力近而被强暴、诱奸和玩弄。可以确然地说，她又是一个同谋者。《玫瑰门》是一则反抗女性神话的悲剧，对以恶抗恶的反神话角色微露讽刺和无奈。在人伦与自由不可兼得的历史境遇中，忍痛放弃人伦也许是我们的文化走向成熟的开始。从这个意义上讲，对作品中宁死不愿在人伦幌子下回到宗法的反神话角色，更值得被肯定。

第四种，作为精神幻想的守望与叛逆者女性形象：张抗抗的《北极光》呈现出了女性幻象的虚幻与模糊，以及男女两性关系之透亮，但女性的精神空间意象是向上的，追求的是一种立体的超越性。有一点可以确认，透过女作家表达精神与情绪的文本，已经能够捕捉到女性在精神向度上的探寻。“它们是过去任何时候和任何地方都没有见到过的东西，它们完全是创造出来的空间幻象”①。“北极光”幻象，是一种知识女性虚幻的意象，一个复杂而混沌的意象。作家从幻象性的经验转到另外的现实陈述，同时包含了女性对男性的失望、忧怨，和试图获得精神独立的艰难处境与苦闷心理。在叙述过程中借助大量的隐喻、象征、隐蔽性评论实现女性“自我呈现”。作家对生活的理解与感悟通过叙述话语的具体叙事，揭示出内在意蕴，从而洞悉到作家象征的意图。徐小斌《对一个精神病患者的调查》中塑造了疯狂女性形象景焕，展示了虚幻的空间——女性的内世界与外部世界的交锋。作家独异的关注点和视域，显示出了另类气质。小说中景焕是一个不能与众人交流的女孩儿，她只沉迷在自己能够倾听或诉说的世界里，她的灵异、聪颖与直白的话语不被认同，也成了她一生的罪孽。十余年过后再回头看看景焕的病状，确是文明秩序的颠倒，精神病患者的景焕，似一面镜子，照见了世人困顿的生活镜像。吉尔伯特与吉马尔的合著认为：“疯女人形象在某种意义上说是女作者的复本，是作者自身的焦虑和疯狂、精神上的压迫感和分裂感的投射，女作家既实现自己逃离男性住宅和男性文本的疯狂欲念，又难以摆脱其过程中的自卑情结，所以她们不是通过塑造一个

① ［美］苏珊·朗格：《艺术问题》，滕守尧等译，中国社会科学出版社1983年版，第28页。

浪漫的女强人而是塑造一位巫婆加恶魔般的疯女人来进行情感宣泄。”①徐小斌以疯女人的形象，昭示了现实庸常中恶的存在。

诸如此类具有现代性的女性形象，成为了颠覆传统女性形象的一个有效方式，记录了一个变革时代的现实写照。伽达默尔曾经这样表述：“我们的日常生活就是由过去和将来的同时性造成的一个连续不断的进步。能够如此携带着向将来开放的视野和不可重复的过去而前进，恰是我们称为‘精神’的东西的本质。”② 作家的书写不仅有女性的自觉，进入象征界面也有现实的力量支撑。对此，当代评论家陈晓明认为，“传统农业社会和工业社会，都是父权制的社会，这个社会的符号生产、文化秩序是按照男性的思维和需要进行再生产的，其功能也是男性化的。而在后工业化的传媒时代，现实及其幻想（符号）秩序，是按照女性的思维方式来生产的，是按照女性的需求来生产的。现代媒体大量使用女性符号，女性的身体语言，女性的审美幻象构成了现实表象的主导部分。传统的现实符号是为强权支配的，它是合目的性的符号生产，其内在隐含着本质、目的、律令、法与实际需求。本来为父权制文化设计的幻想符号，却发生异化，现在的媒体符号化生产，却是无本质、无目的的，它只是一堆无直接的政治与伦理的表象符号，一堆不断自身复制繁衍的能指，在大多数情形下，它只是为了生产而生产，为观看而生产。传统父权制符号是明确区别现实/幻想，真实/虚构，现在，这些二元对立的界线被彻底拆除，现时的符号界已经完全混淆了这些二元对立项”。③ 也正是在如此的背景下，女性书写才可以由符号界进入了象征界。而以发展的眼光来审视，从主流文学中撤退之后的女作家审美逆变：颠覆了传统母性与女性形象符号，拆解男性书写女性的模式，逆转为具有现代气质的女性形象的塑造，深度挖掘与呈现女性精神脉象的流动。女性写作试图从符号界，即女性身体控制的场所，转入激情、

① ［美］吉尔伯特、吉马尔：《阁楼上的疯女人：女作家与十九世纪文学想象》，载张京媛主编《当代女性主义文学批评》，北京大学出版社 1992 年版。

② ［德］汉斯·格奥尔格·伽达默尔：《美的现实性》，载自张志扬《禁止与引诱》，上海三联书店 1999 年版，第 200 页。

③ 陈晓明：《仿真的年代》，山西教育出版社 1999 年版，第 35—36 页。

颠覆、裂变的象征界。同时女性文学本身就是一个象征界，是充满激情、颠覆、裂变的艺术创造，也表征了一个时代新的女性气象与文化变异。象征界面的指涉具有普遍意义，界面成就空间的形式，作家内心以非空间范畴的方式感知到这个世界，如同建筑通过界面表达其特质与形态，从而使象征具有深度的意味性。

20 世纪 80 年代女性形象象征性的描述就在于：女性空间与社会空间的交集，有叠合，但也有间离，而这种关系隐含着深刻的内容，女性成为社会的隐喻，具有分外凸显的文化象征意义。“女性”在男权文化秩序中被赋予了象征意义，可为源远流长。70—80 年代之交，女性作为受难者的形象，被作为社会主流知识分子命运的心理图式与文化的象征进行表达。1978 年张洁小说《森林里来的孩子》里林区少年孙长宁的无文化的蒙昧状况，由于被放逐的“黑线人物”梁启明的到来而改变了。小说所披露的这种诗意启蒙理想，其实正是流动于 80 年代前期中国文化语境中的一种普遍冲动，与《班主任》《伤痕》《神圣的使命》和《枫》等人们熟知的暴露“伤痕”的作品相比，它的诗意追寻显得单薄，缺少热动效应。宗璞小说《弦上的梦》写的是一个女孩梁退在“文革”十年中充满坎坷和辛酸的故事，揭露了在人妖颠倒的岁月里两代知识分子在肉体和心灵上所受到的残酷伤害。但小说问世后，却被指认为出轨与偏离。王安忆 1980 年的《雨，沙沙沙》具有浓郁的时代气息，描写了返乡女知青回城后，对于混乱结束后的迷茫，以及对未来的憧憬。张抗抗的小说《北极光》同样展示“文革”后的陆芩芩对未来的精神幻象。应该说，这期间的女性写作以文学实现了对社会政治生活的介入，仍然以“人性”“灵魂”等超越性的光环，对女性自我与女性境遇进行书写，但从未有对自我性别身份僭越的意识。80 年代的初期，张洁的《方舟》、张辛欣的《在同一地平线上》等出现，女作家开始真正审视自我，但女性的性别身份，仍在边缘与中心之间呈现出滑动，对“身份”的指认显得朦胧暧昧。以致到了 80 年代中期，尽管女作家性别的自觉开始显现，但仍然无法撼动男性主流意识形态的控制，如张贤亮小说《男人的一半是女人》《灵与肉》将女性身体的解放视为不端与放荡，而男性却在“灵与肉”的沉浮中获得了主体认同。对此，作家王安忆的小说《小城之恋》《荒山之恋》《锦绣谷之恋》等，以及竹林小说《蜕》予以有力的回击，击碎性别不平等导致的性霸权。80年代后期，女作家铁凝所著的《玫瑰门》转向了对女性本体的审视。《玫瑰门》以更为敏锐、犀利的笔法，开始了对女性本体与女性世界深入的自审探索。从某种意义上，这种书写动摇了所谓“艺术不可能现代，艺术永恒地回归起源”[①]传统的审美范式。不是单纯地“回归”调性，而是创造了一种不同于传统的女性文化新调性。

综观20世纪80年代女性形象的演变过程，不难发现，随着当代文化的发展，女性文学中的女性形象呈现了以下趋向：一是女性的反叛性逐渐增强；二是女性的主体意识逐渐增强。作为隐喻式的现代女性形象的书写，具有象征的艺术作用，这种表述呈现女性的激情与精神意志的样式，即女性从对抗走向对话、交流，既不取悦于男性，也不以自我女性为中心。而现代性的女性个体共同构成了80年代女性的群像，从而构成了一个时代的人物画廊，表征了在一个觉醒与彷徨的时代里，女性跋涉者群体的形态与镜像，以及她们精神意识的流变。

一　女性精神意象或幻象

80年代女性文学萌动了生态表达，诸如铁凝的《银庙》中的“猫”和《孕妇和牛》中的“牛”，残雪的《黄泥街》的红蜘蛛、绿头苍蝇、乌鸦、青蛇等在文本出现，显示了作家朦胧的生态意识，动物与女性的互动、共栖或作为一种荒诞气氛环境的构成，传达的是一种世俗里的生态存在。张抗抗1981年发表的代表作中篇小说《北极光》，以一种生态意象进入文本叙事，在女性—自然—男性的契合点上展示精神想象或精神幻象，“北极光”是小说的核心意象，它是青春之光、生命之光、理想之光等多义的语词，也是张抗抗对精神幻象的追随与描摹，并赋予其灵魂以“肉身”或“物化”的存在，涉及了生命个体与景观

① ［法］让·克莱尔：《论美术的现状——现代性之批判》，河清译，广西师范大学出版社2012年版，第209页。

的互动关系。但穿越其精神幻想，发现了张抗抗更强调的是对两性秩序的现实指认。

追溯起来，张抗抗从1979年在《收获》杂志发表了短篇小说《爱的权利》，一举成名，自80年代始，随着整个社会对个性精神的呼喊与复归，女性的生存状态与心理状态也逐步成为了女作家所要表述的对象。之后，她接连发表了小说《淡淡的晨雾》《夏》《北极光》《塔》《红罂粟》《白罂粟》《隐形伴侣》等，在更加广阔的社会背景上，揭示女性的内心的创伤和追求，寻找女性作为社会人的自我价值。但不可回避的是，她对“人性”本体价值的意义关注，超越了对“女性”的关注，体现了与男性作家相同的思考世界和言说世界的方式。《北极光》就是一个很好的注解。张抗抗构筑了想象的自然，把自己的生命理想投射达到这个意象上，并且寻找自我与“北极光”的同一，甚至将“北极光”当作考量男性的一个指标。其实，《北极光》里蕴藏着作家对自然与精神的双重虚幻的期待，即便还带有幻想的成分。而短篇小说《夏》则反映了80年代初中国的青年一代感应时代的要求，彰显了不满于现状勇往直前的个性。岑朗（张抗抗《夏》）大胆地在课堂上发言，而且在政治试卷上白纸黑字地写——“搅拌着硝、木炭和硫磺”的见解，即便被判不及格又怎能压抑她行使理应属于自己的权利？岑朗明确地说：“一个现代的社会就应该为人的个性的全面发展创造条件”。而到《作女》的时候，张抗抗已经浮出了对自然朦胧诗意的勾勒，将女性投放到更大的社会生态空间，直接把女主人公卓尔和同样向往自然的阿不，隐逸到荒山茂林，致力于森林的保护和垃圾回收等环保工作。从生态倾向来看，《北极光》无疑是为其后的小说《作女》埋下的伏笔。

1. 作为一种生态审美意象的隐喻

相较于1985年铁凝《银庙》小说是指向现实的，小说描写了十二岁少女三三在非正常年代见证、参与了猫的受难过程；铁凝的《孕妇与牛》印证了女性厚重的母性情怀，是典型生态意义上的母亲形象，具有乡土中国的生命力量。《北极光》里所涉及的几个频率很高的意象："冰凌花""小鹿""北极光"等，核心意象便是"北极光"。张抗抗的"北极光"的虚幻但又是一种精神的存在。之于陆芩芩来说，究竟是一种自然、一种想象、是一个记忆，抑或是一种精神？其实蕴涵很多，"北极光"源于陆芩芩童年里的一个悲伤记忆，舅舅要去漠河考察北极光之前，与她有过一个有关"北极光"的对话，令她神往；舅舅说要去漠河，去呼玛，就是去考察、观测北极光，一种很美很美的光，在自然界中很难找出能和北极光媲美的现象，也没有画笔画得出在寒冷的北极天空中变幻无穷的那种色彩。舅舅告诉她，谁要是能见到它，谁就能得到幸福。然而，舅舅为了自己的梦想而去，从此便消失了，因为他在那里遇到了暴风雪。为了能够看到想象中的"北极光"，十八岁的时候，她主动申请去漠河兵团，但最后无奈地去了绥化的一个农场。她问过许多人，他们好像连听也没听说过。她在想，诚然这样一种瑰丽的天空奇观是罕见的，但它是确实存在的。存在的东西就一定可以见到，她总是自信地安慰自己。然而许多年过去了，她从农场回了城市，在这浑浊而昏暗的城市上空，似乎见到它的可能性越来越小。这样一个忙碌而紧张的时代里，有谁会对什么北极光感到兴趣呢？但"北极光"已经成为了陆芩芩生命里的真实自然存在，也成为困扰她生命的现实存在。

小说一开头就以雪进入，雪花的忘我与陆芩芩的欣喜是一致的："它们曾经是一滴滴细微的水珠，从广袤的大地向上升腾，满怀着净化的渴望，却又重新被污染，然后在高空的低温下得到貌似晶莹的再生——它们从茫茫的云层中飘飞下来，带回了当今世界上多少新奇的消息？自由自在，轻轻飏飏，多像无忧无虑的天使，降落在电视台那全城瞩目的第十四层平台上，覆盖了学院主楼前那宽大的花坛、废弃的教堂六角形的大层顶、马路边上一排排光秃秃的杨树，以及巍峨的北方大厦不远处那低矮的简易工棚……整个城市回荡着一曲无声的轻音乐，而它们，在自己创造的节奏中兴致勃勃地舞蹈，轻快、忘我……连往日凛冽而冷酷的北风也仿佛变得温和了。它耐心而均匀地将雪花撒落在各处，为这严寒的冰雪城市作着新的粉饰……尽管在漫长的冬天里，雪花是这个城市的常客，她仍然像孩子一样对每场雪都感到新鲜，好奇。”①

第二小节仍然有雪花的飘飞的描述，把雪花的飘忽不定与自己对前途的渺茫映衬起来：雪在小说里成为了张抗抗反复描述的对象，但这远不是简单的自然场景描述，恰是指涉着自己内心的一样：“雪还在无声地下着，漫天飘飞，随着风向的变化不断改换着自己的姿态。时而有一朵六角形的晶莹的雪片，象银光似的从她眼前掠过，一闪身不知去向。大概它们也不愿就此落入大地，化作一滩稀水。可它们这样苦苦挣扎，究竟要飞去哪里呢？芩芩莫非也像它们一样：飞着，苦于没有翅膀，也毫无目标；而落下去，却又不甘心……”雪也是张抗抗反复描绘的，这里雪花的描述蕴含了对未来的精神期待与想象，而是融合了自己或情绪的纠结或茫然的情愫。

第三小节是冰凌花—北极光的描述，尤其是关于变幻莫测的冰凌花的描绘，与陆岑琴飘忽不定的迷惘状态相符：“是冬老人从遥远的北极带来的礼物么？圣洁、晶莹、透明，当早晨第一线阳光缓缓地从窗棂上爬过来，透过一层薄明的光亮，它们变得清晰而富有立体感了……它会像南海清澈的海底世界，悠悠然游动着热带鱼，耸立着一丛丛精致的珊瑚，飘浮着水草和海星……它会像黄山顶峰翻腾的云海，影影绰绰地显现出秀丽的小岛似的山峰；它会像白云飘过天顶，浩荡、坦然；会像梨花怒放，纷繁、绚烂……呵，冰凌花，奇妙的冰凌花，雪女王华丽的首饰，再没有什么能与你媲美的了……可你是严寒的女儿，是冰雪的姐妹。你在寒夜里降临，只在早晨才吝啬地打开你的画卷，那么短暂的一会，不等人从那神奇的图案中找到它们所寻求的希望，就急急地隐没了。可今天你为什么竟然还留在这儿？一直留到这昏暗的傍晚。是因为你知道芩芩要来吧？还是因为你知道这是一个星期天，清冷的教室里没有人会来注意你呢？”② 无疑，对于陆芩芩来说，“北极光”就是生命中的光亮，能够把现实中的苦闷消弭了。这里作家显然隐含了一种文本的倾进，她把陆芩芩放置在一种理想与现实的纠葛中加以审视。张抗抗在

① 张抗抗：《北极光》，《收获》1981 年第 3 期。

② 同上。

《我们需要两个世界》一文中曾经强调："妇女解放不会是一个孤立简单的'妇女问题'。当人与人之间都没有起码的平等关系时，还有什么男人与女人的平等？所以我们如果总是站在一个妇女的立场上去看待社会，正像中国古诗所说'不识庐山真面目，只缘身在此山中'。那个社会只是平面和畸形的。"① 正是基于这样的创作理念与追求，张抗抗试图以《北极光》对女性角色进行重新定位，对女性价值进行重新审视，希望在现实与理想的夹缝中裂变出完整的、更符合人性的女性"自我"。

《北极光》里的陆芩芩对传统女性恋爱、婚姻之途进行反叛，渴望通过扩展自己的公共生活空间来逃避、挑战传统婚姻的宿命。她对现有的婚姻形式本身有着清晰的认识，明晰生活里有着无爱的不合理的婚姻形式。她曾经这样描述妈妈："三十几年前一顶花轿把你抬到爸爸那儿，你一生就这么过来……除了我的父亲再没有接触过别的男人。"而女友们的出嫁意味着，"对一些人来说，结婚只是意味着天真无瑕的少女时代从此结束，随之而来的便是沉重的婚姻的义务和责任。欢乐只是一顶花轿，伴送你到新房门口，便转身而去了"。对于陆芩芩这样的女性，面对婚姻的荒谬、爱情难寻的现实，无力改变现状的她只有用拒绝的姿态一边反抗，一边继续沉浸在白日梦中的童话世界里，构筑有关爱与婚姻的精神想象。自然，小说里的"北极光"成为了回城知青陆芩芩期待的审美意象，美丽而遥远的"北极光"，是一种作为精神而存在的理想主义的召唤，也是一种对生命期待的隐喻。象征着一种真实而缥缈的生命精神，超越世俗而充满情趣，蕴涵着女性对两性爱情、婚姻等的企求与热望、幻境。事实上，就意象而言，它是主观情思与客观物象在艺术作品中相应契合、交融统一的产物，意象的功能在于象征性。"北极光"意象蕴涵着女性对自身命运的抵抗与自我拯救，另一方面又表现出女性期待生命之光的心理，以及在虚幻的两性和谐图景中沉迷不能自拔的真实情状。张抗抗用童话作为隐喻性的修辞手段揭示了陆芩芩

① 张抗抗：《我们需要两个世界》，《文艺评论》1986年第1期。

较为隐秘的内心世界和精神欲求。

毫无疑问，《北极光》通过陆芩芩寻找爱情的故事，构成了一个理想与现实矛盾冲突的故事。作家通过女主人公的幻觉、白日梦展现了她潜意识的心理索求，企图对人的主体与精神本质进行审视和表现。从另外一个角度也反映出在新旧交替的时期，十年浩劫所遗留下来的种种“后遗症”，导致了人们生活与精神的矛盾冲突，尤其使青年一代处于自我否定与重新确立自我思考的迷茫、彷徨的混乱状态。尽管《北极光》里的政治道德标准的痕迹仍然明显，但透露出的属于个体生命意向脉动的个人话语，超越了当时主流文学对人的“反思”“伤痕”，喜剧化地将爱情处理成了从理性出发的理想化选择。如小说里有陆芩芩内心的“北极光”的想象：像一团团燃烧的火焰，又像是一片滔天的巨浪从天际滚向天顶。它的花纹是极不规则的，整个画面呈现出一种宏大磅礴的气势……

陆芩芩渴望拥有自己的爱情与生活，但是现实里的她却不得不面对生活的困境。陆芩芩在满世界的市侩、虚荣、虚无、软弱里树起了理想与青春的光辉旗帜，觉得“理想是云彩，而生活是沼泽地”。但是她没有退缩，历经不懈地努力，寻找生活中的“北极光”，这也预示着历经磨难尚惊魂未定的那十年洗劫结束之初，个性张扬时代已经到来。而爱情首先成为人们生命追求的聚焦点，正如林丹娅所说：“《北极光》把萌芽于新时期的女性对理想对象的寻找追求意向，做了诗化象征与集中体现。”① “从陆芩芩的形象塑造中还可以看出，作者还试图通过陆芩芩的爱情描写，来阐发自己对恋爱与婚姻生活的一些看法。即作者认为：男女的婚姻必须以爱情为基础，如果爱情一旦消失，当事的双方就可以不受婚姻与家庭所承担的责任和义务的约束，而任凭感情的放纵去另选配偶。②

与其说陆芩芩是在寻找一个能同自己一同承担命运的自由恋人，毋如说她是在寻找一个可以实现自己理念的被动替代品，精神上的“救

① 林丹娅：《当代中国女性文学史论》，厦门大学出版社2003年版，第252页。

② 杨治经、王敬文：《论张抗抗的小说创作》，《北方论丛》1982年第5期。

世主”，她一直在苦苦寻觅一种高于凡俗的人生信仰，并把对这种信仰的寻找放在了对理想爱情的追求中。她与插队同伴现在的三级技工傅云祥已办了结婚登记手续，然而她突然厌烦起他，世俗生活中的琐细使她厌倦了傅云祥的物质性，“这白菜多少钱一斤？”“结婚礼服便宜一半价钱”。与大学生费渊生发感情，他的高谈阔论，愤世嫉俗，吸引了她，可是不久后感情又冷漠了，因为他对世事的冷淡使她生畏，他的“自我拯救”的哲理使她听不懂。直到水暖工曾储出现，他忧国爱民，对经济改革充满了理想，芩芩觉得他的每句话都在启迪自己，使陆芩芩找到了生命里的质朴的“北极光”，能够照亮她寻找外面新世界的道路。其实，陆芩芩的内心一直在想：“我想知道人都在怎样的生活，和自己作一个比较，如此而已。”她不仅渴望获得真正的爱情，更重要的是寻找到生命的光亮、价值，还有生活勇气。

2. 生命意象或是精神的幻象

女性文学作为语言符号的选择、排列和构筑，其本身也属于一种社会符号，因而具有不可忽视的文本意义和社会意义，同时具有象征指涉意义。而张抗抗的《北极光》预示着女性走出生命束缚，渴望寻找到自由意义上的情感与精神等。她甚至企及像小鹿一样穿越森林，跨越草原，自由自在地过着自己的生活。“我想知道人都在怎样的生活，和自己做一个比较，如此而已”。[①] 可是，有论家指出 80 年代女性文学存在的事实：“女性意识写作是不自觉的，女性常常是被借用的一个外壳，盛的是中性或无性的内核。”[②] 对此，张抗抗认为：“‘五四’时期曾有过类似的‘女性文学’的最初萌芽，但三四十年代的内忧外患迫使那时的女作家关心国家的命运，作品富于民族责任感。建国后的十七年中，文艺为政治服务，以阶级斗争为纲，女作家不可能摆脱或超越这个前提，作品多描写社会主义革命和建设中的‘重大’题材以及知识分子自我改造，几乎未涉及有关女性的任何敏感区域。而新时期涌现的一大批女作家，在经

---

① 张抗抗：《北极光》，《收获》1981 年第 3 期。

② 张抗抗、李小江：《女性身份：研究与写作》，载《文学、艺术与性别》，江苏人民出版社 2002 年版，第 15 页。

历了许多年的苦难之后，普遍对中国现实的批判与审视表示出强烈兴趣，并试图通过作品寻找明天的希望。她们所处的社会环境、个人阅历和思维定势，决定了她们中的大多数人在观察生活时是用公民的眼光而非女人的眼光，表现生活时是用无性别的钢笔而非女人的眉笔。这类超越女性意识的作品曾成为新时期女作家创作的主要倾向。”① 无疑，无性别的女性书写是历史与现实的必然，而女作家的国家意识、民族意识是与主流意识形态一致的。如果从这个意义说，陆芩芩还不具有完全的主体意识，女性想象也只是一种精神迷恋式的幻象，缺少理性的认识，并未达到对物性的超越与对“非我”的超越，更不用说是对自我的超越。陆芩芩面对爱情的反复抉择，不仅昭示她对现代性理想的向往，同时也标明其极力寻求精神自由的态度，但事实上，她的行为本身注定了陆芩芩依然是一个在世俗中游离的女性，也并没有达到精神上的自由。对此，有论者可为一语中的：“‘北极光’虚幻性的突出，把两性关系的和谐图景虚化了，美丽炫目的理想之光遮蔽了两性间的巨大差异及女性在找到理想伴侣后面临的新的困惑。‘北极光’承载了爱情、婚姻、政治理想、美好生活等多种人生命题的象征意义，但作家这种追求理想生活前景的坚定信念，只完成了对庸俗社会学和市侩人生的反拨，女性更为关切的生命追问和情感体验悄然隐没在宏大叙事之中。”② 女性个体精神自由与情感的同一，是陆芩芩的追随，而潜意识里她对于自我意识的体现，其实就是对男性的追随，以致造成了诸多生存的困惑与挣扎。

《北极光》极其真切地表现出女性自我与他人、自我与社会的紧张关系。“北极光”的生命意象与陆芩芩的生命追求本身体现为矛盾性，甚至具有浓郁的反讽意味，生成了强大的艺术张力，并给人强烈的心灵震憾。“北极光”成为了陆芩芩生命的依托，也成为了寻找生命力的支撑，甚至成了她衡量爱情的标准，充满精神的虚幻性。她先后与三个男人有关“北极光”的对话的场景，诠释了她内心世界的追求与情感选

① 张抗抗、刘慧英：《关于“女性文学”的对话》，《文艺评论》1990 年第 5 期。

② 顾玮：《女性自审意识的衍进和文化批判的局限——论张抗抗三个时期的女性写作》，《当代文坛》2006 年第 5 期。

择的印证。她与傅云祥有关“北极光”的对话成了感情的彻底决裂的导火线，使她决绝地离开了这个男人。

> “你见过它吗？你在呼玛插队的时候，听说过那儿……”她仰起脖子热切地问他。他们坐在江边陡峭的石堤上，血红色的夕阳在水面上汇集成一道狭长的光柱。
>
> ……
>
> “那全是胡诌八咧，什么北极光，如何如何美，有啥用？要是菩萨的灵光，说不定还给它磕几个头，让它保佑我早点返城找个好工作……”他往水里扔着石头。①

陆芩芩觉得自己突然与他生疏了，陌生得好像根本不认识他了，这个恋爱一年已经成为她未婚夫的人，竟然如此看待她心目中神圣的北极光。这样一个看待生活的男人，这不是她想要接纳的。傅云祥的世俗世界不能够接纳陆芩芩的精神世界，同时，也破坏了她心中的梦想与追求的动力与勇气。

而第二个场景是她和费渊之间的有关“北极光”的对话，更将她带入了失望的境地。

> “你见过北极光吗？”她突然问。问得这么唐突，这么文不对题，连她自己也觉得有点儿莫名其妙。
>
> ……
>
> “出现过？也许吧，就算是出现过，那只是极其偶然的现象。”他掏出一把精致的旅行剪开始剪指甲，“可你为什么要对它感兴趣？北极光，也许很美，很动人，但是我们谁能见到它呢？……不要再去相信地球上会有什么理想的圣光，我就什么都不相信……嗬，你怎么啦？”②

① 张抗抗：《北极光》，《收获》1981 年第 3 期。

② 同上。

费渊的答复，令陆芩芩觉得眼睛很酸、很疼，好像再看他一眼，他就会走样、变形，变成不是原来她想象中的他了。费渊也让她失望了。

第三个场景是陆芩芩与曾储的“北极光”的对话，这是她想要的答案。

> “你知道北极光吗?”
>
> “北极光?”他有点莫名其妙。
>
> ……
>
> 他眯起眼睛，亲切地笑起来。
>
> “我想起来，十年前，我也曾经对这种奇而美丽的北极光入迷过。……无论你见没见过它，承认不承认它，它总是存在的。在我们的一生中，也许能见到，也许见不到，但它总是会出现的……”①

陆芩芩欣喜地发现，曾储的答复与她的心灵追求是契合的，她确信了“北极光”是会出现的，“也许谁也没见过它，但它确实是有过的。也许这中间将要间隔很久很久，等待很长很长，但它一定是会出现的”。陆芩芩是一个充满矛盾的女性，她期待具有生命意象希望的“北极光”出现，但是她的内心世界却是黯淡的、犹豫的。陆芩芩是凭借“北极光”充满了对生命、生活的美好期待，但她耽于幻想，彷徨多于行动，并没有汇入当代真正沸腾着的社会改革和社会进步的巨流。即便是世俗的实际生活也并没有进入她的视野，周遭的一切，在她看来，是“暗夜里隔着一条河对岸的火光，可望而不可及”，唯一果敢的就是她从照相馆中逃出，与未婚夫傅云祥决裂。她对费渊、曾储的先后爱慕，是为自己与傅云样决裂寻找勇气和支撑。她的生活的光亮似乎来自他人，比如费渊那种诅咒现实生活的阴暗、错误的看法，陆芩芩却认为是尖锐、深刻、入木三分的社会解剖。但这个男人却在她和傅云祥决裂后退却了，害怕承担破坏别人婚姻的责任。曾储那种近乎狂妄和空洞脱离

① 张抗抗:《北极光》,《收获》1981 年第 3 期。

现实生活、脱离具体历史的带有强烈救世主色彩的关于正义与真理、善与恶、目的与手段、东方文明与西方文明等言论，深深吸引了她，她之所以最终选择了曾储，是因为曾储在生活情趣上与她相投，曾储懂得“北极光”、会堆雪人、欣赏冰灯、打冰球等，而且在暗中成了她和傅云祥决裂的后盾和保护人。“虽然也经过那黑云滚滚的年代，但她远离着旋涡的中心，生活经历比较平淡，因此，她的精神世界还浮游于孩子时代受到常常影响的童话的海洋里。她很单纯，也好幻想。于是，她和那包围着她的市侩的、庸俗的生活环境便发生了尖锐的矛盾。可是，因为这个矛盾仅仅是童话世界与现实世界的矛盾，因此她就无力去摆脱这种市侩、庸俗的生活环境对她形成的压力和包围，只能长期苦恼、痛苦，而又长期维持着家庭和社会给她安排的她与傅云祥的关系；只是在她遇到了费渊，而主要是遇到了曾储以后，生活为她打开了大门，使她看到了包围着她的环境以外的世界，才使她有了真正的力量。”①

陆苓苓这样的女性，其本身是矛盾的、阴暗的，表里不一具有反讽意味的。作家用“北极光”这一意象来象征十年浩劫后渴望新生活却又茫然的同类型的人，由此引发我们对民族命运的关注和思考，对遮蔽的历史现实的客观思考与发现，进一步，体现了作家对人类的生存状态、精神探索和世界整体性的思考。

3. 女性审美心理图式与心理现实

《北极光》是一部不折不扣的心态小说，作家在不违背真实性原则的基础上，通过状物、叙事、烘托意境，更侧重通过内心独白、情绪来表达人物主体情感。把一个有着复杂的矛盾心理状态的年轻女性形象呈现出来。张抗抗将笔触伸及陆苓苓内心深处，将一个刚刚进入社会大世界的“从迷惘到觉醒”女性的心理变化充分展现了出来。而陆苓苓的虚幻、茫然到清晰构成了自身的生命基调。其实，陆苓苓的要求并不多，她需要一个能够读懂她的人，一个能够进入她精神幻想中的人，能

① 梅朵：《她在振翅飞翔了——读〈北极光〉》，原载《上海文学》1981 年第 11 期。

够与她一起融入想象里的“北极光”中。实际上，她在女性—自然—男性的链条上渴望获得整体上的圆满，圆满里有自己的梦想、爱情，还有想象。所以，她曾经有过这样的内心独白：“我不要怜悯。我要人们的尊重、理解和友爱，而不要别人的怜悯。何况，你自己呢？你满怀热忱地向别人伸出手去，好像你有多大的能量。我向你诉说我心中积郁的痛苦，可你所经历过的那些不为人知的苦难又向谁去诉说？水暖工，你这个卑微而又自信的水暖工，你能拉得动我吗？我不相信，那些闪光的言辞和慷慨激昂的演说已经不再能打动我的心了，我需要的是行动、行动……”

女性想象本质上是一种精神的自由追求，包含有理性的色彩。而文学作为一种审美艺术，理应是充满流动的想象，对现实提炼、升华和超越而创造出新的世界，但又基于现实的真实性。直面与关注人群的生存状态与存在的价值，具有批判的理性精神。就女性文学而言，则必然要反映女性自身心性的追求与心理倾向等，体现女性超越现实障碍的精神自由的追求与向往，体现出女性与现代性的契合，强化女性的世俗化的欲望存在与世俗化的话语，并以此为要求，获得尊重，具有此岸性。

张抗抗的《北极光》试图审视社会对人的压抑，并予以表达，也将目光转向了对女性内在自我进行审视。比如作家对陆芩芩优柔寡断的性格剖析，就可以看出特定历史时期的矛盾冲突。陆芩芩向往爱情，但对爱的选择依然彷徨，她对傅云祥的情感纠葛的反复无常，滋生与其结合的世俗力量，是使陆芩芩在净化的渴望中重被污染的世俗环境造成的。傅云祥似乎爱得很是热烈、很会体贴，但是他并不理解对方，他也不想理解对方，他只是为了要找一个对象，而并不是为了寻找爱情，一旦所谓的爱情破裂了，他也苦恼，却是因为丢了面子，无法在人面前做人。而陆芩芩行动与思想的分裂导致了，虽然有了行动的力量，但她依旧还是陆芩芩，解决问题的方法还只能是陆芩芩的方法。她的经历，她受过的教育，都没有给予她处心积虑解决问题的能力，日常盘旋在她脑子里的童话世界的人物和故事，只能给她从照相馆一逃了之的幼稚、可笑的方法。应该说，陆芩芩跟随傅云祥去照相馆拍照，内心里充满了痛苦与挣扎。但是，作家并没有将笔触伸入女性自审的层面去。“张抗抗这一时期的作品仍然没有脱离‘伤痕’、‘反思’文学的窠臼，视野往往拘囿于知青生活、知青命运自身演进轨迹的封闭性框架之中，对“文革”中的“左倾”路线仅作政治性的单项批判，而未能审视历史现实进行自审性批判。”① 而小说中也有这样的独白：“这十年无论多么艰难曲折，总有人找到了光明的去处；这十年的荒火无论留下了多么厚的灰烬，那黑色的焦土中总要滋生新的绿芽，从中飞出一只美丽的金凤凰。”② 曾储作为一个下乡回城知青正是陆芩芩仰慕与追随的。可以说，张抗抗更多的还是在理性层面上以启蒙者的姿态表现出对人类正义感、崇高感、价值感的追求。陈晓明认为：“张抗抗的《夏》《北极》等作品，对个性和人性的寻求，无疑显示了女性的隽永风格。但是女性对自我的朦胧意识为‘文学是人学’的时代母题所抹去，女性特征在那个时候只能为更大庞大的知青叙事所消解。”③

评论界肯定了张抗抗在创作上的主要成就在于提出一部分青年的精神生活追求中所面对的问题，但同时指出她对于人物追求理想的热情肯定有余，而指出他们缺乏面向现实生活的精神准备则显得不足。在艺术表现上的问题，也引来了80年代初期的批评家的不同意见：“张抗抗从她发表的作品中，显示出她的思想活跃而敏感，但在艺术表现上却存在着某些以概念出发，演绎概念、主题先行的痕迹。……以她艺术表现上来讲，对于她的缺点，我归结为，一曰粗，二曰过。”④ “从张抗抗的整个创作、特别是近年来的创作来看，她的小说之所以在概括生活和现象塑造上，出现了一些不当之处，既有主观原因，也有客观因素。从客观来书，是与当时社会思潮的影响有关；从主观来说，是由于自己的生活积累越来越少了，政治思想不够成熟”。⑤ 评论界指出小说的负面性集中体现在张抗抗，没有过多介入现实，小说充满虚幻性，作家也不具有

① 参见张岚《地域·历史·自我——张抗抗小说审美形态论》，《文艺评论》1999年第3期。
② 张抗抗：《北极光》，《收获》1981年第3期。
③ 张清华主编：《中国新时期女性文学研究资料》，山东文艺出版社2006年版，第75页。
④ 李子云：《有益的探索——张抗抗的小说读后》，《文艺理论研究》1982年第2期。
⑤ 杨治经、王敬文：《论张抗抗的小说创作》，《北方论丛》1982年第5期。

现实精神的承担。

但即便如此，张抗抗笔下的女性形象依然勾勒出特定时代女性的生命困惑与追求，其理想主义的精神品性由于有着充满希望和面向未来的重要特点，也为具有独立性的身份形象的树立和话语体系的创造提供了足资依赖的精神前提和精神动力。《北极光》通过女主人公陆芩芩不屈不挠地追寻“北极光”的执着态度，能够看到一代青年对美好理想的追求，闪耀着新的时代精神，也反映了当时知识青年的境遇和内心思想而引起了广大读者的共鸣。而张抗抗所要强调的是女性在自然层面的精神释放空间，而她朦胧的生态意识也成为80年代一朵别致的奇葩。

可以说，张抗抗在《北极光》里的期待，在《作女》的故事里得到了实现。于是我们在2002年的长篇小说《作女》里，看到在繁华都市里对遗失于工业文明中的“天人合一”的生命境界的理性渴望与展示：“天空蓝得透明，湖水绿得发亮，山高得令人窒息，树林里除了斑斑点点猩红色鹅黄色的花朵，满目都是绿色，连同绿色的空气，让人分不清树和林中的路。无论走到哪里，头顶上总有小鸟的歌声，热烈的浪漫的激越的抒情的，吟颂婉鸣起伏跌宕。那些歌声永远在森林的深处回荡……”于是在南方那个远离尘嚣、万物蓬勃的山林中，在男人、女人与自然和谐共振的生命激情里，卓尔获得了安然。

卓尔走过了张抗抗早期塑造的女性形象，如《爱的权利》中的舒贝、《淡淡的晨雾》中的梅玫、《北极光》中的芩芩、《隐形伴侣》中的肖潇等，她们充满对男性的仰视，也走出了到1992年的《蓝领》中青年女工许栩的粗放，许栩成了精神上的强者，思想开放、有胆有识，成了全体工人的思想领袖，一呼百应。但还没有摆脱对男人的模仿。也无意延续1993年发表的中篇小说《沙暴》，对知青曾经以革命的名义无情践踏生命尊严和残酷破坏草原生态环境行为的反思和批判。而21世纪“作女”的产生，有其自在的土壤，标志着女性正摆脱宗法家族社会的束缚，走向现代意义上的自我。卓尔无疑在经济上、社会上是独立的，但追求精神独立的卓尔也注定，要承担挣脱世俗规约的代价，在漂泊中追逐。张抗抗也难辞其咎，她对现代女性的精神认知，仍然停留在性别对抗的模式中。而这种张抗抗女性自我神话的建构模式，就是女性或女作家试图以一种理想或权力来对女性进行精神引导，制造女性超越社会文化现实、超越男性与自我的一种精神图腾，形成另外的大女性主义中心。而事实上，创造两性和谐生态文化，也是女性追随精神自由的必然之路。

如此来看，张抗抗80年代《北极光》原本就不是以单纯的生态意象出现，显然是具有多重内涵的文本。"北极光"是生命与青春之光，也是希望与光明之所在。张抗抗小说表达的80年代青年人的情绪与对本体生命意义的探寻，更多的是指向了两性存在的精神同构，同时也是女性对自我精神空间的自足设定。

二　精神世界的囚徒与出离

残雪在80年代崭露头角，便显示出狂放气势，她的先锋批判小说有：短篇小说有《污水上的肥皂泡》《阿梅在一个太阳天里的愁思》《旷野里》《公牛》《山上的小屋》《我在那个世界里的事情》《天堂里的对话》《天窗》，中篇小说有《黄泥街》《苍老的浮云》，长篇小说有《突围表演》等，这些小说都沿用了残雪惯用的先锋式样的批判，凭直觉进入人性的灵魂世界，以义无反顾的"向内转"的笔触，阴冷、潮湿的肆虐的笔调，进行不厌其烦地勘探与表达人性隐秘的内视界。残雪小说的主题，基本上一直进行着现实荒诞的展示与改变的乌托邦构想。应该说，残雪、刘索拉所代表的"荒诞小说"，与80年代中期先锋小说几乎同时出现的马原、洪峰、扎西达娃等，甚而也表现出西方现代派文学中常见的孤独感、空虚感和失落感，在一定意义上改变了传统现实主义的思维方式和思想内核。

可以说，从80年代开始，残雪基本是按照自己的内在节奏来书写，她不刻意调整自己的书写方式，也许从来就没有想到做出调试，而是以自己的方式进行着持续的实验，在属于自己的领域，将其内部的精神得以成形。戴锦华指出残雪的独特性在于，她"是当代中国文学中唯一一个几乎无保留地被欧美世界所至诚接受的中国作家"，同时是"唯一一个似乎不必参照着中国，亦不必以阅读中国为目的而获得西方世界的接受与理解的中国作家”。① 她的自我批判与自我分析，以及她近乎无师自通的先锋意识，都在尽情地复制、演绎中。应该说，这是事实。

可见，对残雪在80年代女性书写的定位颇高。客观地说，残雪构筑的自足的文学视界，表达出现实与内心世界的距离，也有对女性主体的精神困境与出离世俗困顿的呈现。

1. 颠倒、变形视界里的具象

残雪采用反传统模式的写作方法，即用夸张变形的手法来表现人物，不是通过典型的塑造来反映现实，而是反英雄人物、反情节、反小说的情绪表达，并以意象来表现作家的意志与情感，在颠倒的视界里捕获生活本质的具象存在。残雪：“我的作品确实属于现代主义，但……现代主义是从古代发源的，文学的暗流一直存在着……我一直不自觉地吸取西方的营养，直到这几年才恍然大悟，原来我在用异国的武器对抗我们传统对我个性的入侵。”② 她认为学习西方经典就要是去解剖自己，不只是学得表层，要有人性上的张力。她自我坦陈是“一位真正的灵魂写作者”，写作的目的就是剖析人性、探索人的灵魂。③ 残雪也有这样的自述：“所谓灵魂世界就是精神世界，它与人的肉体和世俗形成对称的图像。艺术家要表达的精神领域是沉睡了几万年的风景。人通过有点古怪的方式来发动原始的潜力，唤出那种风景。这种工作表面上看对于人类社会没有什么作用，因为它改变不了社会，但它却可以改变人，让人性变得高尚一点。灵魂抓不着摸不到，只能存在于隐喻与暗示之下。当我用方块文字来展示灵魂世界的时候，这些字就告别了以往的功效，获得一种新的意义”。④ 残雪认同文学的本质在于：有自我分析能力的，有精神层次的文学就具备“灵启”那样的特性。作家要将诱导幻象成为一个作品成功与否的标准，也就是作家要追求文本的象征含

① 戴锦华：《残雪：梦魇萦绕的小屋》，《南方文坛》2000年第5期。

② 残雪：《唐朝晖访谈》（《为了报仇写小说——残雪访谈录》），湖南文艺出版社2003年版，第150页。

③ 同上书，第78页。

④ 易文翔、残雪：《灵魂世界的探寻者》，《小说评论》2004年第4期。

义。同时将追求人性的完美当作一个理想，作家应该从自己的灵魂、精神通道开始，去深度挖掘，而不搞虚无主义。作品是其灵魂，是作家的情感积累与文化积累，并能够意识到自身内部的那种混沌、本能的东西。在残雪的理解中，现代性包含了多种可能性。不只是批判性，其中最重要的就是反思性，反思不仅针对外在环境，也有对内在精神的审视，当然，包含着如何处理女性文学现实与外在环境的紧张，还要审视自身制约文学书写的因素与资源禀赋，体现为对一种文学资源的追溯与如何将新的文学样式或模式呈现。

残雪长篇小说《五香街》（又名《突围表演》1988）描写了在五香街发生的一次“莫须有的奸情”，写了一个特立独行的女士在一条街上引起的一场轩然大波。小说的情节让位于精彩绝伦的议论和推理，大言不惭的演讲和揣测，以及貌似严肃缜密的归纳和演绎。残雪以戏弄和反讽的语调将有关“性”的一切展示了个痛快淋漓，干干净净，作家连同整个小说沉迷在滔滔不绝的语言狂欢之中。小说并不仅仅如评论家所言，只是将中国人的“性心理”“来了一个底朝天”的揭露，而更多的是嘲弄了“所有心理”，是又一次对各种“灵魂丑恶”的大曝光。残雪在这里是彻底打翻了既定的艺术规范与人的守则，甚至对艺术的批判也不例外。

从某种意义上说，《五香街》其实是对当代艺术处境的一种客观看待与呈现，蕴含着对 80 年代虚妄的美学范式及文学观念的阴冷嘲笑。X 女士是艺术的化身，当她特立独行，不与众人同流合污的时候，她是被冷落的。当她大搞“迷信活动”，甚至发生“莫须有”奸情的时候，庸众立刻对她开始嘲弄、意淫、偷窥、恐慌、幸灾乐祸。而当 X 是不可战胜的，所谓的大众和精英们，肆意通过拉拢，选举她为五香街的“代表”，达到“毁灭”她的目的。诱惑 X 上台去翻跟头，强迫她和别人照相合影，他们摆出可鄙的面目。而艺术化身的 X 懂得了怎样才能被遗忘，于是不断地写“申请”，也就是被认为是小道消息，花边新闻，劣质艺术品的等，骚扰众人。骚扰加速了遗忘。这是 X 的聪明，但也是艺术的堕落。

同样，残雪在《黄泥街》《山上的小屋》《苍老的浮云》等作品中，用变态的感觉展示了一个荒诞阴郁的世界不仅营造了人类存在的悲剧氛围，而且写出了人们在相互仇视与倾轧中，显现出某种本质性的丑陋特点，如人性的恐惧、焦虑、猜忌、窥探意识等。残雪的小说营造了一个梦魇般的荒诞世界，却指向了“文革”对现实的伤害。应该说，对残雪影响较大的是在“文革”那一段日子，父亲被下放，母亲被送到“五七干校”，以及日后生活的奋起的挣扎，使得残雪对人情世相有了深切内心体验，进而将其变形、外化。因此，残雪的小说是在表现“文化大革命”给自己留下的精神创伤。[①] 指认了社会层面的力量造成现存世界的荒诞、怪异，揭示了人性固有的普遍的恶，也参与其中。这使残雪的小说具有了存在主义的形而上的色彩，对人的终极意义方面的深究具有了一定的人类意义指向。王绯在分析《山上的小屋》时指出：“那座荒山上的小木屋是主观臆造的虚像……是（中国人）生存环境感觉的暗示。那个在小屋中不停呻吟的人，是在梦的妊娠中痛苦痉挛的抽象人类的象征，其中附着了主人公自况的意味和自怜自恋的情绪。……‘我’上山去寻找永远也不会找到的虚幻中的小屋，在彻底的人生失落里弥散着一种无可奈何的宿命情绪。”[②] 王绯认为残雪打通了主人公的生活自况与小说中的臆想世界，将其放置到中国人的生存环境中去，真切地触摸到对人性深层的把握。戴锦华在《残雪：梦魇萦绕的小屋》一文中指出残雪小说的两个方面：一是救赎的缺席，二是权力与微观政治。在戴锦华看来，残雪的小说表现的“与其说是救赎，不如说是明确告知的救赎的不在与无妄”。这里“救赎的不在与无妄”表明了在残雪的梦魇世界中绝无天堂憧憬的可能，这一点，为残雪的小说赢得了刘索拉等人所没有的深度。所谓权力与微观政治，指的是残雪小说中那种人与人之间的相互伤害，包括隔绝、冷漠、嫉妒、偷窥等。在她的小说中，没有决然的善与恶、好与坏的分野。正如戴锦华所说的，“在残雪

---

① 杨小滨：《中国先锋文学与历史创伤》，《历史与修辞》，敦煌文艺出版社 1999 年版，第 32 页。

② 王绯：《在梦的妊娠中痛苦痉挛——残雪小说启悟》，《文学评论》1987 年第 5 期。

的世界中，无所谓迫害者与被迫害者、压迫者与反抗者、迫害狂与被侮辱与被损害的无助者，甚至没有施虐狂与受虐狂之间的默契与和谐。残雪世界中的人们，在出演着施虐者的同时，承受着被虐者的屈辱和绝望；人们享受着施暴于他人的快乐的同时，却是在表达其真切体验着的无穷的悲哀和委屈；被害者的申诉，不时成为对无辜者的指控和陷害。尤其是在残雪的家庭场景或邻里故事中，弱者的哀恳与抱怨，常常正是向他人施暴的手段和工具；被迫害者的绝望挣扎，常常成为暴力行为的前奏”。[①] 戴锦华的这一分析超越了压迫/反抗的二元对立模式，直接触摸到残雪对生活的独到体验与感知。

残雪以高度的艺术敏感、冷峻的姿态，以及极度的率性，对文学的生态环境乃至人们的现实处境，进行了鞭辟入里的分析与批判。残雪以文字构成了反射社会的一面镜子。以“变态”与“变形”的方式来反观社会。残雪承认她的小说从博尔赫斯、卡夫卡等现代派作家的文本中，尤其是从卡夫卡那种高超的精神舞蹈，获得启发，从感觉蔓延，滋生自己的精神想象，构建了一个时代隐喻。与卡夫卡的《变形记》和《局外人》（《异乡人》）相比较，尽管在主题上也许有相通的地方，但卡夫卡对于人与人之间的关系有非常细腻精致的感受，虽然透过变形扭曲，但是仍有思想结构，而残雪更强调的是凭空杜撰，凭自己的想象与直觉，依照自己的本能力度构成自己的话语。在美学形式方面，如陈思和所言：“小说引人注目的地方还在于，它开拓了一种非常态的语言和审美空间，语意上的含混和不合逻辑、审美上的恶感与虚幻性，都是借以表达那种噩梦感受的不可分割的形式。与此同时，这也就造成了作品独特的审美效果：仿佛有一道超现实的光亮撕裂了生存的景象，而把它背后那种晦暗的所在都呈现了出来。”[②]

应该说，残雪的批判与反讽，是有社会必然性的。80 年代的中国有着自我清洗的能力与清洁精神。80 年代的文学强烈介入到社会现实，充满了精神意义上的寻找。但“八十年代后期，文学已经很难从意识

① 戴锦华：《残雪：梦魇萦绕的小屋》，《南方文坛》2000 年第 5 期。

② 陈思和：《中国当代文学史教程》，复旦大学出版社 1999 年版，第 274 页。

形态推论实践中直接获得思想资源，文学也不再有能力给社会提供共同的想象关系。一方面，思想解放运动已经告一段落，另一方面，以经济建设为中心的政治策略足以维系民众的历史愿望。文学被置于政治/经济的边界”。[①] 尽管80年代后期文学表达开始向内转，做过一些调整，但未见成效，延至90年代商业主义霸权加重，文学显出了极大的尴尬。而这种势态，一直延续到90年代的文学镜像中。学界有论者指出：由于传统体制遗留的一些本质问题，加之中国的发展极不平衡，不同时期的政治、经济文化要素堆置在一起，共同支配和构成了社会的组织结构、生活实践和精神状态，从而影响到作家的创作路向及特点。这也决定了90年代的文学具有在思想意识方面的低调与艺术方面的极大包容性相混合的特点。90年代的文学在艺术方面缺乏理想主义色彩，而现实习惯与商业原则占上风，新晋作家迅速进入群体社会，盘剥市场份额，进入了商业轨迹的书写中，致使90年代在文学上是一个相对平庸的时代。

2. 女性逻辑与非理性逻辑的缠绕

80年代进入中国的现代性是以新启蒙者的身份出现的，蕴涵有理想主义色彩，而90年代的现代性则以另一种方式出现，即转化为消费主义特质，而女性及符号化的衍生物，却无意成为被动的存在。换句话说，消费是被视为女性化的领域。90年代现代性不仅承担启蒙，还以变异的另外形式存在，也就是说作家以理想主义为口号，追求平等权利的话语建构，但产生的结果：诸如包含有非理性、无意义与消费文化，与经济嫁接出了另外的蕴含与表达，尽管有论者指出消费文化本质具有现代性。但女性却又坠入了现代化商业的陷阱中。事实上，劳伦斯指出了问题症结所在。“德国崇拜托马斯·曼，是把他当作艺术家而非小说作者。可我觉得，这种对形式的渴求不是出自艺术良知，而是源于对生活的某种态度。形式不是个性的东西如风格。它是非人的东西如逻辑。正如亚历山大·蒲伯的流派在表现上是符合逻辑的，福楼拜的流派似乎

① 陈晓明：《自在的九十年代：历史终结之后的虚空》，选自白烨选编《2000年度中国文论选》，漓江出版社2001年版。

在美学形式上实则也是符合逻辑的”。[①] 而相较于90年代对非理性的夸张与放大，80年代似乎就显得拘谨与刻板，却具有自在的逻辑性，还有良知。换言之，80年代更有其激情与意志。

残雪的小说刻意展现非理性世界，也就是将女性人物投放到一个极度混乱的秩序中，以此来审视其生活处境与精神处境。1985年残雪的小说处女作《黄泥街》，营造了一个怪异的黄泥街，这里的人们做着白日梦，大热天也裹着棉袄，到处都是死猪、死猫、烂肉，蛆、苍蝇，蚊子，大便小便，天上还会掉死鱼，人们在呓语中造谣、说话，充斥着肮脏、混乱和纠结的意象。而黄泥街是一个女人精神活动的场所，在这个空间中，充斥着梦魇般的腐朽味道。残雪在《黄泥街》中有这样的叙述：

> 那城边上有一条黄泥街，我记得非常真切。但是他们都说没有这么一条街。
>
> 我去找，穿过黄色的尘埃，穿过被尘埃蒙着的人影，我去找黄泥街。
>
> 我逢人就问：“这是不是黄泥街？”所有的人都向我瞪着死鱼的眼珠，没人回答我的问题。
>
> 我的影子在火热的柏油路上茫然的移动，太阳把我的眼眶内晒得焦干，眼珠像玻璃珠似的在眼眶里滞住了。我的眼珠大概也成了死鱼的眼珠，我还在费力地辨认着。

在小说的结尾残雪更是继续这样叙述：

> 我曾去找黄泥街，找的时间真漫长——好像有几个世纪。梦的碎片儿落在我的脚边——那梦已经死去很久了。

① ［英］D. H. 劳伦斯：《论托马斯·曼》，《长篇小说选刊》2015年第1期。

《黄泥街》是梦与现实场景的对接写照。“我的世界是对立于大家公认的那个世界。我的世界是坐在书桌前用那种‘野蛮的力’重新创造的一个世界，可以说是他们所说的妄想狂的世界”。[①]《黄泥街》里写了粪便、毛虫和其他世俗认为是丑的东西，残雪以审丑的方式解释生活现实。近藤直子（Kondo Naoko）认为，“残雪的小说是奇怪的小说，读者在还没读完第一页时，就会发现自己感觉的是一种奇妙的、与自己的思考形式完全不同的思考形式。可是读者一时又弄不明白究竟哪里不一样，什么地方奇怪。也许，使读者继续将她小说的书页翻下去的最大的动力是想弄清这种奇怪的原因的好奇心，那中间又夹杂了一丝不安或悬念，即这种奇怪因素能否持续到最后？会不会中途露出凄惨的破绽，使读者的期待落了空？反过来说，残雪的小说是使人感到本应该不可能持续的东西正在继续的小说”。[②] 而残雪认为：“自我反省是创作的法宝，但这种特殊的自我反省不同于被动的自我检讨。这种反省是运用强力进入深层的心灵世界，将所看到的用特殊的语言使其再现，从而使灵界的风景同我们所习惯的表层世界形成对应，以达到认识的深化。”[③] 显然，在残雪的视界中，她把对现实世界的视觉印象大为强化。而人的精神世界里，留存、外化着现实的影像。

《苍老的浮云》书写着人类内心的恐惧、绝望、灰暗和无奈。小说的各类人物以荒唐的举动，呓语的倾吐，把矫饰在人际关系上的种种伪装撕得粉碎。人类不再是理性规范下的言谈举止。作者撕去文明人的面纱，把人类在非理性的聚集之下所表现的丑恶、卑陋、缺陷写得淋漓尽致。同时，残雪描写了人物的分裂性，甚至还通过内世界与外形的反差与比对，探及人物灵魂深处的光亮。虚汝华也好，述遗也好，麻老五也好，皮普准也好，不论他们的肉体是多么的卑琐不堪，看上去多么丑陋、阴暗和绝望，他们的精神尚能够被光亮穿透，散发出另外一种人性

① 残雪、万彬彬：《文学创作与女性主义意识——残雪女士访谈录》，《书屋》1995 年第 1 期。

② ［日］近藤直子：《残雪的〈在旷野里〉》，廖金球译，载《有狼的风景》，人民文学出版社 2001 年版，第 251 页。

③ 残雪：《残雪文学观》，广西师范大学出版社 2007 年版，第 121 页。

的美与润泽。

显然，残雪文本体现的象征，是人物形象的真实性与暗示性意象共同存在，即作者将客观图像与主观感受高度和谐地契合，使写实的人物图像带有了象征意味，消融了内部世界与外部世界之差，具有了象征艺术追求的理想的审美境界。而意象象征是核心意象，是作为体现艺术主旨、吸纳艺术表现的凝聚点。事实上，整体象征受形象体系自身逻辑关系的规范，暗示的途径分散而且隐秘，但意象象征也必须保持整个形象体系的自足和遵循形象本身的内在逻辑。《山上的小屋》是写实手法与象征艺术相结合，呈现了“变异”和“夸张”的真实存在。厨川白村在《苦闷的象征》中说，“将作家内部生命的某种东西具象化和感觉化”。《山上的小屋》以破碎的心灵感触世界，使外物发生异变，建构了一个梦魇般的世界。在这个世界里，充满了孤独中的戒备与仇视。“山上的小屋”是意象的交会点，“我”几乎耸立着每一根毫毛，警觉地感受着外部世界，处处充满了疑惧：家人们总想窥视“我”的隐私（抽屉）；母亲“恶狠狠地盯着我的后脑勺”；父亲使“我”“感到那是一只熟悉的狼眼”；妹妹的眼睛“变成了绿色”；乃至窗子也“被人用手指捅出数不清的洞眼”。家人之间没有亲情和爱情，只有猜疑与忌恨。那日夜鬼哭狼嚎的山上的小屋，就是一个幻觉世界。“我”在这幻觉世界中神经极度紧张：许多大老鼠在风中狂奔，有一个人反复不停地把吊桶放下井，在井壁上碰得轰隆作响——“我”的灵魂就在这个梦魇里痛苦地扭动。残雪的敏感使她创造了一个变形、荒诞的世界，从这变形、荒诞世界里折射出一个痛苦、焦灼的灵魂。《山上的小屋》中也有不少这样的表述。如“抽屉永生永世也清理不好”，象征着人生的杂乱无章和难以把握；父亲每夜在井中打捞又打捞不着什么，象征着人劳碌无为而又不得不为；满屋乱飞的天牛，象征着人生的困扰而又难以驱赶——小说表现人在痛苦中挣扎而又无法摆脱痛苦的人生体验。这正是超现实主义的艺术追求。显然，残雪小说世界里的人与人、人与物关系的变形，是契合西方现代主义哲学意识的，也是趋同于西方现代主义的文学表达：着重表现人存在的荒谬感、孤独感与恐惧感，人与人之间的无法理解与沟通；在艺术表现上则注重感觉、变形，以揭示人的心理真实。

残雪通过夸张性象征手法和符号化的衍生形态等一系列的书写方式，展示了人们生动逼真的心理图像，也表达了作家主观意念。“暴露精神压抑、迫害”的主题得到了形象的转换。如此，既保持了理性高度的深邃性和穿透性，又不失感性体验的自然亲切和生动逼真。从审美功能上讲，夸张和变异能将某种真实加以典型概括和变形处理，造成某种特征的突出显现，形成醒目的“视觉形象”，达到强烈的审美效果。而人物心理独白的客观写实性和完满自足性，使读者真切地感受人物内心世界的种种情态，同时作家又借助其真实的变异心像，对自己的生活体验和理性认识进行夸张，使象征的寓意得到了强化和凸显。荣格也指出：“每一个原始意象中都有着人类精神和人类命运的一块碎片，都有着在我们祖先的历史中重复了无数次的欢乐和悲哀的残余，并且总的说来始终遵循着同样的路线。它就像心理中的一道深深开凿过的河床，生命之流在这条河床中突然奔涌成一条大江，而不是像生前那样在宽阔而清浅的溪流中漫淌。”①

而残雪的小说情节与人物完全是虚构的，甚至没有情节。但残雪的所有表达，是指向现实的，也就是说残雪对现实持以批判，毫不留情地撕碎现实的面纱，看到生活的底色，是残雪笃定要贯彻的。为此，她的文本被评论家所追捧，当然也有棒喝。但是，残雪似乎对此都无动于衷。应该说，残雪等先锋作家在80年代中期，以其文本叙事的新鲜形态进入中国当代文学的视野，并以自己的实践快刀斩乱麻般地了断了批评界、理论界喋喋不休争论的诸多话题。引起评论界的侧目，一个深刻的原因子在于，由于残雪、马原等的叙述出现在“伤痕文学”“反思文学”“改革文学”之后，其时，人们渐渐从热衷于现实的指向性而产生对“干预生活”等原则的怀疑，以及文学干预现实的无力，这一切文学表达回归本体成为了一种趋势，而先锋文学实践为文学的向内转提供

① 冯川：《荣格文集》第15卷，北京改革出版社1997年版。

了不可或缺的文本形式与意义：即以文本的反讽方式解构原有的创作原则。“它全然立足于语言的真实。它可以不关注情感和辞藻，而致力于真实的谎言编造”。[①] 如此，文本远离社会现实、远离政治话语，非情节化、非人物性格斩断了源自俄国19世纪现实主义精神的高扬，也昭示出了别样的生态图景。

3. 女性书写与现实的距离

评论界认为残雪的小说世界是一个封闭的世界，反理性、反逻辑，与实际生活没有关系，脱节了既存现实，残雪专门描写人性的负面，暴露人们惊恐不安、时时戒备和偷窥狂的异常情绪，甚至是跟现实世界对立，对立于大家公认的那个现实。正因为残雪“怪异”的现代表述样式，自80年代以来围绕着残雪的热议，不仅集中在文本的表象上，也涉及到对残雪深层的女性意识进一步解读上，以及对文本表达的人的生命存在意义等指涉上。对此，残雪予以回应：“我的作品不是思想，我的是精神的，是感受而造出来的世界，是特别空的。是我对外界的感受，不是模仿，不是描绘，而是达到了创造。”[②] 同时，残雪也承认自己的文本是女性化的。1988年残雪在上海讨论会上发表了《一个女人关于阳刚之气的精彩演说》讲演，近乎是一篇女性主义的宣言，具有很强烈的妇女解放和性解放的意识。引起了争议。“我非常女性化。正因为我的作品太女性，他们不能接受”。[③] 的确，《五香街》等小说充满了复杂的女性意识。“我对女性写作是这样理解的，它是一种对中国传统的反抗，它的目标是彻底的个性化，中国女性在数量上确实倾向于传统的比较多，这是一个可悲的事实”。[④] 在残雪的理解中，女作家应该强调书写个性，“女人个性解放以后，各人有各人的人格，主张，看法，然后慢慢形成一个时代的看法”。[⑤] 的确，残雪的激进宣言与表述，印证着她在《黄泥街》《山上的小屋》《苍老的浮云》等作品的精神展

① 李劼：《论当代新潮小说的语言结构》，载《文学评论》1988年第5期。

② 残雪、万彬彬：《文学创作与女性主义意识——残雪女士访谈录》，《书屋》1995年第1期。

③ 同上。

④ 易文翔、残雪：《灵魂世界的探寻者》，《小说评论》2004年第4期。

⑤ 同上。

示，用近乎变形的方式表达了一个荒诞阴冷的世界。人们生活在彼此的仇视与倾轧中，人性的平庸与恶，滋生出不可遏止的极端情境。残雪展示的是现实的世相，也是一种极端的艺术想象。同时，在这个世界里模拟着与现实较量的游戏。《苍老的浮云》中的虚汝华，一个总觉得自己体内长着一些芦秆的女人，是一个逃避型的人物。她与父母是疏离的，认为母亲天天盼着她死去，父亲虚伪而不怀好意，老况怀疑她有精神病，而更善无的软弱又让她瞧不起。她与懦弱的神经质的更善无偷情，但认为他是一个极不坦荡的"怪物"。为了避开不停地打着臭屁、不停地让他喝排骨汤的妻子，更善无才找到虚汝华。但是他们之间没有什么美感，充满了汗酸味的猥琐与狼狈，"他们恐惧地搂紧了，然而又嫌恶地分开来"。"她把窗帘掀开一角，阴沉沉地看着外面那几个人，然后试着掰了几个铁的栅栏，向他们扮了一个放肆的鬼脸，放下了窗帘。'除非太阳从西边出！'她在从里挑衅地喊道"。她对周遭一切开始了拒绝，"我的门窗打得多么牢！现在我多么安全！他们来过，夜夜都来，但有什么法子？徒劳地在窗外踱来踱去，打着无法实现的鬼主意罢了。太阳升起，我的心在胸膛里呼呼直跳，我要把窗帘遮得严严的"。[①] 小说中的虚汝华营造的内世界，是封闭的，是属于"她"世界——虚无的女性空间。[②] 残雪的晦涩与阴暗来自哪里？是什么原因导致了残雪对现存世界的指认与宣泄？有论者指出残雪的小说带有精神的创伤感，是"文化大革命"的阴影导致了残雪永远走不出痛苦的怪圈。其实，残雪触及的不仅仅是精神创伤的记忆，而是人性中平庸的恶，就如同汉娜·阿伦特的理念，在《艾希曼在耶路撒冷》中，尽管用"平庸的恶"来概括一个纳粹战犯，尤其是在以色列，这个聚集了大量的大屠杀幸存者的国度，把一个执行过 600 人死刑的战犯形容为一个平庸无奇、只知道忠实地执行上级命令的官僚，这近似于一种挑衅和侮辱。但汉娜·阿伦特阿伦特当然有自己的倾向，有自己的判断。她认为艾希曼不是极端的恶，而是一种平庸的恶，是在邪恶体制下，每个小人物都会犯下的恶。

① 残雪：《苍老的浮云》，《中国》1986 年第 5 期。

② 陈思和：《中国当代文学史教程》，复旦大学出版社 1999 年版，第 274 页。

这也是人类需要反思的一个问题。

因此，残雪要申诉的不仅仅是现实环境中女性自我的处境，而是群体维持、把持的一个基本无解的沉闷的非理性社会秩序。在一个传统封闭的社会，女性领域是一个相对封闭的存在。而现代化的过程中，女性领域被洞开。而在80年代的社会语境中，女作家激进地伸张自己的理念空间。而如何表达自己，以及表达想要期待的生存样式，成为了时代的表征。歌德说过："谁想要理解诗人，就应当进入他的领域。"套这句话而引述：谁想理解80年代的女性，就要进入她们的领域。女性的领地在哪里？属性又是什么？谁在影响女性的选择？诸如此类的问题摆在作家面前。作家的使命就是要对接现实，完成对现实土壤的干预，不仅仅要承担批判，还要介入现实的纵深处，在质疑中理解、反思，尽可能地消除嫌隙。早在1868年，德福雷斯特（J. W. Deforest）就给伟大的美国小说下了定义，至今这个定义仍在沿用："一个描述美国生活的长篇小说，它的描绘如此广阔、真实并富有同情心，使得每一个有感情、有文化的美国人都不得不承认它似乎再现了自己所知道的某些东西。"而将现实性与超现实性并存的村上春树曾经说："在一堵坚硬的高墙和一只撞向它的蛋之间，我会永远站在蛋这一边。""我写小说只有一个理由，那就是使个人灵魂的尊严显现，并用光芒照耀它。故事的用意是敲响警钟，使一道光线对准体制，以防止它使我们的灵魂陷于它的网络而贬低灵魂。我完全相信，小说家的任务是通过写作故事来不断试图厘清每个个体灵魂的独特性——生与死的故事，爱的故事，使人哭泣、使人害怕得发抖和捧腹大笑的故事。这就是为什么我们日复一日，以极其严肃的态度编造着虚构故事的原因"。① 而残雪是这样表述的："我的理解是文学是人性的学问，是人的精神的产物。人的精神是很复杂的，有很多层次，这些层次导致了文学的分野，也导致了我搞的这种文学独立出来，成为一个专门的门类。它是同表层意识形态拉开距离，直逼人的精神深处的。但我想无论什么样的文学，也不会是意识形态的

① ［日］村上春树：《永远在蛋这一边》，《长篇小说选刊》2015年第4期。

传声筒。”[①] 残雪以自己的文本实践践行着自己的文学精神。

而残雪一贯坚持的，就是在世俗镜像中，虚构真实的女性现实。“女作家残雪，作品呈现的世界更是错乱的、分裂的、对被害的臆想，那种热虑、惊恐使人想起挪威画家蒙克的《哭泣》等作品，同时属于濒临崩溃的心理状态，残雪的小说世界绝不属于正常人的思维与秩序”。[②] 吴亮也认为残雪的笔下是一个臆想的世界，吴亮认为：“这个由残雪一手建立起来的臆想世界之所以取得了普遍的品格，是因为它们的一切荒诞细节和错乱的叙述都是我们这个世界的一个真实却又歪曲了的投影，这个世界中的所有人形木偶正由于他们的非个性化，反而取得了一种‘类化’的性质。”[③] 残雪曾在一次访谈中说：“人的肉体是灵魂的衣服……人的灵魂是最丰富最广大的世界。我们看见的，只是灵魂外面的东西。人的灵魂是真的有。”[④] 应该说，残雪及先锋作家构筑的虚拟世界本身是和现实世界相对的，这个世界生存着不与世俗世界妥协的灵魂，因而也是一个精神的乌托邦，它与传统的规定习俗控制下的现实世界有着根本性的不同，似乎文学精神总和先锋的精神有着很大的重合，并且和现实的世俗世界有着某种程度的对立。但是，先锋精神在远离现实社会专心于自己的虚拟世界的同时，也将人类的价值观念与文学的脐带一刀剪断，在其文本世界里有的是血腥的“野性”和“欲望”，却遍寻不到人道主义的光影，这无疑是先锋文学的致命缺憾。有的批评家聪明地采用了“策略”一词来描述、评介整个合谋事件。指出从 80 年代后期“现实主义回归”到 90 年代中期“现实主义冲击波”，现实主义始终幽灵般飘荡在理论界与创作界的视域中，并发挥着作用。其实，残雪等一些先锋作家反现实的逆潮流涌动之举，应该说是冒很大的风险的。在孟繁华、程光炜所著的《中国当代文学发展史》中，对先锋文学的人物这样概括道：“所谓的‘我’其实是碎片化的，无方向感的，

---

① 残雪：《残雪文学观》，广西师范大学出版社 2007 年版，第 139—140 页。

② 施叔青：台湾《时代》1989 年 10 月 24 日。

③ 吴亮：《一个臆想世界的诞生》，《当代作家评论》1988 年第 4 期。

④ 残雪：《唐朝晖访谈》（《为了报仇写小说——残雪访谈录》），湖南文艺出版社 2003 年版，第 109 页。

不确定的，但是，‘我’又不愿意、也不可能再回到过去。因此，他只能在今天与过去的‘境遇’中举止无措，不得要领，陷入矛盾、困惑之中，而‘我行走着，犹如我的想象行走’这样的句式，就是对上述生存状态的一种形象的概括。”① 先锋文学表现的是内心化的游历、野性、欲望的声音，也就是能使人物和现实世界相脱离的内心真相。“残雪写的小说，是中国近年来最革新的。她的小说也不能放进任何单一的范畴。它们还不如说是：以比喻表现为中心来创造威胁、恐怖、感伤的不可能、易受伤性等气氛”。② 即便是《五香街》《一个艺术家和读过浪漫主义的县长老头》等小说，大多数人认为残雪从梦幻转向现实，从自身自我的体验转向外在客观描写，从一种人类的整体的生存状态转向特定精神文化，带有一种冷嘲和讽刺的味道。但残雪对此予以彻底否认，“其实与外界无关。是我内心的独白。那五个艺术家都是艺术自我和日常自我分裂成五个人，绝对不是从日常生活中取来的样板”。③ 残雪认为自己仍然写的是自我的世界，依然是对碎片化的精神世界的表达。“我的世界是我创造出来去反那个世俗世界的，他们都非常讨厌我，但是我这个世界又与大家所公认所习惯的世界有很密切的关系。我没有办法像逃禅或者觅道那样隐遁到山上去。我就是要反，就是讨厌那个世界，所以我才创造了我的世界”。④ 残雪一直在自己构筑的世界中畅游、批判，同时对抗着现存世界。

残雪小说惯于对人们所习惯的叙事方式进行“颠覆”，体现在叙事方式、语言、题材、风格等多个方面。残雪的出现对于其后的先锋小说家有着非同凡响的心理意义，小说是自由的，尤其在形式上，追求最大限度的自由表达。残雪生逢其时，1985 年的中国小说有对传统的拷问与对现代的呼唤的精神气质，也因此备受读者青睐，尽管其破坏性大于创造性，但是从文学史角度来观照这一事相，当年在文体上的试验性、

① 孟繁华、程光炜：《中国当代文学发展史》，人民文学出版社 2004 年版，第 220 页。

② ［英］Hariert Evasn 语，载［日］近藤直之《有狼的风景》，人民文学出版社 2001 年版，第 134—135 页。

③ 残雪、万彬彬：《文学创作与女性主义意识——残雪女士访谈录》，《书屋》1995 年第 1 期。

④ 同上。

先锋性以及对当时世界文学的借鉴性，都对1985年以后的中国小说产生过很深远的影响。但一切似乎始料未及，现实的处境有了新的变动。“倒是先前有过一点希望，在80年代末至90年代的时候，但很快就失落了。80年代至90年代我们大开眼界，向西方学到了很多好东西，并运用到创作中，使文学得到了空前的发展。但从那个时候开始，我们就一步步地退化，再也没有向前发展了。……因为积弱已久，当时的那种对西方的摄取也是浅层次的，我们的文坛既没有力量也没有气魄真心接受外来的东西，更谈不上将其变成自身营养了”。[①] 正是基于此，残雪等一些先锋者始终在虚构中形成抗衡现实的力量，并在虚构中生成了哲学与美学意义上的乌托邦，找寻生存本身的意义。果然，21世纪残雪在小说《黑暗地母的礼物》里描述了一个乌托邦式的解决方案。这既是一本欲望之书，也是在书写爱情。“就像瑞典的评论家夏谷所讲的，我的几本写欲望的书描写的都是人类社会的乌托邦，在探讨什么样的关系是最理想的关系，什么样的社会是最理想的社会。我的探讨是超前一点，但也不是超前得那么不得了，因为已经出现了这种问题”。[②] 但不得不说，残雪所构筑的乌托邦世界，寄予了她自己真诚的期待。

显然，残雪一直沉醉在自己虚构的经验世界里，与现存保持一种审慎的距离。残雪表达的女性现实是一种绝望的生命状态，充满了恐慌与苦痛。其实女性与现实之间有间离，但女性与现实之间却潜在一种逻辑关系。如何获得间性智慧的表达，就在于作家能够摒弃了自我建构的乌托邦企望，回到理性与知性，成就自足的表述。体现在推翻所有建构的幻象与不切实际：与正统意识形态做出审慎性的切割；遏制自我终极意义上对女权主义秩序的膜拜与趋同；避免庸俗的回到母本社会的动念，在虚幻中构筑现实的空中楼阁；剔除历史虚无主义，要有在场、场域的定位……如此，女性是以主体介入，而不是主观的进入，使得思维与创作资源物化为自己的精神资源表述及其本身的一部分，而不被分解

① 残雪、彭晓芸：《残雪说德国汉学家蠢里蠢气——访谈》，《南都周刊》2006年12月20日。
② 臧继贤：《作家残雪：中国人是物质的民族》，《澎湃新闻》2016年3月9日。

或消匿。在移动、融合与固化中重铸女性生态的精神契约性，拓展女性表达空间与边界，在自然、社会、人性、女性、道德、现实等生态元素的多维聚合系统中，体现女性主体性：在美学、哲学高度深刻地反省、检讨和表达社会与女性生存现实，传达自我对现实世界的理解与感悟。

王蒙曾经这样评价："残雪确实是个罕有的怪才。好的才能表现为她的文学上的特立独行。但反过来，一心追求特与独会不会成为一种框框呢？——有才气的残雪确实没有重复任何人，除了她自己。"① 在此意义上，残雪似乎并没有走得太远，她一直在阴暗处展现现实的黯淡，却忽视了远处风景里，是有阳光跃动。因为，残雪始终置身在阳光的另一面，她的视界里，只有与现实的紧张，而没有和解。或许这就是残雪。她书写的意义大抵也来源于此。

三　审美流变：叙事转身与追索

80 年代，铁凝的写作存在一种审美流变，也就是从温情的对母性、女性的赞美，走向了对女性的自审，开始了有效地转身与追索。铁凝的叙事转向，是女性文学发展的必然，意味着女作家开始将笔触探及到女性本体，也标志着作家由关注女性生存外在的历史与现实环境，开始了对女性主体意识与精神深度的探寻。

事实上，80 年代以来，女性自审意识的出现，并非偶然，而是有着历史、现实的基础。其中充满曲折。它是对"五四"精神的回复与超越，经历了 30—40 年代从对外部世界的剖析和观照，到 50—70 年代女性意识的黯淡期，再到 80 年代以来对女性自我审视，是一个渐进的女性意识深化过程：一是对女性传统意识的心态的展露，一是对女性精神个性与价值实现的路径指出。从伴随着主流叙事呼唤着作为"人"的觉醒，以获得男女平等的人格尊严和独立地位，弥合人们传统观念中的两性差异；向男性看齐，以获得与男性同等的社会角色。

① 王蒙：《读〈天堂里的对话〉》，《文艺报》1988 年 7 月 4 日。

女作家审视的目光指向了整个社会，因而不具备自审的样态，是属于女性意识的外部探索。而“自审”作为一个女性特定的主题，就是从男女两性对抗的思维模式抽离出来，指向了对女性的传统文化心理积淀的剖析，发现与纠正女性文化痼疾。从对男性的声讨转向对自身世界的探寻，带着源于女性生存现状的困惑与痛苦，从主流话语系统剥离出来。而多少年来文化的禁忌与图腾早已内化于女性个体和群体，也唯有剥落掉才可解除束缚，才能萌动女性生命与创造的活力，但是寻找自我、剥离的过程却是充满了血与泪的触目惊心。而《玫瑰门》就是一个典型的文案。

1. 自审：对女性本体的探询

自审是从社会向女性自身转换来的，有审美与审丑之分，也有审外与审内之说，就社会而言，女性的形成源自社会文化心理结构或男性中心文化的塑造，社会束缚了女性，规定、限制了女性的思维、行为等；而就女性自身而言，则是西方女权理论以及女性自我的参与所形成，这里又有两层意思：一方面，女性自我规定自身，沿袭男性文化中心的规定，参与了对自己的心理、行为等的规约；另一方面，西方女权理论揭开了萌动的女性自由心扉，牵动女性走出固有的生活常规，同时，也在使女性走向一个想象的境地，即女性要颠覆男性并造成与男性抗衡的女性化的另一番天地。不管是哪种方式，一旦趋向于一种规定、限制，就有悖于人性的深刻与发展。在众多女性作家的小说文本中，伴随着“自审”，体现了女性从对自我角色的模糊走向自我角色构架的意识，并展现了多重角色的探索与审美追求。

铁凝从最初的《香雪》，到《银庙》《孕妇与牛》《麦秸垛》，再到《玫瑰门》《笨花》等作品，贯穿新时期到转型期再到21世纪，她以自己独特的方式卓立文坛。而回溯她的文学之路，我们看到了铁凝的求索之途，其实是充满诸多变数的。相较于张抗抗的“北极光”的虚幻，1985年铁凝《银庙》小说是指向现实的，并稍显怪异。小说描写了十二岁少女三三在非正常年代见证、参与了猫的受难过程。因为父母被赶往“五七干校”，寄养在北京奶奶家叫作“银庙”的胡同，三三对窥见自己“革命日记”心思的黑猫的猫崽子，对猫有了憎恨。在“盛大的庆祝日”（第九次人大开幕时间），猫崽子不凑巧偷了街道主任罗奶奶的鸡，当猫被吊在树上时，奶奶叫三三打猫，但是三三逃跑了，于是奶奶只好亲自责打自己心爱的猫，猫的耳朵被揪断，脚被扭歪，但没有死。反而像狗一样发出惊人的叫声，召集伙伴，疑似发出怪笑。不久，猫的脸都突然没有了眼睛、鼻子、嘴巴，它们与参加祝贺大会开幕的游行队伍一起消失在人头攒动的洪流之中……。十五年后，三三带着女儿再次来到银庙，误将屋顶的猫看成原来的猫崽，精神恍惚头晕。猫的弱小与反抗，猫与人的不和谐存在。而三三是作为惩戒者与受害者的中介与见证。如果说《麦秸垛》里的“母性”是一个传统道义上的母亲，带有乡土保守性质意义号丧的母亲，《棉花垛》在对女性生命的探寻方面走得更远，它直接从“性”的角度，在本体论层面审视女性的命运，“触及女性、历史、政治、暴力和因生活贫困、文化荒芜、意识的蒙昧落后所造成女性悲剧的双重主题”[①]。铁凝小说《孕妇和牛》则是母性崇拜的主题表达，在自然—母性契合点上寻找生命、生态力量，呼唤自然母性情怀，体现了女性与自然动物的生命同一性。女人孕育生命恰如大地上开放的花朵一样，只要能够延续自己的生命，就是延续自己的希望。

无疑，1988年的《玫瑰门》是铁凝叙事方式发生重大转变的标志与有效的转身，一改之前的从容、淡定与柔美，以犀利的笔法进入女性生活现实—历史的层面，揭示形形色色的女性，颠覆了把女性神话化的男权文化策略，拆解了母性神话的幻想，直逼女性自身文化痼疾。当然，铁凝从《哦，香雪》“清纯”到《玫瑰门》“世故”，引发了读者群的严重分化与狂热争论。其原因或许跟接受群体的审美心理定势有关联，似乎社会上普遍对《哦，香雪》认可，但更重要的是《玫瑰门》以奇冷的女性叙事方式构筑了另外的神话，这在当时可谓是“胆大妄为”的“逆转”。

---

① 闫红:《论铁凝“三块”对五四女性文学的继承与超越》，选自吴义勤主编《铁凝研究资料》，山东文艺出版社2009年版，第262页。

早在1983年，铁凝就动了写《玫瑰门》的念头，并为此做了诸多笔记与构架的酝酿，经过《麦秸垛》等作品的累积，铁凝笔锋日渐成熟，但大概到了1986年或1987年开始动笔，足以看出她的谨慎与沉稳，持续了三四年之后。1988年9月，长篇小说《玫瑰门》在大型文学期刊《文学四季》创刊号上首发，几个月后，作家出版社又发行了《玫瑰门》单行本。《玫瑰门》一经问世，就给当时的文坛带来了不安和骚动，评论界众说不一。新书出版后的1989年2月，文艺报社、作家出版社、河北省文联等单位联合在北京召开了《玫瑰门》的研讨会。1989年2月24日的《人民日报》刊有《〈玫瑰门〉研讨会在京举行》文章，提及汪曾祺的发言："这样长达三十五万字的小说，作者力图表明生活的原生态，创作一种非理智非规范化的生活氛围。但只有在读完全篇后才能理解。"《文艺报》以《铁凝的〈玫瑰门〉很有嚼头》为题发表了记者绿雪的会议报道，称"与会的40多位作家评论家指出，《玫瑰门》的丰富内蕴、出色的女性心理刻画和新颖耐读等品貌，值得当代文坛认真研讨"。"普遍感到铁凝的探索性实践，冲击了传统的小说叙事模式和鉴赏经验"。在研讨会上，老作家汪曾祺说："铁凝用30多万字和六易其稿完成了一次新探索。这本书的写法对我来说相当陌生，看了四分之三篇幅还感到把握不住，看来是写'人就是这样'或者'女人就是这样'。"[①] 河北文联的《文论报》则在3月15日和3月25日连续两期整版发表了《〈玫瑰门〉笔谈》。有人认为《玫瑰门》"冲击了传统的小说叙事模式和鉴赏经验"，汪曾祺还说道："小说的结构特别，让人想起废名的小说。有些语言思维让人怀疑是否用汉语思维。"雷达说："它不是情节小说，不是性格小说，而是耐读、经读、抗拒时间磨损的小说。"蔡葵认为："这部小说是心理小说。小说通过人性丑来表现人，表现一个完整的心理流程。"司猗纹人物本身也成为了一些论者的争论点，王春林说，司猗纹最显著的特点就是"自虐与虐人"[②]。而曾镇南在小说出版的当年就评价说："铁凝在司

① 引自绿雪《铁凝的〈玫瑰门〉很有嚼头》，《文艺报》1989年3月4日。

② 引自王春林《论司猗纹》，《文论报》1989年3月15日。

猗纹形象身上，不仅汇聚了‘五四’以后中国现代史上某些历史风涛的剪影，而且几乎是汇聚了‘文革’这一特殊的历史阶段的极为真实的市民生态景观。小说最有艺术说服力的震撼力的部分，无疑是对‘文革’时期市民心理的真实的、冷静的、毫不讳饰的描写。这种描写的功力在揭示司猗纹生存中的矛盾方面达到了令人惊叹的程度。”①张韧则指出尽管小说有对母性的严厉审视，但同时又有对女性持基本赞美的立场。②

《玫瑰门》本身就包含着许多敏感的话题，同时是一个多层次多含义的文本，客观地说，由于认识与文化语境等原因，当时评论家并没有触及到其最深层次核心部分进行解读。纵观 80 年代对《玫瑰门》的研究，批评视野还比较狭窄，只是围绕人物塑造、作品风格方面展开，批评方法也比较单一。注重从作品的文学性诸如个人风格、美学追求上去分析，但大多数文章还是采用了社会学的批评方法，比较注重文学的社会性，却未能深入到人性的深处。90 年代之后的评论，则多从创作艺术内核及女性主义视角对其进行解读。如 90 年代汪曾祺将铁凝的小说分了两类，一类是如《哦，香雪》一样清新秀润的，“抒情性强，笔下含蓄”，另一类则是社会性较强的，笔下比较老辣，“像《玫瑰门》里的若干章节，如‘生吃大黄猫’，下笔实可谓带着点残忍，惊心动魄”，“王蒙深为铁凝丢失了清新而惋惜，我见稍有不同。现实生活有时是梦，有时是严酷的、粗粝的。对粗粝的生活只能用粗粝的笔触写之。即便是女作家，也不能一辈子只是写‘女郎诗’。我以为铁凝小说有时亦有男子气，这正是她在走向成熟的路上迈出的坚实的一步”。③ 无疑，在汪曾祺的视界里，《玫瑰门》属于后者。

当然，在铁凝 80 年代中期转变的问题上，大家多认为这是铁凝敢于突破自己、超越自己的表现，但对于她的这种转型是否成功，却众说纷纭。丁帆认为，直到铁凝的《玫瑰门》等作品的出现，才宣告一个

① 曾镇南：《评铁凝的〈玫瑰门〉》，载《曾镇南文学论集》，花山文艺出版社 2001 年版。

② 张韧：《为苏眉一辩》，《文论报》1989 年 4 月 25 日。

③ 汪曾祺：《铁凝印象》，《北京晚报》1997 年 6 月 16 日。

新的女性文学时代的到来。[①] 有论者认为正因为它未直接提出妇女解放问题，它所传达出的女性必须自我解放的意味才更为激烈和深刻。但也有评论在肯定转型后的成绩时，又指出她的这种蜕变是以牺牲清纯和明丽的美为代价的，从根本上背离了过去的审美意向，将视线投注到丑恶的事物上，失落了令人感觉温馨的美，完全背离了自己的审美个性。

当然，在铁凝看来，以上说法自有它的片面性，铁凝自己则认为，“从《哦，香雪》到《玫瑰门》，对人性的探究更深、更广、更丰富……无论是短篇、中篇还是长篇，人物、故事、表达的意思都会有变化，但是有一个精神的核是不变的，不变的是什么呢？我觉得是对人类和生活永远的爱和体贴，也就是说，还有作为一个写作者一直保有的那种对生活的情义。这个情，就是情感的‘情’：义，就是义气的‘义’。生活中的不愉快，不满意的地方，甚至表达一些人性当中惊心动魄的残酷的一面，这些东西，不会妨碍你的真正的情义，你给生活的温暖”。[②] 铁凝本人概括《玫瑰门》为：“书中的主角都是女人，老女人或者小女人。因此，读者似乎有理由认定‘玫瑰门’是女性之门，而书中的女人与女人、女人与男人之间一场接一场或隐匿、或赤裸的较量即可称之为‘玫瑰战争’了。”[③]

其实，在创作《玫瑰门》的过程中，铁凝逐渐调整小说脉络与人物塑造。“我因为是第一次写长篇小说，完全没有经历过，我对要塑造的女主人公的原型有种怨愤的心情或者不愉快、不喜欢的情感，去写了最初的 6 万字，后来发现跟我预想的、期待的完全不符合，把这个人写成了一个夸张的、漫画式的人物，所幸的是我发现了这一点，就推翻重写。我找到了一条出路：怎么看待这个从 18 岁到 80 岁的北京市民，她作为文学人物在中国特别的背景下复杂的内心，我要表达的是她性格的

① 谭湘记录整理：《“两性对话”——中国女性文学发展前景》，《红岩》1999 年第 1 期。

② 朱育颖：《精神的田园——铁凝访谈》，《小说评论》2003 年第 9 期。

③ 《〈铁凝文集〉自序五章》，《文论报》1995 年 3 月 1 日。

多面，而不仅仅依靠作者个人对文学原型的一种怨愤”。[①] 人物性格内涵的多义性与复杂性，是铁凝要着力拓进的。但在铁凝的审美流变中，始终基于一个原则。

一是小说文本中注入了一种永恒的希望与光亮，“一个作家能够在千变万化的生活变幻中，坚守住某些不变的东西，也是不容易的，也是智慧的。可能你会看到我的作品一直在变化，但我有一个不变的‘核’：对生活对人生永远的体贴、理解和爱。这个当然也会通过一些让你不愉快的故事和一些惨烈的场景来体现，正所谓我们有时会描写失望，那时因为我们对生活还抱有特别强烈的希望”。[②] 这也成了铁凝书写的基本核心点。

一是在女性主体—中华母体的链条上，尽可能地表达出一个民族所处时代的想象力，“我心中的理想作品是什么呢？它必定是应该能够生动地传达出一个民族最有活力的呼吸，能够表现出一个时代最本质的、最生动的情绪，能够表现出一个作家所处的时代和民族的想象力，能够准确的表达出思想的表情，而不是思想本身”。[③] 而这里所谓的表情，显然就是生命个体与群体的形态与内心世界。

2. 批判意识：以女性主义之名

当然，针对铁凝是否持有女性主义或女权主义的旗帜，伸张女性生存，引发了论者的争论，而这种争论持续到21世纪。《玫瑰门》引发的争论不单是铁凝自身创作风格的转变，还在于铁凝创作本身、写作立场是否是具有女性意识与女性主义，对此，论者各持己见。

关于铁凝的女性意识的研究，一些人认为她是传统意识的女人，而有些人却认为她是具有强烈现代女性意识的作家。贺绍俊曾经这样说，“《玫瑰门》是一部典型的女性写作的成功之作，而且，是一部真正具有女性觉醒意识的作品；更为重要的是，以女性觉醒意识而言，《玫瑰门》是新时期文学以来的第一部长篇小说。这是《玫瑰门》所具备的

---

① 铁凝、月明：《我的本质是个作家》，《紫光阁》2007年第2期。

② 同上。

③ 铁凝、肖一：《理想作品要生动传达民族最有活力的呼吸》，《光明日报》2008年8月7日。

最重要的文学史意义”。[①] 于展绥在《从铁凝、陈染到卫慧：女人在路上》一文，指出铁凝只是一个在现代外衣包裹下的传统女人。[②]

王绯等则一直认为铁凝的创作有着典型的女性主义立场。与之相呼应的艾莲《中国三代女性写作中的女权思想》[③]，从中国三代女性写作（丁玲、王安忆和铁凝、陈染和林白）的比较中指出铁凝小说中的女权主义思想。荒林、王光明认为铁凝是通过对司猗纹故事的书写“去书写历史、质疑历史、乃至解构历史”[④]。谢有顺、丁帆等认为铁凝是非女权主义或女性主义的。谢有顺在2003年《铁凝小说的叙事伦理》一文中指出：“叙事既是经验的，也是伦理的，被叙事所处理的现实，应该具有经验与伦理的双重品格，这才是小说中最高的现实。我感觉，铁凝的小说是很注重经营这种双重性的。现实是经验的基础，伦理是现实之上的人性关怀，这二者的结合，保证了铁凝小说中的现实没有成为一种现实事象学，而是成了更具生存意味的现实处境学。”[⑤] 戴锦华的论点则更有意思，她指出：

> 这或许在于，铁凝所关注的，不是或不仅是社会的性别歧视与不公正；因为她不曾仰视并期待着男性的崇高与拯救，所以她不必表达对男人的失望与苛求；她所关注的，是女性的自省，是对女性自我的质询。或许在不期然之间，铁凝完成了将女性写作由控诉社会到解构自我的深化。[⑥]

其实，我们回溯到铁凝的写作背景去看，不难发现，在80年代末90年代初，铁凝发表长篇《玫瑰门》前后，诸如残雪《山上的小屋》，

① 贺绍俊：《铁凝评传》，郑州大学出版社2005年版。

② 于展绥：《从铁凝、陈染到卫慧：女人在路上——80年代后期当代小说女性意识流变》，《小说评论》2002年第1期。

③ 艾莲：《中国三代女性写作中的女权思想》，《成都大学学报》2002年第2期。

④ 见荒林、王光明《两性对话——20世纪中国女性与文学》，中国文联出版社2001年版。

⑤ 谢有顺：《铁凝小说的叙事伦理》，《当代作家评论》2003年第6期。

⑥ 戴锦华：《涉渡之舟——新时期中国女性写作与女性文化》，北京大学出版社2007年版。

池莉《你是一条河》，徐坤《女娲》与徐小斌《天籁》，对“母亲神话”进行着拆解。铁凝以《玫瑰门》对之前《麦秸垛》等母性形象进行了彻底的颠覆，这也正是80年代以来女性写作对张爱玲“母性形象”塑造的一个承接与超越。后现代女性主义理论家卢宾的母性理论，即“恋母情结”是“人类性别化”的关键，要推翻男权的性别制度，必须“解决文化的恋母情结”。其实，铁凝要尽可能地展示出女性——母性的内在分裂性。当然，《玫瑰门》聚焦的是司猗纹这个分裂形象。作家将笔触聚焦在母亲司猗纹身上，并通过以司猗纹为代表的庄家几代女性的命运书写，揭示女性生存现状、历史和社会秩序之间的深刻矛盾。司猗纹的一生与中国几个重大历史阶段息息相关，少女时代的司猗纹有着对革命的热望和对爱情的向往，于是革命加恋爱的故事产生了，她爱上了革命者华志远，但在必须顺从的传统体制面前，她牺牲了爱情，无私地将自己的身体奉献给华志远后，嫁到了门当户对的庄家。丈夫庄绍俭在新婚之夜就对司猗纹进行玩弄和凌辱，婚后花天酒地的他带给司猗纹的更是屈辱的性病。司猗纹在这样的折磨下终于对做个好妻子、做个好儿媳的愿望绝望了。一次次将庄家拯救于苦海的司猗纹在这个家庭中并没有得到丝毫尊严，于是她在庄家开始用自己的女性之躯来惩罚男人，以对公公恶作剧般的乱伦来实现她的报复。在爱与性上深受男性权力压迫，作为自我进行报复和发泄的手段，施暴于另外的女性。对儿媳竹西、外孙女苏眉以变态方式进行习惯性虐待。在社会空间里，为了获得生存尊严与安全需要，尤其是在“文革”时期，司猗纹用她的小伎俩骗取革命的罗大妈的信任，寻找一切机会表现自己，渴望能够进入历史舞台，但事与愿违，她的奋斗与嘶喊只能是在历史边缘处，最后被历史中心的声音所吞没。

《玫瑰门》是最具出色的文化想象，显然不局限于有论者指出它的“审母意识”，同时明示了在传统秩序与现代秩序的间隔中，一家三代女性的命运存在着“母”与“女”的承接与转换，具有无法规避的心灵的麻木、扭曲与无奈。40年代颇具才情的张爱玲对女性悲剧的犀利观察和彻骨感受仅仅表现为一种无奈的揭示；铁凝则不同，历史提供了她对张爱玲做出超越的可能。表面上铁凝只是提供了女性生存与心理图像的构成与横切面，而这种勾勒是从灵魂深处的切入，实质上是在历史—现实的场景中寻找女性的重新定位与归宿。其精神内核极具“女权”色泽，但铁凝对此采取了温和的回避。显然以自己的敏锐与直觉，捕获到女性的困境，甚至是以笔为旗，揭开女性存在的文化心理结构，以行动大于女性主义理论的所有套路。

铁凝持一种冷静，她显然不想纠缠在女性意识里，甚至试图寻找一种超性别意识，在《玫瑰门·写在卷首》中说：

> 我本人在面对女性题材时，一直力求摆脱纯粹女性的目光。我渴望获得一种双向视角或者叫做“第三性”视角，这样的视角有助于我更准确地把握女性真实的生存境况。在中国，并非大多数女性都有解放自己的明确概念，真正奴役和压抑女性心灵的往往也不是男性，恰是女性自身。当你落笔女性，只有跳出性别赋予的天然的自赏心态，女性的本相和光彩才会更加可靠。进而你也才有可能对人性、人的欲望和人的本质展开深层的挖掘。①

事实上，铁凝的这种回避不是有意的，也是众多女作家的一种坚持，或许是80年代初期西方女权理论尽管译介，当时并没有获得多数女作家的认同，再者女作家们的创作资源仍然来源于伴随着人的觉醒的主旋律的社会思潮与文化。80年代一些女作家尽管避而不谈女性一词，女性写作中女性追求身份认同，却未能以女性立场对社会现象进行辨析与追问。但这并不妨碍女作家们关心女性题材。张洁、宗璞、谌容等女作家一方面认同于男性写作传统，写作“中性”的“大我”，另一方面不可节制地抒写女性的故事。王安忆、张辛欣、张抗抗、铁凝等，身份写作意识上回避性别问题，而写作事实却是以女性为内容，这曾经是80年代前期女性写作所呈现出的一个悖论，即当女作家们受自身经验

① 《铁凝文集》第4卷，江苏文艺出版社1996年版。

的驱使将笔触进入女性题材领域时，只限于表达自身尴尬处境，而极少有意识地以女性的眼光、站在女性的立场深究、梳理、探求个中原委。80 年代末和 90 年代女作家不仰于“大家风范”的威慑，走出了上述心理悖论的圈子，以更为敏锐、内在、细腻的女性之笔，开始了对女性世界的深入探索。

3. 《玫瑰门》文本叙事的意义

应该说，铁凝的叙事涉及了女性的自省，从《麦秸垛》到《玫瑰门》，从“性意识”到“女性意识”演绎的转变，对不同时段不同女性的生命展示与女性复杂的灵魂审视。而事实上，铁凝的自审路径基本上印证了 80 年代女性的女性审美意识形态的逐渐构建。

80 年代女性文学所表达的自省意识觉醒，是女性寻找自我价值命题的延展，意味着对女性所置身的外部环境审视，转向了对女性自身的审视。应该说，这种走向，是一个递进的过程。在揭露“极左”路线酿成的“伤痕”“反思”文学中，女性对自身弱点进行了反省，宗璞的《我是谁》是对政治意识形态严重弥漫的社会思考，面对外在环境的挤压，女教师精神崩溃，她发出了“我是谁”的追问，丈夫的不幸与自身的遭遇，使她在作为人的尊严被强暴的外力所摧毁后，对“非我”原因的思索，体现出了作家自我内省的精神。向彬的《心祭》将笔触伸到了女性内心深处，选取女儿沉痛追悔与自省的独特角度，揭示了传统文化对女人的戕害。张洁的《方舟》叛逆，与张辛欣的《在同一地平线上》渗透着对整个人类生存价值的思考，抑或是谌容《人到中年》中对陆文婷受传统文化的浸染的女性做出了深刻的反思，都在对女性生存的外部环境反省，未曾触及女性的内心、灵魂的深层。谌容的《错！错！错!》开始了对自我内心的审视。残雪的《苍老的浮云》《山上小屋》在近乎幻象的精神状态中拷问了女性的灵魂。刘索拉的《你别无选择》表达了作为独立不羁的青年一代，以自己鲜活的创造力、热情与个性确立的生存价值。同时，对长期渗透在人们意识深处的封建传统文化和“左倾”教条主义文化的价值取向，予以批判，并做了有效的逆转。刘索拉的《寻找歌王》中就体现出了这种自省。可以说从王安忆的“三恋”（《小城之恋》《荒山之恋》《锦绣谷之恋》）与铁凝的《玫瑰门》开始，意味着女作家将笔触伸及女性本体。但无论《小城之恋》中的“她”，还是《荒山之恋》中大提琴手的妻子以及金谷巷的女孩儿，她们都不能把握自己的性别，因而也不能把握自己的命运。《小城之恋》中的两个年轻人，互相拒绝着，躲避着，拼命想挣出那滋生女性愚昧与贫困灵魂的泥潭。王安忆以鲜明的女性生命意识，写出了女性生命的形态、欲望，女性生命的流程。颇有形而上的哲学意味。铁凝的小说《麦秸垛》是对传统妇女的性态度和性行为的揭示，表达了铁凝对女性心甘情愿充当传宗接代和男性欲望工具的批判，在反省女性文化负面的同时，对其进行理智的判别。而真正介入女性心灵与精神审视的，应该是《玫瑰门》，铁凝辩证、客观地看待了女性存在的欲望与坚韧，真实地诠释了面对生存环境的复杂多变，女性欲望的绝望与绝望的欲望，走向了女性的自审境地。《玫瑰门》不只是单纯表现“恶妇”司猗纹对女性宿命的演绎，而且铁凝还以自己独特的观照方式，以自己对女性世界的深刻领悟塑造了与司猗纹形象相对峙的苏眉形象，并通过苏眉对女性宿命的突破来表达自己对女性宿命的走向和女性解放的关注，正如铁凝自述创作的动机时讲，“写出女人的让人反胃的、卑琐的、丑陋的、男人所看不到的那些方方面面”，为的是将“女人的魅力展现出来”。正是通过对女性丑陋的揭示，从而让人发现女性的美的所在，为女性自省提供了一条有效的路径。

可以说，80 年代铁凝的《玫瑰门》走出了男女性别对抗的模式，转向了对女性自我的审视和批判。铁凝的意义在于她表现了女性肉体的觉醒，以空前的胆识切入女性的原欲世界，从性的角度考察女性本体，从而对女性的探究也就上升到了性心理层次和潜意识层次。这是个划时代的标志，是女性真正长大成人，面对性别自我，寻找女性出路的标志。因此，《玫瑰门》对 20 世纪晚期中国女性文学发展的第三阶段的到来，有着不可忽视的意义。此外，《玫瑰门》在女性生存的发展形态上所作的思考和把握，也为实现女性解放的目的提供了有价值的参照，尤其在揭示女性欲望、探讨女性价值方面，为 90 年代女性文学的发展作了功不可没的铺路作用。

而《玫瑰门》是具有多重意义与文学价值以及社会价值的读本，包含了伦理、女性主义、社会批评等多层面的指向。而《玫瑰门》最重要的成就，是塑造了司猗纹典型人物形象，不仅具有艺术魅力，同时具有丰富的社会内涵与文化价值。司猗纹本身是受虐者，在爱与性上深受男性权力压迫，但作为一个受害者，又是一个迫害者，既报复男人，同时也施暴于另外的女性。司猗纹的悲剧是个人的悲剧，也是时代与民族的悲剧。铁凝的《玫瑰门》对性意识被禁锢以及女性的性反抗的文化透视亦非常犀利和深刻，正如成年的苏眉在自省中发现与诉说的："那积攒了好几千年的纯洁，那悲凉的纯洁，那自信得足以对我指手画脚的纯洁正是你惊吓了我，也许每一个女孩子都是一面被惊吓着一面变成女人的。"

《玫瑰门》的魅力，主要还不在于它所表达的"文革"前后内容有多么"革命"和"进步"，而是在于她那新鲜、活脱、诡异得近乎残忍的笔调，那散文诗般的叙事风格，以及兼具浪漫和写实的表现手法的象征和隐喻。在《玫瑰门》里，这种象征和隐喻，既表现为作品的整体，又贯穿于它的许多细部；既是一种颇具现代意味的艺术思维方式，更是一种"嘲讽性模拟"的艺术结构方式。正是借助于这种象征和隐喻的艺术力量，在《玫瑰门》中便营造了"别样人生"的情调"氛围"：一方面将人推到非人的境地来思考其生命活动，另一方面也从死水般的境地逼视中国人"生"的抉择。鲁迅说，那是"一种'百年孤独'般的文化忏悔和文化自赎"。《玫瑰门》有马尔克斯的《百年孤独》的意味。从某种角度上看，《玫瑰门》本身就是一个巨大的隐喻和象征的实体。既是现实生活的实写，更是一种深层的隐喻。它喻示着人的生命是那样如蝼蚁般的无足轻重和无聊，甚至透着一种让人战栗，让人深思的麻木和冷酷。铁凝以诗意的、悲悯的、粗犷与神秘的情调，撰写中国生存状态与现实，与巨大的象征和隐喻的意蕴相衬托、相表里，更强化了艺术氛围和审美境界。

如果说80年代的铁凝以温情誊写、表叙着这个世界，那么90年代的铁凝的作品，无疑都染上了母性色彩与反省，理解、感应着世界，并且将这种气势贯穿到21世纪。相应的，铁凝的叙事逐渐在两个界面展开：一个如从《棉花垛》到《笨花》的走向，从乡野女性到革命的叙事；一个就是《玫瑰门》走向，深入了女性生命世界最隐秘的角落，从性别的角度展示了人性的复杂及其脉动，对充满鬼魅灵气和变态心理的司猗纹给予了超人格的神奇描述，使文学对女性的透视达到了从未有过的深度。这对于女性文学来说，是一个重要的突破。

有人认为铁凝的《玫瑰门》恰恰是通过“消解”而进入了历史的叙述，作家对历史的体验融化到了历史本真存在的还原之中去了，艺术的想象真正成为历史写实的需要。在笔者看来，无论铁凝是从乡野女性还是城市女性视角切入，关注的却是整个人类的生存状态和人类精神命脉的走向，捍卫的是整个人类的精神健康和心灵的高贵。严格意义上说，从最初的《哦，香雪》到最后的长篇《笨花》，显然，超越一切性别的限制，变成一个叙事者，回到原乡世俗生态的写作与经验叙事，是铁凝的方式。她所关注的不仅仅是社会的性别歧视和不公正，而是探寻女性的命运和内宇宙，为新时期女性小说开辟了一个灵魂自审的领域。铁凝经由《玫瑰门》找到了最有效的叙事方式，深入了女性内心世界与社会关联的暗合与交错，酣畅淋漓地做了一个痛快的表述，更确切地说，文本气韵与作家精神气质是统一的；而延续到《笨花》，更是将笔触深入了深厚文化背景的乡野，触及了深层的社会底蕴，叙事是在乡村生态景观里展开，但也延展到中国乃至中国人的生存的历史与现实，也将单纯的女性视角视线守住，打量起厚实的华北土地，象征地指涉了一个放大的中国景象。但是《笨花》并没有给大家带来更多的惊奇，因为宏大的历史背景里的女性表述显然没有《玫瑰门》更有色泽。《玫瑰门》定格了铁凝的最佳叙事与表达方式，也定格了她想见证的“女性之门”。

第七章　女性意识形态美学建构

在80年代女性文学的叙事中，女性意识作为一个关键词，是贯穿于80年代女性文学的一个核心灵魂所在，也是女作家创作主体的心理机制的动力源。“意识之所以必要，就是因为意识的意向性在与世界发生碰撞时，从事物相关的‘可领悟性’中释放出意义。……意义是主体的意向性活动，把‘事物’作为某种意义之源审视的产物。只有拥有主体性的存在者，才有这种意向活动。主体对事物的意向活动，被对象所给予而形成意义”。[①] 而研究界从文化学、人类学、心理学等高度对其进行释义，有代表性的论者指出其本义所在：“就是女性对于自身作为与男性平等的主体存在地位和价值的自觉意识”[②]，涉及女性对主体意识的强调、对男女平等权利追求、对女性性别自身认知与审视，以及对传统伦理文化秩序的反思与批判，乃至对现代性的回应等。而女性意识形态美学的本义或内涵，究竟如何理解？在笔者看来，它是女性对社会、男性、自我、文化、历史等自觉能动的科学认知，具有一定的女性情感感知性、倾向性、在场性与反思性等，并与客观存在相契合的一种审美感知力，同时，女性意识形态脉络、发展与革命性的力量，跟女性自身的发展逻辑也是一种契合。若从意识形态美学的角度去审视，80年代女性文学所蕴涵的女性意识形态，是与主流意识形态、传统意识形态、现代性意识形态、“文革”政治意识形态、宗教意识形态、新时期意识形态、审美意识形态、女性主义意识形态等是共时性、历时性的存

① 赵毅衡：《符号意义学：意义世界的形成》，四川大学出版社2017年版，第60页。
② 王春荣：《新女性文学论纲》，辽宁大学出版社1995年版，第117页。

在。而诸多意识形态的彼此的消长，造就了女性意识形态的混沌与含混，甚至是意识形态的碎片化。因此，女性文本体现出了意识形态过渡性、聚合性，彰显了女性与现实紧张的张力，从而在一定程度上，也印证了时代的更迭与女性精神裂变存在有关联性。苏珊·S. 兰瑟认为："在以男权为中心的现代社会里，女性主义表达'观念'的'声音'实际上受到叙述'形式'的制约和压迫；女性的叙述声音不仅仅是一个形式技巧问题，而且更重要的还是一个社会权力、意识形态冲突的问题。"① 显然，复杂的意识形态物化在日常生活中，支配着女性书写，也决定着女性文学的走向。

80 年代女性文学是激进的，体现在女性有自觉的性别意识与女性话语的建构，试图走出男权文化与主流意识形态的多重控制，但 80 年代的女性写作又表现出种种暧昧性。具体而言，激进的 80 年代女性书写，选择了与主流文学的同步发展，即伴随着主流话语姿态，以一种群体的行为参与了文学进程的演变，也就是在思想上是激进的，但是激进的女性书写却没有找到自我与男性、社会、文化、历史、宗教等方面的有效互动，更没有形成确然的女性情爱观、价值观，激进但不是现实的。理论上讲，女性文学的革命是对传统进行了激烈的挑战、颠覆，甚至否定。这个行为本身蕴含着对女性现存现实的不满，展开现代化意义上文学书写的变革，它的意义之伟大毫无疑问，无论在思想、姿态上还是表达方式上，都带入了激进的现代性。但这种激进却包含了暧昧与模糊性。与"五四"激进的女性观不同，没有对现有传统文化秩序采取激烈的摧毁态度，相反，在现代与传统的胶合中，虽然极力发掘现代女性形象符号与传统女性形象符号之间的间离、错位，但"女性"出离之后，归于何种处境，却极其茫然。

女性意识形态美学的建构，与女性的主体性是密切相关的。女性意识形态体现的是女性自然的自由意志，充满激情意志并带有个人主义色彩，具有解放的力量，并向传统文化秩序中的男权等意识形态提出挑

① ［美］苏珊·S. 兰瑟：《虚构的权威：女性作家与叙述声音》，黄必康译，北京大学出版社 2002 年版，第 4 页。

战。激进的女性意识形态具有批判性，与政治保持适度的距离，在退化的经验主体与超越性的经验主体之间，有时艺术主体转向自身，以抵抗社会秩序；或是采取激进的方式，攻击男权主流意识形态的真正结构与根源，并以这种方式进行挫败。具有一定的批判性、建构性。而激进的男女平权的政治与法令，触及不到女性本体意识，也无法轻易撼动既存的社会文化秩序。同时不可忽略，随着女性意识形态走向自我的深度，女性文本中传统女性形象及社会秩序文化已是一种蜕变性的存在，意味着与主流意识形态的背离。而女性意识形态的美学意义上的建构：一方面女作家以高蹈的姿态，将批判指向了社会性别所形成的传统观念与秩序，并探求女性思维的解放，获得自我精神空间拓展；另一方面由于所持的建构标准本身有反自然女性的不合理的存在，导致了有极端的大女性中心主义倾向，或以身体的名义与欲望建构审美意识形态话语，却宿命般地带有一定的乌托邦性。

一 女性激进意志的表达

女性文学一直是参与中国现代性建构的一个重要媒介，其自身的精神因子非常重要。事实上，80 年代女性写作出离公共的伦理与政治主流意识形态秩序，回到女性秩序的路径上，体现了一种书写的分裂与弥合的同构性：一方面女性在走出传统女性形象符号与文化塑造的固化境遇，要进行自我的塑形与建构；另一方面要面对分裂，女性写作为之提供了可能性，以自审为中介，进行拯救，女作家从现有的秩序中寻找弥合分裂的路径，并显示出了自身的优势，体现为一种合社会文化现实的逻辑性。因此 80 年代女性文学的激进性，是主体投向女性历史与现实的一种叙事逻辑关系。这种激进在于女性能够超越时代的束缚，在既定的历史语境中去考察，进行现代性激进实践，彰显了自我足够的主体意识，并达到一定的历史深度，体现出时代的审美与当代性。如果在世界女性文学的框架中，来审视 80 年代女性文学，可以认定 80 年代女性文学，是蕴涵有本土色泽的现代性幻象，具有激进的女性革命现代性。所体现出的脉络从主流叙事，到激进的性别叙事，再到自身激进性的消退，最后对女性本体的审视，绘制了80年代女性写作的文学形态与图像。

80年代女性文学激进的方式，还在于具有颠覆传统主题与文体的倾向。女性写作指向女性生存现实与历史，对传统伦理文化道德的颠覆，包括对女性文化心理结构的审视。文本也由再现转向了表现，由注重外部世界转入对女性内省与反思。文学的主题开始走向多义、模糊与分裂，甚至荒诞。而对母亲与女性的反思是一种基于自我审视、自我评价乃至自我理性密不可分的心灵能力，可视为是巴特勒界定的“良心”（conscience），“一个具有优越性的反思性原则……这个原则会对个人自己和他的行动进行评判……正因为这种反思原则的存在，个人才是一个道德的主体，才是自己的法则”[①]。“进行权威性道德立法的并不是某个单独的心灵能力（比如理性），而是全面的心灵反思能力——也就是我们之前提到的‘良心’。良心同时综合了理性和情感的观察和判断能力，来审视心灵自身的运作”。[②] 自审意识是一种辨析力，承担着对自我本体进行客观、理性的探究。“自我意识意味着个己性，这种个己性来自他者，来自对待，来自与另一个自我意识的区别、界限与关联，并由此而实现自己的自在自为，实现自己的自由”。[③] 因此，女作家所携带的女性意识形态是具有一定文化自觉的，但同时也存在含混与混沌。具体体现在以下几方面。

其一，女性写作基于女性历史与现实，体现出了前瞻性的文化批判精神，具有女性审美理想与倾向性。这点体现在翟永明的表达中，她的诗歌形式无不洋溢着对女性的了解、同情、持久的热爱和为之奔走呼号的热情。在《黑夜的意识》里，透过诗歌中表现出的豪放不羁的节奏，时而深沉时而欢快的吟唱，以及粗犷刺耳的呐喊，能够体验到诗人全力表现出的女性性格的刚劲，精神的生动丰富，文化的久远浩繁，还有女

① ［美］迈克尔·L. 弗雷泽：《同情的启蒙：18世纪与当代的正义和道德情感》，胡靖译，译林出版社2016年版，第26页。

② 同上书，第34页。

③ 赵广明：《情感的道德意义与孟子“四端”说重释》，《齐鲁学刊》2017年第5期。

性生活的艰辛和窘困，抗起而争的精神魅力。当然，也能够感知到诗人力图表现的“女性意识”。

其二，颠覆传统母亲形象，进行解构母性，即从传统女性的指称物中解放出来，具有女性的能动作用。女作家直逼女性生存的历史与现实，指出女性内心分裂的状态，同时也指出在传统女性形象的模板中，女性是空洞的符号存在。在这里“自然的统一体……是女人没有器官的身体”①。女性文学作为女性现实生活的反映，体现出社会整体的真实。女性文学不仅是一种文化存在，而且也代表了一种社会的存在，体现了女性的现实存在。这在女性遭受不公与歧视的宗法社会里具有特别的意义。女作家们准确而丰富地采用了大量的女性独特的形体语言，成功地运用了具有浓郁女性气息的语汇和符号。所有这些诉诸读者视野中，使之感受到女性的真实而生动的存在，努力将公众的视线从对女性歧视和对女性的忽视转移到对女性的关注上。使其充分意识到女性在文化和社会意义上的存在，意识到女性生活的困境和女性文化的魅力。更重要的是，这种女性文化随时代的变化而变化，动态地再现了整个民族的现实。如铁凝的《玫瑰门》就代表了不同时期的女性社会现实，动态地证明了女性尴尬的存在，形象地表现出女性随着中华民族乃至世界而发展变化。

其三，富有哲理地展示女性生存的历史与现实，并揭示女性的独特经验。英国19世纪著名文学批评家乔治·亨利·刘易斯指出：“女性文学的出现有希望带来女性的人生观和女性经验，换言之，带来新的元素。无论人们想对社会作什么样的划分，男人和女人构造不同，因而有迥异的经验，这一点仍然是不争的事实。”② 在美学层面展示立体的女性生命姿态，充满了前所未有的生机和活力，能够传递出一个中华民族特有的女性文化气息，也能够呈现出女性文化的优势与个性。如铁凝

---

① Karl Marx, *Early Writings*, Rodney Livingstone, Gregor Benton (New York: Vintage-Penguin, 1976), p. 328.

② ［美］伊莱恩·肖瓦尔特：《她们自己的文学》，韩敏中译，浙江大学出版社2012年版，第3页。

《玫瑰门》里的善良、坚强的竹西，就具有现代气质的女性精神。

其四，对社会现实的抗议和对两性平等的追求，揭示女性在宗法社会秩序中遭受到严重的不公平的待遇。玛丽·伊格尔顿认为："男女之间最明显的差异，我们能肯定的唯一永恒的差异是主体的差异，这一差异一直被用来证明一种性别有权控制另一种性别的借口。"[①] 女人被认为是劣等人，她们缺少自己的语言，其文化自然也是劣等的，不屑一顾。然而，女性文本将富有女人现代形象符号置于读者眼前，无疑是对现实的一种抗议，一种辩驳：女作家以这类符号大量营造不同凡响的艺术之美，给包括男性在内的全世界带来了一个全新的审美体验。如张辛欣的《同一地平线上》就将女性分裂内在的欲望展现出来。刘索拉的《你别无选择》在尴尬中发出生命的感叹。残雪以《苍老的浮云》《黄泥街》等小说中对女性变态心理做了详尽的描述与刻画。

其五，女性意识形态构建的迂回性。女作家所要表达的女性主体意识及其女性意识形态价值，一定程度体现在文本中。从谌容的《人到中年》到张抗抗的《北极光》，从残雪的《青泥街》到铁凝的《玫瑰门》，女性叙事模式开始了变化，也逐渐在女性的界面去审视女性与社会、他者与自我的关系，从追求女性形象的"高、大、上"（《人到中年》陆文婷）到《不谈爱情》《风景》的世俗镜像，再到《玫瑰门》里的对母亲的审丑，随着女性本体欲望的变化，女作家力求在变动中捕获时代印记。

应该说 80 年代女性写作基本上体现了女作家的审美认识与对现存现实的批判性。这时期大多数女作家还是极力在探求一种精神本质的探寻。但 1987 年池莉的《烦恼人生》在《上海文学》上发表，之后有《不谈爱情》《太阳出世》等问世，意味着 80 年代后期女性书写的再一次地分化：一些女作家仍然坚守女性意识的深层探索，如铁凝《玫瑰门》进行深层挖掘生存环境对女性的制约，以及表达女性自身的陷落；以方方、池莉为代表性的女作家集中反映市井生态，重在表达个体生活

---

① ［英］玛丽·伊格尔顿：《女权主义文学理论》，胡敏译，湖南文艺出版社 1989 年版，第 410 页。

经历与感受，将将俗世景象放大，把现代人在现代社会中欲望的追求、困惑的心理、无奈的挣扎等和盘托出，展示原生态的生活图景。当方方《风景》中的七哥以罕见的生命力从湖北汉口的“河南棚子”里幽灵一般走出来时，一种充满粗粝、浑浊、嘶哑且略带腥味的地域文化喷薄而出。其实，方方这种策略的选择只是让她们便于穿梭在男性话语的缝隙中进行无性别的诉说，完全放逐了女性的性别意识。在黏稠、琐碎的生活流中，生命的崇高和锐气被朴素而真实的细节磨平，没有虚幻与梦想，甚至没有希望，所有的一切都是世俗的城市民间气息与趣味，衣食住行、接送孩子、替换尿片、伺奉老人的日常生活场景展示，加之妻子的唠叨、小孩的哭叫以及狭窄的居住空间所窒息。这就是方方要展示的世俗镜像。池莉《不谈爱情》里庄建非与吉铃夫妻两人在纠葛后，又重归于好，在作品中池莉有过这样的言论：“婚姻不是个人的，是大家的，你不可能独立自主，不可以粗心大意。你不渗透别人，别人要渗透你。婚姻不是单纯性的意思，远远不是。妻子也不只是性的对象，而是过日子的伴侣。过日子你就要负起丈夫的职责，注意妻子的喜怒哀乐，关怀她，迁就她，接受周围所有人的注视。与她搀搀扶扶，磕磕绊绊走向人生的终点。”如此的生活哲学在主宰着平凡人的生活，并在世俗的规范中压抑了自己生活的本能欲望。谌容的《懒得离婚》里面发出了无力、微弱的叹息：“难道你不认为能凑合也是一种幸福？当然，不是高档的，大路货而已。”“人世间的一切事情都还有个结。这也是一种了结。了了，结了，一切都过去了”。女性自我心理存在否定性、批判性和超越性，其精神向度被压制，显示出一种动物性存在的表征。《懒得离婚》中的刘述怀与李索玲之间是典型的无爱婚姻模式，没有激情，也缺失爱情，更没有深度的精神契合，两人凑合在婚姻的惯性中。作家将他们的无奈的生存状态和心理状态表达得淋漓尽致。

作家的笔触回到自身生活轨道，展示琐碎的生活场景，与崇高的精神拯救与以主体性介入社会相比，不再激进，但仍然不失为一种消极抵抗。同时我们应该意识到，当女性精神空间的拓展让位于世俗空间的延展，意味着女性文学精神也逐渐世俗化。女作家不再在精神向度上求索，而是进入世俗化生活的界面，原生态书写日常经验性和物质性成了女作家现代性想象，日常经验的庸常颠覆了崇高的使命。由于女作家大都以自己的生活为题材，以个人的角度折射社会，注重对自我的心理经验、生活感受的描写，甚至将自己的生活细节直接移入作品，常常使不少作品的叙写显得琐碎甚至无聊，缺少对于人物、故事作道德的关注、理想的瞻望，往往使作品缺乏审美的内涵与意味，更是一种淡化女性意识形态的展示。

很显然，80 年代的女性写作，未能达到与一种超越性的、绝对的自由融为一体的境界，更缺失冷静对自我历史、文化的深度把握。自由是现代精神的核心与灵魂，如果把自由当作“现代性”之根的话，自五四以来，中国就在追随自由的现代性发展。自由的本质在于人的内在超越性：人对物的超越和“我”从“非我”的超越。前者超越表明人对摆脱物的奴役和追求，后者超越表明人力图摆脱群体、社会、共性对个人、自我、个性的压迫和奴役。自由观念的产生过程正是人类一步步地实现超越的过程，其标志仍是自我意识、主体意识的产生。① 事实上，女性的想象并未达到对物性的超越与对“非我”的超越，更不用说是对自我的超越。因此，这其中有两层含义。其一，在文学与现实之间建构起来的女性想象发生了断裂。在这里，“所谓‘现实’是指与某一个灵魂相关的世界而言。对于每一个人而言，‘现实’乃是导向在广延的领域中所作的投影，即在陌生疏离的世界内，所影射出来的影像；故而，一个人的‘现实’意味着他自身”。② 女性心理现实是分裂的，那么，女性的想象也就在心理现实中发生了分裂。其二，由于女性生存的现实断裂，以致在想象中弥合的结果是在想象中的颠覆、建构与现实坚固存在着巨大的反差。结果是，女性写作在尴尬与分裂的状态中，以一种激越的姿势来进行反抗，但女性写作展开的是身体本能的释放，而不是精神上的飞翔。因此，可以说，女性想象是一种精神迷恋式的被书

① 参见李广良《“现代性”之根与中国精神的追寻》，《文汇读书周报》2000 年 12 月 9 日。

② ［德］奥斯瓦尔德·施本格勒：《历史·文化·艺术》，载刘小枫主编《人类困境中的审美精神——哲人、诗人论美文选》，东方出版中心 1994 年版，第 401 页。

写，缺少理性的认识。

二　激进的姿态与困境

大体来说，80年代的女性写作，一个明显的特点就是在与主流意识形态反抗与和解中完成了自己的使命，结果是分裂为两种写作姿态。其一，无节制地弘扬道德义愤，让激情完全压倒了历史理性，其结果是作品成了作家道德宣言与情绪发泄，也就是说，作家在对传统文化的反抗中又错位地与之胶合在一起，向现实妥协。这一路的代表无疑是王安忆、向彬等，王安忆的《小鲍庄》温情脉脉的“仁义道德”徘徊在乡野的上空，无疑这对于从“文革”中走出来的人们是一抹宁静而美丽的风景，但这并不能排除其隐含的“封建色彩”。尽管王安忆极力向中国文化的根脉深处拓展，但却未能以辨识的态度去审视传统。传统文化的基石是以儒道为轴心的，包含有对人性/女性压抑的人伦秩序。一言以蔽之，道德作为一种社会规范，使人服从人伦情感，但正是因为没有理性的支撑，人们更容易陷入疯狂。如向彬的《心祭》就是子女对母亲婚姻的粗暴干涉，从而酿成悲剧。世俗观念、传统道德和习惯势力交织而成的网，笼罩着成千上万的女性，一代接一代，即使有觉醒者，但仍不能彻底清醒。其二，是在理性与感性、道德与历史、审美与现实之间保持了平衡与张力，这种张力是具有艺术魅力的，但女作家对女性的雄化的偏激强化使艺术魅力黯然失色，进而坠入另一种极端女性场域中。这一路以张洁、张辛欣等为代表。张洁的《方舟》、张辛欣的《在同一地平线上》在传统文化的规范中力求挣脱，但无奈现实存在着巨大的阻力。这一方面，来自社会历史的惰性，另一方面却是女性自我的退缩。也因此，女性写作呈现出一种二元的背离状态：一是对于一切不公正与不平等的反抗与叛离，一是挥洒不去的无奈与虚弱。因此，这一期间女性写作的意义体现在，它开辟了文学想象与表现的空间，开始试图解构、颠覆男权社会的铁壁，甚至风起云涌地重构女性史，表现出气势宏大的抗争的姿态。然而这种抗争还远未达到其原初的目的——解放女性的心灵与身体。女性受到男权社会种种话语的掣肘，就连女性自身绵延数千年的心理积淀中的传统因素，仍然在起着作用。

如此看，不论是在“男女不一样”的20世纪上半叶，还是在“男女都一样”的下半叶，占中国人口绝大多数的一半的女性民众，并未实现在文化深层面上的“解放”。方方的《风景》、池莉的《不谈爱情》等作品也给予了人们类似的启示。徐坤认为：“作家就是要在日常生活中挖掘出人性最本质、最内在的东西，不是表面的轻微划伤，而是内心深处的感受和震撼。我基本上是放在人物的内心描写上。”[1] 在此意义上，方方、池莉的书写是避开了对女性心理的深层勘探。雷达指出：“在这些作品里，‘意识’似乎不见了，代之而来的是生存本身的硬度、质感和质量，是生活自身的‘原色魅力’，是生活自身的浑朴之美、粗野之美、平凡之美，好像这些作家只追求一样东西，那就是生存的真实。”[2] 在《钟山》的“新写实小说大联展”的卷首语中编者指出：“所谓新写实小说，简单地说，就是不同于历史上已有的现实主义，也不同于现代主义先锋派文学，而是近几年创作低谷中出现的一种新的文学倾向。这些新写实小说的创作方法仍是以写实为主要特征，但特别注重现实生活原生形态的还原，真诚直面现实，直面人生。虽然从总体的文学精神来看，新写实小说仍可划归为现实主义的大范畴，但具有了一种新的开放性和包容性，善于吸收、借鉴现代主义各种流派在艺术上的长处。新写实小说在观察生活把握世界上的另一个特点就是不仅具有鲜明的当代意识，还分明渗透着强烈的历史意识和哲学意识，但它减退了伪现实主义那种直露、急功近利的政治色彩，而追求一种更为丰厚更为博大的文学境界”。[3] 但淡化人物心理刻画，更无心对女性本体做更多的探索，无疑是池莉、方方的书写呈现。对于自己的小说，被归于新写实类型，池莉颇有排斥。那么，近乎原生态地描写了城市底层生活状态，是对写作本该要承担的社会勇气的退却，还是另外一种生存镜像的

① 易文翔、徐坤：《坚持自我的写作——徐坤访谈录》，《小说评论》2005年第1期。

② 雷达：《探究生存本相思，展示原色魅力》，《文艺报》1988年3月26日。

③ 对新写实小说这一概念的理论界定，最早是由《钟山》杂志完成的，见《钟山》1989年第3期。

展示路径？评论界各持己见，但有一点可以确认，方方、池莉的书写，直接导致了80年代后期女性写作的一次切实的分裂。

应该说，出现这种女性文学书写的逆流在于：当先觉的女作家们逐渐挣脱理论的导引，随之，女性叙事发生了内在的悄然转变，即回到中国本土现实与历史叙事中，在大历史的背景下开始理性地审视女性的精神处境。在女性意识与主流的社会意识交锋界面，突出女性的主体意识由弱化到强化再到弱化。原因在于传统文化根源的阻截而滞长，女性文学虽然肆意杀出重围，但在整个潮流与思潮中，以男性为主的主流文学叙事及男性思路创作，仍然在制衡女作家的叙述方式。在时代背景下的主旋律，以及在主流意识形态模式下，女性生存有夹缝中的感觉，女作家叙事的冲突在于，在整个大环境的文化寻根、反思、改革等主题与主流话语下，女性作家所要表达的主题，在内容的阐释、人物形象塑造，要求体现出女作家创作、叙事模式的变化，滑出男性叙述模式；但事实上，一些女作家仍然持有男性叙述观念、模式，还没有彰显出主体性，即便是前卫意识强烈的刘索拉，她的小说《你别无选择》的女性意识反映、女性主体并不专注。同样霍达的《穆斯林葬礼》还是置放在宗教与世俗的文化反思，依然是非常男性化的写作模式。“严格意义上的妇女文学的作者认识到妇女的生活道路与男子的不同，她们想调查这些不同之处，至少她们下意识地知道需要用一种不同度数的镜子才能清楚地看到它们，需要有一套不同的语义系统去表现它们”。① 诚如徐坤所说，“我们在历史上能够见到的所谓‘人性’表达，全由男权文化一手操持，‘人性’几乎就是男权文化主宰之性，历史上的一切文化、哲学、政治、宗教、道德观念，一切文化学景点，以至于关于女性之躯体的修辞学，无不出自男性的笔下、男性权威的眼中。当‘人性’的各个方面均由性别诠释和把持时，‘人性’就成为偏颇的、不完全的，由于缺少了占人口一半数量以上的另一半性别群体的认同和解说，‘人性’就会变得抽象而单一，这种解释对女性的要求就只有无条件服从，

① ［美］丹尼·霍夫曼主编：《美国当代文学》，中国文联出版公司1984年版，第154页。

而不允许她们有自由思考精神和行为姿态上的独立”。①

因此，女性本体内部特点叙述的尴尬、女性话语弱化的主体性，是复杂、挣扎与夹缝的体现，既是个案的体现，总体上也是共同的。尤其是突出的90年代，乃至21世纪，出现了诸多封闭在历史中的女性文本，或是彰显女性个体时代的文本。大多数女作家还没有在哲学、美学的高度，在女性精神立场上，去揭示钳制女性意识的深刻动因。因此，我们不得不追问，80年代女作家力图以崭新的姿态，从事作为时代精神文化代表的创作，为什么在立场的处理问题上仍然存在如此广泛而严重的偏失呢？究竟女性立场与女性身份认同之间的悖论在哪里？笔者认为，这个问题的背后，至少隐藏着以下几个方面的原因。

首先，在于女性社会参与的加强与女性自我反思的薄弱共同存在。20世纪的中国文化处于数千年未有的一大变革中，传统文化、当代文化和西方文化皆瑕瑜互见，于中国现实的发展有其不适用、不匹配之处。这样，主体立场的频繁演变、跟着感觉走就变成合理的现象，但这种暂时的合理性必然导致深刻性、稳健性的匮乏，作家对审美参照物又缺乏批判性审视的精神，无论是对政治功利化、大众化还是民族气派、现代性的追求，作家们总是把目标仅仅停留在具体文本的技术操作上，缺乏更深层次的思考和探索；从作家精神心理看，对“五四”新文学和革命文学的辩证性观照和超越意识总是没有成为群体的行为。单从谌容的《人到中年》就可以发现这种书写的悖论：陆文婷这位女性知识分子身上体现了主流意识形态在女性身上的投射，她忘我地工作，以卓然的姿态来超越自己，但就是这种坚定的政治信仰与奉献精神，使她逐渐将自我主体错落、消磨。女作家试图摆脱政治的束缚，而“政治”作为中国历史文化本质的规定，已经成为女性叙事表达不可缺少的要素。女性对主流意识形态的认同与传统文化精神上的迷恋，却也将对自我的反思忽视。女性的主体意识从表层认识来看，它直接反映了社会存在的现实状况。随着阶级剥削和民族压迫的解除，女性获得了与男性平

① 转引自杨匡汉、孟繁华主编《共和国文学50年》，中国社会科学出版社1999年版，第311页。

等的社会权利和待遇。她们走出了困居已久的家庭，到社会的广阔天地一展风采。由于广泛就业，她们有了经济收入，有了表现自身能力和价值的场所。她们亲身感受到了自尊和自立。然而，社会革命“恩赐”的解放淡化了女性的自我反思意识。女性主体意识中传统观念和现代意识交织并存。两者相互交错、相互冲突：一方面历史的连续性，使印有封建宗法遗迹的传统心理与观念在相当程度上禁锢着女性的精神世界，许多女性把做“贤妻良母”作为人生的目标，她们的牺牲意识过多地停留在家庭范围内，缺少付诸社会公共事务的思考，甚至对忍耐、无怨、牺牲、奉献等自然认同，并自我欣赏；另一方面，女性的自信、自强，敢为天下先的担当意识、创新意识、自立自主的独立意识，追求高尚道德的自强意识，追求理想的未来意识，对民族、对祖国的使命感、责任感等社会意识也在人们思想中不断获得发展。这说明，新型女性力求在自己努力的基础上在更高层次上承担起家庭和社会的双重责任，但这种兼容性的选择也反映了女性意识中对传统观念的妥协和认同，反映了传统观念价值观与现代价值观的矛盾和碰撞。因此，在传统与现代的交互作用下，女性既被“过去”规定，又被“现代”塑造，思想观念的传统性与现代性的并存，形成了带有两极性特征的内在矛盾运动。在现代社会中，每一个女性身上或多或少都表现出这种两极性倾向。中国的女性在思想认识的深层结构上还没有真正建立起自觉的主体意识。正如福科所言：“重要的不是话语讲述的年代，重要的是讲述话语的年代”。主流社会对女性的身份进行了规定，女性过多地承担了政治的身份，与男性抗争，将女性立场隐匿起来。

其次，尖锐的社会环境和急剧动荡的时代局势，造成了女作家们的迷惘分裂心态，因而未能充分地去消化和理解所面临问题的全部内涵，未能透彻地参悟和把握思想与艺术的真正底蕴。在20世纪这样一个矛盾异常尖锐复杂的历史时代，从阶级矛盾、民族矛盾激荡中的社会政治立场，到价值规范更易、生存依据紊乱状态中的道德人格立场，直到顺从生命欲望和探求文明品位两种倾向并存的时代大潮中的精神文化立场，诸多层面都需要不停地进行判断和抉择。结果，主体精神的根底处于悬浮状态，作家的生存体察呈散漫自在形态，所感悟到的种种价值元素未能浓缩凝聚成一个有机的整体。残雪的《山上的小屋》《黄泥街》的女性形象是模糊的，也是被整个场所与阴森环境覆盖的，而这“与其说是精神分析意义上的症候，不如说是女性文化的症候。一边是血缘、性别、命运间的深刻认同，一边是因性别不公与绝望而拒绝认同的张力”。[①] 如铁凝的《玫瑰门》反映了在政治扭曲人的革命年代里，一个有着富家少奶奶身份的司猗纹丧失了生活的主动权，为摆脱困境，不择手段。显露出其极力挤入无产阶级阵营，丧失母性与女性立场的荒诞行径。池莉的《不谈爱情》就是一个女性立场隐匿的故事，吉玲选择庄建非的目的就是摆脱花楼街——一个印有小市民痕迹的出身场地。如愿以偿后，所谓爱情只不过是性的满足和一种务实的利用，因此“不谈爱情”。只是拥有一种素朴而简易的生活，没有女性的理想，也没有更多的奢望，一切就是为了活下去。

再次，意识形态的强大吸附作用，导致女性独立意识的贫弱。20世纪中国从救亡到富强的历史道路，都是在极为紧张艰难的状况下走过来的，时代功利目的和民族整体利益的苛刻需求，促成了意识形态话语的强大力量，富有历史责任心和民族使命感的中国人都心甘情愿地被吸附于其中，融入了更迭时代的潮流，形成了一种特定的缺乏独立性的文化心理范式，结果，缺乏文化独立意识，势必导致女性会有处理问题的偏失。80年代以来，个人生存感悟又缺乏一种时代理性的高度。而对意识形态吸附作用反拨的这种矫枉过正，自然也会导致过分偏重个人体验等等现象的出现。矫枉过正使女性走向了另一个极端其表现在于。其一，重视个体精神状态的表达，忽视内心体验与艺术规范。在这样的情况下，选择主体立场时既重心灵体验又对所选择的立场本身具备理性反思精神，就显得尤为重要，可惜当今女作家在这方面缺乏充分的自觉性，往往以自我体验的痛切真实代替文化人格的深厚稳健性。作品以毫无遮掩的切身经历的事实，揭示当代女性的生存状态但却无法伸入生命

① 戴锦华：《陈染：个人和女性的书写》，《当代作家评论》1996年第3期。

本体深处。其二，重世俗欲望，轻精神厚度。女性文本缺乏人类精神价值关怀与历史高度的意蕴，创作中对主体价值立场和人格姿态的着意强化，有意夸张地张扬的主体姿态与立场，而从人性结构、人类生命价值体系的全局来看，却是一个很肤浅的层面、很窄小的维度、很短暂的过渡型的特征。这样，作品的精神文化厚度，必然受到极大的局限。80年代中国社会的生产和生活的深刻变革，尤其是全社会的市场化转型，一方面把个人从传统体制中解放出来，另一方面使个人在普遍交换和不断发展的加速运动中，失去了基本的稳定感和归宿感，意味着自身的内在统一性缺少基本保障，而时时面临着在普遍交换和不断变化中被割裂和消解。而女性身份的意义，从来不是固定的而是一直流动的，也就是说，女性在特定时期具有自己不同的政治、历史与文化身份诉求等。而女作家只有通过认识、揭开性别身份的复杂性和矛盾性，才会最终将其颠覆。但作为一个社会的人，女作家的创作从一开始便会受到文化传统的支配与影响。

最后，女性在社会与女性双重的界面展开了叙事，试图表达精神立场，却受制于性别秩序的束缚。文学的主体性、人的主体性是一致的，但与女性主体性是错位的。“前者可以用主宰集团控制的语言清晰地表达，而溢出的部分是女子独特的属于无意识领域的感知经验，它不能用主宰集团的语言表达，这是失声的女人空间，是野地”。① 美国女性主义批评家伊莱恩·肖瓦尔特指出：“想象力逃脱不了性别特征的潜意识结构和束缚，不能把想象力同置身于社会、性别和历史的自我割裂开来。”② 女性主义者桑德拉·吉尔伯特认为：“最终书写下来的，不论是有意识的还是潜意识的，都是一个人的整体……如果作者是一个受到作为女性的教育而成长起来的妇女——我敢说只有极少数生理异常的女人没有作为女性而被抚养成人——她的性别特征如何因田园地的文学创造

---

① ［美］伊莱恩·肖瓦尔特：《荒原中的女权主义批评》，载王逢振主编《最新西方文论选》，漓江出版社1988年版，第276页。

② ［美］伊莱恩·肖瓦尔特：《我们自己的批评：美国黑人和女性主义文学理论中的自主与同化现象》，载张京媛主编《当代女性主义文学批评》，北京大学出版社1992年版，第255页。

能力分离开呢?”[①] 身份写作意识上回避性别问题，而写作事实却是以女性为内容，这曾经是80年代前期女性写作所呈现出的一个悖论。这个悖论使女性写作在寻找、指认女性自身时产生了新的迷惑：表达女性经验，只限于宣泄、倾吐心中的块垒，而极少站在女性的立场深究缘由。但80年代女性写作传达的激越的情绪以及文化气息，仍然激荡在时代的浪潮中。80年代的女性文学更揭示和呈现了那个时代女性的精神难题，正如舒婷《也许》中的诗句：“一切都是命运/一切都是烟云/一切都是没有结局的开始/一切都是稍纵即逝的追寻”//“也许我们的心事/总是没有读者/也许路开始已错/结果还是错/也许我们点起一个个灯笼/又被大风一个个吹灭/也许燃尽生命烛照别人/身边却没有取暖之火”。“那个时代青年的精神难题就这样被诗人提炼出来，于是他们成了80年代的代言者和精神之塔”。[②] 尽管，女性文学还存在一些驳杂、激情与混乱，但80年代女性书写表述时代的精神想象，在一定程度上，也代言了整个时代的女性生存景观。

三　走向女性时代的乌托邦

女作家试图从夹缝中挣脱，回到本体，回到主体，有了激进表达之后的流变，即回到女性时代。这意味着女作家回到女性生态层面基点上，开始介入真正的女性本体意志与想象。走进女性时代的乌托邦，是女作家在一种精神想象空间中，对超越世俗、社会文化结构的一种虚构，但却是指向现实的，具有象征意义。从而体现了最大化的女性主体性。“艺术品中必定存在着某种特性，离开它，艺术品就不能作为艺术品而存在；……在各个不同的作品中，线条、色彩的关系和组合，这些给人们以审美感受的形式，我们称之为有意味的形式”。[③] 女性文学作为一种“有意味的形式”是要摒弃激进的乌托邦构想。尽管80年代的

---

① ［美］桑德拉·吉尔伯特：《大学的女性主义批评》，载张京媛主编《当代女性主义文学批评》，北京大学出版社1992年版，第255页。

② 孟繁华：《当下中国文学的一个新方向——从石一枫的小说创作看当下文学的新变》，《文学评论》2017年第4期。

③ ［英］克莱夫·贝尔：《艺术》，周金环等译，中国文联出版公司1984年版，第4页。

女性意识形态构成，具有启蒙性质，但对于深受传统浸润的女性，尚不具有效力，因此造就了80年代女性文学的激进与游离的共同存在。众所周知，文学界在80年代以开放的心态，接受西方的现代性，“但问题又同时产生……刚刚崛起的社会‘成功人士’已经在‘国际接轨’的旗帜下引进了一整套以西方现代享乐主义为核心的新道德诠释，重新规定了财富、荣誉、体面、上流、甚至是享乐的内涵与定义，当人们兴高采烈地夸张享乐和消费至上时，享乐和欲望也已经转换成特定诠释下的某种场景、形式、游戏内容及其规则”。[①] 西方现代文化符号与中国文化现实的对接，以及其本身的剩余价值，在中国本土的繁殖能否奏效，女作家也在做着尝试，并在激进中构建女性话语体系。

于是，80年代女性文学的使命在于，一方面要裹挟在整个主流文学的反思、人道主义、改革、寻根等历史叙事与话语中，参与主流意识形态价值的申诉。这是80年代时代征候的体现，“在很清贫的情况下，大家对文化、文学、艺术都寄予巨大的热情，当时的人真诚，能不太功利地对待一些虚的问题、形而上的问题。而如今，谈玄变得不仅是奢侈，还是让人怀念的东西”。[②]“将八十年代说成是中国的文艺复兴的确过了，但说它是第二次启蒙，承接五四传统，似乎更恰当。西方100多年的学术思想在短短十年之间时空混乱地进入中国，对中国来讲那十年很重要，快速吸收，马上反省。矫情地说，八十年代是中国学术界的青春期”。[③] 另一方面，80年代女性文学所蕴涵的思考主要不是对现实问题的总结和提升，它所表现出来的观念上的凌乱以及时或显得偏于“激进”的生命姿态，也许恰恰因为其自身正处于一个外来思想在古老而又正在焕发青春的国度里寻找实践的过程之中。随之因思想观念和伦理道德观念的变迁，导致了女性表述激进的女性意识形态的困境，这种表述的悖论成为80年代女性书写又一个不可回避的存在。而最为典型的是80年代张洁式的“女性神话”的建构——拒绝男性的女性群体聚

① 陈思和：《现代都市社会的“欲望”文本》，《小说界》2000年第3期。

② 马志宇：《80年代文化的黄金时代》，《乌鲁木齐晚报》（汉文版）2010年11月24日。

③ 同上。

集，以及90年代陈染、林白式的以女性身体极度释放来进行建构。80年代以来一些女作家伴随着西方女性写作与理论中成长起来，在寻求新的性别身份的过程中，以激越的姿势进行探索，对男权文化解构，并开始了超越自我神话的建构，就是女性或女作家以一种理想（权力）来对女性精神进行构架，也即制造女性权利——超越社会文化现实、超越男性、超越自我的一种精神图腾。同时也要解构在这霸权文化体系内被塑造的女性自我。而多元与共融的和谐生态原则理应成为女性写作所追求的文化目标，但“性别差异”在女性主义的前提下，有中心论倾向，只有在还原个人真实性的前提下，它才是差异原则的特异性本身。“女性不是作为所谓‘男性社会’——这是一个虚假的设定——的对立的反叛力量出现的，而是作为清算形而上学的个体力量所能显示的女性个体的独特的差异性和敏锐性，介入根本的恢复存在的生成性活力的斗争”。① 女性需要把“女性问题”与“非女性主义问题”或社会性别问题，放置在历史文化语境中去甄别与分析，最终的目标是要追随一种精神自由的创新空间。但事实上，女性（包括女作家）认同于对西方女权理论形而上学的摹写，以期在面对主流社会权力垄断的话语获得合法地位，但缺少本土性思维，不符合实际的操作，偏离了女性自身发展的轨道，也与本土文化现实相脱节，致使女性写作走向了精神向度的虚幻与迷失。

同时，中国女界的理论走向也存在误区，即从女性主义到非女性主义的女性理论形态的存在有三方面。第一，女权主义——与国家、社会的权力机构认同，以便取得合法地位。第二，女性主义——进入主体的内在主观性研究，重点在女性性别独立上，但仍以“男人—女人”的二元对立为前提。第三，个人问题——从差异出发，特别是从时间、空间、语言的差异性出发。强调差异既不在权力认同中，也不在性别对立中，而是在个人的差异性中，显示着女性个体的性别差异。可以说，“女性主义挑战传统的有关身份和自我性状、妇女性状的男性定义，这

---

① 萌萌：《后现代主义和女性问题》，引自叶舒宪主编《性别诗学》，社会科学文献出版社1999年版，第56页。

就打开了新的可能性，而后现代批判质疑固定不变的认同主体，遂使这些可能性本身也成了问题。对本质主义的否定、对任何形式的决定论的建构主义的种种批判，给妇女研究和女性主义运动留下的是一个消失的主体。”① 然而，中国女界理论尚未能够引导女作家的书写。

应该说，80 年代以来女性文学的发展与社会精神生活的趋向密切相关，呈现出明显的同构性。自 80 年代以来，女性文学试图颠覆男权意识形态，建构女性神话，而事实上并未达到男女平等，反而建构起的女权话语，对女性本身造成进一步侵害。女性与男性当代的关系，由于性解放作为对男权的冲击的中介，体现出了极端的性霸权（权力），成为统治男权世界的关键，由此带来的女性精神个性的提升过程建构了新的二元对立性。其潜在的女性主义的发展有一个清晰的脉络，从颠覆男性神话开始，经历了宗教神话（彼岸性）—父权神话（男性中心）—政治神话（权力中心）—意识形态神话（话语中心）—人权神话（此岸性）—女权神话（女性中心）。以一种坚挺的女性主义理想正是以此为合法性的依据。应该说，这是以张洁为代表的无意识的女性反抗逻辑起点与终点。也正因为如此，女性并没有走出偏狭。“每一个社会都会生产出它自己的空间”②，并且具有不可避免的局限性与空间范式。雷米埃斯在他为亨利勒菲弗的《空间与政治》所写的序言如是说。每一个时代都有属于自己的空间形态，而“空间”既是社会生产出来的，同时它自身也具有生产性。而 80 年代之于女性文学的空间，就在于女作家在主流意识形态与女性意识形态之间的博弈存在，而女性文学所表达的激进，就如赫勒这样概括激进哲学，“当且仅当一种哲学不再仅仅阐释标准，而是实现标准时，它是激进的”。③ 女性表达带有一定的乌托邦话语形态，“乌托邦永远不会‘在场化’，也正因为无法彻底实现，乌托邦才具有无穷的生命力和永恒的魅力”。④ 1516 年，一个独特新颖

① 叶舒宪主编：《性别诗学》，社会科学文献出版社 1999 年版，第 61 页。

② ［法］亨利·勒菲弗：《空间与政治》，李春译，上海人民出版社 2008 年版，第 10 页。

③ Agnes Heller, *Radical philosophy*, translated by Jame Wickham, Oxford: Blackwell, 1984, pp. 134 – 135.

④ ［美］乔纳森·卡勒：《结构主义诗学》，盛宁译，中国社会科学出版社 1991 年版。

的词汇“Utopia”[①] 首次出现在了英国人托马斯·莫尔的著作中，而乌托邦（Utopia）一词来源于希腊语“ou（无、没有）”和“topos（场所）”，其本义为“不在场”“无场所”“没有的地方”，乌托邦精神三重性：否定批判性，指向现存秩序的精神倾向；精神性与理想性，指向未来的超越；非现实性与空幻性。共生并存，共同构成了乌托邦的独特本质。赫茨勒曾经加以界说：“乌托邦的基础是乌托邦主义精神，即认为社会是可以改进的，而且是可以改造过来以实现一种合理的理想的。”[②] 而80年代女性文学的乌托邦体现在以超越的态度，无视外部世界的秩序，而伴随的是女性激进乌托邦的女性秩序的构想，以及不可实现性的并存。在《沉重的翅膀》中，张洁塑造了现代化的主体形象，是通过对欲望的肯定和自我个体的发现而得以建立的话，作为勾勒未来蓝图（blue-print）的传统是乌托邦思想的一部分。而张洁《方舟》当中荆华为了养活被打成反动权威的老父和妹妹嫁给了自己不喜欢的人；柳泉则因为漂亮的脸蛋儿遭受单位上司的骚扰；梁倩虽为高干子女，导演事业却一波三折，障碍重重。张洁用一种集中典型的手法描写了女性与男性的冲突。男性已经不是女性的依靠，而是女性生存的阻力。于是张洁构筑了反情爱的女性乌托邦世界。从情爱乌托邦的《爱，是不能忘记的》，走向了反情爱的乌托邦《方舟》，而发展到《无字》，则以男性道德、智慧的全面崩溃彻底地否决了男性世界。张洁所体现的激进女性乌托邦精神，表征了80年代女性书写的精神构想。女性的乌托邦精神的虚幻性，同时也具有精神想象的构想性。张抗抗《北极光》中的“北极光”是一个极好的现代性象征，它与现实的平庸恰好形成对照，其既可能存在，又难以找寻。“北极光”这一象征的符号表达，既是人类精神之光，又与女性企及的内在精神有一脉相承之处，同时也是一种乌托邦想象。王安忆小说《小鲍庄》中主体和空间的多义性，却也是

① Utopia（乌托邦），既可以指莫尔所刻画的理想社会，也可以指乌托邦思想，同时还可以指乌托邦这种独特的文体。

② ［瑞士］卡尔·古斯塔夫·荣格：《未发现的自我》，张敦福、赵蕾译，国际文化出版公司2007年版。

一个被充满主流意识形态美学建构的乌托邦，但非女性意识形态美学。刘索拉的《你别无选择》《蓝天绿海》对西方激进的膜拜，反映了“文革”后年轻人对“文革”彻底的告别。森森们反抗禁忌和权威对人个性的扭曲和压抑，而“卡夫卡”“勋伯格”这样强调人的价值、提倡人精神自由的人物成为森森们的精神教父，也是现代性符号。刘索拉建构了一个反传统的现代乌托邦景象，不仅是为森森们呐喊助威，也是对反传统的西方现代文化的致敬。《你别无选择》中的金教授和孟野、森森等人，在同以贾教授为代表的现存秩序和规则（这一规则以无处不在的功能圈的形式表现出来）的斗争中，实际上成为他们命名自身和表明反抗的象征。残雪决绝地走在了精神与想象的虚构乌托邦中，她不愿意妥协，也不愿意改变，残雪的作品具有冷峻的现代派味道，《黄泥街》等文本具有先锋的思想，但对现实社会逻辑存在着一定的否定性，甚至是以一种乌托邦的构想抵抗。其悖论在于：隐含着否定，存在着反抗与背离，但又以一种超越的方式出现。而王安忆展开了城与乡的各自经验表述。《小鲍庄》贴近主流意识形态话语，实验中具有反叛，冲突束缚，在传统文化模板上，构想着现代意义上的乡村伦理乌托邦。“三恋”和《岗上的世纪》是非常独特的，描写女性本身的欲望与性、爱和抗争。“随着这种原始性欲结构的恢复，生殖器功能至上性，同与之相随的肉体的非性欲化一起被打破了。整个有机体都成了性欲的基础，同时本能的目标也不再完全体现在某种特殊的功能上，即与异性生殖器相接触。本能的领域和目标由于得到了这样的扩大，也就成了有机体本身的生命。这个过程借助其内在的逻辑，几乎必然地表明了，在概念上性欲转变成了爱欲”。[①] 在这里，是否可以这样大胆设想，王安忆挣脱所有束缚的原欲展示，是否就是 90 年代陈染、林白个人书写，乃至卫慧与棉棉身体书写的前奏？若果真如此，王安忆表达了性爱乌托邦。

事实上，女作家在激进地反抗，也制造出了种种精神的幻想。女性写作进入 80 年代中期以后，张洁、铁凝、王安忆、翟永明、伊蕾等，

① ［美］赫伯特·马尔库塞：《爱欲与文明——对弗洛伊德思想的哲学探讨》，黄勇、薛民译，上海译文出版社 1987 年版，第 149—150 页。

以其对女性深层心理的开掘及对男性中心话语的反抗，形成了比较大的气势。应该说80年代女性文学的流变，具有很多实验性的东西，而这种女性意识形态的演进，带来了两种后果：

一是女作家挣托男权束缚之后，建构了女性群体或个体的精神乌托邦，以及在一种近似“后母系社会”的乌托邦景象中展示女性生存，这直接导致了90年代的女性文学的个体时代的表述。原先受到群体文化遮蔽、压抑的个体逐渐以自己的方式凸显自己的存在，个人性与人的主体性得到了空前的张扬，个人的感性真实、欲望化的生存经验也受到了普遍的关注。女性内在空间构设，对社会空间有了积极的回应。个人化书写持有女性话语，极度表达女性个人的经验和体验，以构成对男权话语中心、道德秩序的颠覆，陈染的《与往事干杯》《私人生活》，林白的《一个人的战争》《致命的飞翔》《守望空心岁月》，海男的《我的情人们》《人间消息》《没有人间消息》等，其实自我暴露式的话语张扬着欲望的膨胀，显示出一种偏执的反道德或超道德的意识。这并非美学意义上的女性意识形态表达，而是一种大女性中心主义意识形态的建构。翟永明在《女人》组诗中最为关键的《结束》中写道：

永无休止，其回音像一条先见的路
所有的力量射入致命的脚踵，在哪里
我准备再知道：完成之后又怎样？
但空气中有另一种声音明白无误
理所当然这仅仅是最后的问题
却无人回答：完成之后又怎样？

一是80年代女性书写在激进乌托邦之后，显示出了一种反冲力，那就是蕴含有女性对本土深度介入的精神因子。诸如铁凝、迟子建等一些女作家，基本上沿用本土策略表述女性存在。这里不作赘述。仅以刘索拉为代表进行佐证。1985年刘索拉的激进，体现在对现有文化秩序的质疑与排斥，作品也表现出了先锋姿态与前卫意义。其作品呈现不守陈规、有天马行空的风格。但有意思的是，80年代后期刘索拉在贴近西方文化基底，却反抽回到了本土语境中考量文化现实，从单纯的对中国文化的反叛转而对中国文化进行全面的思考，她的创作一面深受西方文化的影响，一面在西方文化的参照下，对中国文化重新进行定位，深入发掘中国文化的独特性，寻找某些被历史尘埃所掩盖的中国精神。刘索拉有着现代形式上的先锋探索，但精神内核是本土性，更重要的是逐渐有了女性立场的自觉。

刘索拉在本土化的实践中，逐渐开始了自觉内转：女性符号的寻找。刘索拉的艺术创作一直坚持着书写的表现性、写意性和再现性，同时她也把传统的文化因子与当代艺术的形式运用到作品中，使其具有“形式感”，冲破旧的文化艺术的规则，诞生一个新的艺术的范式，但却极力深入女性的内心世界。传神地表现了现实生活的颓废与挣扎精神，释放生命和灵性。应该说，西方多年行走的刘索拉，但精神主脉是本土的。她一直在探寻这种女性存在与本土文化之间微妙的生存情感。用日常的人与物，解读女性空间与社会空间，创造出可延展的书写画面。在这种现代的表达中融入了中国本土文化元素，在音乐、文学与视觉表达中延伸着对精神价值的探寻，存在女性话语乌托邦建构与对女性本体生命的反思。

如果说80年代刘索拉的小说依然是以人本主义路线，甚至指向了主流意识形态的存在，而90年代乃至21世纪，刘索拉却更专注于从本土传统文化发掘女性话语的质素与女性符号。这体现在她的音乐创作中，如刘索拉在给电影《无穷动》制作的音乐里面，有一段特别简单的琵琶音乐，只有几个音符，反复地来回地弹奏，来形容那几个女人的心态，成了电影的序曲又贯穿了整部电影。其实，当时运用这几个音色之前，导演宁瀛非常犹豫，怀疑这个特别中国的传统声音能否代表现代女性的心态。但刘索拉执意坚持这几个音符在电影中反复地出现，竟非常准确地表达了那几个现代女人扭曲而又敏感的心态。来自远古的琵琶古曲《陈隋》带有古代女性情感的音乐元素，被植入现代女性电影。在刘索拉看来，“古老的智慧说，女人是宇宙的阴性代表，又是阴阳的综合，因为女人要生产和制造另一个生命，她的身上自然有阳性使她的能量平衡。古老的神明将女性奉为图腾，因为阴性随万物运转而生，更符合天体的形态。但这最完美的人间造物内心中的尴尬、羞怯、偷窥、嫉妒、猜疑、相思、欲望，如同私语一般与女性的身体共存了数千年。……中国的古代文化是一种混合的文化，是充满了对神和人性崇拜的文化，中国古人的感情层次不光是我们看到的儒家典范，而是充满各种活生生的动态”。[①] 古代音乐文化符号中，有女性的本体生命特质。刘索拉正是通过对古代音乐介质的应用，表达了现代女性的困惑与茫然。而 21 世纪刘索拉《女贞汤》的出现，标志着对女性内心与环境的审视，从大文化背景来反思女性的生存现实，指认儒家伦理教化对女性的扼杀，也从群像扫描转移到对女性主体的凸显。小说以先锋的姿态，投射到公元四千年后极得乎家族的历史，充满中国本土性色彩，影射到中国伦理秩序的荒诞，将钳制女性的宗法、伦理表达得淋漓尽致。

在人、鬼、兽、神、僧等不同空间与场景中进行切换，塑造了猪龟娘娘、娇艳、希撒玛、莫姑娘、阎王娘娘、婴等现象，展示了女人的不同生命情状，女人传统符号原有的意义边界被彻底打破，女性形象的内涵得到不同向度的拓展。《女贞汤》写了在不同时代，不同文化和政治背景中，不同女人的变化与反抗。如莲英被女贞汤害死，娇艳、莫姑娘因为一点点不合规矩被处死，她们生前都没有自觉的女权意识，觉醒和反抗都在死后成了鬼魂时。从一个角度，也说明了女性反抗的乌托邦与自身局限性的存在。

刘索拉所代表的是一种跨中西文化之后，回归本土的书写路径。刘索拉的探索，印证了女性书写在撇开主流意识启蒙话语、摆脱政治意识形态话语和男性中心话语的影响之后，开始真正地进入了社会文化/女性双重反思的界面。“总的来看，80 年代女性创作在 20 世纪女性文学发展史上更重要的是其处于新阶段起点的位置上。在经历了 80 年代之

① 刘索拉：《从远古传来的爱情信息》，《艺术评论》2007 年第 1 期。

后，进入 90 年代，启蒙主义有关‘女性/人’的混同叙述的矛盾渐趋突出。这一方面提示了妇女解放任务的延续性，另一方面，女性知识分子那种试图摆脱政治意识形态话语和男性中心话语的影响，渴望固守内部经验独特性的强烈要求，又预示了 90 年代女性文学的某些特征。此时文学视野中对女性问题的关注，既体现了启蒙主义思想模式的渗透，同时也昭示出，正是启蒙主义的思想目标对女性自我意的塑造以及它所带来的新问题，为后来的女性解放之旅提供了反思的契机”。[①] 这种理性思维延展到一些女作家的书写中。正是沿着这种路径，女作家有了 90 年代乃至 21 世纪书写的革命性的转向与归一，向本土掘进的路向上，开始了现实主义精神的书写与话语的重构。

应该说，从 80 年代到 90 年代，乃至 21 世纪，女性文学发生了重大的流变，那就是女性叙事已经打破了正统意识形态的主宰的写作。也正是如此，女性的写作有了高度的自觉性与能动性，在经验的应用、角度调换、叙述节奏等方面有了创造性的改变。但不可回避的是西方女权话语在一定程度深匿了中国女性叙事话语必要的本土战略和策略，同时女作家自身存在限度：从男性的话语中突围，又遭遇到商业化、媒介化的消解。但中国女性写作也在逐渐摆脱从西方女性话语“移植”，更多地关注本土经验和中国语境下的话语资源，关注中国都市、乡村女性生命经验、生存方式的特异性，创造具有中华民族本土气质的女性文学。

事实上，女性话语与西方女权理论话语、男性话语之间依然存在着交织，这也决定了女作家在日渐寻求发展自我的时候，在两难中寻找与摆脱，一方面，要竭力摆脱男性话语对自己的钳制，另一方面，又要吸纳、接受西方女性主义的理论与表达。因此，80 年代的女性文学始终处在悖论冲突之中。这种“悖论”在于，女性所处的场所与文化环境日趋复杂多变，“现代性”的意识形态，成为了 80 年代主导性的主宰，对传统伦理道德文化的冲撞，使女作家的意识形态陷入混沌与迷惘。女

① 乔以钢：《“人”的主体性启蒙与女性的自我追求——20 世纪 80 年代女性文学创作侧论》，《中山大学学报》2007 年第 2 期。

作家表达弗里德里克·杰姆逊意义上的“女性意识形态素”[①]，完成女性精神空间、意识与公共空间的互动，其实就是对接女性与现实的紧张关系。而女性书写的逻辑与现实的逻辑，存在一定的叠合或跟进。

但80年代女性文学的变奏，意味着已在时代的空间中，进行着自我内在的切换，在“奏鸣”中“回旋”或“变奏”。体现与之前截然不同主题，表达女性精神意识的流变，以及女性主题的个性形态。女性书写纳入了新的文化质素，在感性上带来了一种另外的体验：具有明确导向性的审美倾向与文本表达。但80年代中国正处于社会和文化的过渡转型时期，各种思想文化立场，各类价值规范皆呈不成熟、不定型状态，这就为女性主体价值立场的成功选择带来了难度。于是，一些女作家采取了以状态描述代替价值判断的策略，完全回避主体立场的显示，或用隐晦、扭曲的形式来暗示主体的价值立场，或是以一种更为极端的方式解构女性存在，“现代艺术或后现代艺术特有的这种女性特质的解构，打开了新的可能性：抽象、极简、心理病。从对我们来说如同美一样显现的东西中，这些可能保留了彰显无尽之爱的雄心”。[②] 而这种女性探索中，女性并没有缺席，堪称最无畏的先锋。在茱莉娅·克里斯蒂娃看来，这已经严重地摧毁了女性图像，也摧毁了性别的轮廓、性别差异和自我意识。因此，尽管女作家的价值立场本身发生了很大的变化，女性文本似乎覆盖了整个文类，但对女性立场的处理隐含着局限与偏失，结果造成了文本价值蕴涵的难以弥补的缺憾。事实上，女性立场最起码应该涵盖女性主体意识、道德良知、价值判断与女性精神独立等方面的追求与把握。女性意识形态乃至女性主义美学仍然是一个过渡性与构建性的语词。“女性主义美学起初乃源于一种社会（性别平等）关怀，也涉及政治性的社会行动，旨于改变艺术与现存社会的状况；然而作为一种

① 杰姆逊曾在弗莱的文类批评中发掘出其意识形态功能，并针对弗莱的文类批评，提出了“意识形态素”的概念。这里指涉的是构成女性意识形态的介质，是女性意识转化为女性意识形态的必然精神质素。

② ［法］茱莉娅·克里斯蒂娃：《克里斯蒂娃自选集》，赵英晖译，复旦大学出版社2015年版，第55页。

美学体系，其处于构想阶段，并未见严格讨论审美经验的基础或起源。”①其实思考如何构建区别于主客体二元对立或分割的美学体系，正成为女性及研究者的必要命题。而“嘉比利克作为一个艺术学者及女性主义者，认为艺术应提倡一种［女性理境］（‘feminine ethos’）。这种理境与其他从性别角度来理解，不如把它看为一种另类的伦理。这伦理以社会性别分工中女性为关怀、照顾、孕育、造就、团结和谐为特色，有别于西方父权社会刚性文化（masculine culture）中以科学、技术、机械、知识及权力等为主导价值的驾驭态度”。② 应该说，不仅女性主义，连同女性意识形态美学，都应该是超越女性狭隘的男女对抗的思维范式，并且从这种思维中解放出来，回归到女性自然的天性，构筑自在的女性精神空间，具有一种超然而贴近女性现实的审美之维。这寄予了女性主义者未来诸多的美学期待。这也就注定了 80 年代女性意识形态乃至文学之于美学仍然是一个渐近的过程，存在自身的限度。

综上，80 年代女性文学的困境在于，当先觉的女作家开始抛弃主流意识形态的捆绑，立志要回到女性生活的自身逻辑，回到本土文化逻辑的轨道上，建构女性意识形态美学，但现实逻辑依然在制约着女性自我意识，女性回到主体的同时，势必又要妥协在社会主体心态的构造中，出现了不可回避的尴尬与矛盾。

① 文洁华：《独与天地精神往来》，中华书局（香港）2015 年版，第 15—16 页。

② 同上书，第 124 页。

结语　激进的意义与局限

20世纪80年代中国女性文学伴随着主流意识形态生成，也在西方文学思潮及理论的导入中，获取了精神资源及生长元素，因此，女性写作既有激越先锋意义上的探索脉动，也有传统意义上的保守节律，一方面承担着与主流文学的协同发展，同时也在寻求女性意识与话语为主旨的文学拓展中，开始构建自我叙事体系，有了自我叙事转向与审美流变，并呈现出多种书写姿态及发展轨迹。80年代女作家击穿正统或主流意识形态，从集体意识走向个体意识，从社会意识到女性意识，标志着女性时代的进入，即集中以女性为焦点，进行辐射，展现女性与社会环境、男性、文化、历史、宗教、性等纠葛。女性书写象征意义大于现实意义，女作家渴望在这个男性主宰的世界上，争得了属于女性自我精神空间，发出自己的声音而已。女性本体显示出时代的崇高介质与时代镜像的投射，表征了女性作为时代的印记，是历史发展的承载。其表述及价值所在：女性由自我空间，介入社会空间，以一种承担、勇气改变着社会秩序。

80年代女性文学定格在时间与空间中，女性文学裂变为多重形态、多重主题表达，这是符合女性自身发展逻辑的，也是与社会发展逻辑一致的。80年代女性文学的动能，为90年代乃至21世纪女性文学埋下了伏笔，开始了女性乌托邦构建或本土生态美学的构建，展开了近乎母体或母本的叙事。

其一，回到女性本体：接续“五四”女性解放的文化精神，深度挖掘精神资源、美学资源与理性主义资源，在现代性与传统性、历史与现实的联结中，女作家进行多方位、多界面地发掘女性精神向度。并揭开女性生存表象，深刻触及性别关系方面的问题。面对社会发展发生了诸多的突变，女作家以激情与意志，探究女性在时代更迭中的精神状态，所涉及的基本主题，诸如情感、母性、性、家庭、两性等问题，确实是具有时代特征的存在与精神想象。其文本牵涉到政治、历史、文化、现实、女性、男性、自然等种种界面，汇聚为一个时代的多棱镜，可以窥见女性生存现实与建构女性秩序的乌托邦。但同时，"'中国妇女'，代表的是对社会契约基础的质疑，比如它是由性别差异和它在历代文明中的不同调节形式构成的，它从深层次里制约着伦理学，制约着信仰、宗教和家庭法规的各种形式，最终，甚至制约着现代社会中的权力表现模式"。①

其二，回到女性主体：意味着女作家开始了从被主宰到主宰自我的理性诉求。大体来说，80 年代的女性写作，一个明显的特点就是在对主流意识形态反抗与和解中完成了自己的使命，结果是裂变为多种写作心态及姿态。应该说，中国式女性主义的勃兴，是以批判和瓦解男权文化为其鲜明旗帜的。80 年代女作家以激烈的文化姿态来表达对男性的怨愆与失望，同时承担了对女性的文化启蒙，女性主义意识形态体现在：质疑男权文化，反对性别歧视为核心，以瓦解男权中心文化为手段和动机，所隐含的正是对男权文化的消解和批判，并且在知识分子女性阶层已取得了阶段性成果。

应该说，80 年代女性文学的发展与女性精神生活的趋向密切相关，呈现出明显的同构性。女性书写符合女性自身发展与社会历史发展逻辑。女性对这个世界的焦虑的根源几乎全部来自与她们相对应的世界——男权世界。回避或是直面性别的问题，以及对性别主动性的思考仍然是女性面对的一个时代命题。当然也包括对性别变化带来的负面性的考量，还有探索性别文化的意义。但 80 年代女性意识的高涨与女性主体性的失落，是并行不悖的。女性写作从文学的边缘处向中心逼近

① ［法］茱莉娅·克里斯蒂娃：《中国妇女》，赵靓译，同济大学出版社 2010 年版，第 6 页。

（正式被命名却在90年代）。但中国传统文学没有为现代性的女性文学发展提供有效的审美空间。其间，西方女权理论的乘虚而入，似乎为中国当代的女性创作提供了一个审美空间，于是，一些女性写作出现了对西方女权理论的简单摹写，缺少本土的理性思维，蕴含了极端主张与非理性情绪。随着女性主体元素强势介入，女作家试图颠覆男权话语，建构女性神话，而所产生的效果，并未达到男女平等，而建构起的女权话语或范式，对女性本身生成新的侵害与干扰，结果致使女性写作出现了精神向度的虚幻与迷失。

80年代女性文学的总体赋格是激进也是激情的，体现中国大文化的家、国情怀，走向自我本体、主体，容纳了女性的精神构想与幻象，这并不意味是一种不能自由生长的想象，女性历史、现实结出的是文化裂变与女性精神变奏之后的聚合，容纳了丰沛的情感与混沌的理性质素，当然还不能够说是具有美学、哲学意义的思考。因为这一时期的女性意识系统还是驳杂的、交织的，还没有固化为女性意识形态，以强大的聚合力抗衡男权主流意识形态。相应地，女性意识形态价值尚没有物化在日常的经验与生活场景中，女作家以先验的姿态，激进的样式注定是前卫的与先锋的。因此，造就了女性的实相与文本的镜像，是一个贴近而保持距离的交相辉映。而女作家便是戳破男性神话，缔造女性书写神话的精神传递者。女作家承担表叙女性世界的裂变与纷乱，混沌与美好，但是女作家本身的社会识力的阈限，以及作家本身处在一个激变的场所或场域中，加之自身的审美意识形态还未成为一种稳定的女性文化核力，因此，激情的样式的走板与变形，亦是一种常态化的存在。

女性书写存在有历史与时代的认知限度，未能以两性互补、共生的“中和”的方式，进行客观、冷静地思考与表达，致使文本精神基本是非此即彼的缺失圆融和谐的呈现，大致有几种倾向。

其一，频繁地在生活场景与文学场景中切换，缺失历史与现实的厚重感，更显作家的主观性与个人性，作家主观上肆意构想、表达，忽略客观化文化事实与历史事实的存在；强调女性情绪的流动，而不能够理性地看待中国传统文化秩序以及主流意识形态，对女性造成的共同损害；基于空间转化和写作介入社会的思路，将虚构与日常经验糅合后，模糊了日常经验与女性书写经验的边界，而不能够拓展写作空间的功能和边界。按照艾布拉姆斯之说：作家、作品、宇宙、读者构成文学四要素，其实涉及的就是大视野的问题，80 年代女性文学过多地切入女性自身精神环境处境与心理处境，因此，80 年代的女性现实主义者的视域，依然停留在传统文化规约的范式里面，观察、理解和再现的是人的现实本身，尽管将生活艺术化，进行前卫地处理，但不能够再现对象世界。缺乏超我的宇宙意识，也不具有大文学的格局。

其二，女作家表达与现实处境，明显留有主流意识形态思想的控制。张洁、王安忆、谌容等习惯在“人性”的基点上探求女性与男性的平权主张，聚焦人性，过度地渲染二元结构的简单男女对立，而不像托尔斯泰表现出复调、矛盾与纠结，是暧昧的有欠缺的女权主义者，甚至有非理性的诉求。历史背景、人性的反思与女性的困境构成了一个大文化系统。女作家力图理解所生存的世界，但其思维很具体、实际。用具体的历史现实衡量自己的一切思想行为。剔除了文化、道德的审视，更强调的是对作为人或女人的权力欲望的渲染。

其三，强调了庸俗的女性主义表达，侧重对女性现实生活场景与内心展示，解构母性文化时，缺少把女性作为母体、神性与母性合体的文化精神表达，更无暇顾及女性为民族文化的根脉性载体的挖掘；解构男性文化，触摸到的是对抗和消解男权文化之必要，但又日趋单调乏味，越来越显现出它处于初级阶段和肤浅浮躁的表征，即处于女权主义阶段但却无法与女性主义作外延与内涵的衔接和吻合。

这里，我们可以按照德国哲学家黑格尔所创造的“正反合”辩证法逻辑，来看女性生存的“正反合”逻辑，女性的“正”，是本我状态，女性的“反”是癫狂的生物性态度，而女性的“合”，是对本我、超我的融合，消除了性别紧张关系的对抗。如是，女性文学尚在路上。

但 80 年代女性文学意义非凡，是一个近乎经典样式的呈现，物化在时代的更迭与社会的转型中，参与到整个中国的现代性的演进中，为女性及女性文学的发展提供了必要的物质准备与精神介质。在市场化与世俗化的当下，80年代女性书写在精神文化的意义上，探寻女性的自我精神成长，以及与男性、社会、历史、文化、宗教等的纠葛，其背后隐含着深刻的哲学理念，尽管会有稚嫩、激进，但却是一种真正自由精神意志的真诚表达。

进入80年代女性文学的深层本质，解析其特质及意义在于：80年代女性文学是一个相对自足的系统，从个人经验让位于从生活观察与思想中锤炼出来的，也就是说女作家尽可能不依赖生活经验，更多是从她们对生活、对这个社会和历史的整体性的观察里边得到主题，衍生人物形象和故事情节，依靠思想和想象力，进行表达。当然，这是一个循序渐进的过程，也就是说女作家从依赖对单纯生活经验的摹写，逐渐到依靠对生活的观察方法，进行思想透视，实际上是有一个过程的，尽管不依赖生活经验，但经验已然是一个叙述表面的壳。

80年代女性文学，呈现出多维的界面，女性写作都参与到新社会秩序的构建，有社会秩序—两性秩序—女性文化秩序的逻辑演进，不仅汇入主流话语叙事，关涉到人道主义、个体人性价值的申诉，同时，女作家的书写承担了对性别对抗的促动与推进，体现了女性与社会环境中男权的对抗，以及女性在家庭中与男性的对抗，并在这种性别对抗中，开始了对两性秩序的思考，并指向了构建女性文化秩序的主观意识。80年代女性书写未被商业染指，是中国女性意识的一个高度，体现了追求感性、自由与理想的色泽，涉及的是精神层面的意识形态价值的生成或轨迹。无论是贴近主流意识形态，还是回到女性主体的思考，都是女作家从对历史现实文化的解读中，分离出来的一种崇高性，又从崇高中分离出来对历史现实的求真，探及的是从社会秩序中出离的女性群体、个体的命运与追求，展现重塑自我的女性精神。

80年代女性写作具有美学上的意义，即直面物质现实世界的纷杂与混沌，持有与时代共栖的感知力与感觉，将女性—社会—历史—现实融为一体去审视，为文学的“立体交叉”提供了可行性。不可否认，考量女性文学的尺度，艺术的审美、意识形态与市场经济的产业这些构成了解释女性文学的基本路向。在混杂激荡的时代氛围中，在文化与政治、女性与现实之间腾跃而起，冲出精神迷障，是女性写作的承担。在此意义上说，80年代女性写作承担了所要承担的历史责任，80年代女性文学在接受西方女权理论，采取了一种理性的对接，有内在的节奏与秩序，是真实内心的表达，而不是像后来的90年代女性文学，一些女作家逸出公开空间，放弃了对社会的关怀的公共意识，放弃了女性解放，堕入自我生存空间——个人或个体时代的粗鄙欲望展示，将西方理论资源包括女权理论当模板或范式，亦步亦趋，将身体的欲望极度放纵，以显示自我主体所谓的女性主义建构，而忽视自我心灵、心理建构。也放弃了本该要在90年代要坚持的介入性书写，而不是疏离了社会现实。

在历史—现实的时间链条上，在大文学与大格局的视域下，来验视一个时代女性的文学样式，显然，其价值与空间的拓展，仍然是时间上的脉动与延展，而多重内涵的洞见，更是需要有精神界面的智慧的发现。是故，80年代女性文学仍然是一种动态美学的、精神的、思想的、性别的绽放。

参考文献

一　中文

冯友兰：《中国哲学简史》，北京大学出版社 1985 年版。

朱寨、张炯主编：《当代文学新潮》，人民文学出版社 1998 年版。

杨匡汉、孟繁华主编：《共和国文学 50 年》，中国社会科学出版社 1999 年版。

钱中文：《文学理论：走向交往对话的时代》，北京大学出版社 1999 年版。

杨义：《中国叙事学》，人民出版社 1997 年版。

洪子诚：《中国当代文学史》（修订版），北京大学出版社 2007 年版。

白烨选编：《2000 年度中国文论选》，漓江出版社 2001 年版。

李建军：《文学因何而伟大——论经典的条件与大师的修养》，华夏出版社 2010 年版。

李建军：《文学的态度》，作家出版社 2011 年版。

李建军：《大文学与中国格调》，作家出版社 2015 年版。

陈晓明：《解构的踪迹：历史、话语与主体》，中国社会科学出版社 1994 年版。

陈晓明：《无边的挑战——中国先锋文学的后现代性》，时代文艺出版社 1993 年版。

陈晓明：《表意的焦虑——历史祛魅与当代文学变革》，中央编译出版社 2002 年版。

陈晓明:《仿真的年代》, 山西教育出版社 1999 年版。

李振声:《季节轮换》, 学林出版社 1996 年版。

陈思和:《中国当代文学史教程》, 复旦大学出版社 1999 年版。

陈思和:《理解九十年代》, 人民文学出版社 1995 年版。

严家炎:《中国现代小说流派史》, 人民文学出版社 1995 年版。

贺绍俊:《铁凝评传》, 郑州大学出版社 2005 年版。

曹文轩:《中国八十年代文学现象研究》, 北京大学出版社 1988 年版。

徐坤:《双调夜行船》, 山西教育出版社 1999 年版。

孟繁华、程光炜:《中国当代文学发展史》, 中国人民大学出版社 2009 年版。

乔以钢:《中国当代女性文学的文化探析》, 北京大学出版社 2006 年版。

乔以钢:《中国女性与文学》, 南开大学出版社 2004 年版。

林丹娅:《当代中国女性文学史论》, 厦门大学出版社 1995 年版。

孙绍先:《女性主义文学》, 辽宁大学出版社 1987 年版。

刘小枫主编:《人类困境中的审美精神——哲人、诗人论美文选》, 东方出版中心 1994 年版。

汪晖:《去政治的政治: 短 20 世纪的终结与 90 年代》, 生活·读书·新知三联书店 2008 年版。

高小刚:《乡愁以外——北美华人写作的故国想象》, 人民文学出版社 2006 年版。

王岳川:《后殖民主义与新历史主义》, 山东教育出版社 1999 年版。

李银河主编:《妇女: 最漫长的革命——当代西方女权主义理论精选》, 生活·读书·新知三联书店 1997 年版。

谭正璧:《中国女性文学史话》, 百花文艺出版社 1984 年版。

谭正璧:《中国女性的文学史》, 百花文艺出版社 2001 年版。

查建英:《80 年代访谈录》, 生活·读书·新知三联书店 2016 年版。

张京媛主编:《当代女性主义文学批评》, 北京大学出版社 1992 年版。

刘思谦:《"娜拉" 言说——中国现代女作家心路纪程》, 上海文艺出版社 1993 年版。

荒林：《新潮女性文学导引》，湖南文艺出版社 1995 年版。
赵毅衡：《符号意义学：意义世界的形成》，四川大学出版社 2017 年版。
王春荣：《新女性文学论纲》，辽宁大学出版社 1995 年版。
盛英：《二十世纪中国女性文学史》上、下，天津人民出版社 1995 年版。
盛宁：《二十世纪美国文论》，北京大学出版社 1994 年版。
张若冰：《女权主义文论》，山东教育出版社 1998 年版。
罗钢：《叙事学导论》，云南人民出版社 1994 年版。
陈平原：《中国小说叙事模式的转变》，上海人民出版社 1988 年版。
南帆：《问题的挑战》，海峡文艺出版社 2002 年版。
巴赫金：《哲学美学》，河北教育出版社 1998 年版。
林丹娅：《当代中国女性文学史论》，厦门大学出版社 2003 年版。
阎纯德：《20 世纪中国女作家研究》，北京语言文化大学出版社 2000 年版。
李银河：《女性权力的崛起》，中国社会科学出版社 1997 年版。
张京媛主编：《新历史主义文学批评》，北京大学出版社 1993 年版。
戴锦华：《犹在镜中》，知识出版社 1999 年版。
孟悦、戴锦华：《浮出历史地表》，河南人民出版社 1989 年版。
郑敏：《诗歌与哲学是近邻》，北京大学出版社 1999 年版。
李小江等主编：《性别与中国》，生活·读书·新知三联书店 1994 年版。
李小江等：《文学、艺术与性别》，江苏人民出版社 2002 年版。
李小江：《夏娃的探索》（妇女研究丛书），河南大学出版社 1988 年版。
李小江：《挑战与回应——新时期妇女研究讲学录》，河南人民出版社 1996 年版。
李小江：《走上女人——新时期妇女研究纪实》，河南人民出版社 1995 年版。
李小江：《告别昨天——新时期妇女研究回顾》，河南人民出版社 1995 年版。
李小江：《解读女人》（女性新视野丛书），江苏人民出版社 1999 年版。
李小江：《女人，一个悠远美丽的传说》，上海人民出版社 1989 年版。

李小江等编：《主流与边缘》，生活·读书·新知三联书店1999年版。
李小江等主编：《新时期妇女运动和妇女研究》，生活·读书·新知三联书店1997年版。
王政：《社会性别研究选译》，生活·读书·新知三联书店1998年版。
龙迪勇：《空间叙事学》，生活·读书·新知三联书店2015年版。
禹燕：《女性人类学》，东方出版社1988年版。
陶东风：《社会转型与当代知识分子》，上海三联书店1999年版。
陈建华：《"革命"的现代性：中国革命话语考论》，上海古籍出版社2000年版。
叶舒宪主编：《性别诗学》，社会科学文献出版社1999年版。
王逢振编译：《性别政治》，天津社会科学院出版社2001年版。
西慧玲：《西方女性主义与中国女作家批评》，上海社会科学院出版社2003年版。
荒林、王光明：《两性对话》，中国文联出版社2001年版。
宋兆霖主编：《诺贝尔文学奖文库·创作谈卷》，浙江文艺出版社1998年版。
王逢振等编：《最新西方文论选》，漓江出版社1991年版。
鲍晓兰主编：《西方女性主义研究评价》，生活·读书·新知三联书店1995年版。
任一鸣：《解构与建构——中国女性文学与美学衍论》，九州出版社2004年版。
张清华主编：《中国新时期女性文学研究资料》，山东文艺出版社2006年版。
谢玉娥编：《女性文学研究》，河南大学出版社1990年版。
陈顺馨：《中国当代文学的叙事与性别》，北京大学出版社1995年版。
康正果：《女权主义与文学》，中国社会科学出版社1994年版。
荒林：《花朵的勇气——中国当代文学文化的女性主义批评》，北京九州出版社2004年版。
林树明：《女性主义文学批评在中国》，贵州人民出版社1995年版。

刘慧英：《走出男权传统的藩篱》，生活·读书·新知三联书店 1995 年版。

陈慧芬：《神话的窥破》，上海社会科学院出版社 1996 年版。

潘绥铭：《神秘的圣火》（妇女研究丛书），河南大学出版社 1988 年版。

杜芳琴：《女性观念的演变》（妇女研究丛书），河南大学出版社 1988 年版。

闵冬潮：《国际妇女运动（1840—1921）》（妇女研究丛书），河南大学出版社 1988 年版。

廖文：《女性艺术——女性主义作为方式》，吉林美术出版社 1999 年版。

王政：《女性的崛起——当代美国的女权运动》，当代中国出版社 1995 年版。

邱仁宗：《中国妇女与女性主义思想》（女性主义哲学丛书），中国社会科学出版社 1998 年版。

贺桂梅：《“新启蒙”知识档案——80 年代中国文化研究》，北京大学出版社 2010 年版。

王岳川：《中国镜像——90 年代文化研究》，中国编译出版社 2001 年版。

陈晓兰：《女性主义批评与文学诠释》，敦煌文艺出版社 1999 年版。

任一鸣：《中国女性文学的现代衍进》，（香港）青文书屋 1997 年版。

张国清：《中心与边缘》，中国社会科学出版社 1997 年版。

刘小枫：《拯救与逍遥》，上海三联书店 2001 年版。

任一鸣：《抗争与超越——中国女性文学与美学衍论》，九州出版社 2004 年版。

郭洪纪：《颠覆爱欲与文明》，中国社会出版社 2000 年版。

李有亮：《给男人命名：20 世纪女性文学中男权批判意识的流变》，社会科学文献出版社 2005 年版。

樊洛平：《当代台湾女性小说史论》，河南人民出版社 2005 年版。

黄寿祺、张善文：《周易译注》，上海古籍出版社 1989 年版。

陈厚诚、王宁主编：《西方当代文学批评在中国》，百花文艺出版社 2000 年版。

王德威：《小说中国 · 世纪末的中国小说》，（台北）麦田人文出版社 1993 年版。

南帆：《文学理论》，浙江文艺出版社 2002 年版。

［美］艾恺：《世界范围内的反现代化思潮——论文化守成主义》，贵州人民出版社 1991 年版。

［美］埃里克森：《同一性：青少年与危机》，孙名之译，浙江教育出版社 1998 年版。

［美］苏珊 · 朗格：《情感与形式》，刘大基、傅志强、周发祥译，中国社会科学出版社 1986 年版。

［英］玛丽 · 沃斯通克拉夫特、约翰 · 斯图尔特 · 穆勒：《女权辩护 · 妇女的屈从地位》，王蓁、汪溪译，商务印书馆 1995 年版。

［英］汤普森：《意识形态理论研究》，郭世平译，社会科学文献出版社 2013 年版。

［美］埃里希 · 弗洛姆：《在幻想锁链的彼岸》，张燕译，湖南人民出版社 1986 年版。

［美］乔纳森 · 库勒：《论解构：结构主义之后的理论与批评》，陆扬译，天马图书有限公司 1993 年版。

［美］乔纳森 · 卡勒：《文学理论》，李平译，辽宁教育出版社、牛津大学出版社 1998 年版。

［美］波利 · 扬一：《性别与欲望》，艾森、卓杨、广学译，中国社会科学出版社 2003 年版。

［德］黑格尔：《美学》第 2 卷，朱光潜译，商务印书馆 1979 年版。

［英］特伦斯 · 霍克斯：《论隐喻》，高丙中译，北京昆仑出版社 1992 年版。

［美］约翰 · 杜威：《人的问题》，傅统先、邱椿译，上海人民出版社 1986 年版。

［美］卜罗尔 · 吉利根：《不同的声音——心理学理论与女性发展》，肖巍译，中央编译出版社 1999 年版。

［英］安东尼 · 吉登斯：《现代性自我认同》，赵旭东、方文译，王铭铭

译，生活·读书·新知三联书店 1998 年版。

[德] 马克斯·舍勒：《价值的颠覆》，罗悌伦、林克、曹卫东译，生活·读书·新知三联书店 1997 年版。

[美] 拉尔夫·科恩主编：《文学理论的未来》，程锡麟等译，中国社会科学出版社 1993 年版。

[美] 佩吉·麦克拉肯主编：《女权主义理论读本》，艾小明等译，广西师范大学出版社 2007 年版。

[德] 瓦尔特·本雅明：《单向街》，陶林译，江苏凤凰文艺出版社 2015 年版。

[法] 亨利·勒菲弗：《空间与政治》，李春译，上海人民出版社 2008 年版。

[英] 克莱夫·贝尔：《艺术》，周金环等译，中国文联出版公司 1984 年版。

[英] 本·海默尔：《日常生活与文化理论导论》，王志宏译，商务印书馆 2008 年版。

[美] 罗斯玛丽·帕特南·童：《女性主义思潮导论》，艾晓明等译，华中师范大学出版社 2002 年版。

[美] 阿尔文·托夫勒：《第三次浪潮》，潘琪等译，生活·读书·新知三联书店 1984 年版。

[英] 特丽·伊格尔顿：《当代西方文学理论》，王逢振译，中国社会科学出版社 1994 年版。

[美] 莫里斯·梅斯纳：《毛泽东的中国及其发展——中华人民共和国史》，张瑛等译，社会科学文献出版社 1992 年版。

[法] 西蒙娜·德·波伏娃：《第二性——女人》，桑竹影、南珊译，湖南文艺出版社 1986 年版。

[美] 哈莉艾特·B. 布莱克：《E 型妇女》，金利民、肖诗坚译，知识出版社 1989 年版。

[美] 约翰·奥尼尔：《身体的形态——现代社会的五种身体》，张旭春译，春风文艺出版社 1999 年版。

［美］埃里希·弗洛姆：《在幻想锁链的彼岸》，张燕译，湖南人民出版社 1986 年版。

［美］伊莱恩·肖瓦尔特：《她们自己的文学》，韩敏中译，浙江大学出版社 2012 年版。

［加］Marie-Josee Fortin、Mark Dale：《空间分析——生态学指南》，杨晓晖、时忠杰、朱建刚译，高等教育出版社 2014 年版。

［德］汉斯·贝尔廷：《现代主义之后的艺术史》，洪天富译，南京大学出版社 2014 年版。

［法］朱丽娅·克里斯蒂娃：《中国妇女》，赵靓译，同济大学出版社 2010 年版。

［美］迈克尔·L. 弗雷泽：《同情的启蒙：18 世纪与当代的正义和道德情感》，胡靖译，译林出版社 2016 年版。

［美］弗雷德里克·詹明信著，张旭东编：《晚期资本主义的文化逻辑》，陈清侨等译，生活·读书·新知三联书店 1997 年版。

［美］苏珊·桑塔格：《反对阐释》，程巍译，上海译文出版社 2011 年版。

［美］简·罗伯森、克雷格·迈克丹尼尔：《当代艺术的主题：1980 年以后的视觉艺术》，匡骁译，江苏美术出版社 2013 年版。

［美］丹尼·霍夫曼主编：《美国当代文学》，中国文联出版公司 1984 年版。

［美］苏珊·桑塔格：《激进意志的样式》，何宁等译，上海译文出版社 2007 年版。

［日］桥爪大三郎：《性爱论》，马黎明译，百花文艺出版社 2000 年版。

［德］恩斯特·卡西尔：《人论》，甘阳译，上海译文出版社 1985 年版。

［法］安德烈·莫罗阿：《人生五大问题》，傅雷译，北京大学出版社 1995 年版。

［英］安东尼·吉登斯：《亲密关系的变革：现代社会中的性、爱和爱欲》，陈永国、汪民安等译，社会科学文献出版社 2000 年版。

［法］西蒙娜·德·波伏娃：《女人是什么》，王友琴、邱希淳等译，中国文联出版公司 1988 年版。

［英］艾勒克·博埃默：《殖民与后殖民文学》，盛宁、韩敏中译，辽宁教育出版社 1998 年版。

［美］马克·戈特迪纳：《城市空间的社会生产》，任晖译，江苏教育出版社 2014 年版。

［美］马斯洛等：《人的潜能和价值》，林方主编，华夏出版社 1987 年版。

［捷克］米兰·昆德拉：《小说的艺术》，董强译，上海译文出版社 2004 年版。

［瑞士］卡尔·古斯塔夫·荣格：《未发现的自我》，张敦福、赵蕾译，国际文化出版公司 2007 年版。

［美］乔纳森·卡勒：《结构主义诗学》，盛宁译，中国社会科学出版社 1991 年版。

［英］玛丽·伊格尔顿编：《女权主义文学理论》，胡敏等译，湖南文艺出版社 1989 年版。

［挪威］陶丽·莫依：《性与文本的政治——女权主义文学理论》，林建法、赵拓译，时代文艺出版社 1992 年版。

［美］塞缪尔·亨廷顿：《文明的冲突与世界秩序的重建》，周琪、刘绯、张立平、王圆译，新华出版社 1998 年版。

［法］西蒙娜·德·波伏娃：《女性的秘密》，晓宜、张亚莉译，中国国际广播出版社 1988 年版。

［美］贝蒂·弗里丹：《女性的奥秘》，程锡麟等译，北方文艺出版社 1999 年版。

［英］弗吉尼亚·伍尔夫：《一间自己的屋子》，王还译，上海三联书店 1989 年版。

［英］弗吉尼亚·伍尔芙：《论小说与小说家》，瞿世镜译，上海译文出版社 1986 年版。

［意］弗拉维奥·费布拉罗：《性与艺术》，贺艳飞译，广西师范大学出版社 2016 年版。

［英］艾华：《中国的女性与性相：1949 以来的性别话语》，施施译，江苏人民出版社 2008 年版。

［以色列］艾森斯塔特：《反思现代性》，旷新年等译，生活·读书·新知三联书店2006年版。

［美］大卫·雷·格里芬编：《后现代精神》，王成兵译，中央编译出版社1998年版。

［英］吉登斯：《现代性的后果》，田禾译，译林出版社2000年版。

［美］伊莱恩·肖瓦尔特：《她们自己的文学》，韩敏中译，浙江大学出版社2012年版。

［美］弗雷德里克·詹姆逊：《政治无意识——作为社会象征行为的叙事》，王逢振、陈勇国译，中国社会科学出版社1999年版。

［法］莫里斯·哈布瓦赫：《论集体记忆》，毕然、郭金华译，上海人民出版社2002年版。

［美］玛丽·克劳福德：《妇女与性别——一本女性主义心理学著作》，罗达·昂格尔、许敏敏等译，中华书局2009年版。

［美］苏珊·S. 兰瑟：《虚构的权威：女性作家与叙述声音》，黄必康译，北京大学出版社2002年版。

［法］蒂费纳·萨莫瓦约：《互文性研究》，邵炜译，天津人民出版社2003年版。

［英］霍布斯鲍姆：《极端的年代：短暂的20世纪（1914—1991）》，郑明萱译，江苏人民出版社1999年版。

［美］弗兰西斯·福山：《历史的终结》，黄胜强等译，远方出版社1998年版。

［英］休·希顿-沃森：《民族与国家》，吴洪英、黄群译，中央民族大学出版社2009年版。

［日］近藤直子：《残雪的〈在旷野里〉》，廖金球译，载《有狼的风景》，人民文学出版社2001年版。

［法］让·克莱尔：《论美术的现状——现代性之批判》，河清译，广西师范大学出版社2012年版。

［宋］朱熹集注，陈成国标点：《四书集注》，岳麓书社2007年版。

［法］福柯：《词与物——人文科学的考古学》，莫伟民译，上海三联书

店 2001 年版。

二　英文

Early Writings, Karl Marx, Rodney Livingstone and Gregor Benton (New York: Vintage-Penguin, 1976).

Feminist Literary Studies: an Introduction, K. K. Ruthven, Cambridge: Cambridge University Press, 1984.

Sexual/Textual Politics: Feminist Literary Theory, Toril Moi, London: Methuen, 1985.

Feminist Criticism: Womenas Contemporary Critics, Maggie Humm, New York: St. Matin's Press, 1986.

The New Feminist Criticism, Elaine Showalter ed. New York: Pantheon Books, 1985.

Sister's Choice: Tradition and Change in American Women's Writing, Elaine Showalter, Oxford: Clarendon Press, 1991.

Sexual Subverion: Three French Feminist, Elizabeth Grosz, London, Georag Allen and Unwin Publishers Ltd., 1989.

Radical philosophy, Agnes Heller, translated by Jame Wickham, Oxford: Blackwell, 1984.

后　记

一个时代有一个时代的气场，一个时代也有一个时代的征候。

20 世纪 80 年代的女性文学气场与征候，与社会语境与秩序有关，也与女性、男性、历史、现实、文化等牵连，而女作家的激情样式，恰如源自拉丁语的“赋格”（fugue），意为“追逐”和“飞翔”，但又有新的质素，是一种时代的感应，也是一种理性的认知，更是自我生命体验与精神姿态，融合自我对世界的认知与体悟。而精神的体验，具有很大的差异性。差异在于作家的生命积累、认知世界方式的不同，而也关涉到时代的整体性的文化氛围与时代主题。

80 年代女性文学的精神脉象，是我要尽力触摸与找寻的。对于当下来说，80 年代相对来说，是一个自足的准完成时间、空间，但还不足以界定为过去时，仍然是一个历时性的存在。回到 80 年代的空间、时间，审视文学现象、文本内涵、文学特质以及整个逻辑走向等，是我近些年的学术研究诉求。

我需要以一种感觉与理性，进入这个确定的空间场所，并基于两个界面或向度的展开：一是社会意识，一个是女性意识。而联结这两个意识的核心点，也就是关键词，是女性的在场或立场，这是女性的自主主体与隐遁主体的分界线。如何处理，两者之间的割裂、联结，以及转体，甚至是两者的互动与互逆，是我进入的关键点。

同时，进入 80 年代女性文学现场研究，需要明晰 80 年代女性文学，有中西跨国别、跨文化、跨城乡的移动叙事，以及挣脱母体之后，试图有两个节点的蜕变：一个是回到女性本体，一个是回到女性主体。

而这正好对接着女性的双重意识。这背后的深刻动因，来自主流意识形态的牵制，直接导致了早期女性意识形态价值观的形成。显然这并不是孤立存在的，而是与传统文化意识形态、主流意识形态、政治意识形态、西方女权意识形态等共生为一个系统，从其中抽离出来，独立成为一个动态的自我增殖的精神内核，需要女作家以一种勇气与卓识，来进行布道般的完成与修正。

这个过程，却是一种精神上的蜕变与重塑，需要以一种化蝶为蛹的修为。原因在于传统文化心理结构依然潜在地影响着女性的自我构造，同时，西方女性主义等理论也在以一种新的范式“窠臼”来影响，于是女作家以激情的样式与不羁精神姿态，挣脱所有的羁绊，开始了自我言说，为存在的自由、情感与价值等，具有时代的质感与气息，但也出现了夹缝中的混沌、模糊空间，也就是说这个空间是物理存在，也会有精神上的盲点，同时有彼此牵制、制约的力量在博弈。而对其肌理的深度触摸与诊脉性质的确认，关系到整个 80 年代文学的逻辑清理，也关涉到具体作家的审美表达风格。而所遵照的原则，就是回到文本，将文本—时代—场所—社会—人性—美学等，共置在一个系统中，进行彼此的印证与照应。

这需要研究者，既要依照典型文本的呈现，来解读其经验资源、精神走向，也要将作家的个性与共性进行梳理与甄别，而不同的作家构成了整体时代的鸟瞰，或是一种图像形态，表征一个时代的印象与本体存在。透过这一切，寻觅到的是一个客观的、具象的与真实的 80 年代。

这是我所要想捕获的。这也是我要接近 80 年代女性的最初也是最后的动因。一个时代的女性精神赋格或激情的样式，是激情也是正义。同时是一种记录，更是一种精神体验；也是民族文化的演进形式。更何况 80 年代是一种女性对接现代性的本土实践表达，具有叛离、激进、肆意的意味与精神指向，冲破禁忌，走出被书写的女性符号，进入象征界面，承接五四的文化精神，但又极具当代性的女性话语构成，充满精神的幻想与主题的变奏。

构成这一切的，便是作家的主体所在，而其主体性的表达与否，成为了一种决定文本高低的筹码，作家的人性体验、心灵体验、时代体验与精神体验，是一种合乎生命本体的感应，是出乎自愿的情绪与感觉，同时是一种理性上的升华。具有崇高的品质与内涵，同时也有适度的个人主观经验。

在以一种美学、哲学的高度审视多重样态的激情性表达，解释文本背后的深层次的各种纠葛，以及对文学现象生发的缘由的勘正，包括对现代性的评估，除了基于现有的大量资料和信息，还在于在一种流动的脉动中，获得清晰的考究、推测，在时间的蔓延上，找到逻辑的线索与关键点所在。

这所有的脉象，以及追踪的找寻过程，便在逐渐地接近中完成，应该说，美丽的姿势出现——就是现在的这本著述，尽管混沌尚存，我已尽力。

这个冬季，我以一种静默的方式，对接着曾经的80年代的繁华、落寞，也对接着它所有的激情、蜕变，也在这种静默的守望中，获得一种精神上的愉悦、松弛。此时的心绪，一如纪晓岚所云“书似青山常乱叠，灯如红豆最相思”。这一刻，便觉得是一个安然祥和成熟的冬天，我得以将近几年的种种思索，赋形定格。

本书付梓之际，感谢所有给我以精神扶植的师友、亲人，尤其是导师杨匡汉先生，师姐徐坤、王红旗以及当代室的同人，多年来，笔者备受关照，铭感在心。而中国社会科学出版社的郭晓鸿博士为此著付出了智慧与辛劳，感荷高情，匪言可喻。

田　泥

2012年9月—2017年9月三稿

2017年隆冬修订于北京